青春与守望

曾元孝 著

四川大学出版社

项目策划：段悟吾
责任编辑：黄蕴婷
责任校对：陈　蓉
封面设计：天恒仁文化
责任印制：王　炜

图书在版编目（CIP）数据

青春与守望 / 曾元孝著. — 成都：四川大学出版社，2019.7
　ISBN 978-7-5690-2876-8

　Ⅰ. ①青… Ⅱ. ①曾… Ⅲ. ①长篇小说－中国－当代 Ⅳ. ① I247.5

中国版本图书馆CIP数据核字（2019）第 083403 号

书　名	青春与守望
著　　者	曾元孝
出　　版	四川大学出版社
地　　址	成都市一环路南一段24号（610065）
发　　行	四川大学出版社
书　　号	ISBN 978-7-5690-2876-8
印前制作	天恒仁文化
印　　刷	成都市兴雅致印务有限责任公司
成品尺寸	165mm×235mm
印　　张	22.5
字　　数	287千字
版　　次	2019年7月第1版
印　　次	2019年7月第1次印刷
定　　价	79.80元

◆版权所有　◆侵权必究

扫码加入读者圈

◆ 读者邮购本书，请与本社发行科联系。
　电话：(028)85408408/(028)85401670/
　(028)86408023　邮政编码：610065
◆ 本社图书如有印装质量问题，请寄回出版社调换。
◆ 网址：http://press.scu.edu.cn

四川大学出版社
微信公众号

第一章

1

长江边上，美丽的小城。高中校园的围墙外，大片的荷田，妩媚的荷花千姿百态，不远处传来《茉莉花》的歌声。邓小如一句很精彩的话，拉开了新学年的序幕：

"哇，又是'燕儿窝'，我们和古代小姐真有缘分！"

上学年，我们的八号女生宿舍就是一间小阁楼。不知从何时起，那间小阁楼被男生戏称为"燕儿窝"。

太阳总是新的。每天早晨，它从小城外的河里升起来，像穿着纱裙沐浴的女孩，泛着湿漉漉的潮红。朝阳最先映照的，便是这间小阁楼的女生寝室。它窥视了燕儿窝少女们的秘密。我睡上铺。杨雪埋怨我，说我不把床头朝东的小窗堵严,骂偷偷进屋的阳光"讨厌死"。身材高挑健美,堪比女运动员的杨雪,大大咧咧的,挺开朗,在寝室里往往粗心大意,特别是盛夏,从球场上回来,蝉儿在窗外的树上"知了——知了——"地叫,她也嚷着"热死了",毫无顾忌,一个劲儿地扒衣衫,直到爱睡懒觉的沈娟娟从没有阳光的屋角抬起头:"喂,文雅一点!"她才醒悟地红了脸,回敬一句:"肥姐,管好自个儿!"她俩是冤家对头。

六个女生同住的这间小阁楼,高高的,瘦瘦的,亭立在一排平房宿舍之首,显得怪苗条的,大有鹤立鸡群的感觉。一名复读的女生说,这儿曾经是官宦人家的小姐绣楼。因为里面住的是我们,男生都相信她的话。据传小阁楼的屋檐外,有过一棵参天古柏,每当黄昏,成群的乌鸦绕着树冠啼飞,半个天宇星星点点。不知为什么,偌大的府邸,树砍鸦绝,却把人去楼空的旧阁楼留给当代的女中学生,拥有者恰恰是我们六位,当是很绝的事儿。

邓小如说话非常精彩。她是我们中的"靓女",在同学之间有"妙玉"的俏名儿,那是偷偷看了《红楼梦》的男生瞧着她胡诌出来的。邓小如说话有点儿大舌头,白璧微瑕。

我床头的那扇小窗,女伴们是很珍爱的,说把它堵死,那是杨雪一时的气话。小小的窗户是小阁楼明亮的眼睛,侧卧在铺上,校园的一角尽收眼底,如果路过的老师和同学仰头,偶尔也能看见我。有男生碰巧瞧见了,说"半露面的岑小莺,特别楚楚动人"。这话传出去,好些天我都很羞臊,难为情。

杨雪因此要和我换床铺。她抱着被盖卷儿,从两床之间跨步跳了过来,像飞渡天险,吓白了邓小如的俏脸。可惜,沈娟娟多嘴,说:"你去睡那张床?不怕别人看见你不拘小节的时候?"气得杨雪把被盖扔在她的头上。

杨雪也太疏忽了，居然有一条刚换下的内裤，被沈娟娟从被盖卷儿里扯出来，惹得她不住嚷着："难闻死了！"

恼怒之下，杨雪自个儿掏钱，买了窗帘挂上，屋里变得绿莹莹的了，只嫌光线太暗。正在看流行小品文集的邓小如嘀咕："真像水帘洞了！"杨雪把书抢去扔了，她还发怔，不知为什么。

杨雪扯掉了那幅好看的绿窗帘，由于用力过猛，撕成两面破旗，可惜了她该拿去买短裙的钱。毗邻的旧砖墙外，花架上的青藤越过界限，攀上女生宿舍的屋檐，垂吊在小窗口，似女生巧手编的风铃，在风中摇曳着绰约的倩影——有生命的窗帘。可是，八号女生宿舍的另一位"居民"——茜茜公主程莹，挺不喜欢，似乎不屑与燕儿窝的同伴待在一块儿。

2

燕儿窝徒有其名，小燕子并没扇着轻盈的翅膀来到这儿，只在旧梁上留下泥巢的痕迹，也许它们早就随着昔日的大家闺秀飞走了，不愿与当代的女中学生为伍。而今，燕儿窝的主人是小城高中的女生佼佼者。阴差阳错，小阁楼把六位气质不同的少女聚集在一起，这大概就是真正的缘分吧。住在小阁楼里的，都是亭亭玉立的俏丽少女，就连杨雪戴着那副近视眼镜，也显得特别有魅力，极富青春感。

如今的中学生，男孩追求男子汉精神，女孩崇尚坦荡、真诚，豁达地想一想，就不觉得"燕儿窝"含贬义了。也许，在男生的心中，我们是最合格的青春偶像呢。对此邓小如特有高见。她说，男生追星追腻了，对那些大腕们乏味，可望而不可即的，有什么意思？还不如追身边的"星"，实在。

"追你了?"程莹嘲笑她。

"追你!"她气,"同龄人呗,叫作发现美!"

正在看时髦小说的沈娟娟"扑哧"一声,怪狼狈的,把眼泪笑出来了。杨雪皱眉,真有不屑一顾的味儿,好像远离俗气。

我大概受了姐姐岑菲儿的影响,在感情深处,我赞同邓小如的看法,但我不能说出来。如果让燕儿窝的女伴发觉我身上带着岑菲儿的影子,会说我像姐姐一样,是男生的心态培养出来的,有不够纯洁的含义。岑菲儿曾经因此遭到冤屈,我也会被误解。我爱姐姐。岑菲儿极美,燕儿窝的居民迟早会发现的。

其实,我和岑菲儿是两类不同的女孩。同寝室的女伴,只知道我与岑菲儿和她的邻桌艾建来自同一个地方,却不知我这只燕子是怎么飞进小城的中学的。

漂亮的女孩都是一个谜。

我和岑菲儿是两枚苦果。父母离异,妈妈远嫁,扔下两个无人照管的孩子。我怜悯姐姐,为姐姐痛惜。岑菲儿破釜沉舟,背着少女的感情十字架毅然出走,在外流浪几十天,失去了升学读书的机会。为了我,虚岁十七的岑菲儿,决意冒险外出打工,供养我读书。小学毕业时的班主任艾南老师不让她走,初中毕业班的贺萍老师苦苦挽留。他们情愿资助和照顾我们姐妹。姐姐噙着热泪答应了,留在贺萍老师身边。可我知道,她的心已经离开了。

原学校的同班同学都说,我是幸运的女孩。初中毕业以后,我和艾南老师的儿子艾建,双双考上了县重点高中。那是省内的明星中学,好多同学都羡慕我手中的录取通知书,姐姐的眼里却有了忧虑。艾建是岑菲儿初中时的朋友,她对艾建的感情极深。一场中考,使我和艾建成了同窗,我们来去都会走同一条路,却把姐姐扔在洋槐花如雪的旧学校里。我和姐姐相依为命，我知道她的心，理解她的感情。临走的时候，看着岑菲儿长睫毛下那水汪汪的眼睛，我说，我不和艾建一块儿去读高中了。姐姐骂我，搡我，一定要我和艾建同路。那天晚上，岑菲儿趴在桌上悄悄哭了。那么皎洁的月儿，静静地挂在窗外。姐姐的哭泣撕扯着我的心。岑菲儿站起身来，发觉我站在她背后。

我满眼泪水，喊："姐……"扑进她的怀里。

岑菲儿抱住我，哭得好动情呵！

"小莺，姐姐对不起你！"她说。

我只有陪着姐姐哭的份儿。

后来才知道，由于地区差别，重点高中也要划片招生，尽管达到了分数线，还是要交上万元的助校金。我和岑菲儿无论如何都拿不出那笔钱，更不能向两位老师开口。一狠心，岑菲儿从艾建手里要回了我的高中录取通知书……这座小城的高中也是县内的重点，比县一中稍次一点儿。能够走进校门读书，是因为岑菲儿央求了小城里的姑爹。

我是悄悄离开旧城的。姐姐把我送了一程又一程，默默地，她心里应该有好多想要叮嘱的话。她像一个同龄的妈妈。离别的时候，我说了不该说的话。"姐，你不去送艾建吗？告诉他，我不和他同校了……"

岑菲儿的脸蓦地一红，嗔怪地看我。

姐姐把我送进了八号女生宿舍，我成了燕儿窝的六分之一。

3

邬蓉蓉是小阁楼六个女生中的另类，看见她的长相和为人，我总想到《渴望》里的女主人公，好像是那个女主人公的少女时代，遗落在燕儿窝了。邬蓉蓉是那么淳厚、朴质、过分宽容的人，善良得让人不忍心欺负她。邬蓉蓉以最佳成绩，从边远的乡村考进这所小城高中，本可以"居高临下"，可她却像个灰姑娘，特别的"土"，很软弱。班里的男生女生，谁都可以支配她，使唤她。她像一个公有的"女奴"，默默地为大家忙碌，开窗，关窗，洒水，擦桌子……有时耽误了做作业的时间，急得脸通红，满头的汗。而她没有怨过谁，再累再忙也会做好该做的事，从来没有拖欠作业和放弃"公务"，即使到了晚霞褪尽，天穹挂上月牙儿，骑着高头大马的老式旧自行车跑遍学校，也不改变初衷。

邬蓉蓉无声无息，不追求新潮，也不展示自身的美，同学把她看作蛮丫头，老师们则忽视了她的存在。唯独年轻的班主任乔玉，好像发现瑰宝似的，果断地宣布：邬蓉蓉是高一（A）班的劳动卫生委员。有的男生不满意邬蓉蓉的突然被提拔，背后嘲讽说："恭喜了，乔小姐，你选中了好公仆！"

歪打正着，这恰好是对邬蓉蓉的最佳评价。可惜，大家不珍惜高一（A）班的这位"女公仆"，有的竟欺负她。副镇长的儿子赵小华，是女生公认的白马王子，人长得很帅，很潇洒。可惜，小阁楼里的女生，除了程莹，都对这位"高干子弟"印象不佳。他历来穿着时髦，教数学的老夫子，曾因试卷上的两个红"×"，恼恨地说："这叫什么？派者，蠢也！"派，小城的地方话，指无所事事，只追求穿着上的阔气。老师的一席言语使赵小华极其狼狈，有了"时装模特儿"的嘲讽之称。同学们对此议论纷纷，褒贬不一，有的说老师守旧，少了涵养；有的称老师有胆有识。白马王子在女生中的口碑并不好，这跟他几次欺侮邬蓉蓉有关。他似权贵家的少爷，把邬蓉蓉看作"下贱的女奴"，激起女孩们心中的义愤。只有茜茜公主程莹，极偏护赵小华，骂数学教师迂腐，该"下课了"，"早点儿回家抱孙子"，也骂包括我在内的女生"吃不着葡萄，说葡萄是酸的"！

"你更蠢!"杨雪骂她,轻轻地吐出几个字,说得很文静,极有才女的涵养和气质。程莹的脸"唰"地成了红纸。"酸葡萄"之说,话中有话,本不该说出口。杨雪的话特别有分量。

赵小华把怒气发泄到邬蓉蓉身上。邬蓉蓉开教室窗户的时候,退下来,无意间踩了他一脚。那是一双高档新潮的鞋,印上了一团黑影。邬蓉蓉十分难为情,向他认错:"对不起,赵小华!我……"当着男生女生的面,他一定要邬蓉蓉给擦干净。邬蓉蓉迟疑了好一阵,只好弯下腰去,掏出了尚带体温的手绢。

杨雪起身,走上前,一把拉起邬蓉蓉,怒视着赵小华。

邬蓉蓉满眼泪水。杨雪把教室角的半桶脏水提到赵小华跟前。赵小华向杨雪一笑,讪讪地走了。

杨雪回到座位继续写字,墨水不流畅,她甩断了一支钢笔,恨邬蓉蓉太自卑,怒其不争。

4

邬蓉蓉来自农村里的特困户,可她从来不欠该交学校的费用。在她身上,好像少了骨气和自信,觉得自个儿低同学一等。我们很同情她,体谅她。因为她,八号女生宿舍,少不了感情上的冲撞。燕儿窝是一个并不平静的港湾。

邓小如的床头贴着一张"倒计时",计算着邬蓉蓉十七岁生日的来临,她非常认真,一格一格地划去。当我发现这个秘密,已到最后三天了。我责怪她:"你咋这样做?"我能发现这个秘密,别人也会。如果让同学知道邬蓉蓉比我们的年龄大,多不好!

"不是秘密!"邓小如看着我,惊讶得好像见了外星人。她说:"年龄大有啥不好呀，尊者为大，'大姐大'不是挺好吗？"在她单纯的心里，女生之间纯洁得如一块水晶。我不幸言中，后来班里果然有了邬蓉蓉是"大姑娘"的话头。邓小如气红了眼睛，痛心地说："真不知女孩的灵魂有这等龌龊，世界少了许多美好！"她猜测是燕儿窝内部泄的密。

杨雪早就知道邓小如的"倒计时"。她不动声色，临到这一天，把准备好的生日礼物拎出来，对我和邓小如说："走吧，到邬蓉蓉家里去！"

杨雪的礼物不贵，但很精美，非常有现代感，生日祝福、友谊卡和糕点，都显得文雅、高洁，透露着少女的教养和素质，比俗气的馈赠礼品珍贵得多。

邓小如本来被闹得没了热情，见了杨雪的真诚，顿时又热心起来，埋怨杨雪事先不告诉她。

杨雪说："你不是在倒计时吗？忘了？"

她盯着杨雪，好像杨雪是泄密者，然后便着急，恨自己没提前买礼物。我也两手空空，感到束手无策。

"快走吧，再迟回不来了！"

没有通知沈娟娟和早不见影儿的程莹。我和邓小如做了杨雪的随从，顶着初秋的骄阳，骑车上了路。

星期五下午，难得放早学。烈日迟迟不减威力，蝉鸣悠长，原野里响着稀稀落落的打谷声。邓小如热得喊"娘"，而赶早回家的邬蓉蓉已经在田里忙碌了。

邬蓉蓉只穿着汗衫短裤，赤着脚，满身汗水。看着她，我想到了程莹讥讽她的话："在希望的田野上。瞧大姑娘多伟大，难得的中国农姐！"心里真说不出是什么味儿。

我们的生日祝福，并没有给邬蓉蓉带去欢乐，反而叫她十分尴尬、为难。她是家里的"顶梁柱",要和父亲共用一张拌桶收打稻谷,像一个壮小伙子,挥汗如雨。她笑着,笑得让我心里酸酸的。她把我们带回家,她那病恹恹的母亲好像见了贵客小姐,不知如何是好,又想掩饰家里的穷困。捧着那一杯热茶,我差点滚下泪珠。

杨雪眼里也有晶亮的东西在闪烁。

邓小如避开我们的目光出去了。她最易动感情。不一会儿,她就拉着我们,由一个七八岁的小男孩带到屋后的河边。她对我说:"再在屋里待一会儿,我就想哭!"

竹篓箍网鹅卵石的河堤边,一只小小的船儿在水面上轻轻地摇。我们上船去了,清澈的河水里,立即有了三个轻盈的少女倒影。我们还没有明白是怎么回事,小船已经离开了岸,被浪头一推,滚进了激流中,似离弦的箭,不要命地顺水而下。

邓小如拿着解开的粗绳,吓白了脸,谁也没法责骂她了。杨雪把我拉得很紧,生怕我掉下船去。我的心怦怦乱跳,失去了节奏。

树木、长堤、水边的芭茅……飞速地从眼前晃过。小男孩大声吼叫。在蒙头乱撞的小船里,我们吓掉了魂,紧抱在一块儿。啊!邬蓉蓉!她追来了,在长堤上跟着小船奔跑。

"邬蓉蓉!……"邓小如喊,张开了双臂。就在这一刹那间,小船倏地翻了,我们落进了深深的河心里。

我连呛两口水,马上昏昏沉沉,胸口憋得难受,似乎要破裂,咽喉被卡得死死的,想喊又喊不出来,浑身瘫软,心里极慌,总想抓住什么,然后手脚耷拉下去……昏迷状态中,脑海里出现了一个字:死!……朝着缥缈遥远的境界漂泊。隐隐约约的,似被一只手臂抱住了,一惊,便失去了知觉。

我醒过来时,正被邬蓉蓉抱在怀里,摊在她腿上,倒肚子里的水。

女伴们都在，像鱼老鸹似的，坐在翻转了个儿的小船背上，一个个惨白着脸儿。

快落山的太阳血红。

到死神那里走了一遭，渐渐喘过气来，杨雪问："我的眼镜呢？"离了眼镜，挺有风度的杨雪就是半个盲人。这真是个难题，大家都不说话。杨雪急得怪可怜。

"哈，在我的裤儿里呢！"像发现了宝贝，邓小如惊喜地叫起来，从短裤边缘取出了挂着的眼镜。

太委屈它了。杨雪戴上以后，更加着急，说："邬蓉蓉，瞧！你的衣衫裤儿都撕破了！"

邬蓉蓉不语。

如果不是她从岸上跳下水，不经过那一番拼斗，不挂破衣裤，我们之中，首先是我，就会在那远远的河滩上，留下青春期少女的尸体。真不知邬蓉蓉竟有那么好的水性。

杨雪想到的是，十七岁的女孩，衣不蔽体，怎么上岸回家？邬蓉蓉咬咬牙，把我放下来，扶我站稳，叫女伴们把船翻转过来，给船主拖回去。

大伙儿的腿都发软，打着战，浑身无力，女孩的魅力和力气被淹没了。我站立不稳，也抠着船舷，使出最后的力气，小船总算翻过去了。怎么拖呀？杨雪顾及少女的尊严，坚持要邬蓉蓉躺进船里去，由我们三人拖着，逆水而上。结果，不管邓小如、杨雪和我怎样拼命，仍然拖不走船，我们不停地倒在水里。娇小姐三个！

太阳落下去了，天边出现一轮月亮。邬蓉蓉从船里爬了出来。她豁出去了，把破衣裤拉拢，系上疙瘩，背着粗绳，一步一步往前走。我们随着她，在明月下，在浅水里，留下一行背影。

邓小如说，她想起了那首曾经很流行的歌，叫《纤夫的爱》，就这么拉着船儿。杨雪没吭声，她心里一定有更深刻的话。不过，她不会说出来。

我仍然手脚无力，扶着船舷，跟随女伴们，弯着腰，在浅滩上缓缓地走，石子把脚掌硌得生疼。被撞碎的月儿在水中摇晃。我很担心：四个十六七岁的少女，浑身水淋淋的，没有更换的衣裤，这一夜怎么办呢？

我们披着月色回来了，展示了少女的大胆和坦荡。翻船落水的事儿，被乡里人炒得有滋有味，我们自个儿却守口如瓶，不愿把那首"船歌"带回燕儿窝。八号中学女生宿舍是纯女孩的世界。

5

女孩是涓涓细流，漂着馥郁的花瓣。青春的河里，女孩的世界有了男孩便有了波澜。艾建的突然到来，打破了我内心的平静。我就读的第二重点高中，所在地是小县城的旧址，而今只算一个镇，按习惯仍称小城。在高一（A）班，我身旁原有一个苗条的女孩，可她像昙花一现，只坐了半天，便由父母花高价转到了曾经录取我的省重点中学——县一中。从此，身旁留下一个空位，让我静心地等待，做梦都没想到，我等来了艾建！

邓小如坐在我们的后方。她娇痴坦荡，却洞察细微，有了很精辟的说法："这是缘分！"

我的脸自然绯红，嗔责她："你别这样瞎说好不好？"

"本来就是嘛！"她挺认真，毫无戏谑的意思。

邓小如那一本正经的实话常叫别人难堪。女孩子心细，岔肠儿多，谁知道人家会怎样误解，会联想到男孩和女孩的哪个驿站呢！我心里何曾没有想到"缘分"这个词儿？但我不敢承认，不敢往深处想。姐姐和艾建同班的日子，初中没毕业就传出了早恋的话题，岑菲儿并不气恼，甚至默认。我却最怕"缘分"落到头上，害怕姐姐误解我。

我和岑菲儿长相极相似，在学校里都有"最佳青春女孩"的称谓。同学可以当着姐姐，说她好美，是楚楚动人的窈窕淑女，男生叫她青春偶像，却绝对不会当着我那么讲。在男生面前，我保持着不容侵犯的女孩的尊严和戒心，我怕羞，胆怯，把自己的感情裹得紧紧的。初中三年，我和男生保持着"泾渭分明"的"陌生"感。有一个男生，人品很好，成绩极佳，不幸中途失学，我十分同情他，却把话藏在心里，看着他默默地离开学校。姐姐独来独往，冒着细雨去送我的邻桌。男孩留恋感激，姐姐落下有口难辩的传闻，满城风雨。她却青春无悔，说："送男孩有什么错？我情愿！"岑菲儿以纯洁的真情送别并无友情的男生，她也因此换来促使自己流浪的最后一个动机，从此失去升学读书的机会，而她把艾建推到了我的课桌旁边！初中阶段，前前后后，有五个男生是我的邻桌，我一直很平静。因为我的眼里并没有他们，我忌讳和男生说话，让他们有自知之明。只有和艾建坐在一块儿，才不会这样。既不能与他划一条无形的界线，又不能靠近他；想问他为什么来这儿读书，又羞于开口，没机会避开同学和他说话……我常常羞赧地垂下头，脸上莫名其妙地涌过热辣辣的浪儿。难道就因为他曾是岑菲儿最亲近的同窗？是昔日的艾建？又或是由于长了一岁，多了少女的羞涩和顾忌？

我的感情变化也影响着艾建。他本来是文静稳重的男孩子，坐在我身边学习，显得很自然，我们是邻桌，又似兄妹。我的敏感、微妙的感情流露，渐渐搅乱了他的心，他开始感到手足无措。

我和艾建成了高一（A）班的特殊风景。燕儿窝的女伴，也惊疑地猜测着我们。

年轻的班主任乔玉有所察觉，她站在讲台上，不时看我。乔玉老师的眼睛很美，像岑菲儿一样，水灵灵的，能打动人的心，会说话。

6

邬蓉蓉虽然不在小阁楼住宿了，但她的"户籍"还在燕儿窝。我们不会忘记她。邬蓉蓉走了以后，女伴们把我推选为室长，戏谑为第二代燕儿窝领导人。我推辞过，央求过，不管用，所谓众望所归，哭鼻子也得担当，真有点儿强人所难。

邓小如挺同情我，叹息说："岑小莺，你的运气不好，一上任就事多！"

也许是吧，翻船落水差点儿淹死，每天早晨，寝室门口又平白无故增添了许多蝙蝠粪，好像存心要叫燕儿窝显得不文雅。

女伴们嬉笑怒骂，哪知道我这些日子的心情。

这天早晨，太阳很早就从东方升起来，带着一团霞，玫瑰色的。邓小如的精神特别好，她心血来潮穿了一件稍微紧身的运动衫，虽然紧裹但不违校规，色彩极为协调、新颖，恰当地衬托了她高挑美丽的身材线条，叫略显丰腴的沈娟娟黯然失色。而她自己，落落大方，在同伴面前，丝毫没有故意显露的神态。无形之间，小阁楼里的几个女孩变成了她的陪衬，集中突出一个青春少女的魅力。

沈娟娟对谁也不瞧，背朝着大家，生气地整理凌乱的被窝。她总是最后一个起床，紧跟着便是一场兵荒马乱，抓错了梳子、牙膏或小镜子什么的，你一旦给她指出来，就扔掉，也不管破了的镜子能不能重圆。有好几次她蓬头散发，拿着脸盆往寝室外冲，不小心撞到男生身上，把别人吓得赶紧退避。有胆壮的男生嘲笑她，她便抬起头，脸红怒斥："烂仔！早自习迟到了，你负责？"今儿，时间本来紧张，她也不管是谁的脸盆，拉过来就把水往自个儿的盆里倒，可偏偏是邓小如洗过脸的。她的动作很快，也挺冲，邓小如冷不防"哎"了一声，想提醒她，那水不干净！她倏地给邓小如倒回盆里，意思很明显：臭丫头，小气鬼，有什么风度？早知道是你的，我决不伸手！还给你，不稀罕！

那脸盆受到突然冲击，翻身扣下去，真苦了邓小如，她怪可怜地待着，裸露的腿受了灾，两只鞋子装满了水。那是邓小如仅有的一双少女鞋，刚刚穿上脚。

杨雪正在铺上，眺望早到的朝阳，沉浸在某种感情里，猛然发觉燕儿窝出现了动乱。看着可怜兮兮的邓小如，她指指床下的白网鞋。邓小如仍立着不动。她极快地下铺，似高台跳水，那动作既骇人又轻盈。

"拿去！快脱，穿我的！"

邓小如感激地接过去，坐在床沿，脱去湿鞋，擦干了脚。很可惜，她没法儿穿。同样的新潮女鞋，至少大了一个码子，拖在脚上，像两只宽大的船儿。她非常失望，把水淋淋的新鞋捡到手里。

我赶忙找出了一双洗净晒干的少女鞋，递给"危难"中的邓小如。想不到，那么合她的脚，更显现她特有的美。邓小如望着我，眼眶都湿了。

女生们常说：岑小莺善解人意，是美的发源地。而她们并不知道，那双少女鞋是我姐姐岑菲儿的。

亏待了同伴的沈娟娟，眼里掠过一丝愧疚，可她头都不转一下，拿着脸盆，径自出去了。

为了表达对伸出援手的女伴们的感激，邓小如匆匆赶往食堂，替大伙儿买早餐。她去是最顺心的，无论买饭的学生怎么多，怎么拥挤，不管早迟，她要去窗口，绝对不会受阻。全校的同学都知道高一（A）班的大舌头邓小如。面对可爱的"妙玉"，谁都亲切，给予照顾。所以，在买饭的高峰期，她很快就满载而归了。也只有邓小如才有那样的杰作：把稀饭盛在一个大盆儿里，装馒头的搪瓷碗像装载集装箱的船儿。她就这样端着大步走回寝室，稀饭、馒头、咸菜、碗、碟，不分彼此，搅在一块儿。那会儿，二号病正闹得大家心有余悸，饭食黏糊糊的，让人难以下手，要不是害怕伤了她的感情，我们宁愿挨饿也不吃。她却说："挺卫生的，碗筷我都洗了几次！"

我肚里已经"饱"了，还有点儿反胃，硬撑着吃，往下咽。杨雪也支撑着受活罪。

7

程莹是八号女生宿舍里特殊的一位。她一来，就有鹤落鸡窝的味儿。那是一个晴天，有太阳，有风。新生入学，校园里车水马龙，熙熙攘攘，不少女生请了父母做保镖。被子、蚊帐、皮箱、脸盆、毛巾、圆镜、小梳、牙膏、香皂……尽管有的女孩嘴儿翘得老高，嫌"老土"：小城里啥样没有，何必要这般全副武装？父母还是害怕考虑不周，反反复复地叮嘱，直到女孩下决心不听，方才归置好物品，不舍地离去，好像至此一别，女儿就改变了国籍。

萍水相逢，我们五位先踏进小阁楼的女生，最后等来的，便是这位茜茜公主。

她乘着崭新的轿车，由父母陪着，在校园里绕了一圈，屈就燕儿窝。她皱着眉，不悦地站在一旁，父母当搬运工，气喘吁吁地上下木楼梯，一趟又一趟，车内搬空了，小阁楼里唯一的那间铺，堆得像车站的行李架，再也没有空隙。于是，她气恼地往下扔东西，扔得胖老板娘好心疼。

邓小如大开了眼界，忍不住"哟"了一声："茜茜公主！"就这样给程莹定下一个全校皆知的俏名儿。程莹因此骂过她很多次。

和程莹同时坐小车入学的，还有男生赵小华。只可惜，茜茜公主坐的是私车，白马王子"打的"，车也不只低一个等级。赵小华的父亲是副镇长，管工业的，有权使用公车，儿子也跟司机联系好了，让他瞅准空儿送"高干子弟"。可是他的父亲不准，说："短短几条街，自己背行李去，不能娇生惯养，更不能……"父亲没把类似损公肥私的话讲出来，赵小华已经领会，他早就贬父亲为方脑壳，也不愿尝试父母常挂在嘴里的奋斗生活，那样起码有损当代中学生的潇洒形象。母亲心疼儿子，给租了一辆人力三轮车。赵小华觉得太寒酸，不要，掏钱乘出租车，并且要专座。非常遗憾，门卫老头的眼睛标准严格，茜茜公主的轿车放行，"打的"的车靠边，门外下人。赵小华自己仍然得狼狈一回，又背又抱又拎，携带一大堆行李穿过校园。早下车的程莹站在一旁，注视他，为他拾起散落在沙地上的东西。他们就这样认识了，并且有过相视一笑。

8

程莹的笑很有特色，很动人。同学说，茜茜公主最美之处就是少女的笑。她是那种典型的妩媚女孩，可惜专横、浅薄、娇滴滴的，白璧微瑕。

男生给女生打分，对姣美的女孩宽容得多。他们评论燕儿窝的六个女生，最低分也不离优秀的边缘，而把程莹和我放在一个天平上，对她就有过多的惋惜了，总是期盼着说：假如茜茜公主能去掉碧玉斑点，具有岑小莺的出众美好，加上自身独具的大胆、开放，世界上的其他女孩就望尘莫及了。男生说我是青春少女之冠，小阁楼里最出类拔萃的。

可是，程莹对我的评价很差，贬责我太娇柔可爱，过分苗条、楚楚动人，虽然有一双让人心动的水灵灵的眼睛，长睫毛，但野心勃勃，想垄断各科成绩的皇冠明珠，给女生们造成威胁和危机，说话和笑都甜甜的，感染力特强，而且心地狠毒。"从你写的那些作文就看得出来，好成熟哟，怪刻薄的！"

我不想和她计较，便让她冤。我是语文科代表，作文写得特别好，受了岑菲儿的影响，也在《少年报刊》上发表过散文，可心地绝不狠毒。杨雪曾说我善良得像只小绵羊。程莹第一次就不交作文本，我如实给乔玉老师说了，班主任生气，她也气。

在高一（A）班，程莹和赵小华的学习成绩都属中等偏上，他们如果要登上优等生的台阶，轻而易举，可两位偏不求上进，就那么潇潇洒洒地学习，轻松有余，中不溜儿地满足。一个茜茜公主，一个白马王子，眼波传语，常常待在一块儿，相聚无忌。程莹贼胆大，当着男生女生敢唱"爱你爱个够"之类的歌，也不脸红，因此口碑很不好。

从初三考入高一，刚刚跨过一个年龄段，我们身上还带着初中女孩的特征，但已经改变了许多，不那么浅露了，多了少女的成熟。陌生的学校，陌生的群体，心态和感情在悄悄变化着。大家来自各个学校，环境改变着人，人也改变着环境，都在潜移默化之中。在这儿，来自同一个学校的很少，尽管女孩们仍然嬉笑怒骂，但稳重多了，判断是非曲直也有了新的标准，感觉自己在走向新的境界，走向成熟。程莹不该怨天尤人，不该埋怨同学没有发现她的美，也不该恨小阁楼里的女伴缺乏友情。是她少了自知之明，没有认真剖析自己。同是女孩，我体谅她，想帮助她，却不知该怎么办。

程莹对我有着忌恨。乔玉老师信任我，重视我，很快便让我担任高一（A）班的学习委员，把为难和责任沉甸甸地放在我的肩上。从小学到初中，我只是一个听话、深受老师称赞的好学生，从来没有担任过班干部，班主任把我推到了十分尴尬的境地。我很想把事情做好，任劳任怨，真诚地为大家服务，希望全班同学都学习好，像岑菲儿告诫的那样，不辜负美好的青春。可是，哪有那么简单啊，我单纯得有点儿可笑。我是弱女孩，温柔，和善，却又极认真，一丝不苟，各个组收来的作业本，我都要仔仔细细地数，一篇一篇地检查，有时候对于不认真做作业的同学，急得真想哭，可我从没去向老师告过状。

9

程莹好像有意考验我，一连三天不交作业本。我在作业堆里翻找，问她要，告诫她，劝她，央求她。她不理我，给我白眼，心安理得地看手机，好像我是乞讨的乞丐。我虽弱，却极倔强，她不给，我就等，静静地站在她面前，不发脾气，也不离开。她耐不住了，红了脸，收了手机，跺着脚："岑小莺，我欠你多少？"

赵小华说我脑壳"木"，为了程莹，他走过来点拨我："何必呢！智商应该高一点。同在燕儿窝，相煎何太急！"

"你走开！"

说话轻言细语、从不发脾气的我，带着哭声喊着，满眼的热泪。

程莹把一个语文作业本扔来了。她做了题，也抄了明星演唱的歌："千年的新娘，欠你的情欠你的意……"

程莹的那个大旅行包，质地考究，新潮时髦，盛着不能公开的秘密。程老板和老板娘每周开车到学校来接送女儿，风雨无阻，那个大旅行包必须同主人来来去去。燕儿窝的女孩们都知道，星期一早晨从家里来，里面装的是茜茜公主的高档衣裙，香水扑鼻，整个小阁楼里的空气都改变了成分，男生女生从门前经过，都说："好香！"对燕儿窝的青春女孩刮目相看。到了周末，千万别去拉开程莹的大旅行包，要不然，小阁楼里会出现酸臭味儿，且飘到户外，让左邻右舍的同学疑惑：八号女生宿舍出了什么问题？漂亮女孩们就这么不讲究卫生？原来，程莹多数时间不洗换下的衣物，干脆利落地往大旅行包里塞，反正家里有洗衣机，有保姆，轮流洗换，衣裙裤袜多的是，不新了，赶不上时代潮流了，不喜欢穿了，扔！另买新的。花钱不心痛，家里有的是钱。

程莹省掉上学时洗衣服裤子的麻烦，时间很充裕，多了轻松和潇洒，但也有十分难堪的时候。上个星期天气很热，又接二连三地开展体育活动，她一天一套，毫不吝啬地脱掉脏的塞进包里，换上干净的，到星期四下午，才知储存的衣物已经全部用光，严重的供需不平衡，扒了汗渍渍的一套，只有紧胸的纱衫和内裤，不可能就这样上街去买，她急得要哭。我动了同情心，把姐姐给我的一套衣裙找出来，拿给她，以解燃眉之急。她不要，好像受了辱。

想不到，阔小姐也有穷兮兮的时候，暴露了她不洗衣服的秘密，难怪这一整天，她的脸色一直阴间多云。老师和同学惊奇地看她。她想骂人，骂脏话。

虽然她不接受我的帮助，但她诚心要谢我，中午上街去买了一束鲜花，一盒高级蛋糕，放在我的床头。同学之间一点儿小事，她看得很重，做得挺生分，但不能再退还了，不然，她误解了，不知会多么气恨。那束花是从鲜花店买的，非常贵，有花无瓶，凋谢了也太可惜。我用漱口盅盛上水，当花瓶将它们养起来，放在小阁楼当中的小桌上，让女伴们共同享受。燕儿窝第一次有了水灵灵的鲜艳花朵。那盒蛋糕我不好意思吃，也不便开口叫同伴，于是把它放在鲜花前面。程莹看见，脸儿都白了。

第二天早晨，不知谁将它的盒盖揭开了，爬进一只叫人厌恶的"偷油婆"。沈娟娟瞧见，说了一句很笨的话："谁走到尽头啦？祭奠似的！"

程莹气极了，走上前，拖过那盒蛋糕就扔到门外去了。她看看我，留下了那束鲜花。窗外传来了男生的吼叫声："喂，臭丫头，文明点儿！"

10

被程莹打中的，是本班的男生马宁。他可是谁见谁避让的特殊人物，女生都不愿接近他。那一盒蛋糕把他打得够惨，在头上开了花，像电视里外国法官的帽子。他恼怒异常，正想冲八号女生宿舍骂出不文雅的话，却见出现在门口的是邓小如，火气立刻消了大半。

邓小如见了，忍不住笑，笑得很纯洁，很真诚。她说："怎么会是你啊？特地来接住的吧？多巧哟！"

马宁瞪眼。

"打伤了吗？痛不？快去洗了吧，要不……"

马宁扭头跑了，把头伸进水笼头下，水花四溅，冲湿了几个接水的女生。女生们小声骂他粗野，只顾自己，不管别人。她们拿着空脸盆快快离开了。马宁水淋淋地抬起头，见邓小如还在远处看着他，再也不气恼了。他以为是邓小如扔的。

那一盒被摔得"落花流水"的蛋糕，把八号女生宿舍弄成一团糟，加上几堆蝙蝠粪。检查卫生的女管理员看见了，眉头一皱，毫不客气地打了个"0"分。

"哎，你……"程莹看见，叫起来。

女管理员姓杨，人长得实在不敢恭维，粗矮，与女青年的苗条秀美绝缘，却有个好名字：杨洁。她对燕儿窝早有微词，打了最低分以后扭头便走。程莹和沈娟娟特别的气，为我这个背黑锅的室长不平，骂她"熊家婆"。

杨雪看着程莹，指指墙角的扫帚，意思非常明显：茜茜公主，把扔的蛋糕扫了！扫干净！

偏偏是邓小如出来，拿过扫帚，扫了又扫，生怕留下不洁净的东西。

第二章

1

　　燕儿窝的姐妹们把班主任看作自己宿舍的一分子。乔玉老师的年龄比我们大不了多少，站在学生中间，一点儿都不像老师，只能说是个新潮的大女孩。听高二的同学讲，有一次，县教育局一位新领导下来视察，在教室门口看见她正在黑板上写例题，随口一句："上课不见老师……"她倏地转过身来，竖着好看的细眉儿。当时，她披着飘逸的柔发，裸露的脖子上挂着项链，穿着流行的衬衫、牛仔裤、高跟凉鞋，淡淡地涂了唇膏，显得既新潮又柔美。新领导一怔，乔玉老师却轻轻地一笑："上课时间不能到教室找子女。哎，谁的家长来了？出去吧，下不为例。"课堂里鸦雀无声，新领导非常尴尬，校长恰好赶来，暗暗叫苦。

乔玉老师猜到是怎么回事了,坦荡地一笑,继续上她的课。据说有关部门对这位新教师的评价很不好,却对她的工作成绩惊叹不已。不管这传闻有无水分,我们都深信不疑。她的确与众多老师不同,别具一格。虽然学校的领导和家长对她褒贬不一,但同学们都喜爱这位姐姐似的女班主任。

乔玉老师青春袭人,她总是以同龄人的姿态出现在学生中间,大家把她看作姐姐,有的男生甚至把她划进燕儿窝的范围,冒失地给她打分,不料被她知道了。

"大胆!"她笑着说,"给我打了多少分?合格还是优秀?"

男生自知戳漏了天,岂敢公布七个青春女孩——班主任和小阁楼群体的比分。她也不追究,只说,每个同学先要自我评估。"我要优秀哟,'姐姐'心贪!"她含着笑,话中有话,谁能不求上进?

高一的女生,开始走进自我封闭的少女闺阁,进入与人生、感情的深层次对话。乔玉老师是女生心中的偶像。男生说大女孩乔玉很可爱,她敢爱,敢怒,不袒护,不隐藏,敢把隐私和感情暴露给学生,单凭这几点,就值得学生喜爱。他们庆幸自己拥有这样的姐儿老师,把她看作与我们一样的青春女孩,有的男生还对她产生了爱恋之情。女生知道了,说又是师生恋。她们冤屈了乔玉老师,但这话头自始至终没让她知道。

乔玉老师心血来潮,找来了一个足球,她要在课余时间,把她的弟子们拉上绿茵场。当她抱着球,出现在八号女生宿舍时,我们惊了一跳,眼睛禁不住瞪大了。大家看惯了的,是浪漫新潮的俏女班主任,从没见过她只着短运动裤和薄运动衫,充分显示出青春女子的动感。

"来吧,我们踢球!"她喊我,含着笑,叫去了小阁楼的所有女孩。

外国人迷足球,中国人也热衷,女孩里同样有球迷。可女生们一旦上球场，大多不懂规则，既胆小又笨拙，一双双娇嫩的脚穿着凉鞋、白网鞋，还有半高跟皮鞋呢，别说踢，躲都来不及，把女孩的弱点全暴露出来了，叫男生们大开了眼界。那是一场破天荒的足球赛，男女混打。杨雪当了裁判，想不到女才子还真懂球赛规则呢，太绝了！比赛不到五分钟，就把她气得跳脚。她说，该给乔玉老师黄牌警告，罚下场。"乔老师，你踢不来球，只俏！多没意思！"她急了，大声说。乔玉老师喘着气，笑笑回答："贵在参与。"

没进场的男生女生围在球场四周，热心地当啦啦队，三五成群地说着笑着，评议不似球赛的战局，乔玉老师和小阁楼的女生成了众人瞩目的评分对象。赵小华是踢足球的佼佼者，可是，不到十分钟就退场了，挤过去，挨近到场但没比赛的茜茜公主，和她说悄悄话，那份亲热劲儿，简直忘记了同学和老师就在跟前。

男生把艾建推上场，顶替了白马王子。

艾建也真呆，既然戴着眼镜就该推辞，偏要当一回敢死队员。结果，汗一出，眼镜片大雾弥漫，结满水珠，成了两块布，但局势由不得他频繁地擦眼镜片，他干脆摘下来揣在衣兜里。这下可好，他成了没头乱撞的苍蝇。我最担心的，就是他摔着，或者被别人绊倒。我本来是灵敏的，一分心就迟钝了，既要"躲"球，又要盯着艾建，有时在场上呆立不动。

"哎，岑小莺，快让！"邓小如喊。

那是马宁踢来的球，他找错了球门，射向我。

沈娟娟蹲在地上喘气，嚷着："笑死人啰，累死了！"

就在躲球的一瞬间，艾建撞进了我的怀里，我们一块儿倒在草地上，艾建的脚勾掉了我的鞋。我先爬起来，没忘了地上的艾建，赤着一只脚去拉他，拉了之后脸绯红。

有了笑声，杨雪把马宁罚下场，叫我踢点球。我的脸还在发烫，摆手。我真没那本事，女生们可不愿去踢这一球，反正贵在参与，没真正的规矩，要班主任代劳。谁知，乔玉老师一脚把球踢到观众中去了，程莹被吓得跳了起来。

一场别开生面的足球赛下来，女孩们累得喊"娘"，少了许多娇气，乔玉也成了小城高中的"名教师"。

自知在女生中结了怨的马宁，寻着机会和杨雪说话，称赞乔玉老师"有绝活"。

"脸反？"杨雪只有两个字，够分量。

2

入学以来的第一次单元考试，好几个女孩考得很狼狈，眼泪都出来了。八号女生宿舍的几位，虽没有那样的可怜样，但有一半的心里沉甸甸的。窝囊的事儿不想多说了，单是那位被学生叫作"藤野严九郎"的数学教师就让女生既气又怕。瞧，卷子一发，便在讲台上正襟危坐，干豇豆似的身体，居然有一双探长般的眼睛！还有那份考题，不知是谁出的，高难度，叫你头皮发麻，一点儿恻隐之心都没有！沈娟娟被一道难题考懵了，怎么也想不起计算公式，额上沁出了汗。瘦猴似的数学老师伸出手指，对准了她。她气红了眼睛，喊出了声："馊题！"啊！又是八号女生宿舍的！瘦老先生怒视。过后，程莹戏说：当时沈娟娟的心里没有答案，只有"猫头鹰文库"的《真与爱》。要不，就是《在水一方》。沈娟娟的枕头下有这些书，不管她是否在考试时走火入魔，反正丢了小阁楼的脸儿。程莹自个儿也好不了多少，她眼疾手快，把艾建的草稿抓走了，并且报以甜甜的一笑，而她决不认为这是作弊，美其名曰："和岑小莺的邻桌闹着玩,也分享分享男生的友情。"怪不知羞耻的。

第一场考个晕头转向,给学生们敲响警钟,得奋发拼搏了。谁知,还有第二场呢!我们的俏姐儿乔玉老师也不饶学生了。一看她拿着考卷,女生便暗暗叫苦:如果这一场再考得不好,不仅无颜见江东父老,而且愧对"同龄大姐"!庆幸语文考题还过得去,没刁难学生。写作文的时候,有的女生动了真情,掉了眼泪。

奋斗一天下来,小阁楼里的床铺上,横躺着几个女生。哎哟,累死了!回想起来,都考得还不赖,说不定有三分之一是佼佼者呢。

程莹没有那份忧患意识。考就考了呗,再去苦想有什么意思!她觉得女伴们傻,从枕头下摸出袖珍收录机,随意打开,小阁楼里便响起了歌声:"九十九朵玫瑰……"

"谁的?关了!准备睡觉!"门外响起杨管理员的呵斥声。

女孩儿们手忙脚乱,匆匆打水,洗脸洗脚,如果不争分夺秒,一旦无人情味的女管理员关了寝室的灯,那就苦了!少女们悄悄藏有香水,青春气息浓。可脚板的味儿,假如不洗,总是难闻的。

程莹慢吞吞的,音乐照样放。杨洁又喊了一声,女伴们都在看她。她不理,压根儿就不与你一般见识。

"啪"!灯被关了。

屋里响起女伴们的小声嚷嚷:大家正在忙碌呢,这点儿宽容都不给?程莹把毛巾一扔,"咚咚咚"跑下木楼梯,打开门,把一排宿舍的总开关拉开了,还把手腕伸过去,请管理员看表上的指针:"还差一分钟!"

小阁楼里,"情人节"的歌声还在响。

女管理员气极了,与程莹同时跑进小阁楼,差点儿被卡在门口。收录机被杨洁拿走了:"没收!你们特殊得很!"

没收是气话，当然要退还，但茜茜公主必须先作深刻的检讨，真心认错，还得有一张书面保证："今后严格遵守纪律，尊敬老师。"

"不要了！"程莹很干脆，"你想要就拿去，咱犯不着去丢那人，受那般委屈。再说，你的手表那么低级，连时间都不准，怪谁？"程莹根本就没把女管理员放在眼里，也不理睬。但是，由不得她。校长把程莹找去了，过了很久她才回来，眼睛红红的，留着泪痕，一进小阁楼就把收录机扔了。

女伴们都看着她，小阁楼里静悄悄的。

城门失火，殃及池鱼。我因为失职，也受到校长的严厉批评，同样湿了眼睛。我没有去想自己是不是委屈，呆坐在床前，杨雪、邓小如、沈娟娟陪着我发怔。

3

程莹在床上找她的《明星发式珍藏本》，把本来就凌乱的床铺翻得像地震后的废墟。找不着心爱的东西，她哪儿都是气，直愣愣地盯着半卧的沈娟娟。她俩的床铺接壤，棋逢对手，都乱糟糟的，常常因为睦邻关系发生战争。沈娟娟的床上，枕头没有固定的地点，被盖很多时候是蹬开的，七零八落扔满了书，除课本、"高参"之外，还有《红与黑》《读者文摘》《五角丛书》《女人的奥秘》……难怪茜茜公主要怀疑她了。

沈娟娟也恼，倏地坐起来，随便抓起两本书，像扔砖头似的，扔给程莹，显然不是茜茜公主想要的。程莹却捡起一本，翻了翻内容简介，讥讽道："我以为啥经典，不过是约会、爱情之类的吗！"

沈娟娟火了，跳下床，嚷："瞎眼了！写在哪儿的？"

燕儿窝里爆发了女孩战争，杨雪挺身而出熄灭了战火。

程莹不记仇，很快就把女伴之间的吵架放下了。她再次上街破费，买回了葵瓜子、水果、糖，因为是中午，进出一百次都不违反校规。她还给门卫刘大爷扔去了一个大苹果，那动作既洒脱又优美，假如不是因为上次顶嘴，她至少会扔去两个。刘大爷很感动，笑着："这个小丫头！"

"贱，没治！"她不下车，扭过头去，含笑地骂。

刘大爷拉长了脸，差点儿扔了那个皇冠大苹果。

不能拒绝茜茜公主，女伴们在晚上分享了她买回的东西。

夜很美好，月亮没有升起来，满天的星斗，像无数晶亮的眼睛，窥视着小窗内的我们。糖果是高档的，很丰盛。燕儿窝里，除了程莹，没有第二个女生花销敢这样大方，也只有她才有这样的经济实力。她是想出手时就出手，凭自个儿的感情，绝不犹豫心疼钱。

因为白天的不愉快，大伙儿吃得不多，沈娟娟压根儿就不尝。程莹是个重感情的女孩，她极气，抓起扫帚，发气似的把桌上剩余的糖果和地上的瓜子壳、果皮，一齐扫进盛垃圾的铁皮簸箕内，扔在墙角，一头倒在床上睡觉。早晨，她第一个打开小阁楼的门，提着那一簸箕，直奔倒垃圾的河边。

茜茜公主迎头撞上了本年级的数学老师。程莹早，他更早，老先生有练太极拳的嗜好，恰恰又是他值周，当然是披星戴月了。按理说，男老师对女学生都宽容一些，他偏不，沈娟娟吃过他的苦头，曾经在背后揶揄他："心理不正常！"他没听见，自然不追究，今早程莹可谓运气欠佳。

"喂喂，你这簸箕里装的什么？就这么拿去倒？"

程莹盯着数学老师，挺不屑，那神态似在说："这不是垃圾吗？亏你还是名牌大学毕业的，任教几十年，桃李满天下了，连这也看不出来？我既然到了这儿，不倒垃圾做什么？"

老师倔，学生也倔；老师等待，学生偏不说话。不尊敬老师当然不能离开。最后，程莹急了，把一大堆垃圾倒在数学教师面前，拎着铁皮簸箕，返身往小阁楼跑。

"程莹，转来！你这是啥意思？"数学教师怒喝。

"哐当"一声，程莹把铁皮簸箕扔在门角，拿上脸盆、漱口盅，直奔洗漱处，她除了有储藏脏衣裤回家才洗的缺点以外，是最爱干净的，梳洗装扮比哪个女生花费的时间都多，由于和值周老师相持，耽误了时间，她匆匆忙忙，在木楼梯上小跑。数学教师的脑壳也真够"方"的，他把混在垃圾里的糖果，仔仔细细地选出来，用旧报纸包好，拿到燕儿窝来了。

数学老师踏着木楼梯上来，威严地站在寝室门口。面对从天而降的老师，正在梳洗的女孩们一阵慌乱，好在不伤大雅，只有沈娟娟刚刚钻出被窝，正伸着懒腰打呵欠，她一着急又把被盖拉到身上，只露出两条腿儿。

头发花白的数学老师因为气极了，方才糊里糊涂闯了"禁地"。他清瘦的手颤抖着，把偌大一包脏糖果摊开，痛心地说："同学们！自己过来看看！你们怎能这样糟蹋啊？艰苦奋斗，你们全忘了！学校正在动员给'希望工程'捐款，还有贫困的学生无钱读书，眼睁睁地失学！我的故乡在边远山区，家有八十多岁的老母，即使逢年过节，也难以吃到你们当成垃圾的糖果……可怜天下父母心，他们希望你们这样？我为你们担忧，国家养了你们这些贵族少女！"

女孩们都垂下了头，我噙着眼泪。

数学教师步履沉重，走了几步，又回过头来："程莹，一会儿去教师办公室！"

"你放心，我会来！"她答得很爽快，不失应有的风度。

老师走了以后，程莹把那包蓬头垢面的糖果，重新扔进铁皮簸箕里。

4

程莹没有按时去，中午放学以后才踏进教师办公室的门，回到小阁楼，她骂了一句粗话。她哭过，眼圈还是红的，脸上留着泪痕。

茜茜公主两次流了泪，我们很同情她，也很内疚。她挨批评，我们有责任，不是她一个人的错。大家都默默地坐着，垂着头，数学教师那震撼心灵的斥责还在耳边回荡。

她笑笑，说："别那么要死的样儿好不？没什么！只要大家坦荡一点儿，不小肚鸡肠，啥都有了！"

程莹说得大伙儿鼻子酸酸的，这时我才惊异地发现：她含着泪的笑比什么都美。

程莹擦尽了泪痕，掏出毛峰绿茶（女孩一般不喝茶，她偏偏有这些），给女伴们泡上，仍含泪笑着："喝杯清茶，小姐们！艰苦奋斗！"

不喝也得喝了，不能再得罪茜茜公主。真没想到，被颂扬得神圣的茶，原来是这么个苦涩味儿，简直像受罪，面对哭了一回的程莹，还得舒展眉头，含笑硬灌。纯真的少女不能作假，作假多难受呵！

见大家这样对待她，程莹笑得很开心，她告诉同伴："我和校长吵了架！"惊得大伙儿发愣，茜茜公主也太胆大了！

"没事，校长是个好人！"

程莹说："我不顶撞数学老师，老先生很伟大，是大孝子，想到他的八十岁老母过年不能吃上糖果，我就想哭。错就错了呗，硬着头皮顶着，任他刮，我有这份骨气。可当他批评到一代人，我跳起来了——谁都没错，就我茜茜公主一个人！我把数学教师唬住了，没想到校长刚好进办公室来，他把我叫过去，光凭'茜茜公主'几个字，就够他批评三年！……"

校长没轻饶程莹，从特殊的绰号，到不尊敬老师，再到把糖果当垃圾，以前的，现在的，错事儿成堆，罄竹难书，小阁楼里的女生都有份，程莹成了全权代表。幸好校长不知道他的辖区内有个燕儿窝！

程莹忍不住了，骂校长："官僚！"

校长万万想不到他管理的学校，居然有这样的漂亮女孩，反倒不气了，静静地听程莹说下去。

程莹就在这个时候哭的，她说，糖果是她买的，是她扔的，倒的，与小阁楼的其他女孩无关，攀不上"这一代人"，别冤枉她的同伴，更别贬低她们。学校不是刚刚开设了生理健康课吗，这几天正讲青春期的少女，她自觉得很，还需要一副洁白的牙齿呢，既然不能吃了，给同学害人，不如扔了清白。校长说，你骗我。她笑笑，骗就骗了吧，自己好好认识错误，下不为例，记住素质教育，艰苦奋斗还不行？校长让她走了，她不走。

"我们寝室的日光灯烂了，没人管，晚上点蜡烛……"她"无心无意"告了杨管理员的状。

校长相信她，身为一校之长，自然知道女学生没灯的难处，答应马上派人修理，还找出一把蜡烛给程莹。

"不，我们要有香味的，红蜡烛！"

程莹走了，校长望着她俏丽的背影，忍不住自语："红蜡烛？"

执政十年的校长，居然难知当今女孩的心。

5

应该说，程莹是凯旋了，而她仍然守约，给值周老师写了一份检讨。这对茜茜公主来说，实在太难得了。无论哪位十六岁的少女，都羞于给老师写检讨。在感情上，真有人格被侮辱的味儿，可程莹写了，写得很认真。

"我不想伤他的心，满足他一回。"程莹说，数学老师感动了她，饱经沧桑的老头子太难得，十六岁的少女读懂了老教师的心。

但是，数学教师并不要她的检讨，她盯着老先生："你这不是疯了！折磨小丫头，对吧？我辛辛苦苦，白写了？"她不说话，想撕掉递过去的纸。数学老师说："你自己保存最好，知道错就行了！我记得你们有句话：理解万岁！"

"谢谢！"程莹再次感动了，声音有点儿颤抖。

校长到八号女生宿舍来了，也许叫微服私访，他来看看小阁楼的日光灯，了解具体情况，却一脚踩进洗脸盆里，水立刻泛滥成灾，程莹泡在盆里的裤子也留下一个脚印，看来女生寝室里真的太暗了。校长忽然想起应该有个窗户，本想去拉开不知谁挂上的窗帘，刚伸手去攀我的床栏，立刻想起是女学生的铺，忙说："把窗幔拉开！"校长初入陌生地，不知虚实，看不见东西，湿了一只脚，很有些尴尬。

"唰"，窗帘拉开了，阳光如铜镜落在校长头上，给他罩上一个光环。屋里亮多了，校长这才看见，小阁楼里真有一个女生，正叉着腿儿立在窗子边上，那是邓小如。后来，妙玉告诉我："真把人吓死了！我正在换衣服呢。"原来，小窗户内挂的不是窗帘，是我的裙子，邓小如情急之中的临时措施，校长太粗心了。我说："校长没清查你上课时间躲在寝室里，是你运气好！"

"我肚子痛!"邓小如白着俊脸儿,"他在喊拉开窗幔哩!糊涂了?"

粗心的校长离开小阁楼的时候,犯了一个不算小的过错,没有把湿裤子给茜茜公主捡进盆里,程莹一进寝室就气得嚷:"谁这么缺德?"

屋里只有一个病小姐,捂着肚子的邓小如不得不如实相告了。

"看,还在上面踩呢!""改邪归正"的茜茜公主,第一次亲自洗裤子便遭此劫难,特别在乎踩的那一脚,眼圈都气红了。程莹就是这样,考试分数少了不计较,即使被老师的朱笔错判了若干分也不心痛,就计较这一脚!一个五十多岁的男人,粗暴地踏了妙龄少女的裤子一脚,简直是天底下最大的忌讳!才说校长是好人的程莹,恨恨地骂:"臭老头!"

邓小如惊得差点儿叫出声。

程莹对那一脚耿耿于怀。从此,再也不见她穿那条高档女裤,她扔掉了。

6

沈娟娟不合群,和女伴们格格不入,说话总带刺儿,蹊蹊跷跷的,好像不伤害同伴,她心里过不去。因此,她在小阁楼里显得很孤单,大家都避而远之。和她常常发生战争的,是程莹,多数时候分不清谁胜谁负,糊里糊涂的结局,得到同情的,却往往是茜茜公主。沈娟娟骂同伴们龌龊,小家子气,鸿鹄燕雀,咱一概瞧不起!好像她改变了性别,是男子汉。大伙儿视她精神不正常,一笑了之,最叫她气的就是这种味儿的笑。

小阁楼里,最能和她抗衡作对的,是杨雪,她常常败在杨雪面前,因此非常气恨,骂杨雪是当代魔女。

沈娟娟的最大缺陷是,啥事儿都以自己为轴心,杨雪责问她:"沈娟娟，你为何那么自私？"

她没好气："你大公无私了？说得多漂亮！谁不自私？为自个儿活，你懂吗？"

杨雪嗔怒："我懂得你！低档次的女孩！"

沈娟娟气恼了好些日子，在走廊上和杨雪相遇，她都要扭身掉头，从另一个方向绕道进教室，迟到了挨批评也不悔。

沈娟娟和我们几位不同，她的身材已经趋向成熟，略显丰腴。程莹给她"目测"，说她今后绝不可能亭亭玉立，是"肥肥"的第二代。程莹说话也挺损的。从此，沈娟娟的第一忌讳便是"胖"，与此相通的"肥""臃肿"之类，都忌讳，谁要说她"胖姐""胖嫂"，简直要了她的命。其实，从现状来看，她长得挺不错的，不像我们"单薄"，可她就那么忧心忡忡。男生哪里知道女孩们的这么多苦恼呢，旁人不知道小阁楼的内情，燕儿窝女孩的喜怒哀乐真可谓色彩斑斓。这天早晨，邓小如无意间发现沈娟娟枕头上有一盒减肥茶，瞪大了眼睛，十分忧虑地说："沈娟娟，你怎么瞎减肥呀？这茶有伤害身体的药物，不要命啦？"沈娟娟气青了脸，恼恨傻小姐不考虑后果，公开了她的"隐私"。

说"黑色星期天"是沈娟娟的创造，也是她的自由。这个星期天沈娟娟有许多错位：一个校外青年到高一（A）班"拖"女生，被负责的老师当场抓住，那可不属于鸡毛蒜皮的小事了。沈娟娟最气的就是这宗少女的冤案，她不能为自个儿洗刷罪名——晚自习之后，大家都匆匆离开教室，谁有心思听她说明真相？她也不愿说，不想说，副局长兼生化厂厂长的千金小姐，本来就瞧不起全班四十八个芸芸众生。在八号女生宿舍里，她自认为"鹤立鸡群"，当然得给几个丫头轻描淡写透露几句，以免我们小看了她。

沈娟娟的谈吐很有水平，既清楚又准确，仿佛站在高高的跳水台上，让我们羡慕：那个在教室外叫她的男青年，是某领导的儿子，特地来告诉她，她姐姐沈娜已经正式进入牛津大学了，问她有无出国深造的愿望。

"是吗？"杨雪看得她扭开了脸。

程莹如今努力读书，此时正为弄不清的数学题冒火。她嫌沈娟娟卖弄，打断她的思路，仰起脸，一半对我们，一半对沈小姐，说："你搞错没有啊？牛津大学是补习班？洋插队？我如果想去，不愁，花钱呗，有什么意思！"她有心刺沈娟娟。

邓小如无心无意冒出一句："《百老汇100号》。"

那是电台曾经播放的电视连续剧，描写的就是"洋插队"，将几个主要人物一对照，她把两个女伴都得罪了。沈娟娟更气恨她。

对这事儿，我没说什么。可我知道，邓小如更知道，沈娟娟的爸爸确实花重金，让大女儿出国深造去了，小城里已经传闻得沸沸扬扬。

7

我姐姐在小城里的姑爹的水中花茶庄打工，当服务员，晚饭以后，我借了一辆自行车，想去看她，被急匆匆赶来的邓小如挡住了。

她拎着一只风铃，恳求我："岑小莺，到我家去吧，今天是我妈妈的生日，她盼望我们……"

说真的，要去见姐姐，我真迫不及待，可我不能拒绝邓小如，拒绝她会心痛。"远吗？"我担心两个俏女孩傍晚出门不安全，回校夜静了，没勇气去翻校门。

"就在小城里。"好像是泄密，说了她便低下头。

我真不敢相信邓小如是地道的小城妞儿。既然在城里却要住校，想到她惧怕同伴提"第三者",想到她的流泪、哭泣……我默然了,她一定有着我们不知道的少女故事。妙玉是一个谜,是同伴破译不了的密码。由她,我突然想到了岑菲儿,想到了自己,看着她,心沉甸甸的。

住校生是不骑车的,邓小如却推着一辆新自行车,休闲式的,淡黄色,很新潮。她说,在毕业班借的,见我盯着车子,她嗔怪道:"别猜,是女生的!"好个邓小如,身上也长着刺儿。

骑车出校门,门卫刘大爷紧追不舍,大声叮嘱:"两个小丫头,按时回来!"

飘逸潇洒的女中学生,特别出众的少女,崭新的车,并驾齐驱,淡淡的香水味,精美的小风铃,在夜色降临的小城里非常引人注目。她和我的秀发,乌黑柔美,随着车速飘着轻柔的波浪,发梢不时拂在迎面而来的人脸上。高一(A)班,留长发的女生,都是属于小阁楼的。

邓小如说,她这会儿好快乐。

要穿越闹市区。我原来并不知道,邓小如的骑车技术极好,她一手掌握车把手,一手拎着风铃,既快又有风度,因为高兴,还不时回过头来,说一两句夹舌的话,给我一个很有魅力的笑。我骑车笨拙,胆小,沁着汗水,身上湿漉漉的了。邓小如一点儿都没有发觉我的狼狈,在熙熙攘攘的人流里,她的车子像一条水蛇,左绕右拐地穿梭,要不是有人突然叫住她,我真要被抛在人海里了。

拦住邓小如的是一个大约三十岁的女人,端庄婉丽,化着淡妆,笑起来非常迷人。她拉住邓小如的手,亲切地说:"小如,不去看我了?今天是你妈妈生日,代我向她问好!"说着,把一盒生日蛋糕交给妙玉。

邓小如不说话,接在手里的,好像是易燃易爆物品。她的脸潮红了,说:"罗阿姨,我……"

"我不是说过了,叫我罗萍……来,把这带上。"说着递给邓小如一双时髦腿袜，显然是刚买的。

邓小如还给了她。

"带上！"叫罗萍的女人说，"我没时间去看你妈，祝她生日快乐！小如，再见！"说罢，像一朵云似的飘走了。

邓小如再没有声音，也没有笑，她不骑车了，提着风铃和生日蛋糕，掌着车把手，默默地穿过繁华的街道，步履不再轻盈。

我跟着她，心情渐渐沉重。我们好像在走向等候宣判的法庭。

邓小如叹了口气。她买了一束便宜的鲜花，花朵素美，脱俗。她领着我走进生活小区，站在一家门前，轻轻地叩着，我的心莫名其妙地紧张起来，感到很压抑。

门开了，没有邓小如的妈妈，是一个中年男子，邓小如一怔，无语地走了过去，我略迟疑，跟随着她。

邓小如把蛋糕放在桌上，拎着风铃和鲜花，倚桌站立。屋里的空气非常沉闷。我很尴尬，手足无措。

"小如，等一会儿吧，我已经打电话告诉你妈妈了，我在屋里等她。"

"妈妈不会回来了！"邓小如哽咽着说话。她到房间去了，把鲜花插进花瓶，风铃挂在妈妈的床头上。

这时候，电话铃响了，邓小如跑出来，一把抓住话筒。

"妈妈！我和岑小莺来了！嗯，他……爸爸在屋里。……祝你生日快乐！我……"她带着哭声，放下了话筒，她拉着我匆匆离开了屋子。

"小如，你转来！"她爸厉声喊。

邓小如回过头："爸，我们要上晚自习，蛋糕是罗阿姨的，你该叫她来……"

站在楼房下了，我才发现，邓小如满眼泪光。此刻已迎来小城灯火的初潮。

8

拗不过眼含热泪的邓小如，不忍伤她的心，架好自行车，我和她手挽手，走进了陌生的小酒吧，第一次闯禁区。人们都惊异地看我们，好像我们是天外来客。那位服务吧女，比我大不了两岁，迟疑了好一会儿，才给我们斟酒。我和邓小如端起了那杯酒。小小的一杯，血红似那位罗萍阿姨的樱唇，壁灯下，又像两口深深的小井。吧女看着我们，既惋惜又怜悯，可称同龄人的吧女，把我和邓小如看成了失去纯真的女孩。

想着酒吧小姐的猜疑，我的心都颤抖了。小小一杯酒，是女中学生的越轨，对青春的背叛。从未让酒精沾唇的我们，难得糊涂一回，说不上勇气，怀着难言的心境，端起了那一杯……邓小如说："岑小莺，还是你幸福！"

我无言以对。

没等喝完那一杯，已经醉了。脸鲜红，发烫，浑身酥软，轻飘飘的，胸脯发胀，憋得慌，头发晕，有说不出味儿的痛。小城的灯火，小城的人，缥缥缈缈，似很遥远，像雾中的花。离开酒吧的时候，吧女忧心地看我们，好意地说："小妹，你们走好！"

深谢了！我们不会失落自己。

醉女骑车，惊怔了许多过客，也吓走了许多人。来时是邓小如领着我，回去是我带着她。因为心里一直想着岑菲儿，所以我把车骑到了水中花茶庄出口处的小巷。

邓小如说："我们走错路了！"

"没错！"我大声说，眼睛望着小巷深处。

小巷幽窄，只有一两盏昏黄的路灯，那棵大泡桐树立在夜幕里，影影绰绰。小茶馆应该关门了，我姐姐又被罩在了青灰瓦房的盒子里。她还好吗？我想带着邓小如骑进小巷去，恰在这时，大泡桐树的更深处，传来了如歌如诉的唢呐声。唢呐一停，又奏哀乐，我顿时背脊阵阵发麻。邓小如掉过车头就跑，我喊着她，追了上去。

9

躺在小阁楼的床上了，才深知酒对少女的毒害，那小小的一杯，简直是殷红色的陷阱！可能是空腹饮酒，吹了冷风，我瘫在床上，腿搭在床沿上，灯光下，大概像一个死去的女孩。我的头轰轰作响，恍恍惚惚的，思绪好像在跑马。邓小如的醉样儿，忽明忽暗的月色，昏黄的路灯，幽深的小街……还在脑海里涌现。

邓小如和我的床相连，她侧着身子朝向墙，好像在面壁思过，我听见了她轻轻的呻吟。

杨雪跳过床来了，把我的腿抱上床去，替我脱去了凉袜，摸我的前额。"岑小莺，你怎么啦？病得这么厉害！"她粗心，没闻到酒气。不，也许酒在少女身上，已经化为淡淡的青春气息了。她擦着眼镜片，说是要去找校医，或者送医院。

我拉着她的手，轻轻说："没事，睡一会儿就好了。"

"不！别逞强了！"

这时候，不知出了多少汗，身上已经湿透了。她一边叫同伴，一边按着解我的扣子，给我脱、换衣衫，我捂着胸脯，有些气恼，说："你走开，我没病！"

程莹和沈娟娟慌忙过来了，程莹叫着："岑小莺！"往我的上铺爬。

"哇"的一声，邓小如突然侧过身来，吐了。沈娟娟吓了一跳，躲得极快，差点儿踩翻盛洗脚水的搪瓷盆。

邓小如和我都没有吃晚饭，她吐的是清水，酒气。

"哇，小姐，你们该进戒毒所了！"沈娟娟嚷。

程莹跳下床来，皱着眉头，很惋惜地说："你们干吗想不开去喝酒？既要挥手，就该无牵无挂。"

"别大惊小怪！"杨雪喊，挺有女孩的威严。可惜，已经迟了，上来巡视关灯就寝情况的杨管理员敲响了燕儿窝的门。

整个阁楼里的女孩都不理她，不开门，她一定听见了屋里的说话声，敲着门叫我的名字。杨雪强迫我换了上衣，给沈娟娟比画手势，让她去抽开门闩。

女老师走进小阁楼的刹那间，程莹正在用随手抓来的脏裙子匆匆擦邓小如呕吐的脏物，没瞒住老师的眼睛，真相大白了。

杨管理员没说什么，她来看我和邓小如，接过杨雪递过的毛巾，给我擦头上和胸部的汗，然后，叫程莹协助杨雪给我扯痧——像杀鸡似的，按住我，用食指和中指沾上水，如虎钳，在咽喉处的脖子上"嘚嘚"地揪、扯，五脏六腑都好像被拔着揪着，痛得钻心，要命。我是在岑菲儿的关爱中长大的，亦娇亦弱，从没吃过这样的苦头。看着我的痛苦和泪花，两个女伴再也下不去手了，乞求地看着老师。女管理员亲自动手了，她可真够狠，"嘚、嘚、嘚"，根本不管我的死活，使命地揪。按着我的程莹松了手，眼泪都出来了。我在女管理员手下挣扎，央求她。她不吭声，也不住手，直到脖子上有一处刀戳似的血红，方才说："好了！"拉过我在挣扎中敞开的衣襟，遮住我的胸口，到邓小如铺上去了。

程莹又得做她的助手，杨雪没过去，搂着我，给我扣上扯脱的衣裤纽扣。

邓小如同样遭此劫难，痛极的她，咬了女老师一口。

杨管理员给我们扯了痧，又叫沈娟娟去她的寝室拿药。那晚上，整排宿舍房的灯迟关了四十分钟，住校学生都明白，原因来自八号女生宿舍。究竟为什么，只有女管理员和燕儿窝的居民知道，有同学戏称"西线逸事"。

我们心想：等着让校长批吧，反正小阁楼从此灰溜溜的了！再说，手狠心毒的杨小姐岂能放过我们？仔细想想，女伴们也就豁达了。怨谁都没意思，既然错了，就承认呗，女孩也该有女孩的气魄！就像杨雪说的，只要明天还在，青春时节的魅力就不会泯灭。

偏是我和邓小如，脖子上血红的一处就像自杀过，抛头露面怪不好意思。知道的同学晓得叫作扯痧，最传统，最野蛮，对于我们两个醉酒少女来说，也是最有效的治疗方法。不知者，还以为燕儿窝发生了什么惊天动地的蠢事，两位俏小姐便是明显的注释。我俩常常被同学看，闹得难为情，幸好几天之后，那抹血红渐渐消失了。要不，那等尴尬，日子长了，谁都受不了。

沈娟娟说："小姐，切莫忘记，野蛮老师的思想改造！"

"改造你！"邓小如没好气。

那晚之后，校长并没有找过我和邓小如，也没有任何老师提到女孩醉酒的事，可见女管理员非常大度地宽恕了我们。想起来，真有点儿以小人之心度君子之腹的感觉。那夜，真的是她救了我俩，虽然野蛮，狠了些，但那颗心我是理解的，过了几日，剩下的都是对她的好感。想到曾经讥讽她，骂她，同是女性，心里觉得欠了她不少。

我和邓小如醉酒以后，一件叫女孩难以承受的事落在了沈娟娟的头上：她那个副局长兼厂长的父亲，因为贪污受贿被查处判刑，身为官小姐的她，突然沦为灰姑娘！那一天，她在小阁楼里悄悄痛哭，眼睛又红又肿。

第三章

1

茜茜公主忽然冒出一个奇怪的念头,要去找乔玉老师,自荐担任文体委员,管理高一(A)班的文娱体育。

当时,小阁楼里只有她和我。她刚刚从球场回来,浑身汗淋淋的,还在微微喘气,俏脸儿通红,边脱汗湿的衣裤,边对我说:"岑小莺,你知道不?今天我真想按住那个大笨蛋,捶他一顿!他根本就不配当文体委员!我一指责他,他就讽刺我,'程莹小姐,拜托你了!借给你当行不行?'他说我想过把瘾,王八蛋!过把瘾就过把瘾,我就要试试,看我程莹会不会在同学们面前丢脸!唉,不想多说了。那个兔崽崽,真把我气死了,要不是想到女孩要文雅,我不当场整他才怪!"

程莹气得说话也粗野，我不相信她是认真的，以为她闹着玩，我想："假如你当上了，准哭鼻子！"并不放在心上。

临到洗浴的时候，她才发觉寝室里既无开水，又无冷水，急得要跳楼。她在这些方面往往缺少心眼，容易陷入难堪的境地。她怪可怜地央求我。其实不央求，我也会主动帮她解燃眉之急，于是我为她匆匆忙忙地打水，守门。她对我感激不尽，一再地叫："我的好妹儿！"

惊慌过去，她耷拉着修长的腿，坐在床沿，显出净洁的美。她长裤的腰扣掉了，恳请"妹儿劳驾"，让我帮她缝好——她的长裤不少，这会儿单看中了这条少女裤，非穿不可。她也不怕冷了，光着长腿等待。邓小如曾经说，茜茜公主最缺乏的能力是照管自己，女孩必须做的，她偏偏不能做，一点不假，穿针引线这类极普通的小事，到了她手里，比造原子弹还难。她还蛮有道理，说是："女儿志在四方，本小姐不想当贤妻良母，何苦要在鸡毛蒜皮上浪费青春！"如果我不在小阁楼里，真不知她怎么办？

程莹把自己打扮得青春袭人之后，笑得极美，又提起自荐担任文体委员的事。我说："你疯了吧？"

"没疯！"她说我"现代老太婆意识，思想不开拓"，"我最气的就是你不相信我！"

我让她自个儿去气，并不放在心上。谁都知道，全班的女生中，程莹是最豁达的一个，不打肚皮官司，不记私仇，爱恨分明，她的气恨，似夏日的阵雨。茜茜公主像透明的水晶。我最知道她的性情，也就不把她的壮志当作一回事儿，没想到，那位当文体委员的男生，真被程莹缠上了。

茜茜公主逼他辞职。

那位大块头男生，在程莹眼里属于贬值的"二等公民"，突然接到俏女孩的相约通知，真是受宠若惊，特别是这俏女孩还是少女骄子程莹，真让他有点儿喘不过气来。我想，他一定猜到男孩和女孩的事儿上去了，光凭那份脸红就知他的心跳。他如约来到小树林边。

大雁结伴而过，程莹倚树等他。他因为思路错了，失掉了男孩的气魄，惴惴地等待茜茜公主的判决。程莹自然明白他的感情，也有了羞臊，她有点儿火了，嘲讽地笑笑。那男生只知好看的女孩对他笑，居然很动情，把男孩的傻全暴露出来了。程莹够气的，可她仍少不了笑，她问那个被折腾得懵了的男生："你能当好文体委员吗？"

男生不吭声。

"坦荡一点儿，对我说真话，能不能？"她知道那男生绝对窝囊，戏谑地说，"要不要我教你，做个样儿给你看看？"

程莹不该这么说，可她说了，而且说得颇有女孩的感情味，那位男生举手投降了。

"好，那你去辞职，敢不敢？"

为了你程莹，别人还能不敢？我是被她拉来督阵的，在河边看着她的瞎胡闹和女孩的傻味儿，真替她着急，只有茜茜公主才会闹得这样的出类拔萃！

而那个"优秀"的男生真的在周会上当众辞职了，他一本正经地说："我不如程莹，当不了文体委员，请程莹担任最好！"

绝妙的笨蛋！连我也忍不住在心里骂他，男生当众承认不如女生，煞是开明，也许因为对程莹有了深情，他才不顾男子汉的面子，大胆地说，说了以后还看了程莹一眼，把视线全引到程莹身上去了。程莹在心里骂他，骂得恨恨的，瞧那张脸儿就看得出来。

乔玉老师怔了，男生女生却是一片掌声。不过，这掌声的成分很复杂，难说没有戏弄茜茜公主的意思呢。

程莹绯红着俏脸儿,当仁不让。戴上乌纱帽之后,她才后悔,叫屈说:"岑小莺,我被逼上吊了!"

我顶撞她:"怨谁?那是你自个儿找的!"

"自私鬼!你就见死不救?"

2

我埋怨程莹,十六岁了,还像小姑娘一样,恶作剧似的闹着玩,做着少女的傻事,做了之后才知严重性,又后悔,可怜兮兮的,拉上一个女孩替她垫背。她说:"谁可怜哪?既不是丑事,又不会要命,怕了谁?只是从此身后跟了一群男生和女生,怪烦的。特别是男生,瞧着不顺眼,却偏要和你亲近,没话找话说的机会多的是,好苦哟!"

她说出了一部分真理,漂亮女孩当学生干部的确有些这样的麻烦。我吃了不少这样的苦头,多亏艾建每日在我身旁,成了我的保镖。因此,对程莹的苦衷我深有体会。以程莹的性格和她的"开放",当了文体委员以后,出格的事儿多着呢,但愿她能自尊自重,不至于满城风雨。再说,她这官衔来得蹊跷,刚刚上任,闲闻逸事就有了根据,说是娇娆少女和彼君之间似乎"有些问题",赵小华急躁得忘了男女生的雷池,拦住她问:是否有越轨之举?她气得把白马王子骂了个狗血淋头。

"你凭什么问我这样那样?滚开!"她宣布,如果哪个男生再和她说话,就是脸皮厚!虽然大家都明白,这是专指赵小华,可是,真有装聋卖傻的——马宁,他宁愿脸皮厚到底,半小时以后就出现在程莹面前了,非常虔诚地叫一声"程莹",挺潇洒地问她:"今日的体育课上不上?"

程莹白他一眼,扭头走了。他并不尴尬,对着嘲笑他的男生辩解:

茜茜公主并非不理睬他，那一个秋波价值连城。在场的女生听见，骂他"该死"。他是明知故问，当日的体育课他就该倒霉，因为跳鞍马的动作不合格，连跳数次，累得蹲在地上，十分狼狈地挨批评。体育老师不知不觉中为程莹打抱不平了。程莹看着他那副可怜相，忍不住莞尔一笑。

赵小华耿耿于怀，和马宁怒目而视，差点儿被体育老师当场抓获。据传，白马王子为了保卫他的青春女孩，曾经和让贤的前任文体委员打了架。首先出手的自然是赵小华，战败的也是他。他们是在男生寝室里较量的，外界不知，双方本是挚友，战后也能和好。可惜的是，有一个饭盒和一个脸盆从窗口飞到围墙外去了，"生死"未卜。

沈娟娟看不惯程莹"出风头"，冷冷地瞧茜茜公主，不说话，那神情，那鄙夷味儿，好像八号女生宿舍里出了一个不洁的坏女孩。真正要叫程莹"上吊"的，是女伴的这种眼光，好在程莹坦荡，理解得不深，除了气恼，她拿沈娟娟别无二法。自从当副局长兼厂长的父亲因为贪污受贿，从宝座跌下来沦为囚犯以后，沈娟娟好像成了另一个女孩，变得很冷漠，独来独往，决不开口说话，对燕儿窝的同伴好似陌生人。对程莹，她不吐露半句，却在静观其变，所有的话都在她的目光里。那双失去少女温情的冰凉眼睛，叫茜茜公主受不了，她嚷："我饶不了沈臭丫！"我阻挡程莹，叫她宽容，理解沈娟娟，程莹骂了我。

"反正被鄙视的不是你，你倒轻松！"她气得抹眼泪。

杨雪不赞成程莹担任文体委员，在那片掌声里，她皱着眉。茜茜公主想哭鼻子的时候，她很认真地说："程莹，你不适合当班干部，你没那份素质，真的。"

程莹比挨了耳光还难堪，辩解说："我试试自个儿的魅力，体现女生的价值！"

"傻！"

杨雪说出了她从不吐露的字，果断有力，没有委婉和掩饰。程莹说不出话，既羞又气，喉咙都发出哽咽声了。

说程莹傻的还有邓小如。她不敢像杨雪那样，当面开口，只是很忧心，问我怎么不劝劝程莹——既是朋友，就不该看着茜茜公主去做蠢事。我感到委屈，真应了那句俗话：歪嘴女照镜子，里外都丑了。我没料到程莹会那么"疯"，也没料到同学们赶鸭子上架似的，用热烈的掌声，把程莹送上了"断头台"。这会儿，木已成舟，哭鼻子也不管用了，别无选择，我只好心甘情愿地和程莹绑在同一辆战车上。我不帮她谁帮她？

杨雪说得一针见血。程莹不缺唱歌的甜润嗓音，流行歌曲一首赛一首，效仿名歌星惟妙惟肖，唱缠绵的甜歌会叫男生如痴如醉，她的舞姿优美独特，加上她的身材和气质，简直可以和那些明星比试高低。她的体育，在女孩中也堪称一绝，特别是她的体操，把她的舞姿糅合在内，严格地说不算完全合格，但她的动作独特优美，连最挑剔的裁判也拍案称奇，暗暗赞叹。那一次体操比赛，她压倒群芳，叫所有的参赛少女都黯然失色。如果不是这样，在班会上程莹破天荒的自荐，就不会得到那么多的掌声了。我相信杨雪的话，程莹最缺的就是做学生干部的素质。

我记得，刚到小城高中不久，天气还很热，蝉儿懒洋洋的叫声撕扯着夏日，体育老师似乎也心血来潮，上体育课时把高一（A）班带到涨潮的小城河去游泳。为了安全，老师严格控制活动的范围，拦河划定地段，女生在上游，男生处下游。程莹偏不服气，嫌女生游泳的河段水浅，不满意男生作拦河的"鱼网"，也不知她哪来的特殊号召力，居然带着几个会水的女生，直杀男生的统治区。那会儿，男女生还处于半陌生状态，少年们猝不及防，被几个胆大不怕羞的女孩吓得纷纷逃上岸。而她，恰恰算不上游泳高手，被卷到激流中去了……河里岸上一片惊慌，多亏艾建不顾危险，冲过去把她抢了回来。

体育老师的脸色好一会儿才恢复正常，怒责她："野，只会添乱！"并且私下断言："此女绝对不能重用，否则，后悔莫及！"

她恼，说高头大马的体育老师"没意思"，却对不熟悉的艾建嫣然一笑："谢你了，眼镜！"

没有被冲走或淹死的程莹，惊吓一过，便无所谓了，反而嘲笑为她担惊受怕的老师和同学："胆小鬼一大群！"那时候她就敢说，"眼镜最伟大，我最喜欢的男孩就是他！"并且评论，"如果艾建不是眼镜，将来必夺奥运金牌。"

我想，杨雪告诫她，是怕她担任高一（A）班的文体委员以后，会像那次游泳一样，让同学们"大开眼界"，闹得兵荒马乱。

3

邬蓉蓉回一次"娘家"，到小阁楼来了。她归来，想完成两件大事：一是婉言开导茜茜公主，告诫程莹，女孩儿应当本分一些，不要太野太露，更不能"开放"，惹出事儿难买后悔药；二是想帮助程莹——既是昔日的司室好友，有福同享，有难同当，她本没那份能耐，偏偏捡个重担儿挑，叫她有需要帮忙的地方就开口，傻姐姐拼死也去做。邬蓉蓉好心好意却惹火了新上任的文体委员。程莹的气不打一处来，竖着妩媚的柳眉儿，一通不顾情谊地抢白，把憨厚的邬蓉蓉唬得开不了口，难堪到极点。茜茜公主的嘴儿比刀子还利，不给傻大姐留半点脸面。

太过分了！遗憾的是，小阁楼里只有程莹、沈娟娟和邬蓉蓉。沈娟娟真似看破红尘，冷冷地瞧着她们，好像在观别致的风景。我、邓小如和杨雪知道时，邬蓉蓉已经噙着热泪离去了。她本来打算和燕儿窝的女伴同宿一夜,却被程莹无情地撵出了小阁楼,那会儿时间已经很晚,小城里出现了星星点点的灯火。

郊外刮着风,想着委屈伤心的邬蓉蓉正在苍茫的暮色里归家,我们的心里都很难过,看着细心护理秀发的程莹,心里像塞上了什么。

程莹倒很坦荡,把她和邬蓉蓉之间的冲撞毫不隐讳地讲了出来,懒洋洋地翘架着修长的腿儿,挑眉等待。那神情非常明显:我知道你们要口诛笔伐,说吧,要杀要剐随小姐们的便,我程莹无所谓!

杨雪被激怒了,骂茜茜公主。

"小鸡崽!"程莹嚷了,她气得面红耳赤,说女伴们鼠目寸光,近视眼,自私,没有当代女中学生的气魄,一个个满脸皱纹,只配去默哀,还说邬蓉蓉是家庭妇女。她的话把杨雪刺得最痛,我和邓小如也哑了。

邓小如想说什么,被杨雪用眼神拦住。杨雪说程莹真的疯了。

"疯了"的茜茜公主想哭,没有其他女伴的时候,她怪可怜的,对我说:"岑小莺,想跳井是我的第一感觉,信不信由你,我觉得自个儿没错,死也不忏悔。我最气的,是你们也俗气!"她似乎要永别了。

我说:"别那么死呀活的,想死的不该是你程莹!我帮助你好了!"

她一定要我承认:这是我们姐妹俩共同的事儿,为的是十六岁青春季节里的美好,展示当代少女的魅力,说是"天下兴亡,匹夫有责"也可以。我能说什么呢,点头默认。

"我的好岑小莺妹儿!"她高兴地抱住我,又是那个疯劲儿。

不知何时,燕儿窝的几个女伴都进来了,无声地看着我们。

4

担任文体委员后,落到程莹头上的第一个任务,就是为县中学生首届艺术节准备参评节目。程莹说:"乔玉小姐想要我的命!"她自然要我救救她,这就叫作茜茜公主有难,妹妹有责,死了程莹,世界就不完美。

这话不是随意夸张的。原来,小城高中乃是挤进重点行列的亚军,自然而然被推到竞争的强手之中,也须攀上名牌中学的宝座。然而,无论从校舍、教学设施,还是师资力量来说,都与县一中有许多距离,也就如程莹所嘲讽的,校长带着学生拼命。她说:"假如有一天,校长、老师和俊男俏女们,都吊死在分数线上,那才壮观呢!"

杨雪忍不住谴责她"嘴儿臭"。

"谁臭?我程莹最香,最有吸引力!"她不知羞臊,说出了她在男生心目中的分量,不该一语道破的实情。

杨雪拿她没法儿,权当她是痴傻。

程莹的戏谑,也讲出了小城高中的真情:追求第一流的考分和升学率,确是校长和老师们的衷肠。我想,正因为这一点,艾南老师才让儿子艾建步我的后尘,放弃县一中,在做了我姐姐的邻桌之后,再做我的邻桌。不算委屈,该是和我们姐妹的缘分。这次的艺术节参评,学校绝顶"聪明",既不影响教学,又想榜上有名,采取了"优选法":不进行普遍性的排练、选拔,只在学生中物色佼佼者,确定上报项目。多才多艺的茜茜公主首当重任了。

程莹却不稀罕这份独赐的青睐。她虽然高兴,却奚落校长和分管的主任:"干吗老打漂亮女孩的主意?良心大大的坏!"还说乔玉小姐"出卖"自己的妹儿。

我说:"别逗了,既然想去,就准备吧,犯不着嘲讽老师。"

我无心无意戳痛了她,她认真了,说:"你和艾建去,一对儿!"

我挺气,怒责她,自个儿红了眼圈。她自知说漏了嘴,闯了祸,一个劲儿地认错,求情,央求我别告诉姐姐岑菲儿,也不能让艾建知道。以后,她去祝福他们的时候,再当面请罪。她的嘴儿极甜,我即使气恼,也得原谅她。我正色道:"今后不准说他们。"她盯着我,似乎发现了啥秘密似的,我真想擂她。

她把你气够了,仍然苦苦地恳求,面对那份真诚和可怜样儿,谁能忍心拒绝呢。她拿一句话要挟我:"岑小莺,我们可是女孩有约!"不约我也得帮助她。我是心地极软的少女,有着不外露的热心肠。我和她筛来选去,班里的男生和女生似乎都不如意。程莹挺挑剔,对男生的要求特高,单是气度、潇洒和"帅",就排除了绝大多数,最后剩了赵小华、艾建和另一个男生。白马王子自然合格,但她不愿让他来,说:"与我们同台跳舞犯忌。"赵小华被否定了,另一个男生当然用不着考虑,请来会贬低自己。她绕来绕去,盼的还是艾建。可她知道我不答应,只好忍痛割爱了,说:"岑小莺自私,岔肠儿特多,封建主义!"轮到女生,茜茜公主也很苛刻,她说杨雪缺少文娱细胞,最好做居里夫人的候选人;昔日的官小姐、今日的囚犯之女沈娟娟根本不用考虑;邬蓉蓉少了当代少女的开放意识;邓小如出众,有独特的美,可惜窈窕的身材比我们高。

"和她同路,成了她的陪衬,颠倒了,不干!"靓女堆里都选不出,其他女生就望尘莫及了。

我问她究竟挑选谁。

"你和我!"她说,"认命吧,谁叫我俩是鸡窝里的凤凰呢!"她说得挺不知耻,也挺损。

她就是这样的个性，用少女的专横，把同族异族都排斥了，由垫背的我和她全揽着。不用猜，以后她还得埋怨同伴不支持她，看她的猴戏。我也不想多说，由着她吧，就算我的软弱，心里想："你不叫别人，别人还怕与我们为伍呢。"

程莹却不这样认为，她把去参加艺术节选评看得极神圣，选的双人舞也是极罕见的，难度高、新奇、出格。她把杨丽萍的独舞《火》改为"姐妹双舞"，加上她的新潮意识和想象，胆小的女孩准被吓跑，跳不会也不敢跳。她单独与我试跳的时候，我毫不客气，把不符合少女规范的部分全贬斥一通，说得她瞪眼，问我是不是从道观出来的，哪有那么多清规戒律！我坚持，不修改决不参与，让她一个人去出丑。她只好依了我，叫一声："岑小莺，你谨防未老先衰！"最后约定："谁中途拆台，谁就昧良心，就死谁！"

5

程莹选定双休日练舞，她自作主张，给司机兼保镖的父亲打去电话，说身负重任，准备参加艺术节评选，陪岑小莺练舞，钱物按时送来。大功告成之后，她武断地告诉我："崽儿妹，就这么定了！"

我有些不高兴，不喜欢她的称谓，"崽儿姐""崽儿妹"她喊得怪熟练。我和岑菲儿是很顾及脸面的女孩，哪能让她都"崽儿"了。我心里不悦，却不会怒形于色，只说："明天我要去姐姐那儿呢！"

她立刻嚷："不许反悔！君子一言，驷马难追，不能说话不认账，扔下我一个人，看着我丢丑，比上吊还难堪！练了舞我们一块儿去看望姐姐，行吗？我比你还心疼岑菲儿呢。岑小莺，就当'爱你没商量'，你别拆台，依我一回。好小妹，我求你了！"

我还能不饶她？即使天塌下来，也得和她同生共死了。程莹立刻眉开眼笑，俊脸像盛开的桃花。她说："这回，我们姐妹得一鸣惊人！"她评议以往那些排练节目的，包括明星们，没成龙爪儿就先伸出来了，把幼稚的过程全暴露出来，"炒"得烦死了，出尽了丑，让人都腻了，谁还感兴趣？这次，她要我和她秘密进行练习，把自己关在小阁楼里，无拘无束，苦苦地练，要丢脸就丢尽，反正没人看见，只要能登台夺魁就不愧于付出的牺牲。

程莹说得很坦率，打动了我，她也做了充分的准备。然而，由于星期五的晚上小阁楼里只有我和她，感情的潮来了，她睡不着，说着男孩和女孩的话题，艾建、岑菲儿、赵小华，还有燕儿窝里的女伴都牵扯到了，还问我："岑小莺，你想过早恋吗？"我的脸发烫，不吭声，被她闹得睡意全无，失眠的少女，直到天明前才带着情窦初开的触动入睡了。一觉醒来，阳光已落在蹬开被子的肌体上。

程莹嚷"糟了！""糟了！"也得放开胆儿练，跳下床，穿衣，洗脸，梳头，刷牙，跑小食店……"关门，开始！"一次又一次，练得汗津津的。

"脱！"程莹喊，她先扒了外衣和外裤，穿着精美贴身的内衣。我也效仿，柔舞成了"习武"，气喘吁吁，都累坏了。

程莹一头倒在床上，张着腿儿："我的妈，好恼火哟！"

我问："还练吗？"

"累死谁送花圈？免了！"

免不了，歇下来就冷。程莹说："难得穿，再练，死了是英雄！"

练得自个儿满意时，我快趴下了。程莹也说："离永别不远了！"

换去内衣内裤，擦洗尽汗渍，又一次进小食店。这是程莹的主意：今日不到学校的食堂去，改善改善待遇。她还提议"碰杯"，我坚决反对,她只好作罢,叫来一瓶无酒精的饮料,但"杯"是一定要"碰"的,并且"碰"得很潇洒,引来了众多的眼光,猜测我和她的身份。

我羞臊得想转身跑出小食店,程莹却很坦然,以目回视,叫好奇者避开她的眼神。

下午的阳光很灿烂,程莹和我找岑菲儿去了。程莹别出心裁,叫了一辆人力三轮车,叫车夫绕城外的大堤去水中花茶庄,她说:"潇洒走一回,在长堤上挺浪漫的。"

可惜,浪漫和我们无缘。

这里的小城河和读初中时的那条小城河不一样,它不算宽,水很清澈、深泓。河的下游接近邬蓉蓉的家,燕儿窝的女伴们曾在河水里狼狈过一回,水淋淋的,拖着那只翻了个儿的小船,留下难忘的记忆。此刻,人力三轮车慢悠悠地走过长长的沙堤,累坏了的我们觉得心旷神怡。突然间,一个被追逐的小男孩落进了我的视线。他的背影好熟悉!追打他的是一个凶狠的崽娃,我一惊,想喊没喊出来。

"停车!"程莹说,车一停她就从我身边跳下去了。我也随她跳下。程莹跑上前,呵斥那个崽娃,迎面去阻挡,反而被那崽娃抓住了胳膊。

我既惊又怕,心跳得很急,岑菲儿和我曾经夜遇流氓的情景又浮现在眼前。那次,我们落在了流氓手里,如果不是农村大伯相救,姐妹都毁了。

"岑小莺,快来!"程莹挣扎不脱,大声呼唤,她的脸都惨白了,头发散乱。

我奔过去了,不要命地撕扯那崽娃的手,撕扯不开,那就咬,抓住程莹的那手一松,程莹头一低,死命地顶过去,"扑通"一声,那崽娃猝不及防,仰面翻落到河里。

"姐姐!……"

小男孩跑到了我们跟前。啊,"理发店"!那是岑菲儿熟悉的一个少年流浪儿。我刚想问他为何在这儿,那崽娃从河里爬起来了,手中抓着石头。

"姐姐,快跑!他是摸儿(扒手)!""理发店"一边喊道,一边想用小小的身子护住我。

听见"摸儿"两个字,虎背熊腰的车夫扑了上去。那崽娃见势不妙,扔来一块石头,逃之夭夭。

本是值得庆幸的胜利,不料程莹踩虚了一块沙埂边的石头,身子一侧,拉着我一块儿掉在了清澈的河水中。

"姐姐!你们……""理发店"扯着嗓子喊,也要下河来,他救不了我们。没等他跳下水,我和程莹已经爬起来了,冷得要命!幸好车夫没走,在等着我们。

水淋淋的我们,被原路拉回。车夫拼命地蹬车,把"理发店"的喊声扔在后面。

"小莺姐姐,向大姐姐问好!我进学校读书了!"

6

我们在小街上,看见了垂头独行的沈娟娟。成了囚犯之女的她,心情自然悲凉。星期五下午离校的时候,她孤孤单单的,我可怜她,想送她一程,当着程莹她们,又有些迟疑,让她独自离开了。此刻再见沈娟娟,我有些后悔,暗暗自责。

这是星期六的上午,还不到返校的时候,沈娟娟拎着个小包,凄凄惘惘地,从我们面前的街道当中走过去了。邓小如"哎"了一声,我心里也冒出了"沈娟娟"的呼唤,却只是无言地和程莹、邓小如立在梧桐树下,眼睁睁地看着她走远了。

"走吧,人家瞧不起我们!"程莹说,挽住我的手肘。

"不!"

我看清楚了,前面不远处就是关押嫌疑犯的地方,沈娟娟正站在守门的武警跟前,诉说着什么。我挣脱程莹的手,想跑过去,伴着沈娟娟。我想,她多半去看望她的父亲。

程莹使劲拽住我,骂我"笨蛋":"那是你进去的地方?你凭什么?"

茜茜公主气红了脸,邓小如也不让我去。

这当儿,沈娟娟忽然转过身来,望着我们,她在期盼。阳光下,我感觉出她眼里有晶亮的泪花,而手却被程莹死死地拉住。

第四章

1

寒假是一本新的日历。

像程莹一样,岑菲儿爱放孟庭苇的磁带,"风中有朵雨做的云……","你有几个好妹妹……"

我不愿回到舅舅家里去,那幢胡氏小高楼,虽然有我和姐姐合住几年的小房间,但飞出的鸟儿不愿再归旧巢。借来的"窝"原本缺少亲情和温暖,姐姐一走,更觉得陌生。我也不想长待在姑爹的小茶馆里,害怕看他的脸色,更反感大姑的指桑骂槐,讨厌她并不真诚的关心。我成了他们的一块心病,增添了他们的负担。父母有一对令他们骄傲的出众女儿,却没有给我们留下一个可以栖息的家。

我远不如岑菲儿，丝毫不能帮她的忙。在小茶馆里，我只有羞赧，胆怯，常躲在那间小屋里，怕见茶客，更不愿面对年轻的男子，自个儿承认，吃姑爹大姑的闲饭，偏偏受不了怨言，典型的中学生妞儿。大姑冒火，骂我娇，说姐姐袒护我。

我使岑菲儿的处境更艰难了。如果姐姐不是百里挑一的服务员，姑爹一定会炒她的鱿鱼。也许，应该离开水中花茶庄了，可我这只候鸟，不知往哪儿飞。

岑菲儿突然向姑爹请了假，说是要带我回故里的小城去。那段时间，已快到农历的年底，家家忙着办年货，屋门前已经贴上了红对联，水中花茶庄的生意开始清淡了，姑爹自然满口答应。我们走，少两份口粮，大姑还装作很亲切地再三说："回去多耍两天，别疏远了舅舅和舅妈。"大姑早知那段往事：舅妈程美妮趁我姐姐出走的途中，串通人贩子，想把岑菲儿骗卖到远方去；我姐姐发觉，跳火车逃脱，人贩子被逼才出卖了程美妮。我想："大姑是下逐客令了！"

岑菲儿带我回故里，是迫不得已，是为了我。她决不愿再见那座边远小城，那里会勾起她伤心的回忆。

闻一多先生有一首诗，我曾经读过，他说："家乡是个贼，他能偷去你的心！……"故里小城也有值得我们思念的，那儿有初中毕业班的贺萍老师，一个挺好的姐儿，有初中的同学陈浩和曹小莉，艾建在城里等待，姐姐和他有约。

我和岑菲儿出现在故里的小城了，大街小巷贴着红对联，不时响起鞭炮声，欢迎归乡的客女。

天空中簌簌飘着鹅毛般的雪，大片大片的，染白了匆匆到来的新年。天放晴了，血红的朝阳，映着欢乐的孩子们，我们踏着正在融化的雪，走过城郊的大桥。姐姐已不是昔日的岑菲儿，多了真正的成熟。洁白的小城，殷红的羽绒服，她提着那口小皮箱，显得很超群。走在姐姐身边，我显得比她"小"了许多，一个很幼稚的女中学生。

可能是突然闪过的念头，让岑菲儿折转身，走下桥头，到了空旷的河滩。我紧跟着她。

沙砾和鹅卵石上，留着残雪。视线里，有一座低矮的坟茔，啊，是尤小敏的！清澈的河水，静悄悄地流。昔日的伙伴，无声无息地躺在河滩上了。标致美丽的躯体，过多外露的青春，无顾忌，挺傻的话语，被一抔浅浅的沙土掩埋了，我们和她被隔在了两个世界。

"尤小敏，姐姐和我来看望你了！"站在她的坟前，想着她因为不珍惜自己的美好，才有今日的沉默无言，不禁热泪盈眶。

头顶上一只鸟儿在飞，凄凄地鸣叫。

坟茔披着洁白的雪，顶上开着几朵不知名的小红花，惨兮兮的，我忆起给尤小敏送葬的情景。岑菲儿忍不住抽泣了。

这时，背后响起了摩托车的声音，扭过身去，我和岑菲儿不觉惊怔了。孙鹏！他因为保卫青春偶像，不满尤小敏的艺术照被贴在卡拉OK厅的"大磨坊"里，恨他父亲玷污尤小敏的纯真形象，与父亲大动干戈，遭到毒打，愤怒之下放火烧了不洁的"窝"，因此进了少管所。现在，他出来了。他变了，像个经过磨炼的男子汉。

孙鹏坐在熄火的摩托车上，穿着皮夹克，他摘下头盔，一颗惊人的光头是劳教的记录。他看着我们的泪眼，沉默着，微微垂下了头。他的车上有一束鲜花。我明白了，花是来献给尤小敏的。

孙鹏和岑菲儿初中三年同班，都对尤小敏有很深的感情。

他想喊岑菲儿，似乎碍于特殊的原因，开不了口，显得有些自卑。我姐姐说话了："孙鹏，你来看小敏？"

孙鹏很感动，有些受宠若惊，朝我们点点头，拿着鲜花，朝坟前走去。他看着岑菲儿,姐姐的眼神在对他说话,要他大胆地走近尤小敏。

孙鹏捧着那束鲜花,跪了下去。我站在他身后,看着他的背影,心里升腾起对他的同情和怜悯。

"小敏,我……来迟了!"孙鹏哽咽着。男儿有泪不轻弹,他哭了。

我和姐姐回到故里,第一个遇见的,就是这个被释放出来的少年犯同学,心情不觉有些沉重。

2

尽管不愿面见舅舅,在除夕的鞭炮声中,我和岑菲儿还是叩响了胡氏小高楼的房门。

"哦,岑菲儿,小莺,你们回来了!"

门开了,迎接我们的,是一个略嫌轻佻的漂亮女子。对姐姐来说,这真是意想不到的重逢。我们呆立在门口,漂亮女子很有魅力地笑笑:"岑菲儿,不认识我啦?"

一时间,我们说不出话来。岂能不认识?从故里小城中学毕业的同学都知道这位校园歌手,只是忘记了她的名字。这位前三届的女中学生,曾在全县校园卡拉OK赛获了金奖。岑菲儿给我说过,她离校出走归来时,便是与这位"歌星"在大雨中同坐一辆"大篷车"——四处漏雨的火三轮,一路上,"歌星"反复唱着:"人说爱情是蜜糖,又说相思能断肠……"甜润的歌喉,唱得软绵绵的,把任静的原唱模仿得惟妙惟肖。此刻,她怎么出现在舅舅家里,且有主妇味儿?难道……

她红着脸,轻轻地对岑菲儿说:"我和你舅舅结婚了。"

"你?舅妈?"我们真不敢相信。她,不过二十岁,青春年少,而舅舅足有四十岁了!为什么会这样?因为舅舅是富翁,还是因为……她比我们只大三四岁，竟是舅妈？不用说，程美妮已经杳无音信了。也许，她正在过着女性不堪忍受的日子。

往昔初识的女中学生，今夕再见的胡府主妇，生活捉弄了我和姐姐。她观察着我们的感情变化，极温存地拽着岑菲儿，把我们请进了府中。在沙发上，她和我们偎依得极紧，几乎脸儿贴着脸儿。

她的脸发烫，小声在我们耳边说："菲儿，小莺，我们的年龄相差无几，我就是你们的姐，好不？私下里叫我姐姐。我一定待你们如亲妹，让你们好好读书，我叫邓玉，别喊舅妈，叫我的名字……"

来得太突然了，岑菲儿没有说话。我心里好像堵着什么，不知不觉湿了眼睛，只觉得头痛。

邓玉的感情浸着无奈和失落。

岑菲儿默默地拉开了她搂着的手。一学期没回来，除夕走进昔日的"避风港"，小小的九平方米，居然焕然一新，我和岑菲儿的合影，用精美的相框装饰好了，挂在墙上，小桌上多了一盏新台灯，一个时髦的闹钟，床被蚊帐也换了新的，花瓶里插了一束鲜花……整个小房间，好像是公主的新居。我们坐在床沿上，既陌生又惊疑。

这一切，是和我们同代的舅妈做的。她早就盼着我们回来，每天还为这个小房间打扫灰尘。

邓玉倚在门口，无声地看着我们，我和岑菲儿的冷淡打击着她的感情。

新的闹钟响着，标记着生命的长度。姐姐躺在床上，手枕着头，斜望着拉开帘子的窗口，窗帘也是新装饰的，我喜爱的天蓝色丝绒。窗外，有几只灰鸽子在飞，带着白雪的反光。

"岑菲儿——"

是邓玉在喊，那样的语气，似长辈，又似姐妹。我很惊讶，她端来了两碗热腾腾的红糖姜开水，在等待我们，使我想起电视镜头里的丫鬟。我接过一碗，不喝，悄悄看姐姐。

岑菲儿不得不从床上起来。邓玉看着我姐姐，说："菲儿妹妹，你不讨厌我？"

我心里好像打翻了五味瓶，也热辣辣的。我想，岑菲儿也一样。舅妈？姐姐？我们的校友？岑菲儿一路风尘的同伴？似乎是一幅色彩交错的无章的画，讨厌她吗？说不出，倒是对她有了很深的同情，不管怎样，她现在毕竟已是我和姐姐的亲人。我不知究竟是喊她邓玉，还是姐姐，最后吐出了"舅妈"。

她把我抱在怀里，再三说："我们还是姐妹吧？"

我没再说话，岑菲儿嗔责地看我一眼，走到窗口去，背朝着舅妈，对她非常冷淡。

我突然发现邓玉眼里有晶亮的泪光，我看见了她的美。

除夕的夜孕育着新的一年，小高楼外的四周是热闹的，城郊鞭炮骤响，五彩的焰火在漆黑的夜空里交织。不知为什么，舅舅没回家，屋里冷冷清清的，我和姐姐的突然归来，并没有减轻新舅妈的寂寞。我们静悄悄地待在她精心布置的小房间里，躺在舒适的床上，却不能入睡。

我和岑菲儿一样，心情不能平静。我想到了燕儿窝的同伴，想到河滩上的尤小敏，想到程莹，再思考和邓小如同姓的"姐姐、舅妈"。

岑菲儿问我："小莺，你说，什么是少女的自尊自爱？"

我一怔，心里顿时明白了：姐姐同样想着尤小敏和成为舅妈的邓玉。

岑菲儿叹了一口气。

我不敢告诉岑菲儿，我还想着她和艾建，想着我该怎么做他们的妹妹。

我们被迫为除夕夜守岁,直到新年的钟声敲响。

3

寒假是短暂的,也是漫长的,有很多难以忘怀的事儿。

大年初一早晨,艾建到胡府来了,假如不是我们姐妹在小高楼里,他决不愿走进这幢豪华的农民街别墅。邓玉一见面就叫他"好弟弟",新舅妈对艾建的印象很深,还知道艾建和岑菲儿之间的感情。

艾建却措手不及了,他从没遇见过这样的情景,也没预料到会见到这样的同校大女孩。他比大姑娘还羞臊,也流露出高傲男孩的正气,邓小如饶了他。

艾建来叫姐姐和我去他家里,一半是自己的真心,一半是奉父母之命。邓玉不反对,倒很热心促成艾建和我姐姐的"对儿",难为她和程美妮有天壤之别。

在艾南老师家,尴尬得要命,岑菲儿的脸一直绯红。在这儿读过书的少男少女,谁都记得"岑菲儿是艾老师的儿媳"的戏说。小学时候的学生胡诌,留下的印象最深,不知是老师夫妇俩俗气,把我姐姐看成了家中的亲人,还是我自个儿俗气,像程莹奚落的那样神经过敏,我竟然有了做伴娘的感觉。这念头一出现,我的脸"唰"地红了,恨自己心地不纯,不该如此想象亲姐姐。

陈浩和曹小莉突然来了,解救了我们。岑菲儿的这两个同班女友,一个考了职校,一个考上了省重点高中,她们的境遇都比我姐姐好。读职校勘探班的陈浩,说话无顾忌,敞开嗓儿说:"没法儿哦,毕业后我就嫁给荒山野岭了,去当男子汉!"

她和曹小莉把我、岑菲儿和艾建拉到贺萍老师家去了。陈浩似一团火，在初三的班主任宿舍里，比在自己家里还自由，嚷着："相聚难得，大伙儿碰碰杯！"并说："我们的贺姐姐，现在是假期，不犯校规，为了岑菲儿，开恩不？"

左右权衡，贺萍老师答应买两瓶略含酒味的饮料。陈浩笑着说："贺姐姐万岁！"

相聚是欢乐的，女伴们把我姐姐和艾建当成了轴心，陈浩的戏谑和祝福，叫岑菲儿既羞又恼，多亏贺萍老师袒护。

老师和同窗女友都希望岑菲儿再进学校读书，好一番真情，贺萍老师又一次提出愿意资助岑菲儿，姐姐婉言拒绝了。

陈浩说："贺姐姐，艾建会管！"

拜托她的一张利嘴了。

没有不散的聚会，在新年的氛围中，我和姐姐要离开故里小城了，很有些内疚，没有向同代的舅妈——邓玉告别。

4

我是最早回到八号女生宿舍的。

一场春雨，淋去了新年的爆竹声和酒令应酬，光秃秃的柳枝绽出了绿点，小阁楼的墙根下有了两片青草的嫩叶，新学期开始了。

重新回到小阁楼的女伴们，改变了不少。相别一月，都当刮目相看。木楼梯上的闺阁，又充满了少女的青春气息。然而，和上学期相比，少了许多嬉笑怒骂，大伙儿似乎都成熟了，开始像一本深沉耐读的书。

一长排学生寝室，小阁楼内的蜘蛛网最多，蜘蛛们大有改变燕儿窝戏称的气势。邓小如个儿特高，一上楼就撞进了新织的蛛网里。她忍不住叫:"哎呀,这儿成盘丝洞了!"

"你是傻的?"杨雪抢白她,后面的话应该是:"说是盘丝洞,我们成什么了?"看过《西游记》的,谁不明白!

后补的一句话,本该出自程莹,由她说出来,再难听的,也含着只有茜茜公主才具有的机敏。但她没吭声,静静地走到床前,放下了比同伴分量重的行李。她成熟得太多,沉静了,也更苗条了,增添了略含苍白的美,成了真正的楚楚动人的窈窕淑女。女伴们猜得出,程莹在寒假里,一定有不寻常故事。看着她特别的改变,想到放假时她和白马王子同车而去,我就心跳,有不祥的预感。

程莹仍然是父亲用"宝马"送来的,但她懒懒的,走出车门没与任何人打招呼,径自进了八号女生宿舍,她眼里的世界似乎陌生了。

沈娟娟仍然是那样冷漠、自我封闭的城市妞儿,而她没有对同伴的嘲讽,反而显露出少女的自卑。从地方电台的新闻节目里,女伴们已经知道,她那位曾经集钱财与权力于一身的父亲,作为国家干部反腐倡廉的反面教材,被撤职判刑。昔日的官小姐背上了极重的感情负荷,她害怕面对同学和老师,变得特别的敏感。

燕儿窝的同伴对沈娟娟有了同情和怜悯,说话时注意不伤害她,尽量亲近她。可她总是避开大家,邓小如说她想做茧儿,成蚕蛹。

杨雪的爸爸和哥哥都在那个生化厂工作,她哥是厂里的技术员,沈娟娟的父亲被撤职判刑以后,他们又回原厂了。听说,那位毁了自己又害了家人的厂长,就是杨雪的哥哥举报的。也不知沈娟娟和杨雪之间的恩怨是否与此有关。杨雪打工二十天,挣够了一学期的费用,爸爸和哥哥不再失业。她答应了妈妈的要求——下学期间不再去当课余打工妹。在学习上,我有了一个更强的对手,暗暗下决心:至少要和杨雪并驾齐驱,决不能让岑菲儿失望、难受。燕儿窝的女生,只有我是靠姐姐供养读书的，而在寒假里，我没去挣一分钱。我的拔尖成绩，建筑在一个打工少女的牺牲上面。和小阁楼的女孩相比，岑菲儿最美，最有才华，却境遇最差，我这个妹妹是她的负担和累赘。想着姐姐待在水中花茶庄里做服务员，坐在课堂里的我，就期盼她回到学校，希望艾建能实现自己的诺言。

新学期里，我和艾建仍然是邻桌，是同学们心中一道特殊的风景线。岑菲儿不可能再和艾建成为同窗了，即使姐姐如愿考上高中，也低我们一个年级。坐在艾建身边，我常常这样告诫自己："知姐姐感情的岑小莺，你就做岑菲儿的守护神吧，让艾建不辜负一个世界上最美好的女孩！"也许我是幼稚，是傻。

妙玉了解我的心思。她说不出什么，只告诉我："觉得鼻子有点儿酸……"想不到大舌头的邓小如也开始多愁善感了，大概是真正进入了高中女生的境界吧。

这学期的邓小如得到了解脱，她父母那场持久战终于结束了，办了离婚手续，邓小如再也不踏进那套熟悉的住宅了。妈妈不在那儿，女儿也不会留下倩影，她只需好好地读书，一切费用由另组合家庭的父亲按时来学校办理。

那位曾经是第三者的罗萍，现在已经合法地占据了她妈妈的位置，对妙玉格外关心，常到小阁楼来，她一来便找我，给邓小如买的衣物用品和零用钱都由我转递。除了邓小如，同学们都以为那位时髦得体的年轻女人是为我而来，连艾建也有了疑惑。我只好再一次和艾建相约，把详情告诉他，叫艾建保密。艾建绝对服从岑菲儿，也听我的话，他真的为邓小如守口如瓶，遗憾的是，我或多或少蒙受些误解。

邓小如很会处理她妈妈和罗阿姨之间的感情，两边都不伤害，做得天衣无缝，好一个不满十七岁的当代妙玉。

5

八号女生宿舍的清洁大扫除,是一项伟大的工程。小阁楼不能是"盘丝洞",那些各占一块空间的蛛网,蝙蝠撒下的粪块,老鼠作案的遗迹,烦人的尘埃,须彻底清除,燕儿窝应该是一块干净纯洁的地方。俏女孩们追求完美,打扫得非常认真。邓小如擦荧光灯管,像表演杂技团的绝技——柔体含花,一脚蹬落了叠得高而险的小方凳,情急中她抓住从天花板垂下的一根绳子,因此才没有掉下地,悬空吊着两条穿牛仔裤的腿儿……我们的魂都吓掉了,总算是一场虚惊。也不知那粗绳是谁留下的,做什么用。

脸还发白的邓小如非常天真地信口开河,说:"该不是古代那位小姐悬梁自尽时用的吧?"吓得大家好几天不敢单独待在小阁楼里,她也一样。后来杨雪骂她"打胡乱说",纠正为吊灯的绳子,或者用来头悬梁锥刺股的,要大家闺秀勤奋读书。然而邓小如不服,辩解道:"哪位小姐的屁股舍得常锥不懈啊?"

"再说是乌鸦嘴!"杨雪正色道,有些气了,到底给这场莫须有的惊吓案画上了句号。

这样的大扫除,因为程莹的沉静,少了许多情趣。开学数日了,八号女生宿舍还显得冷冷清清的。到这时,我们才意识到,燕儿窝多么需要程莹的欢乐和笑声啊!可惜她闭口了。

春天的少女少了夏天的火热,却也是青春袭人。经过一个寒假,小阁楼静下来了,大家拼着命学习,相互间又似乎有了无形的界线,淡淡的,既不明显,又看得见,叫人心里难受。程莹的变化给大伙儿心里留下了一个阴影,我想掏心问她,但由于学习的紧张,似乎无暇。无暇是我的借口,实因她改变太大,我对她有些畏惧了,有了感情上的陌生。

程莹不再提姐妹这词儿，也不说去岑菲儿那里，只是有时看我，眼里有种哀怨和恳求。我给姐姐讲了，岑菲儿叹气，叫我对待茜茜公主好一些。姐姐一定猜透了程莹，却不说破。有几次，我想跨进班主任的宿舍，求助姐儿似的老师开导程莹，又阻止了自己，那样等于告密。

我天天盼望有燕子前来小阁楼筑巢。

小城高中每期的学习成绩都是要排名次的，我不希望那样，高居榜首并非是乐事；更不想抛头露面，拼搏应该踏踏实实，不追求掌声响起来。

乔玉老师尽管开明，还是排了名次，她像个亲姐姐，开导、安慰、告诫，但教室里仍然有女生的泪水，也有男生的愤懑。小阁楼沉默了一个晚上。忏悔吧！难为我们的姐儿了。

本是女生第三名的程莹，撕掉了那张公布名次的表格，揉成一团扔了，真真儿的胆大包天。

乔玉老师很快就知道了。她匆匆赶来，拾起纸团，没有气恼也不责备，只是很忧心地看着程莹俊俏的背影。

班主任是个谜。程莹更是个谜。

校长叫老师去找茜茜公主。程莹回来，坐着发呆，乔玉老师把她叫进自己的单身寝室，走出门来的时候，她眼含热泪。

女伴们不平了，恨恨的，撕一张名次表，就这样如临大敌，校长和老师太过分了！一想到这，姐儿班主任在女孩们心中的地位就迅速往下落。

"不是因为撕表！"程莹的泪水滚出来了，"别怪乔老师！"

大伙儿一怔。

她却从此再也不说话。

我冲破了看不见的隔阂,到程莹跟前去了,我也像她曾经一样,搂着她,和她睡在一张床上,我没有追问她,轻轻地叫她:"程莹……"

程莹在我的怀里哭了,她一下子变得非常软弱,在我的胸脯上抽泣,泪水汩汩地流。

我也哭了。

小阁楼里,一夜的寂静,女生们都失眠,外面星光灿烂。

6

在程莹的哭声里,有一对燕子悄悄地来到了小阁楼的檐下。天明,它们在画檐下垒巢,亲昵地叫着。燕儿不知少女心。

程莹的眼睛通红,她显得很柔弱,也胆小,怕进课堂。我给她打来了水,为她洗脸、梳头。邓小如打来了饭,程莹吃不下,好像藤儿似的,缠在我身上。

我隐隐猜测到了,与赵小华有关。我心悸,害怕,以一个少女的敏感,从姐妹这个角度,我最怕的就是她失去自尊。程莹是美好的,是难得的俏女孩。

杨雪看了程莹一眼,说一句:"只要青春还在,太阳可以重新回来……"如今的杨雪,对同伴的敏感事儿,决不肯轻易开口,这大概是她在想着那两句诗。

也许,杨雪的思路和我一样了。程莹已经领悟,她嗔怪地瞧杨雪,怨女伴们不该冤屈地揣测她。

程莹还是上课去了,是我们簇拥她进的教室。邓小如一再说:"程莹,没什么,我们和你在一块儿。"沈娟娟跟在我们身后,她似有话要对程莹说,难得的真诚。

这样反常的行径，恰恰暴露了小阁楼女生的秘密，同学们不知也知了，女伴们只好以坦荡是美丽来安慰自己，我行我素吧，不为别人的议论去活，应该活出当代少女的风度！话虽这么说，可心里的压力是少不了的，我们都为程莹分担一部分。

中午，邓小如白着俊脸儿，急匆匆跑进小阁楼，小声在我耳边说："岑小莺，咋办啊？学校要处分程莹，因为她早恋，说她影响很坏，还和赵小华……"妙玉的脸皮挺薄，非常羞臊，不好意思说下去了。

我感到心惊肉跳，脸也白了，追问她："你从哪儿听来的？"

邓小如支支吾吾告诉我，是高三的男生对她说的，消息绝对可靠，因为那个男生是校长的亲侄子。赵小华的母亲到校长跟前告了程莹的状，那个富态风流的女人把程莹说得很坏，要求校长严加管教程莹这种不知羞耻的坏女孩，说别带坏了她的儿子，坏了学校的名声。这样的秘闻只有邓小如才能听到，八成是真的。

我很怕，非常愤懑，特别恨那个昧良心的女人——自己的儿子坑了一个好女孩，还要倒打一耙，天地间竟有这等狠毒的人！我又痛惜愿做我"姐"的程莹，痴少女，你多傻啊！

我叮嘱邓小如，不准对第二个同学说。"我们得想法救程莹！你看她已经……"我怕程莹走上轻生的路，却不敢也不忍说出那个"死"字。

邓小如完全明白，她也吓怔了。

没想到，程莹把那个字吐出来了，她红润的脸苍白了，咬咬牙，破釜沉舟地说："无所谓，我已经知道了，敢作敢为，我承认了，和男生恋爱，闹着玩！我绝不像他的母亲那么卑鄙！恨死了他们！我没有那么傻，我绝对纯洁、清白！如果真要冤屈我，就死！没什么，我敢！"她说她会走得无牵无挂。

我抱住她，求她记住杨雪的话，我说："我和岑菲儿永远做你的姐妹！"

程莹也抱住我。她再次哭了，我也哭了。

邓小如和我，背着程莹，找到杨雪，商量怎样救茜茜公主。我俩相信，杨雪很沉着，一定会胸有成竹，让程莹不"走"，她一定有办法洗清程莹的冤屈。

杨雪气红了脸，骂程莹"蠢"，怨我们没有早点儿告诉她。杨雪说，她还以为程莹坠入了情网，在那儿害相思病呢，她正想点拨程莹，骂醒痴傻的茜茜公主，没想到竟然是这样！

知道了详情的杨雪很着急，叫我和邓小如注意守护程莹，想法开导那个傻瓜女孩，千万别让程莹真的犯傻去做轻生的事儿。杨雪说得我和邓小如既焦急又怕。我的心直颤抖，不敢离开程莹半步。

杨雪以八号女生宿舍全体女生的名义，给校长写了一封"万言书"，有胆有识地讲了我们的看法和心里话，为程莹辩护，澄清事实，谴责赵小华的母亲，也说到了赵小华有不可推卸的责任。告诉校长：不要袒护赵小华母子，错误地处分程莹，如果程莹轻生了，燕儿窝的全体女生要以法律武器保护自己的同伴，控告赵小华的母亲（包括校长），程莹是清白的、无辜的，并且坦诚地请校长理解当今的女中学生。

我们也开了小城高中的先例，敢在上面签名，包括早已离开小阁楼的邬蓉蓉。更可贵的是，沈娟娟也写上了自己的芳名。她说："不能害了程莹。"

本是悄悄进行的上书，不知怎的，在杨雪临去校长办公室的时候，乔玉老师赶来了，恳求我们把信给她。姐儿班主任说，由她去找校长。

杨雪没说什么，交出了信，她那时的眼神定会叫班主任终生难忘。

燕儿窝的女孩相信年轻的班主任，乔玉老师假如骗了她的妹儿们，威信将一落千丈。看得出，姐儿班主任的感情也是沉重的。拜托你，好老师！

杨雪还要我去求艾建，要艾建帮助程莹，说"艾建劝程莹最有效"。

我不愿意这样做，可我承认，杨雪是好心，这并非馊主意。为了救女伴，我只好去找艾建，他很为难，也不愿意。他害怕伤害我姐姐。这次，我和艾建说得最久，他依了我，却要我一块儿去找程莹。

谁说男孩不敏感呢！

7

还没等我和艾建去找程莹，岑菲儿就到学校来了。姐姐要艾建同她去恳求乔玉老师，要姐儿班主任宽容重感情的程莹。

岑菲儿第一次出现在高一（A）班的教室，她落落大方，美得超群，在艾建跟前，像一个成熟懂事的姐姐，艾建倒显得拘束羞涩了。姐姐的突然出现，使班里的俏俊女生黯然失色，追求男子汉精神的男生们都无声地看着她。

艾建是高傲的，独具风采，面对岑菲儿，他温顺了，默默地领着我姐姐穿过校园最显眼的地方，叩响了乔玉老师的寝室门。

岑菲儿央求姐儿老师，娓娓地诉说。少女的真情，打动着班主任的心。姐姐为程莹求情，为程莹表明心迹。姐姐说，都是少女，谁没有感情？程莹洁白无瑕，恳请老师不要逼她选择死。"乔老师，你是姐姐，你该知道名誉是少女的性命，程莹来向我诀别了！如果你宽容她，她会永远记住你，我也不会忘记你！"岑菲儿如实地告诉班主任，她是我的亲姐姐，也该是程莹的姐姐，是艾建昔日的同窗。乔玉老师点着头，她心里或许有话："我知道，你还是艾建的朋友。"乔玉老师本来就是宽容的。

我姐姐的眼睛是一汪美丽的泉，乔玉老师的眼里也有了泪花。班主任那晶亮的眸子看着岑菲儿和艾建，也看见了玻璃窗外的我，看见了我身边的邓小如、杨雪和沈娟娟,还有邬蓉蓉,燕儿窝的全体成员。

  小阁楼的女生成了学校的新闻人物,并且连带上我姐姐和艾建。不少男生和女生经常忆起那套红纱裙,和那位红衣少女。

第五章

1

乔玉老师挺身而出，和校长争论得脸儿绯红，还流了眼泪。她说，如果校长一定要处分程莹，她就去找教委，请求外调！我们在外面听得清清楚楚，班主任为可怜的程莹豁出去了，文静的姐儿老师也有叱咤风云的气魄，多难得啊！学校果真没有处分程莹，并且明确规定：到此为止，不准再提茜茜公主和白马王子的恋爱之事。

很可惜，没有不透风的墙，私下的传闻比公开处分还伤害人。我们都很纯洁幼稚，此刻才知什么叫作人言可畏。程莹抬不起头了，她成了男生女生心目中美貌动人的"坏女孩"！她横下了心，没有言语，也没有眼泪，无声无息地在小阁楼里写告别信。

我猜想她的打算，怕她有一念之差，真的去做傻事。程莹很美，很脆弱，也很鲁莽。世界不能冤屈地失去一个少女，她不能这样凋谢，尤小敏不需要她去做伴，我和岑菲儿不能再送她走那一程了，燕儿窝不能因她痛哭！我守着她，开导她，劝慰她。她笑笑，笑得惨兮兮的，骂我："心多烂肺！岑小莺，别岔肠儿多，你想我死吗？谢你了，我的好妹妹！"

程莹还是那句话：自个儿会走得无牵无挂。

我的心发颤。

我找来了姐姐。星期六，没有别的同学，程莹不愿回家，不想面对视她为掌上明珠的父母。岑菲儿劝她，骂她，姐姐的嗔责、深情和热泪，把程莹融化了。程莹在岑菲儿怀里哭得很伤心，如实祖白了自己的糊涂念头。姐姐痛斥了程莹，要她有勇气，不要做懦弱的傻少女，扬起生命的帆。岑菲儿说，世界美好，要乐观，要奋斗，想死最愚蠢，临到死那会儿一定极后悔，可已经迟了！假如糊涂，枉自有漂亮的外壳，死了也丑，谁称你英雄呐？她说程莹最美，死了让人心痛，那样太没价值。

岑菲儿把曾经有过的感情波折，化作温情，化作严厉。姐姐到底有了社会经历，推心置腹，有时还无意间冒出了女孩的粗话，和她超常的美极不相称，却最有说服力，最能打动同伴的心。我也忍不住哭了，为程莹哭，为姐姐的曾经哭，心痛为我牺牲着美丽青春的岑菲儿。

程莹服了我姐姐，向岑菲儿保证：从此坚强，活出风采，活出青春魅力。她要岑菲儿答应，迟早有一日，她会转学到别的重点高中去，要我和姐姐送她，姐妹相称，永不忘怀。"菲儿姐姐，我们在大学校园里团聚！"

姐姐点头，我也点头，痛哭一场，心里舒畅多了。程莹又提议：待姐妹相会，再破例喝一瓶红葡萄酒。岑菲儿不准，只能以白开水代替。

程莹说："那就免了，肚里已经装满泪水，再喝，又得跑厕所，够远的！"

总算有了戏谑的笑，虽然含着泪花儿。其实，无酒人也醉了，心里雨过天晴，挂上七彩的虹。

2

茜茜公主处于逆境的日子，燕儿窝的女生表现出少有的团结，大家都袒护着程莹。我和岑菲儿读初中时，学校里曾经有过保卫青春偶像的壮举，那是男生们集体保护我姐姐。现在，小城高中的小阁楼里，我们这几个蜚声校园的女孩，也在无形中保卫自己的姐妹了，班里的女生都倾向于我们，毕竟大家是"同族"啊。而男生，绝非揭他们的短，不少男子汉都情随女生的喜怒哀乐，自然伴着女同胞们的心轴儿转，有的还是被女生遥控指挥的傻小子。这样一来，昔日里自我感觉良好，自诩风度翩翩的白马王子，在女同学的心里，名声极坏，也就被孤立了。原先嫉妒程莹，盼望和赵小华"好"的个别女生，如今有了机会，反倒不愿去接近，产生很多顾忌，害怕步程莹的后尘。阴错阳差，女生们在心理结成了统一战线，同仇敌忾，把卑劣男孩赵小华赶出感情的圈儿，以让自己多几分纯洁。

赵小华四面楚歌了，他处处碰壁。女生们本是柔情的组合体，心肠软，不遇上羞恼气恨的事，对男生都是宽容的，女孩狠不起来。可是如今，面对这位借老夫人坑害妙龄少女的赵小华，则是另外一回事了。遇上他，女同胞们都避而远之，生怕他玷污了女孩的灵气和美好，曾经对他有过爱慕感情的，现在都不正眼瞧他，冷若冰霜，即使原则性不强的女生，对他也特别的"方脑壳"，执行起"制度"来铁面无私。"洒脱"惯了的白马王子，在"母系社会"的严密监督之下，倒霉的事儿和他有缘：不是考勤簿上的不祥符号成串，就是作业本被退回原籍，要不就是违反班规恰被捉住……气极的上了年纪的历史老师就指着他恨铁不成钢："赵小华，你如此令人失望，新的一个世纪，有无你的立足之地？你好自为之！"

程莹动了恻隐之心，要女伴对赵小华好一点。杨雪责备了她。我和邓小如反省自己，觉得对赵小华并无过分之处，只是不愿理他、看他，就算无声的鄙弃吧，可那是感情的事儿，强扭的瓜不甜。

沈娟娟对赵小华很不客气——谁叫他那么巧，上课的铃声停了，一只脚还在教室门外，迟到怨他自己。还有，他不该把纸团扔到沈娟娟桌下，沈娟娟踢过去，纸团刚刚定位，恰被值周老师看见，上级的检查团正在窗外，再加上被录进了摄像机镜头，不罚他罚谁？只是令人于心不忍的是，因为燕儿窝，因为女生，男同胞对他也不体谅。考试时，马宁再次作弊，平安无事，侥幸过关，而赵小华手中一个纸团，还没展开看答案，已到了监考老师手中。

这些都是区区小事，非常可悲的是他握在手中的情感链儿断了，爱慕和友谊的鸽儿展翅而去，他和程莹双双苦恼。程莹被伤害得太重，他那位并没有对程莹落井下石的明智父亲，让儿子转学走了，去了县城里的中学，这对程莹和赵小华都是一种解脱。

临走的时候，赵小华站在小院的银杏树下，久久地望着小阁楼，然后，失落地低头离去。

程莹不知道，她正坐在床沿上，默默地看罗素的散文集《真与爱》。我在小窗口看见了别离的赵小华，心里涌起对这男孩的同情，又有些内疚。我比几个女伴早知道赵小华转学的事。我瞧瞧程莹，无声地看着赵小华，直到他出了校门，心里说："赵小华，再见了，你走好！"我祝愿他，也替程莹说出内心深处的话。

小窗外的吊兰又绿了，开了第一朵花，小小的，却是那么的美。

赵小华走了以后，程莹悄悄流了一回泪，女孩总是重感情的。

3

白马王子的悄然离去，公开证实了茜茜公主的早恋。别人要怎么想，由不得自己，只能拿坦荡来自我安慰，那可不是一件轻松的事儿。走一个，留一个，留下的得承受心理压力。多亏姐姐替她分担了许多。程莹的确比其他女生豁达，不愧有茜茜公主之称，她一旦豁出去了，对谁都无所谓。"厚着脸儿"也算是女孩的气魄和胆量。程莹的话虽然这么说，可我们知道她的感情负荷不轻。为了她，小阁楼众志成城，苦乐共享。

同学们在这学期都真正进入了高中生的角色，以学习为重，倒也平静了许多。邓小如说了一句傻气的实话："燕儿窝冷清多了，都成了大姑娘！"

谁说不是呢，但愿平平安安，"大姑娘"们能在日后留下一段美好的回忆，在古代的小姐绣楼里生活过的几个当代的高中女生，都没有愧对青春。可谁料到，学年考试结束，程莹突然告诉大家：只能和同伴们在小阁楼里待很短的日子了，朋友相好，终有一别，从高二开始，她将转学到另一座城市的一所重点中学去。

"忘不了你们，忘不了岑小莺和岑菲儿！"她是含着眼泪说的。

好似晴天霹雳。

"臭丫头！"不知谁骂了她，几双眼睛都是湿的。

那天夜里，小阁楼里第一次充满离别的感情。女伴们全在，都没有说话，静静的。再过几天，大伙儿就朝夕相处两学期了。新生入校时，首次踏上木楼梯，与蝙蝠为伍的情景，又浮上了心头，差一个暑假就够一整年了，程莹"相亲相爱，咱白头偕老！"的戏谑犹在耳畔。如今，这位燕儿窝的新闻少女，留下茜茜公主的戏称，要离大家远去了。事先，没有半点儿风声，那么突然。原来，痴情的程莹对女伴也够狠的。这一次，程莹很认真，大家相信她铁了心，也理解一个妙龄少女，遇上如此揪心的早恋打击，承受心理压力，不如走得越远越好。离开小阁楼，离开"坏女孩"的误解，也许对她确实更好些。她留下的，是她的白璧和微瑕，是她的真情，她得去重新开始。到这时，我才真正体味到了什么是恋恋不舍，千真万确，我、岑菲儿与她，确是姐妹情深了。

她买了一大包糖和情人梅等食品，挨个分发给大家。

邓小如忍不住了，说："你像出嫁似的！"

"嫁你！"她笑，大半学期来，程莹难得开心地笑，今夜是第一次笑得这么甜。

大伙儿却笑不出来。

当晚星光灿烂，少有的夏夜，女伴们的心却沉甸甸的，小阁楼曾经有过"树倒猢狲散"的恼人话头。现在，楼依旧，伙伴便开始散了。程莹的父母有供她随意花销的钱，再远的学校也不愁费用，留不住她了，只有默默地愿她更美好。

4

程莹独自去了水中花茶庄，单独向我姐姐辞行，把她的处境、心情和迫不得已都告诉了岑菲儿，求岑菲儿原谅她，理解她。小阁楼的女伴们听不到的心里话，我姐姐都听到了。岑菲儿最知程莹的感情，支持程莹离开小城高中，像不放心我一样，掏出一颗姐姐的心，叮嘱再叮嘱，程莹感动得泪涔涔的，抱住姐姐，还真有点儿诀别的样子。

辞行时，程莹给岑菲儿的礼物很特别——红色的情人卡，她取下金项链，戴在姐姐洁白的脖子上。岑菲儿坚持不要，她要哭了，发气要毁掉，说岑菲儿心里根本没有她。我姐姐没法儿，只好找出自己的项链，和她交换，给她戴上，岑菲儿一再愧疚地说："程莹妹妹，这不是金子的，是买的便宜货！"

程莹说，她最喜欢姐姐的这串项链，姐姐的感情最真，姊妹间不该有铜臭味儿。至今，程莹一直戴着岑菲儿换给她的仿制"金项链"。

离开的时候，程莹恳求岑菲儿：今年一定报考高中。她说："姐，你去读吧！书费我付，我会向爸爸要。"

我姐姐说，她很感谢程莹，一定去考，她有把握能考上，可钱，她不能要程莹的，会自力更生。

程莹很气，恨岑菲儿见外。她问姐姐："你是男儿汉？哪找那么多钱？岑小莺还要用钱呢，菲儿姐，你的名声要紧！"把姐姐的脸说得绯红。

岑菲儿不和她计较，也不多说，把她送出了门。岑菲儿全告诉我了。姐姐说，她准备半工半读。其实，和程莹想的一样，姐姐也为读书的钱暗暗发愁。看来，我和姐姐，注定有一个会因为缺钱而中途辍学。

临近暑假的日子，又奋搏一学期的同学们忙着安排假日生活，程莹却匆匆地计划与燕儿窝的辉煌一别：把岑菲儿请来，小阁楼的居民欢聚一夜，在八号女生宿舍里唱歌、跳舞、畅叙衷肠。她想请艾建，我有些迟疑，觉得不太妥当。程莹想想，说："那就算了，我知道你有私心，他来了也怪拘束的，损坏了没法赔给你和岑菲儿！"她明确地告诉我，她会单独去向艾建告别的。

岑菲儿回故里托贺萍老师替她报名参考,三天后便要去考场了。所以,程莹把分别的晚会定在学生离校回家的那天晚上,既没有什么干扰,又可以次日把寝室钥匙交回学校,机会难得。程莹心血来潮,想到了班主任,决意把乔玉小姐请来,算作同龄人。可惜,就在那天下午,乔玉老师被校长派到县教育局开会去了。

缺席一个,程莹说,一万年的遗憾。

然而,天公不作美,一连两天的瓢泼大雨,小城河水骤涨,街道上泛着浅浅的浊浪。家住河边的邬蓉蓉不敢待在小阁楼里了,我们把她送出城。回校时,程莹花二十多元钱租了几辆三轮车,一路水花,并排停在校门口,叫目睹的老师惊讶:又是八号女生宿舍的!

程莹盼望有一轮明月,人走了,心不散,千里共婵娟。可它偏偏没有!她恨恨的。"不稀罕!"程莹骂,眼睛都气湿了。

5

小阁楼里从来没有这样欢乐过。

小窗外,哗哗的大雨,仿佛天河倾塌。因为打雷紧随闪电,天地间如白昼,震撼着大街小巷,小城停电了。而在这风雨摇曳中的小姐绣楼里,却灯火辉煌,程莹早有准备,把买来的几把红蜡烛,一支接一支地点燃。小小的阁楼,似漆黑的雨夜里,天与地之间的宫阙,载歌载舞。

袖珍收录机的干电池也是新换上的,播放的伴舞曲磁带,声音清晰动听。女伴们挺新潮的,充满解除了约束的青春气息,就连顾忌自个儿体形欠苗条的沈娟娟,也不再裹蚕茧儿似的了。夏夜闷热,穿多了,谁都受不了,即使只着单衣短裤,被程莹拉着疯跳,也累得喘气,汗淋淋的。

岑菲儿的身材、舞姿和美都压倒群芳,程莹拉着我姐姐一个劲儿地跳,说句时髦的话,跳得死去活来。最后,双双坐在楼板上。

大伙儿都累坏了,倚着床的,趴小桌的,坐矮凳的,都红着或白着脸儿,胸脯起伏着喘气,浑身湿透,好像才从水里捞起来。

程莹嚷着"幸福死了",说:"不能再跳了,累死了!"

关了收录机,得认真解决紧贴的湿衣裤和浑身的汗。智者千虑,必有一失,我们恰恰忽略了应该准备擦洗的水,个个脸盆都是干的,好像三年大旱。雷不响了,可大雨更猛,怎么办呐?大家面面相觑。

程莹一笑,馊主意来了:"小姐们,去淋浴!"她要女伴们破天荒一次,到小阁楼前的小院去,在大雨里,痛痛快快地冲洗。

都有顾忌。

她说:"封建死了,怕什么呀?同学们都走了,黑咕隆咚的,谁看你啊?"说着,她野蛮地拉着岑菲儿,跑下了木楼梯。

入境随俗,的确别无良策,只好试试十六岁以来别致的雨水浴了。可是,大伙儿都不敢像程莹,就那样立在雨幕中……

邓小如走在前面,刚踏下阶沿就惊叫一声——她误入低洼处,水已经漫到膝盖了!

程莹忍不住笑,说是"大浴缸"。

我的心怦怦跳,告诉大家:感觉水在往上涨!杨雪也说,这小院是最低矮的地方,恐怕要被水淹了!

这可扰乱了"军心",沈娟娟赶紧朝屋檐下跑。

程莹骂"胆小鬼"。因为我姐姐打喷嚏了,她只好余兴未尽地随大家回小阁楼。

6

湿淋淋地回到寝室里，程莹说洗得很不痛快，问："胆怯的丫头们，身上还有污垢不？"女伴们身上原本不脏，只有汗，早已淋得洁净如玉，都没有多余的话，借着如昼的烛光换衣裤，多少有些羞赧。

我心里留着惊悸，惧怕上涨的大水。我想，岑菲儿和我们一样，都遇到过滔滔洪水，曾经被吓破了胆吧。

程莹却说，最令人不满意的是全城停电。如果不是这样，灯火辉煌，目睹街上和校园的洪水，多壮观啊！

杨雪说："你想死了？有什么好看？"

邓小如替邬蓉蓉担忧。

我姐姐在思考什么，程莹悄悄问："姐，想着艾建？他家犯水不？"

岑菲儿嗔责地看她，沈娟娟盯着我姐姐。

程莹掩饰地说："别瞎想了，干杯！"她为这次晚会准备得很丰厚，不仅有糖果糕饼，还有含微量酒精的饮料。这样的款待，除了她，燕儿窝的女孩谁都没有能力提供。

真的不能多想了，早已饥肠辘辘，顾不得少女的文雅，一个个狼吞虎咽。岑菲儿很讲究礼仪，反倒把程莹惹笑了，她"扑哧"一声，食物渣喷到了杨雪的眼镜片上。

女才子有些恼，说："你让我看不见，舍不得啊？"

这一来，不仅程莹，几个女孩都被惹笑了，十分开心。

"轰隆——"

就在这时，突然传来沉闷的倒塌声。紧接着，大水的奔流声由远而近。

大家惊呆了。好一会儿，小阁楼里都屏息无语。总算安然无恙，女伴们的脸色才渐渐恢复正常。

"睡吧，小姐们，高枕无忧！"程莹笑着，"不用怕，小姐绣楼是活化石，重点保护的文物！"

不睡也得睡了，因为疲惫，因为低度的酒精，大家姿态各异，和衣倒在床上，既有少女独特的静美，也有不够雅观的模样，程莹自然紧搂着岑菲儿。

不知什么时候开始，雷不响了，雨停了。

烛火继续燃着，似深夜里的精灵。

7

突如其来的摇动把我们惊醒了，朦胧中不知发生了什么事。头顶的天花板咚咚地响，小阁楼在倾斜，楼板上的温水瓶倒了，发出爆裂声。哗！屋中央的天花板塌了一大团，碎瓦片像从箩筐里倒下，差点儿打破沈娟娟的头。邓小如吓得惊叫一声，杨雪最先反应过来，喊："房子倒了！"

这只是发生在一瞬间的事，女伴们纷纷挤上变形的木楼梯，拼命往外逃。我让岑菲儿先走，姐姐把我推出去，又推程莹，她在最后，我和程莹刚刚跑到屋檐下，小阁楼猛地塌了。

"姐姐！"我哭喊，一阵晕眩，心似被撕裂。

就在这一刹那，程莹猛扑回去，趁房架没有埋住岑菲儿，拉住就往外拖。我姐姐被抢出来了，程莹的双腿却压在了屋梁下。

"程莹！"

小阁楼倒在了水中，像一只斜沉的船。

程莹昏过去了，女伴们站在齐大腿的洪水中，哭喊着。姐姐和我奔过去，想把程莹抱出来，只见她双腿都是血。我们边哭边抬压着她的檩梁。杨雪、邓小如、沈娟娟也来了，哭声响成一片，大家抬的抬，抱的抱，总算救出了程莹。岑菲儿叫我和邓小如把程莹抱到她背上，涉着水，腿儿颤抖着往小院外走，满面泪水。

我和邓小如捧着程莹的腿，手被她的血染得鲜红。我俩也是热泪洗面。杨雪扶着岑菲儿，强忍住不让自己抽泣。沈娟娟哭哭啼啼跟在后面。大家都不敢往下想。

我们把程莹放在露天乒乓球台上了。她双眼紧闭，一张俊俏的脸儿惨白，只有鼻孔还在呼吸。岑菲儿也受了伤，她抱住程莹低声痛哭，喊着："妹妹！"

我们实在控制不住自己了，哭成一团。

天已经亮了，校长和住校老师闻讯匆匆赶来，又增加了许多双泪眼……

第六章

1

风雨匆匆,暑假结束了,女伴们又回到了学校。

原采的小阁楼与我们诀别了,倒在期末考试后的洪水中。为救岑菲儿,程莹被檐梁压断了小腿。高二伊始,校园里不见了岑菲儿,更不见程莹的倩影,皎洁的月亮不圆了。站在新的八号女生宿舍面前,大伙儿的心情有些沉重。校长点头安排的俏女孩"窝",又是一幢小阁楼!只配与三寸金莲为伍。

说到青春偶像,程莹曾经奚落沈娟娟,须得有减肥大军的候补户籍,才不辜负男生的青睐。面对新的小阁楼,沈娟娟心里真说不出是什么滋味。她满脸不悦,不愿登上阶沿石,听见邓小如说"古代小姐",

立刻顶撞妙玉:"你敢断定?假如里面住的第三者呢!"

这话太损了,也不干净,有"妙玉"之称的邓小如,脸色由红变白。杨雪瞪沈娟娟一眼,差点儿骂她"脏死了"。沈娟娟真不应该说伤害邓小如的话,连她自己和同伴们都被贬了。她也不想想,从现在起,这新的小阁楼里住的是谁?还没进屋就给新宿舍下这样的定义,那是什么感情!

这"第三者"的话头一旦传扬出去,几个女孩等于死了一回!邓小如更觉得冤,她那个温暖的家就因为第三者解了体,像杨雪一样,正宗的小城妞儿,有家不归,偏偏来住校。

沈娟娟却不管贬了谁,冤了谁,她那冷漠的神情,瞧杨雪一眼,满脸不屑,似乎与三个女伴一块儿待在新的女生宿舍里,玷污了她。

杨雪被惹恼了,扭过头来,说:"没人留你,去流浪噻!"

女才子不轻易发怒,由她说出的这句话,分量特别重。杨雪的声音不高,有一种少女的威严。她是保护心地极善的邓小如,气恨沈娟娟给燕儿窝抹黑——把女生宿舍说得脏兮兮的,要傻也不能到这种程度!原来的八号女生宿舍被雨水冲垮了,因为新的女生宿舍还在修建,校长临时指定把我们迁居到这儿来,也是无可奈何的事,认命吧。杨雪心里窝着火。

杨雪不理睬沈娟娟,对我和邓小如说:"走吧,我们上楼去!"

2

这是一幢鹤立鸡群的旧阁楼,挺立在成片的青灰瓦房之中,与原来的八号女生宿舍媲美,活脱脱的姐妹篇,只是它待在有些荒芜的小院内,显得更空寂也更有灵气,似乎专等当代的女中学生去填补闺史。它的木楼梯比原来的小阁楼梯步更长，不知哪位寂寞的古代小姐，在上面留下了三寸金莲般的脚印。这是一个大晴天，看着旧阁楼小窗外的悠悠白云，思绪会被带到历史的源头去。小荒园和这幢小小的旧阁楼，当是小城历史进程的遗迹。在我们住宿之前，常见小园门上挂着一把大铁锁，红锈斑斑。程莹曾经嘲笑它是"清宫秘史"，后来这话头便在学生中传开了。如果把"清宫秘史"和在此住宿的我们联系起来思考，那可真是真正的玷污。假如这学年承接高一不改选，我仍然是新女生宿舍的室长，照样是"宫主"。

程莹确实叫人惋惜，她自己有了外国小姐的俏名儿"茜茜公主"，还要随口戏谑出一个让人不敢恭维的"清宫秘史"，如今让女伴们全揽着，但愿她能早日归来，共同分享！校长也似乎太不加考虑，为什么老叫我们特殊？仿佛物以类聚，我们只有住阁楼的命运。真的，我也有些心理不平衡了。

倒是杨雪大度，她说："这所中学的校址，原本就是大官宦的旧府邸，小阁楼多，没啥，住就住吧。"幸好程莹不在。这话要是让她听见了，定会嘲笑杨雪考古，巴结权势，想当贵族的千金小姐。

在小荒园里赌气的沈娟娟，最后一个上楼来。她跨进雕花木门的时候，立刻做了一次深呼吸，然后不屑地瞧大家一眼。女伴们明白她的心态，都不想招惹她。其实，我们刚进屋就闻到了，久无人住的屋里并没有霉臭气，却是很浓的香水味。这种香水，程莹有，带领我们走过高一的乔玉老师有，街面上那些时髦和轻佻的女子同样会有，这有什么值得奇怪？既然是商店出售的，谁都可以买，法律没规定，高雅的香水只准纯洁的女性喷洒。当然，在这儿出现，的确是件很令人费解的事。

沈娟娟真似"吃错了药"。分别了几十天，初次见面就像女伴们赖了她的账，恰如程莹曾经骂她的那样："巫婆心理！"沈娟娟最倒霉的，就是和茜茜公主相处，常被程莹奚落得灵气都没了。

闻着香水，邓小如随口一句："哎，该不会是古代那位小姐留下的吧？"明明是胡诌的话，妙玉偏偏说得很认真，见大家都无回音，她边整理床铺边说："一点儿不骗人，听老年人讲，房屋久了没人住，会出现邪祟，像《聊斋》里写的那样，比如那位古小姐，如果是自尽死的，晚上还会在这屋里出现……"

"你的书白读了！还相信这？"杨雪恼了，骂邓小如该割舌头。

邓小如从没挨过这么重的骂，十分委屈地坐在床沿上。同是女孩，明知不可信，但让妙玉老老实实地搅和出来，也不禁后背有些发麻，最初几天，都不敢独自待在寝室里。

因为那话头，邓小如付出了不少的代价。第二天早晨，妙玉偷偷告诉我：昨晚上，她不敢起床上厕所，偏偏深更半夜停电，憋得要命，要多狼狈有多狼狈，真把少女的苦头尝够了。我忍不住尴尬地一笑。其实，我也一样。杨雪问我笑什么，我不好意思吐露，只说"兵临城下"。

沈娟娟又犯了疑。

3

岑菲儿是迟一天走进小城高中的。

她不和我一块儿到学校报到，总是一种牵挂。临出门的时候，我一步三回首，依依不舍地看她。姐姐嗔责："你先去吧，一定要我陪着你？"读高一的时候，我对她的牵挂没有这么重。岑菲儿失学以后，经过艰苦自学，以特殊的身份，经过考试，进入小城高中，我害怕她放弃这个来之不易的读书机会。有人说，女孩痴，也许吧，艾建盼她重进校园，我也盼着。在期盼中，我在新的小阁楼里睡了第一个晚上。夜间有雨,雨打芭蕉叶儿响。早晨起来,不见姐姐,心里空荡荡的。我这模样儿要是让程莹看见了,又会戏谑我"单相思"。

茜茜公主坦荡、开放,想说就说,想笑就笑,没有遮遮掩掩的虚假感情,因此吃了不少亏,却青春无悔。新的女生宿舍由于少了她,冷清多了。如果有她在这里,不会有恐惧感,更不可能有我和邓小如那种难言的"兵临城下"之感。程莹似一团燃烧很旺的青春篝火,能暖心,能避邪。女伴们气恼她,怕她,看不见时,揪心地想她,盼她,我的失落感,因为姐姐,也因为她。在我心中,岑菲儿和程莹是一个整体,叠合在一起的。

岑菲儿不到学校,我也没心思读书。

男生评价女生:小姐们的最佳特色——懒!"抱歉了,姐儿们,此话最现实!"马宁还煞有其事地一句"后补告罪",真要气歪女同胞的鼻子。这当然属于招骂的份儿,按照程莹的说法,应该受到女生友情的制裁。走过并不容易的高一,现在想起来,却也讲出了几分道理,翻出了女孩真实的另一面,开学的第一天早晨,新的燕儿窝没有程莹的嬉笑怒骂,也不见岑菲儿。分别一个暑假,重新组合的当代新秀,集体睡了一个懒觉。我和邓小如因为有难言的苦衷,起床虽然较早,却少了女生固有的节奏感。预备铃拉响的时候,寝室里好一场兵荒马乱:邓小如和我同时把头伸到镜子前,相互碰着了脸,妙玉嘀咕:"别急呀,像接吻似的!"杨雪匆匆穿衣裤,八成把拉链扯断了,又脱下另找。沈娟娟最狼狈,露着她那微胖的少女肌体,急出了眼泪,恨我没有提早喊她起床,骂我在紧要关头不关好小阁楼的门,想存心暴露她——相处一年,竟是这么淡的感情!门其实是关好的,那是她自己的心病。我任她埋怨,不吭声,帮她找衣裳,找裤子,看着她那副可怜相,不忍心让她第一天就出丑。

杨雪"懒",是由于睡得太迟。子夜了,她还在拟订新学年的学习计划。我因为姐姐,振作不起精神。沈娟娟骂邓小如捏着书就睡熟了,呼噜特别响,像猪八戒待在高老庄里。邓小如听出了侮辱的成分,气得嚷:"你自个儿失眠,谁知你想什么?"

"你想了多少?没你那么钟情!"沈娟娟的话更毒。

"别吵了!小姐们,快!"杨雪怒声呵斥。

幸好寝室里还有两盆洗脸水。于是,女孩们的纤纤玉手都伸向里面。紧接着,响起唰唰的刷牙声。扔了牙刷,才发觉相互拿错了,后悔来不及,也没时间埋怨。抢镜子,抢梳子,快,再快!自个儿进行了一次"军训"。

女孩儿都爱美,燕儿窝的少女个个出众,当大集合开始时,女伴们充满青春魅力,风姿秀逸地涌向操场。只可惜,少了一道生活的程序,饥肠辘辘。马宁真够烦的,他似乎知道小阁楼女生的狼狈,站在花坛边迎接我们,带笑一句:"小姐们,感觉可好?"

"有病!"沈娟娟骂。

杨雪给了他一个警告的眼神。我看了他一下,也许不慎露出了友好的意思,他竟追寻着我的脚步喊:"岑小莺!"

"别理他,土匪似的!"邓小如拉着我跑。我的心直跳,女伴们不知道,我真有点怕马宁。他曾经气出了我的眼泪——有一回,他当着同学的面说我是世界上最美的女孩,比选出的"亚姐"冠军还优秀。有的男生问他喜欢谁,他没脸皮地说:"岑小莺!"

由于他把心思放在我们四个女孩身上,首次大集合就迟到了。活该他倒霉,第一周的值周老师是教物理的马老夫子。马宁曾经嘲讽这位老师脑壳特"方",六亲不认,今天他便赶上了。与他同姓的物理老师把他挡在操场边,好像追查偷渡者,有条不紊地盘问。马宁一向自负的男子汉气魄今日荡然无存，特别难堪。过后，他骂物理老师想"永垂不朽"，怨自己出师不利，一开始就撞上"马列主义"，一学期倒霉！可他对邓小如说，因为有小阁楼女生宿舍的四位姐儿，他无怨无悔！"我在食堂门外没走——你们没去买早餐！"他说。

"啊，马宁，你大清早就跟踪女生，好缺德哦！"邓小如叫起来了。她红了脸。

当着那么多同学的面被揭了丑底，马宁害怕妙玉了，躲都来不及。

大集合的时候，我的眼睛一直在寻找，心忍不住跳。女生中，我是最本分的，像今天这样，在我生命中是破天荒的。我似在队列中寻找程莹，寻找岑菲儿，又似在寻找高一时的邻桌艾建。高二他还是我的邻桌吗？

也许，这是一种感情的延伸。

4

真没想到，岑菲儿一到小城高中就成了小阁楼的部落成员。

我等了姐姐一天一夜，心里惴惴的，真似魂牵梦萦。黄昏的时候，我踏上木楼梯，小阁楼的门半掩着，没开灯，屋里有些昏暗，只有夕阳的余晖落在床铺上。那一瞬间，望着侧身站立的红衣少女，我竟然产生了错觉：那位古代的小姐降临了！她那么恬静，那么秀美。

她突然转过身来。

"妊姐！"我惊喜地喊，奔上去，抱住她。

"你不害羞？"岑菲儿极小声地说。

与我脚跟脚上楼来的邓小如，坦率地把话说明了："岑菲儿，你刚才显得好神秘呵！我真以为那位古代小姐出现了呢。瞧，这会儿我的心还在跳!"

岑菲儿明白邓小如把她当成了鬼魂,顿时垂下了眼帘。姐姐很敏感,有着脆弱的根,心地纯净的妙玉无意中伤害了她。邓小如并没有察觉,还在一个劲儿地说岑菲儿美。因为顺顺当当地办好了入学手续,一切都安排得井井有条,少了高一时为欠学杂费而无颜的苦恼,没有精神负担,所以妙玉的兴致难得这般浓,话也多了。燕儿窝的女伴们中,她是虔心读过《红楼梦》和《聊斋志异》的,对那些美好的女子特别赞叹,并不在乎她们是人是狐是妖还是鬼,这会儿她说,金陵十三钗的俏姐儿们一个也比不上岑菲儿,"对了,岑小莺,你姐姐也是绝代佳人!"邓小如丝毫没有戏谑的成分。我见岑菲儿已经变了脸色,连忙用眼神制止她。

邓小如看着嘴唇有些发白的岑菲儿,不解地沉默了。她想:"清纯秀美的靓姐,怎么会心地不坦荡呢?干吗那么多岔肠儿?"

我姐姐真的没有邓小如的胸怀和大度,当然可惜,但那是性格,改变不了。邓小如高挑,俊俏,亭亭玉立,更美的是她的内在气质。邓小如就那么淳朴,恰似一块价值连城的璞玉,没有雕琢的痕迹。

5

岑菲儿重进小城高中,读高一,在全校同学中留下许多猜测。因此,我和姐姐的曾经常常被发掘出来。我们姐妹对此虽然气恼,却是没法儿的事,只好忍了。邓小如说:"那些凡夫俗子多烦,老翻人家的旧账野史……"杨雪嗔责邓小如,说妙玉把话搅得更复杂,比"发掘"的凡夫俗子更烦。邓小如嘀咕:"你没悟出其中的含义?"

"别再说了,大小姐!"女才子骂妙玉像祥林嫂似的,老在那儿"小毛","如果都有你这样的悟性,世界上的丫头要吊死一半!"邓小如被顶撞到了南墙,她不服气地说:"谁那么热衷上吊呐?真没志气!"

沈娟娟一副不屑的神色,瞧不起!算是贬了大家。

应该说,岑菲儿本是燕儿窝这个"母系社会"的移民,她挤进小阁楼,也许还不知道女伴们之间的碰碰撞撞。听了杨雪顶撞邓小如的话,岑菲儿突然想到了过早凋谢的周虹。周虹最会唱的《小城故事》,似乎就在小阁楼里缥缥缈缈地回荡。

岑菲儿破了小城高中的戒。学校原早规定,学生住校统一安排,不能随心所欲,被程莹讥讽为"家法"。"家法"也罢,"清规戒律"也罢,这是校长亲笔签署的"戒严令"。岑菲儿来了,仍是这位校长,却点头让她住了小阁楼。我和姐姐原本是南北迁徙的燕子,倒真有了"窝"。

这大概是定格,岑菲儿属于那种有争议的青春偶像,与我们一样,同是"魅力族"。为此,刚刚被赦免的马宁说话最绝:"校长没患老年痴呆症,鉴别能力特佳!"

"什么意思?"杨雪诘问他。

他说"没意思",殊不知落下一个后遗症,"没意思"成了他的绰号,伴随他很长一段时间,无论他怎样折腾,大家都那么叫。他气得咬牙,猜测是女同胞和他过不去,宣称"好男不和女斗"。邻桌的一个女生骂他:"没脸皮!"

"没脸皮"运气不佳,又惹恼了邓小如。妙玉是全校内人缘最好的漂亮女孩,有的说她是男生女生的转播台,谁要招惹欺负邓小如,结局只有一个:四面楚歌。我常常想:妙玉才是男生们真正要保卫的青春偶像。

说起来,男生也有被冤的时候,马宁的名声一落千丈,还是因为我姐姐。

岑菲儿在新的女生宿舍安家落户以后，女伴们仿佛跨入了一个新的境界。太阳是新的，感情是新的，岑菲儿是新的，妙玉也是新的。邓小如突然有了青春的内在冲动，得罪了岑菲儿，潜移默化地，使昔日的燕儿窝发生着意想不到的变化。

杨雪说："岑菲儿来了，应该祝贺她！"

谁说不是呢！邓小如早在筹划这件事了。可惜，全寝室的居民都闹经济危机。刚刚开学，该缴的费用种类多，数目大，有的女生吐吐舌头："我的妈，苛捐杂税一齐上！"财政赤字之后，还得买饭票、菜票，民以食为天，饭非吃不可，少女用不着减肥。不少女生还想买一两件流行的衣服，廉价一点的也行，仍然穿着高一时的告别装，怪穷酸，老气了许多，漂亮打了折扣，损失够惨重的。另外，毛巾、牙膏、牙刷、香皂、洗衣粉……都得买。"例假"的防范措施也须做好，那事儿说来就来，不和你商量，一旦黄河缺口，哭鼻子都不管用。有的女生还悄悄托妙玉去买文胸呢。邓小如热心帮忙，不忍心拒绝又羞臊得要命。摊主多嘴一句，问她是否批发，她撒腿就逃……妙玉说，再穷也得祝贺岑菲儿。要不，心肠都没了！

邓小如为了我姐姐去做了傻事。马宁的表姐新摆了一个水果摊。妙玉和她有些熟悉，便去赊账，不料被马宁看见了。那浑小子捡满一塑料袋，叫他表姐称了，交给邓小如，自己付了钱。邓小如的脸通红，不要，塞给他。马宁说："一点儿小意思。"邓小如把袋子扔到他怀里，扭头走了。

妙玉到另外的水果摊去买，一摸衣兜，真掏不出钱来。于是，她快速返回学校，从高三的女生手里抓过一辆自行车："拜托了，借给我用用！"飞身上车，冲向城郊的一个小镇，往返三十里，胜过越野赛的冠军冲刺，其他女生绝对不敢步她的后尘，光凭她的狂奔和在车流中穿梭的速度就会吓得心惊肉跳。她是去向待在娘家的妈妈"借钱"的——多余的钱她要还给妈妈的，大不了星期天去当卖报女。她相信自己有这个能力，绝不比别人差，这一趟冒险，既耽误了一节自习课，又惹恼了女生寝室的女管理员杨洁。当她拎着水果网兜出现在小荒园的时候，被杨管理员挡住，严厉地斥责。

"干学就不遵守纪律！你什么掉了，那么慌？"

"魂掉了！"她喘着气，满脸的汗，居然像程莹一样，敢顶撞，长满了刺。因为马宁，她积在胸中的气还没消。

她去还车的时候才知道，原来那辆自行车是男生的。她什么都没说，也不想说，男生的也借了，不可能重新来一次，别人想说什么，由他去，她邓小如就是这样儿！最温存的妙玉也会豁出去，横了心，同样有少女的野性。说来说去，祸害还是"土匪"马宁。

读初三的时候，班里的男生评价我姐姐，说岑菲儿最漂亮、最俏，叫男孩想着心跳，有的捣蛋鬼还胡诌岑菲儿与《飘》。女伴们知道后，气得不行。只有程莹笑，说谜底是"乱世佳人"，随即扔出一本外国名著，那可真相大白了。茜茜公主说："算了吧，让他们自个儿倒霉！"谁能料到，跟着那几个男生倒霉的，恰恰是她程莹——物理老师突然来个杀手锏，给学生来了一场措手不及的临时考试，考题也别出心裁，居然有：一间封闭的小屋子里，八台电风扇同时不停息地转动24个小时，室内的温度是：升高？降低？不变？判断，在（ ）内打"√"。这不是明摆着的吗，越来越凉快呗！可是，老师给她画了个"×"。那个大红"×"刺得她心都痛了，倒霉的几个男生居然自称和她是一丘之貉！程莹气得差点儿骂脏话，埋怨老师蒙人。

6

岑菲儿有股不回头的倔劲。她考进小城高中以后,小学时把我们带到毕业的艾南老师和姐儿老师贺萍,曾经专程赶来,说要资助岑菲儿读书,姐姐噙着热泪拒绝了。她说自己有钱,感谢老师的关怀,一定不会辜负老师。其实,她的钱只够交一学期的费用,报到以后,她坐在属于自己的床铺上发呆,一进校就想到了离校,无限的留恋和失落。因为我,太苦了岑菲儿。

有关老师资助的话,岑菲儿守口如瓶,害怕传到班里去。我和她都知道,那会很难堪的。有的同学根本不会相信,甚至会怀疑老师的真诚。若好心被贬出脏味儿,太不值。

岑菲儿报到缴费的时候,乔玉老师就在门口等,引她进小阁楼,一边为她整理床铺,一边叮嘱:"岑菲儿,既然来了,就安下心学习,有困难告诉我一声。"

岑菲儿眼睛湿了。她点着头,有些哽咽。乔玉老师轻盈地飘出小阁楼以后,岑菲儿才发现:她的床上多铺了一张床单,香水味挺浓。

我姐姐是幸运的。

女伴们一进寝室就围住岑菲儿,好像见了久别的亲人。

"啊,岑菲儿,你好香!"

邓小如俯下身,仔细地辨别,闻。她嚷出来了:"是床上洒的香水,和屋里的一样!瞧,这床单是乔玉老师的!"

水落石出了,刹那间,屋里静悄悄的。岑菲儿红着脸,要去揭开自己拥有的印花床单,杨雪按住了她的手。

我说:"姐姐,留下它吧!"

我担心岑菲儿伤了乔玉老师的心。长到十七岁,我们姐妹难得享有这样的亲情，多珍贵呵，我太怕失去它了！

岑菲儿站在床前，沉默无语。

沈娟娟待在铺上，不看岑菲儿，好像被伤害的是她。

小荒园里有一株花树，岑菲儿住进小阁楼的第三天，它突然开花了，妩媚嫣红，似飘逸的红纱裙。邓小如小声告诉我："男生说那是校花，女儿国的国花！"

"无聊！"沈娟娟骂。

我倒是想，这也许跟我姐姐有关。

艾建上课老低着头，我坐在他身边，居然有怦然心动的时候。我想和艾建说话，悄悄对他说："岑菲儿来了！"我的眼光一接触到他，他就避开了。我想，他和我一样。看来，我和艾建的确应该分开坐了。

这学期，姓马的物理老师仍然给我们班上课，一双探长似的眼睛，盯着我和艾建，仿佛在拷问我们的灵魂。他再不把视线移开，我就承受不住了，会噙着泪花趴在课桌上。

下了课，艾建把一支金尖钢笔交给我："给你姐姐。"

我紧绷的心松弛了，又莫名其妙地泛着失望。犹豫了好一会儿，我才接过那支定时炸弹似的笔。可是，岑菲儿不要。她说："这是程莹的笔，不是艾建的！"她从笔盒中抬出一朵小花来，给我看。

我说不出话，很后悔。我要拿去还给艾建，岑菲儿却留下了。而她，从未用过那支笔。

我想追问艾建：那支笔究竟是不是程莹为他买的？岑菲儿骂了我。从此，她再也不接近艾建。艾建急了，要我代他约岑菲儿。约会？我差点儿惊一跳。"你去找她吧。"说罢，我扭头离开。那是在花架下，许多同学都看见了。

不久，岑菲儿写了一篇日记，程莹偷偷翻开看，嚷："哟，早熟啦！"

岑菲儿红着脸骂她:"你烦不烦?"

7

程莹是第四周的星期一回到小城高中读书的。真没想到,女伴们望眼欲穿,真的盼来了死里逃生的茜茜公主。像岑菲儿一样,她一来就住进小阁楼。单凭这一点,老校长在女孩们的心目中就多了几分好感。因为程莹的回归,燕儿窝的精彩开始了。她说自己是小阁楼的元老,邓小如蛮够格地插一句:"刘姥姥!"程莹骂妙玉尽说煞风景的话:"你爷爷才是刘姥姥!傻姐,这儿是大观园?"

程莹和岑菲儿的床铺最酷,正对着木楼梯,无论谁走进小阁楼,首先落入眼底的便是这二位俏姐。开学时,妙玉曾经说是"海关"。五个星期之后,"海关"的位置终于填满了。小城高中的学生仍然睡上下铺。程莹在上,近水楼台先得月,得天独厚地拥有小阁楼的小窗。因为和岑菲儿长相厮守,程莹得到了最大的满足。她的兴致特浓,笑道:"岑菲儿,我俩就像一对恋人似的,好难得哟,我还睡在你的上面!"

杨雪皱眉,小声呵斥程莹:"你纯洁点儿好不好?"

"谁不纯洁啦?只有岔肠多的才去瞎分析!"她怕岑菲儿气恨,赶紧住嘴,对我姐姐一笑。

程莹与岑菲儿不同,她属于那种开放型的女孩,浑身充满了青春活力,她的笑好像有磁性,极有吸引力。邓小如讲过一句实话,说程莹的笑让男生掉了魂,程莹破例地羞怒了,问妙玉掉了几次魂。沈娟娟吐出一个字:"脏!"今儿的程莹瞧瞧一语不发的沈娟娟,把涌到喉咙的话咽下去了。经过腿伤的折磨,从死神府穴里潇洒走了一回的茜茜公主,对同伴多了几丝宽容。

程莹一来就搅活了一潭池水，小阁楼里一反往日的沉静，响起了少女们的嬉笑怒骂。帮助岑菲儿整理被盖的时候，程莹发现了那张床单，说："嗬，好幸运，乔小姐偏爱我们的岑菲儿！"

茜茜公主笑着告诉大家：床单上的小洞，就是她擦火柴烧的，她敢作敢为。当时，乔玉老师并不知道，她主动去承认，并且要加上一句："乔老师，看见你桌上的火柴，我还以为你是烟民呢！"

"你因此烧我的床单？"班主任问她。

"我没那么坏！你叫我像教徒似的反复反省：究竟错在哪儿？你却走出门去，和别人说话，老不回来。你想，我等得多烦！没什么事，就随手把火柴擦燃了……"

"我害怕你了！火柴我是停电时用来点蜡烛的。"

也不知道是真是假，反正全校皆知：有出格的燕儿窝群体，也就有出格的女班主任。

程莹继续在小城高中读书，是她的自作主张，照她的解释则是：宣告独立。她父母的决定是：要她来开一张转学证，离开是非之地。她也一样，想到"早恋"给她造成的伤害，心里就痛，咬咬牙，决意远走高飞。而她无法做到走得无牵无挂，燕儿窝的女伴们叫她留恋不舍，她说过：要和岑菲儿相亲相爱，白头偕老，同生死，共患难。

曾记得，程莹初进小城高中的时候，是乡镇学校转到重点中学的女骄子，大款父亲开车送她来，车内塞满各类新潮的日用品，还有一个大洋娃娃，一路都在放上榜歌曲，就差扎成彩车了。她自嘲说，父亲相当于女儿出嫁的伴娘。至于洋娃娃则实在不好意思拿进女生寝室："小妞儿，委屈了，请返回原籍吧！"初次相见的女伴笑话程莹是小老板，来女生宿舍寻找库房，气白了她的脸。

这学期重返学校，她轻松自如，只拎个档次极高的小皮包，活似公主小姐或女经理。她爸到南方开辟新的服装市场去了，她妈只会坐车不会握方向盘，更离不开"程记服装城"，不能来，因为程莹在学校里有早恋的"丑闻"，也不愿来，只派一个会开车的女店员送大小姐，督促程莹开好转学证。程莹讥讽那位忠于职守的"白领"是"女保镖""女间谍"，替主子监视她茜茜公主。程莹仍然我行我素，谁监视都不管用，当她听说岑菲儿在高一（D）班，马上改变了初衷，说："我不转学了，与岑菲儿同班，就在这儿读！"

那位店员小姐提醒她：别忘了父母的决定。

"你走吧，我自己的事自己把握！小姐，还是想想你自个儿吧，再见！"

程莹的感情大起大落，凡是自己决意做的事，无人能扭转。她找到乔玉老师，只有一个要求：和岑菲儿邻桌、同寝室！要不，拜拜！

乔玉老师笑笑："程莹，你还是老样子，一点没变！"昔日的班主任是心疼她，疼爱她。

她低下头，轻轻地说："变了。"俊脸儿泛起淡淡的红晕。

程莹是"富妹"，用她自己拥有的活动资金缴了学杂费和住校金，行李衣物由店员小姐及时送过来。如果父母真要为难女儿，她会打电话去催，向老板娘示威、撒娇。手机上的话费是留足的。吃饭么？有燕儿窝的女伴，饿不死。女友们帮助了她，她会加倍偿还。程莹重感情。

当天晚上，她就和我姐姐睡在一个铺上，戏谑岑菲儿"千年等一回"。

8

小阁楼是小城高中新的特殊景点，俏女孩们有许多男生女生难忘的故事。燕儿窝昔日的农村女孩邬蓉蓉失学走了，来了有流浪史的岑菲儿，茜茜公主仍然存在，真值得庆幸。八号女生宿舍没有解体，更多了一份魅力。

六个女孩中，杨雪是最脱俗的。她苗条匀称的健美身材，齐耳的短发，学者型的眼镜，就连脖子上的那颗大黑痣，都似天然造就，无论缺少哪一点都不完美。她像一颗闪烁在女生中的新星，男同学对她多了佩服的成分，不像对我们，容易产生超越友谊的感情。

马宁说："杨大小姐好威严，高不可攀，谁娶谁倒霉！"

程宝听见，嘲笑马宁总算有了自知之明。又说，浑小子的评价中肯。她就曾经奚落杨雪："道姐！"

进入高二以后，杨雪改变了许多，只有一点没有变，有时会犯大大咧咧的少女错误。平日里，杨雪文质彬彬，像个女博士，一旦到了球场上，便爆发了女孩的勇猛和果断，男生也要避让、逊色几分。她是学校女生篮球队的主力队员，戴眼镜的女"乔丹"；她拼搏的精神，健美的身姿，优美独具的动作，特别是她那征服观众的少女气质，叫在场的人惊叹着迷，喝彩声不断，客队的球员也往往因她而分心。女才子是常胜队员，男生女生心目中的明星。然而，在赛场上并非一直那么潇洒，她常常汗淋淋的，浑身热气腾腾，宛如在蒸发青春的魅力。比赛结束的哨音一响，她最迫切的便是往小阁楼里跑，嚷一声："哎呀，热死了！"什么也不管，手脚利落地脱、扔、换。有时，正当火烧眉毛的瞬间，才发觉门没关或者木楼上突然响起了脚步声，于是冲刺过去，"嘭"地插上门闩，打一声招呼："请稍等一会儿，屋里有急事！"

杨雪也有霸道的时候。有一次，县级的中学生球赛在小城高中举行，有杨雪在内的女队一路冲杀，夺取了冠军，杨雪的英姿飒爽和脱俗的美，教满场的观众拍案叫绝。比赛一结束，她便被人围住了，市教委机关报的记者要采访她。杨雪急了，向记者含笑地点点头，从人缝中挤出去，撒腿便跑。女记者理解女孩，以为她上厕所，便在树荫下等。杨雪跑进小阁楼，脱了衣服之后，觉得身上腻腻的，又胡乱穿上，拿着脸盆、毛巾、香皂和干净衣裤，往女生浴室奔。半路上，县电视台的记者扛着摄影机，又拦住了她。杨雪感到很狼狈，不悦地说："你们做啥呀？等一等好不好？"赶紧逃掉。一个高三的女生在浴室门口候了多时，刚刚有了机会，杨雪却一闪而进，回头一句："真不好意思，谢你了！"待那个女生反应过来，浴室门已经闩死，气恼也无济于事。

从女浴室出来的杨雪，已经变成了另一个女孩，像刚刚绽放的洁白花朵。她文静地含着笑，有些腼腆、羞涩，对两位记者说："真对不起，我的确没啥。真的，就那么个样儿。"报社记者妙笔生花的描述，加上电视台记者把球场上的女健儿和冲浴后的形象搬上荧屏，简直引起了轰动。

9

杨雪出名，不是因为她那长盛不衰的拔尖成绩，而是她的风采，学校的邮袋里插满了寄给她的信和明信片。她收回来，扔在床上，对我说："岑小莺，你说，他们咋这么无聊，花时间写这些？"

"追星呗！"程莹说。

杨雪把那些千里迢迢寄来的心语——谁说没有本校的呢，一块儿装进盛女孩卫生巾的包装袋，拎着往校园内的小河去了。

"哎，你爬上床来，从小窗口扔出去！"程莹在上铺喊。她说，杨雪太"道姐"了，辜负了别人的一番心意，也不看看，好可惜！"如果我是男生，绝对不会给这样的传统女孩写，单相思，浪费感情！"

"程莹，你就这么烦？"杨雪吼，她忙中有失，还有一封信忘掉在床上了,程莹赶忙抢在手里,依旧爬到岑菲儿的上铺,撕开,念:"亲爱的杨雪,你好!我好想你……"

杨雪回寝室来,仰着头向高高在上的程莹怒喝:"丢下来!"

程莹却不理他,继续念。杨雪气极了,从另一张床爬上了顶铺,跨越天险似的,飞过一个空间跳向程莹。一刹那,程莹吓慌了,把信从小窗口扔出去,不料自己却踩虚了脚。

杨雪着陆在岑菲儿上铺,眼疾手快,一把抓住程莹,将茜茜公主反拽过来,程莹倒在了她的身上,两人脸对脸地叠在一起。

邓小如喊:"好险!"

我和姐姐也吓得发怔。

如果杨雪不在千钧一发之际猛地抓住程莹,躲让杨雪的程莹肯定从上铺落下去了。

究竟信中写的什么内容,程莹说,她也不知道,念出来的,是她的胡诌。"我撕开信没看,不相信算了!"

受损失的是岑菲儿,床笆子断了几根,睡上去,那一团空空的,老往下陷。倒是沈娟娟不露声色,悄悄恳求门卫刘大爷找来竹片,给岑菲儿垫好了。

程莹换给岑菲儿的顶铺,在小阁楼里独领风骚。小窗外,有一条清澈的小河,属校外管辖,毗邻小城的公园,时有白鹭起飞。几个星期之后,女伴们方才明白:新的小阁楼最有情趣,是小城高中的"五星级别墅"。程莹笑,说老头子校长也"追星",喜欢上燕儿窝的青春偶像了,劝大家当心。杨雪听得瞪眼,责骂她:"拜托了,别说得那么难听。"

她说:"没啥,心血来潮,闹着玩。"

第七章

1

程莹奚落校长老是把阁楼之类的旧居室指派给我们,让女伴们在同学中落下"呆窝"的形象定格。她换给岑菲儿的床铺曾经属于她,她又主动和岑菲儿姐妹相称,因此常常不顾尚未痊愈的腿伤,艰难地爬上去,坐在上面。岑菲儿知道她舍不得,劝她换回去。"大丈夫说话,岂能言而无信?"岑菲儿比她大一岁,她却不时打趣。岑菲儿也不和她计较。岑菲儿对程莹十分体谅,怕她再伤了腿,只好一次又一次地叮嘱她:小心点儿。有时,干脆扶她上去,抱她下来,这当儿,她往往搂着我姐姐不松手,让岑菲儿难为情。

经受了"早恋"打击的程莹,别看她面貌如故,嬉笑打闹,更洒脱更开放，可她内心深处的伤痕，像左腿一样，仍然疼痛，滋生着脆弱的感情。她对我姐姐的感情是一种依恋，一种寄托。她坐在那个铺上久望四面，给人留下灵魂脱窍的感觉。每逢这时，我姐姐就会深深地叹气。岑菲儿不愧是燕儿窝的姐，她懂得更多一些，最能体会程莹不为女伴们知晓的内心世界。

现在属于岑菲儿的那个上铺，透过雕花木格门，能看见校园的一角。小窗外，娇巧玲珑的翠湖公园尽收眼底，少不了成对的青年男女从花径上走过。除了茜茜公主，其他女孩也在岑菲儿的铺上坐过，因为这个小窗，女伴们把背靠小河的小阁楼戏称为"威尼斯小艇"。

"小艇"里的女孩，各有各的故事，程莹笑着说妙玉独自待在小阁楼里，最浪漫，最有意思。邓小如的脸绯红，急得骂程莹"龌龊"，"该割舌头"。

程莹不笑了，说："瞧瞧，耍赖了，还瞎骂人。你说说，有那事儿没有？"

大家都看着一贯纯洁本分的妙玉。邓小如快哭了。她擦干浸出来的泪水，好一会儿才把事情原原本本讲清楚。她说，谁也没料到会那么巧。上个星期六，她一个人待在小阁楼里，看书看久了，觉得挺闷，想听听音乐，去开程莹床上的袖珍收录机。谁知，音乐没听成，反而撞倒了杨雪放在小桌上的墨水瓶，洁白的衣裙被弄得一塌糊涂。她既气又急，十分心疼。没法儿，只好脱下来洗，穿着背心、短裤，不要命地搓、揉，总算除去了污渍。反正是双休日，校园里没多少人，也顾不了那么多，跑到水池边清洗干净，爬上岑菲儿的顶铺，用衣钩挂着，晾在小窗外，继续靠床栏坐着看书。万万没想到，晾到半干的时候，突然刮起不小的风，衣裙随着衣钩飘去。她情急之中，扑去抓，差点儿一个筋斗栽出窗外。惊魂初定，只能眼睁睁地看着它们不辞而别。这时候，有两个小伙子过来了，她也没去多想，扯着甜润的嗓子喊："哎，请帮我捡上来，谢你了！"出口之后才明白犯了傻，浑身都热了。

那两个青年闻声驻足，抬起头来，见古典的阁楼小窗内，立着一个特别出众的姣好女孩，于是，把连衣裙捡在手里，笑着问："怎么送上来啊？"

邓小如咬咬牙，大声说："你等等，别走！"她慌忙跳下床，把女伴们捆被盖卷儿的绳索结在一起，抛下去："劳驾，把裙子拴在绳子上。哎，你拴呀！"那两个青年迟疑过后，总算给她拴上了，喊："小妹，你接好！"她呼呼地把连衣裙拉上来，"砰"一声关了窗子，用背顶着，还直喘气，心悸得发颤。

整个下午，邓小如的心都不能平静，越想越觉得事情复杂，惴惴不安。程莹回寝室，她主动说了，希望程莹给她拿主意，也向大家转达一声，有个提防。程莹说："没事，别草木皆兵了，把自己吓出病来！"之后，程莹一琢磨，也觉得有些不对劲儿，应该告诉女伴们，而她却不直说，逼得邓小如羞了，气了，仍得自己倾吐，她反倒有理由："我要说，那不成了出卖妙玉？"

2

事情讲出来以后，女伴们都有些担心。大家不同意改选，我仍是一室之长，由杨雪陪同，给班主任和女管理员杨洁说了。她们马上去找校长，校长也觉得事情严重，可一时又找不出新的女生寝室，连说："新宿舍修好马上给她们换！"并且，立即叫装修房屋的工人来，给小窗安上一个既密集又牢实的防护栏。从此，一收眼底的美景，被切成许多长条块，让女伴们十分遗憾。

沈娟娟吐出两个字："鸟笼！"

程莹说沈娟娟既刁又蠢，她特别反感从沈娟娟嘴里说出的"鸟笼"。燕儿窝配上"鸟笼"，俏女孩的形象被贬得够惨，傻得够格！

邓小如引出的危机感让大家心有余悸，夜里睡觉都不安稳。"怕"的阴影还没有消失，程莹又一次心血来潮，煞有其事地"研究"小阁楼的历史。

邓小如说："你要考古啊？"

"对。你不相信？"

都当程莹闹着玩，谁会相信？程莹却认真了，把笑忍住，先戏谑这儿是"从三味书屋到百草园再到闺房"，自然就有了长妈妈和美女蛇了。沈娟娟和他作对，问她"谁是？""就你！"她没好气，随口就来，把沈娟娟气得怪可怜。过了一会儿，她又说，这幢小阁楼原先住的并不是千金小姐，而是古代的男子。

女伴们都盯着她。

闺房阁楼，千金小姐，当代的漂亮女中学生，这一历史的交织倒是挺美挺有诗意的，让她这一搅和便脏兮兮的了。出类拔萃的俏少女，待在古代男子留下的巢里，立刻有了污浊气，连感情都不纯正了。杨雪有些气恼，问程莹：何以见得？

"瞧这画梁上的图案！古代的装饰图画也分男性和女性，懂不？不相信问岑菲儿，她能作证！"

我姐姐摇头，说，她可不助纣为虐。

程莹笑笑，抱着裸露的肩头，戏弄般地看看大家。

邓小如既傻又认真地追问她："程莹，研究出来没有？原先这儿住的是谁？"

"蒲松龄！"

"扑哧"一声,大家都忍不住笑了。杨雪骂她"无知","蒲松龄会迁居到四川来?你原来的历史成绩肯定是作弊,抄来的!"

程莹却不改变,一口咬定:这儿就是"柳泉",小阁楼就是"狐宅"。"蒲松龄是个不炒都走红的大作家,还不能多一套别墅?"

杨雪骂她无聊。既然是"狐宅",住的就是"狐狸精"了。"要当狐狸精你自个儿当去!"

程莹知道说漏了嘴,却不认输,笑着说:"我可没那份机遇!知道不?古代的狐狸精最喜欢当代的眼镜女孩!"嬉笑得太过分了,度量大的杨雪气得要擂她。程莹还想说什么,"啪"的一声,早就不满意的沈娟娟跳下床来,关了灯。

"哎,沈臭丫!把灯拉亮,我还没脱长裤!"程莹嚷。

唯一的一盏灯再也不会亮了——沈娟娟用力过猛,拉断了开关线。她坑了大家。我姐姐在换衣裤,黑暗中找不着干净的备用品。杨雪什么都没脱,在床头找眼镜。邓小如说:"我还没洗脚呢!"摸索了一会儿,叫起来:"杨雪,你的语文课本怎么在我脸盆里?"水淋淋地给她捡出来。

处境本来就有些孤独的沈娟娟,不知不觉又得罪了大家。

那天夜里下了雷雨。睡到半夜的时候,我突然发觉程莹在身边。她抱着我:"岑小莺,我的腿好痛呵!"我把她搂紧,好像这样能减轻她的痛苦。她变得非常脆弱,在我怀里悄悄地哭了。

3

我姐姐在感情深处开始拒绝程莹。岑菲儿理解程莹,同情程莹,关心程莹。可她不是圣女,由于她比我们早熟,在男孩和女孩的交往上,有着少女的自私和猜疑。因为艾建给她的那支钢笔,她马上想到程莹,那颗久盼的心隐隐作痛。程莹也觉察到了,无奈地说:"岑小莺,你姐姐的心眼儿小得连针尖都穿不过!"

我没有说话。我为姐姐担忧,也有自己的歉疚。

程莹坦荡地笑笑。"岑二小姐,别把我看成魔女了,瞧你们怕的!"

她说得特大胆,那双有魅力的眼睛看着我,流露出几分嘲弄。我的脸潮热了,生气地骂她。

"看,你这不是承认了?何必折磨自己!好,我明哲保身,多几分自由!"

我愠怒地盯着她。

程莹淡淡一笑:"哟,何必那么紧张!相不相信我的话?岑小莺,来,我们拉钩——"

我可不和她平白无故地拉钩。程莹的话有真也有假。上学期,她在我面前说过,小城中学的男生,她只看中两个:艾建和赵小华。后来,她两次去水中花茶庄,知道岑菲儿和艾建的情谊极深,便再也不提艾建。而她的心系在哪里,她自己最明白。由于不小心,和赵小华有了早恋,受到难以承受的羞辱和打击。她痛哭,冤屈,向岑菲儿诀别。当她为救岑菲儿被压断了腿,伏在岑菲儿背上的时候,身上落下一张留念卡,许多字都被血浸模糊了。我拾在手里,只看清:"艾建,友谊是纯洁的……"后面是她字体隽秀的签名。我没让姐姐看见,悄悄扔了,让它随波逐流……

程莹说:"别说这些了,怪没心肠的。我们去公园划船,开心一点儿,别未老先衰了!"

我不去。她骂我:"向你姐姐告密的时间多的是!今天是双休日,是法定的松绑时间,算我求你了,走吧!"容不得我拒绝,她硬把我拉上一辆人力三轮车。

我沉默无语，和贵族小姐似的程莹挤坐在一块儿，随着轻摇的车过了小城的河边街。街道两旁，垂柳青青。我在想："昨晚上痛得抱着我哭的程莹和今天的她，简直是两个女孩……"

程莹说话了："岑小莺，你姐姐认为我坏，对不？"

我不解，看着她的眼睛。

"我知道，就因为艾建给她那支钢笔。那是我替艾建选的，我还悄悄放了一枚小玉石花在里面。怨艾建粗心，给岑菲儿的时候，他应该把它捡出来。那只是友谊……"

我记得，读小学三年级的时候，班主任也是个女老师，很端庄，文静。有一天，她带学生去野炊。那是一个空旷的河滩，有很多奇异的小石子，也有贝壳。河水静静地流。小树林旁边有一个水塘，轻轻地荡着一只小船。水塘的主人是学生家长，答应让同学们去划船。班主任让大伙儿选水性最好的同学先去。岑菲儿和艾建被选中了，我只能痴痴地看着他俩在船上轻轻地摇橹。那会儿，他们笑得很甜，唱起了一支很熟悉的歌："让我们荡起双桨……"我多么羡慕他们呵！那个画面和歌声一直留在我的脑海里。

从小到大，我没有机会坐进小船。现在，程莹和我同船起航了，可它已经没有了双桨，是机动的，由茜茜公主掌舵。她回头笑着："岑小莺，上过男生的贼船没有？"

"你才上男生的贼船！"话一出口，我就有些后悔，这肯定伤害了程莹。她背过我坐着，我看不见她的脸，也听不见她的声音。扫了兴，都沉默了。

程莹把游船开到湖心岛旁，不走了，说是在那儿待个够。我着急了，说，要付出很多船费。"我给！"她的声音有些粗暴，带着火气。她这位"富姐",肯定敢花钱。程莹是气恨我那句话,戳了她"早恋"灾难的伤疤。

湖心岛的景色非常优美,程莹有伤少女的大雅,躺在人工石上,双手枕着头。我不好意思像她那样,只能陪着她,坐在旁边。好一会儿,她的气消了,这才坐起来,给我讲起她替艾建选购钢笔的事。

4

她说,那天她从省医院回 B 城,迎面碰上了艾建。

"那真太巧了!艾建傻痴痴的。他在文具店买钢笔。我瞧着他。个个男孩都不懂女孩的心。他挑来选去,全在黑不溜秋的笔杆里寻找。我"扑哧"一声笑了。他扭过头来,看见是我,脸绯红。我问他:'给谁买?'他不吭声。'给岑菲儿,对不?'他不敢瞒我,点头承认了。那会儿,我真有些嫉妒你姐姐,可我还是替艾建挑选了。开初,我想选那种二百多元一支的,切掉他爸十分之一的月工资,让他掏不出钱来,难堪,求我。但我马上改变了主意。艾建是让人喜欢的男孩,我舍不得捉弄他,也不忍心伤他的自尊。我这才选了你姐姐收下的那支钢笔。当时,艾建还在迟疑呢,我掏出两张一百元的扔过去:'我给!'艾建真的很狼狈,他非要把钱还给我不可,掏尽了库存……我心里好感动,鼻子酸酸的,悄悄把一枚玉石小花放进笔盒里,颜色是翠绿的。我想,艾建看见,会捡起来。别瞎猜,我是佩服艾建,看他是女孩心中的优秀男孩,没邪念!艾建肯定连笔盒一起送给了岑菲儿!这个气死人的大笨蛋!"

程莹好像在讲述另一个女孩的故事,把她的心迹毫无隐瞒地吐露了。我相信她说的是真话,在这些方面,她绝不掩饰自己,如她说的一样:"自个儿光明磊落,我讨厌假惺惺的女孩!"程莹所讲的"B城"是离小城二十里的边镇,想不到艾建会到那儿去给岑菲儿买钢笔。

"岑小莺,去向你姐姐告密!我不能再背黑锅了!"

程莹那极美的眼睛湿漉漉的,含着恨火。我这才想到,她在我怀里哭,不仅因为腿痛,还因为遭到同学的误解。岑菲儿使她没有远走高飞,忍辱留在冤屈她的学校,却又疏远她,让她伤痛的心悄悄滴着血。坦荡是美丽的,少女的坦荡太不容易了!

我没有把程莹的话告诉姐姐。我说不出来,也不能说。岑菲儿极敏感,她比女伴们成熟,已经对程莹有了猜疑,这些话绝不能让她知道。姐姐和程莹,我都不能伤害。

想到男生和女生的友谊,我心里不觉有种苦涩的味儿。程莹在作文本上写了这样一段话:"男孩和女孩,是老师读不懂的朦胧诗。老师和校长把男女生的交往看成定时炸弹,是无知,把友谊推到'早恋'的份上,视作大逆不道,我们也没办法。说是恋就恋吧,后悔是我们自己的事!"那篇作文,可怜地落到一个对学生极其防范的老师手里,上学期的"早恋"处分没有执行,这学期又要大逆不道,本该严办,因为有乔玉老师讲情,程莹为救岑菲儿断过一条腿,功过相抵,这才悄悄地赦免了,结论是:严加管教。当然了,评选先进和重点培养之类的机遇,在学校的"内控掌握"中一笔勾销了,绝不让程莹知道。

5

有关艾建的话,我未能瞒住岑菲儿,她还是知道了,是程莹自己告诉她的。

那晚的夜空很深邃,密集晶亮的星星离小阁楼非常遥远。姐姐坐在床沿上，久久不语。岑菲儿的呆坐是一种预示，寝室里好像凝固了。女伴们不时看着程莹。茜茜公主一副无所谓的神态，她穿着内裤和背心，斜躺在被盖卷上，两条修长洁白的腿吊在床边，少女成熟的胸脯挺得高高的，玉臂伸过去，把袖珍收录机打开，死海一般的阁楼里响起韩红的《青藏高原》……

这是最不和谐的一个夜晚，沈娟娟说是"围城"，没人能体会出她的寓意。杨雪含着一份气恼，好像恨铁不成钢，埋下头去看她手中的书，那是一本高深莫测的哲学译本，被程莹戏称为"洋鬼子"。杨雪似乎超脱了。

燕儿窝的女孩中，与岑菲儿相比，没有社会经历的五个俏丫头，明显肤浅了许多，也单纯了许多，我姐姐是一本耐翻、更不容易读懂的书。但愿岑菲儿能像邓小如、像程莹，少一些深沉，多一些纯真！

第二天早晨，岑菲儿很早起床。她站在走廊外的花径上，等待艾建，时有打水洗脸的同学从她身边走过，惊讶地看她。她是带着"校花"和"早恋"的传闻重新走进校园的，有的男生甚至把她视为欧洲文艺复兴时代油画中的女子。此刻，她以这种姿态出现，简直是冒险！我真替她着急，却拿她没有办法。

艾建来了，岑菲儿把那支带盒的钢笔给他放在脸盆里，背过身去。姐姐拥有飘逸的长发，披在肩上，任晨风吹拂。她端着洗脸水款款地走了。艾建待在原地，仿佛被击懵了。路过的同学都在瞧他的脸盆。不知艾建注意到岑菲儿的眼睛没有，那该是桃花浸着露水的模样。

我真不知道应该怎么办。我体谅心疼姐姐，也同情艾建，却说不出一句话，只能低下头，走向水池，懒懒地扭开水龙头，让美好的早晨溅满晶莹的水珠。

"岑小莺，你知道了吧，上男生的贼船多不自由！"

好个程莹，就那么戏谑地笑着，突然之间惊我一跳。

因为那支带笔盒的金尖钢笔，我和岑菲儿吵架了。这是我们姐妹第一次发生冲突，虽没有多么浓重的火药味，却也弄得俩人满眼泪水。姐姐骂我"没脸皮"，情急之下我胡乱借用程莹的话，说她"上贼船"，把她气哭了，女伴们都觉得蹊跷。

程莹说："这是历史的一大进步。要不然，我们还处在原始时代，可怜的母系社会，还不知谁愿意出任酋长呢！"

杨雪没好气："你想当你去，别在这儿牙尖舌怪的！"

沈娟娟没头没脑一句："不知人家组织部门批不批呢！"

"嘴臭，去刷牙！"程莹骂。

沈娟娟羞怒得鼻子不是鼻子，脸不是脸的。

倒是邓小如清醒，一语道破天机："罪魁祸首，马宁！"

马宁喊冤。他要妙玉大小姐多一分宽容，施舍一点女生的青睐，"准确地说，冤枉一个伟大的男生，有失贵小姐的温柔。明明白白的一颗心……"

"你去死吧！"邓小如羞臊得难堪，叫马宁"反省"。

这马宁仿佛获得了特赦，与反省不沾边，高高兴兴荡悠去了，不出一个钟头，便把值周老师惹得勃然大怒："简直反了！你给我站住！"

他哪里还站得住？似离弦的箭，转瞬间便不知去向。他边溜边想："老先生，你最好别追，赛跑你远不是我的对手，把你摔着了，我心里不安。尊师重教呗，您老桃李满天下了！"

值周老师根本没追他，而是走过去，在刚刚扫过的花径上，拾起他扔下的纸团。大获全胜的马宁，收住脚之后才懊悔：那个随手扔的纸团人命关天！看来，收是收不回来了，听天由命吧！这对他来说无所谓，真正冤的是我们。他在上面写的肯定与燕儿窝的群体有关，但究竟是什么，不得而知。反正，倒霉的事找上了小阁楼的六支"红蜡烛"！马宁以为，这一切天衣无缝，哪知瞒不过人缘极佳的邓小如，他除了骂大大小小的女生"间谍"，别无他法。

杨雪说，马宁逃不掉死罪，程莹也是被告。程莹笑笑，并不否认。她认为女伴们傻傻的，把什么都事都看得很严重，渴望挤进当代老太婆的队伍里，不怕青春受委屈？杨雪斥责她胡说八道。

"道婆教导，洗耳恭听！"程莹奚落。杨雪当她神经不正常。

6

程莹可算是敢作敢为。那时高一挑选有特长的中学生，去参加县上举办的校园歌咏赛。班主任便是严防男女越轨的那位男老师，因为程莹有过自荐担任原高一（A）班文体委员的业绩，称得上是久经考验了，所以找到这位满身是刺的漂亮女生。

殊不知，程莹还记那篇作文的仇，存心捉弄他，半戏弄半伤感地说：不争气的程莹，歌喉连同左腿一块儿残废了，爱莫能助，深谢老师的关心和信任！心里还有一句没有说出来的话："那么多男生女生唱歌，你不怕我去县上'早恋'？越轨了你能安稳？"

老班主任为人正直，治学严谨，对学生的过错绝不姑息，遇上这么一个"冠军"女生，只好忍下肚里的怒火，叫程莹离开教师办公室。

程莹偏不走，狡黠地一笑，说是给老师推荐一名少女歌坛新秀，保管叫那些上台的平庸之辈望尘莫及。她居然把岑菲儿贡献出去了。

老班主任有了前车之鉴，十分谨慎地看着程莹，似要把程莹的灵魂一审、二审、三审。

程莹咬着牙，暗暗骂老师："糟老头子，特烦！"含笑许诺：拿出岑菲儿自录的磁带作证。她不知去哪儿弄了一盘,连同袖珍收录机给老班主任送去。老先生素来是教文科的,更不知程莹预先在收录机里做了手脚,折腾了许久,没有半点声音。程莹嘲讽地笑笑,说:"老师,你对现代科技够科盲的,别把收录机弄坏了,我还要靠它辅导英语哩!"她这收录机与学英语极难沾边,这句话一是告诉班主任,此物并无越轨之嫌,二是表明它价值连城,更重要的是刺一刺师道尊严的老先生。

老班主任的涵养极好,让程莹奚落个够,听了磁带上的歌曲,虽然忍不住称好,但又很怀疑地追问:是真是假?

程莹说:"假的老师也要听?"

老班主任不是傻瓜,把岑菲儿找去对证。

我姐姐急得发誓,她根本没有录过磁带,也不会唱歌。

老班主任气得拍案而起:好哇,这个程莹真是胆大包天!却拿茜茜公主没有办法——袖珍收录机她当场就拎走了,那盘歌曲录音带也不翼而飞,真的换上了学英语的辅导磁带。你批评也好,训斥也罢,程莹都无动于衷,仿佛沉浸在某种神往的境界中。老班主任无奈,只好临阵磨枪,自我感觉良好地点派了一个学习成绩拔尖的男生去,当然名落孙山,还受了校长的批评。那位男生各科成绩都不赖,恰恰缺乏文艺细胞。你想,校长能不生气?

过了几天,程莹去了,真诚地向老班主任承认错误,说那盘磁带是她自个儿录的,绝对不敢哄骗老师,她匆忙中记错了,希望老师宰相肚里能撑船,对学生多一分宽容。老班主任气得不想说一句话,让她出去。程莹临走之际,画蛇添足地补充:"噢,老师,那盘磁带的歌是我唱的。岑菲儿的歌唱得比我好,只是她最不愿意沾上卡拉OK。"

有了老班主任难得的大度,事情本该风平浪静了,却被马宁糊里糊涂地搅得更复杂。那位姓马的老教师,是高一(D)班的班主任,又兼上高二（A）班的政治和物理，照沈娟娟的曲解，属于"三栖"。在高一（D）班，由于有程莹之类的俏女生，当班主任实在不轻松，甚至"窝囊"；在高二（A）班上课，同样与称心如意无缘。平日里，被惹火了的沈娟娟骂马宁"王八蛋"，没白骂。马宁似有后遗症，让马老先生气得够呛。

马宁这位"乌鸦嘴"，自称和"马导师"同姓同宗，具有叛逆因子理所当然，并且胆大妄为，丝毫判断不出事情的严重性。程莹差点儿把马老先生的鼻子气移位，他紧步后尘，并且想一下子名扬四海——不得已宽恕了程莹的马老先生，站上高二（A）班的讲台，面对波澜四起的几十个学生，心中上火。于是，黑板上的讲课题目骤然间变成了："中学生的自律、自尊和自爱"。老师刚轻咳一声清清喉咙，"呃"字才出口一半，马宁的手就举起来了。老师教鞭一挥，潜在的意思是：听好，别煞风景！马宁再举起另一只手。不知谁小声冒出一个词："投降！"顷刻间有了笑声。老师大怒。尴尬的马宁居然给自己解围，干脆放下双手，自我准许发言，大声说："马老师，请看课本！"

什么？简直岂有此理！

马宁偏偏自认为掌握了真理，拿着物理书，翻到该上的那篇课文，大摇大摆地上讲台去了，和老师平起平坐，指给马老先生看。结果当然是天下大乱。别无选择，马宁被"抓"了。到了校长跟前，他连自己都保护不了，却要拐弯抹角地替程莹和岑菲儿仗义执言。校长早已通过风言风语听闻岑菲儿和艾建在洗脸时约会，传递信物，加上有关燕儿窝的纸团，这一来，小阁楼里还能有纯洁、清白的名声吗？我和姐姐吵架，程莹痛骂马宁，都不管用。邓小如说："算了算了，饶了吧。"

马宁有了妙玉的说情，恬不知耻，竟然说自己是侠义心肠。

"谬论！"杨雪骂他。

马宁不甘示弱，说即使是谬论，也是天才型的。

程莹冲着马宁："你有病！对吧？"她说，在这桩"公案"中，她已经感到了内疚。

程莹把缘由说出来，谁都觉得心情有些沉重。

7

看见岑菲儿和艾建在清晨"约会"的，还有邓小如和沈娟娟。用不着担心妙玉，她很老实，无论女伴们有什么事，都不会对外张扬的，更不会在背后说同学的坏话。

这学期，有女生奚落她"中举"，无非就是升任了数学科代表。因为她特别认真，少了"人情味"，惹急了的懒女生，首先贬低她，也贬低任课老师。数学老师胸有成竹，问邓小如：那几个女生挨了批评，是不是仍然不愿意改正，又在骂老师？她睁大眼睛，然后低下头，不管怎么问，都不开口。数学老师十分生气，严厉地责备她。即使再委屈，妙玉也不打"小报告"。气够了的老师要撤她的职。撤就撤呗，她不留恋，也没意见。"撤职"是老师的气话，原本就没人愿意当这样的等级外的"芝麻官"，更难找到第二个像邓小如如此负责的公仆，忠于职守，任劳任怨。

待到赦免了，她对数学教师说："在背后讲别人的坏话，是不道德的。我叫她们来，让她们自己说。"数学老师拿她没办法，摆摆手——免了！在全校的同学中，邓小如的口碑极佳。这一件事，更是让她声誉倍增。因此，女伴们在她面前可以毫无顾忌地说笑，根本用不着担心被"出卖"。不过，说多了过头的话，或者中伤别的同学和老师，邓小如会很有正义感地嚷："你不能说一点其他的话？多缺德呵！"程莹曾经打趣她是"最完美的机器人"。岑菲儿和艾建在水池边的时候,她低着头,从一边悄悄地绕开了,好像根本就没有这回事。

我最担心的是沈娟娟。

沈娟娟是高高在上的官小姐,虽算不上盛气凌人,却也有不少的优越感,和同学显得格格不入。谁知命运突然捉弄了她,让她一夜之间成了同学避而远之的"灰姑娘",程莹却偏要笑着"祝贺"她。沈娟娟的一张脸煞白,嘴唇颤抖,说不出话来。然后,"哇"的一声哭了,伏在床上抽泣,不去买饭,也不出寝室门。女伴们看着她,沉默不语。程莹颇不屑地扭身走了,仿佛扔掉了一个果皮。

过后,邓小如说:"程莹,你挺残酷的。"

程莹不吭声,坐在那儿,一瓣一瓣地扯着花朵,直到把她插在玻璃瓶中的一束鲜花毁掉。那是她掏钱买来,供女伴们共同享受的。杨雪把扫帚放在她面前,她看都不看一眼。我替她把满楼板的花瓣扫了。新学年开始,沈娟娟似乎变成了另类女孩,冷漠、孤僻,老挑同学的茬儿,说话带刺。程莹火了的时候,叫她到别的星球去。

在小阁楼里,沈娟娟倒是没说什么,进行寝室大扫除的时候,由于不顺心,她突然吐出两个字:"贱妞!"我是室长,她不愿意打扫,心里烦躁,想骂,拿她没办法,而我更明白她骂的是什么。岑菲儿的脸都白了。邓小如听出了弦外之音,立刻说:"沈娟娟,你怎么出口伤人啊?"

程莹自然站在我们姐妹这一边,把牙膏、香皂给沈娟娟放在面前:"先打扫你的臭阴沟(嘴)吧!"

我姐姐想说什么,忍了。

沈娟娟眼睛发直,拿着抹布的手发抖。

"快打扫!"杨雪呵斥,她变成了真正的一室之长。可惜,并没有把同伴们之间的火药味消除掉，沈娟娟还误解了她的话。

沈娟娟因为气恨，干脆不做了，扔了抹布，不料后退两步的时候，裙子挂在洒水桶上，被撕了一条口子。她的眼泪出来了，抓住满满一桶脏水便倒。

"哎，你干什么？臭丫头！"程莹嚷。她刚刚买回来的新鞋，还没上脚，冷不防被沈娟娟灌成了落汤鸡，鞋里被污水装得满满的。程莹气极了，抓起沈娟娟的旅游鞋就往桶里塞。

岑菲儿把程莹的手拉住了。

而今的沈娟娟，已经由燕儿窝的第二"大款"降为"贫困户"，只有那一双有脸见同学的好鞋，如果被程莹塞进污水桶里，她就只能穿着拖鞋进课堂了。

程莹宽恕了沈娟娟，而她心头的气非发泄出来不可。于是，她拎起那半桶污水往雕花木格门外泼去，理由还是蛮充足的："木楼梯特别脏，不冲洗干净太腌臜！"

谁能料到，世界上的事情就有这么巧，偏偏有人找上门来倒霉——程莹同班的一个男生组长，刚刚踏上木楼梯，便被突如其来的污水泼得瞠目结舌。

程莹居高临下，笑出了眼泪："哎哟，你怎么这般幸运啊？水有什么稀罕的，迫不及待地接住！"

那个男生骂她。

程莹瞪着眼，说："你怨谁？男子汉呗，干吗私闯女生的禁地？不泼你脏水泼谁？"

受灾的男生组长是受班主任之命来叫程莹的，在小阁楼下叫了几声，无人应，这才冒险踏上木楼梯，本想边走边喊，还没喊出来，程莹倒先迎接他了。那男生遭了半桶污水，还被奚落一顿，他气恨不过，在老班主任面前告了一状。

8

程莹不予理睬，根本不去面见那位曾是她"手下败将"的马老先生。

第二天，程莹上早自习，走进教室的第一件事就是冲着那个男生说："你还是男子汉吗？没意思极了！还是上吊去吧！"

岑菲儿和程莹重新到小城高中读书，都是乔玉老师送进小阁楼的。不久，男生中便有了一种说法："大姐姐、小妹儿、燕儿窝女神"，戏称为"感情密码"。岑菲儿说："真无聊！"

"烦的还在后面呢！"程莹无奈地笑笑，"岑菲儿，你知道他们叫你什么？噢，算了。不说了！"

岑菲儿不放程莹，逼迫她说出来。

程莹求饶了："我的菲儿大姐，别再去掏根挖底了，坦荡一些吧，知道得太多，会气恨得英年早逝的。谁叫我们长得这么漂亮呢！"她到底拗不过我姐姐，只好如实相告："说你是外来妹，绝代佳人！我还更冤呢。"程莹没说男生叫她什么，她也有十分难为情的时候，脸突然绯红。

岑菲儿没有再说话，有些心悸。她感觉得出，自己和程莹正被一种光环罩着，是俏女孩不该落进的光环，不知预示着什么。

乔玉老师把她们送进燕儿窝，却无缘成为她们的班主任。为这，程莹有女孩的牢骚："我们和乔玉小姐分道扬镳了，老头子恋着我们！"

岑菲儿竖着柳眉儿，悄声嗔责她："你别瞎说，如果让其他同学听见，我们的脸往哪儿搁？被炒出脏味儿来，太不值！"

"心里不痛快，想说！反正老头子班主任是酸葡萄品牌！"程莹说，高一（D）班的老先生想着两个极漂亮的妞儿，方才当仁不让，做了一班之主。"我敢断定，老班主任的糟糠之妻八成丑陋无比，他那位读北师大的女儿也不敢恭维，绝对攀不上靓女孩的档次，说不准是模样儿极丑的'三等残废'，老先生当我们的班主任，是感情的寄托。"

岑菲儿忍不住骂她"思想复杂"，"别贬老师了！他那女儿星期天在家里，我亲眼看见的，长得挺俏……"

"有你俏吗？"

岑菲儿不理程莹了，警告她："别把我和你串在一起瞎戏谑，谨防哭鼻子！"

茜茜公主嘀咕："你怕谁生岔肠儿？"

程莹和老班主任的隔阂有历史根源。上学期，马老先生在一次单元检测中，因为茜茜公主差半分，硬把她从"良"的等级给降下来，攥进"合格"的圈子里。程莹觉得特委屈，老先生评得太让她心痛了！她反反复复地检查、自省，终于发现了破绽：无情的马老先生错判了一处！为了证实真伪，她翻书、查资料，最后嚷一句："这个老头子，嫉妒！"本是一宗快事，只可惜她感冒了，头痛，火气也来了，装束妥帖后便往教师办公室跑，把卷子摊在老师面前——请马老先生鉴定！

老先生叫她自己检查去，并责备：平时不认真学习，在卷面上争分数有多大意思？

"老师，你自己懂不懂？"她气得湿了眼睛，嚷道。语出惊人，全办公室的教师都怔了。偏偏这位狂妄的女生找出的纰漏又"铁证如山"，令马老先生十分难堪。

后来，乔玉老师把程莹找去，语重心长地和她交换意见，告诉她：人非圣贤，岂能无过，老师也一样。马老先生知识渊博，教学水平很高，不是不懂，只是一时疏忽，应该尊重老师，对老师多一些理解。她沉默了许久，最后说："行，乔老师，你是好姐儿，我听你的！"听见"姐儿"的称呼，乔玉老师一怔，笑笑："程莹，你还给我加些什么绰号呀？"

程莹也笑了："乔小姐！"

第八章

1

也许可以叫作"不是冤家不聚头"吧。这学期，程莹来插班重读高一，跟着乔玉老师到教室去，听见那位老先生的讲课声，她立刻皱着眉头。

乔玉老师说："他是你们的班主任。"

"不是你？"

乔玉老师点点头。

程莹扭头就走。

乔玉老师一把拉住她："哎！你看，岑菲儿不是在教室里吗？"

岑菲儿早看见她了，感情通过秋波传递过来。老先生接连咳嗽两声提醒，岑菲儿的眼睛仍未转向讲台。

程莹低着头迟疑片刻，说："我早就给你说过，我要和岑菲儿邻桌。你看，她旁边坐一个男生！"

乔玉老师去找马老先生了，很动感情地说："程莹为岑菲儿断过腿，她心灵的创作很重，能够回学校读书，太不容易了！就让她和岑菲儿邻桌，一直到毕业。"

老先生从教几十年，破天荒答应了这个特殊的要求，又惋惜地摇头，以代替两个字："没治！"既指程莹，又指为人师表的乔玉。

马老先生的神情，程莹看得清清楚楚，如果不恋着岑菲儿，没等到答复，她就真的走了，出门去给父母打个电话，叫他们来开转学证，她自个儿缴的钱，干脆不要了！大款摆阔，图的是那份骨气！

乔玉老师却很理解程莹，过后对姓马的老师说："太为难那个女孩子了！"

老班主任并不像程莹想象的那么心胸狭窄，倒很重才，刚刚过了一个星期，他就来找程莹了，委以文体委员的重任。

程莹心里说："老爷子，你没糊涂吧？不怕我辜负你的一番好心？"面上却是有些伤感地推辞："马老师，我已经断过腿了！"

老班主任顿了顿，说："程莹，你很有才华，上学期自荐当文体委员的事，全校皆知，你用嘴指挥就行了，我让岑菲儿辅助你。"

程莹怦然心动，闪过一丝惊喜，没有再拒绝。回到小阁楼，她有些凄切地戏谑："他真的看上我们两个漂亮妞儿了，断了腿的也不嫌弃。"

"程莹，你不要再说了！"我姐姐已经满眼泪水，一把抱住了程莹……

老师说程莹出格。她说："不出格的女孩窝囊！"

2

那些日子，老是细雨绵绵，几乎下掉了女孩们的魂。好不容易有一轮明月，又遇上停电，连心情都变了味。邓小如奉程莹之命，上街去买蜡烛。茜茜公主的要求特高，非红蜡烛不买！她对白色的蜡烛很反感："就那么苍白的一炷，又流着蜡泪，祭奠似的！"

妙玉捂住了耳朵："别说得那么吓人，我不敢去了！"校门外的街口处，刚设了一个灵堂，邓小如是硬着头皮经过那儿的。

只有停电，杨雪才能放下手中的书本。程莹没事做，一边一本一本地借着流进窗口的月光"检查"，一边说："道姐，有没有禁书？"杨雪一把夺过去，塞在枕头下，不料随手带出一双没洗的脏袜子。

"是谁的？怪不得总有难闻的气味！"杨雪举着，袜子在门口吹来的风中飘拂，如同两只蝴蝶。

前两天，因为那股脚丫臭的污染，程莹还追问杨雪："喂，女才子，你洗过澡没有？腋窝臭？"

杨雪恼得不理她。程莹却不肯善罢甘休，索性把香水找出来，叫杨雪拿去改变空气的成分。杨雪很气，骂程莹。程莹拧开瓶盖便洒，弄得杨雪怕进教室，因为无论她走到哪儿都有同学喊："哟！"马宁还故意说："香水模特儿！"真把女才子气哑了。现在，罪魁祸首找出来了，可是，谁都不说脏袜子是自己的。

"扔！"程莹开口了。

杨雪拎在手里，正在考虑如何处置，程莹一把夺过去，顺手从小窗口的防护栏中塞出去了。扔了以后，女伴们才有所悟，估计臭丝袜就是茜茜公主的，可它已经被流水冲走了，成了一桩无头公案。

程莹不洗衣裤袜子的记录多了，有时连内裤也乱扔，失踪了另买，反正她是"大款",她爸是她的"财政部长"。她与众不同,配备的是两套衣物,不够还要上街去买,实行轮换制:穿脏了的塞进大旅包里密封,换干净的、新的,备用的衣物用完,双休日也就来临了。她永远是靓丽潇洒,青春袭人。寝室里的空气成分也随着星期一到星期五逐渐改变,香水味越来越浓,小阁楼从开学到放假都香气四溢。

插班读书的程莹有了许多改变。这学期开始动手洗衣服,但更多的是岑菲儿代劳。程莹没有求过她,可我姐姐老是那样做,她尽量体贴、照顾程莹。邓小如说:"岑菲儿像程莹的小妈似的。"

"姐!"杨雪纠正。

我心里明白,岑菲儿总觉得欠程莹的太多。

臭丝袜扔了,邓小如也把蜡烛买回来了,仍是白色的。妙玉说,她跑遍了整座小城,没有红蜡烛。邓小如的人缘极好,从毕业班同学手中借来自行车,黑灯瞎火的,在大街小巷快速穿梭,有敢死队精神。可惜商家们不懂少女的心理,没卖那玩意儿。为了照顾程莹的情绪,邓小如还买了一对红蜡烛,那是敬神用的。程莹的脸气白了。邓小如委屈地解释:"你看,上面有金色的'喜'字,还说不好?"

程莹啼笑皆非:"我又没忙着嫁!"

3

女伴们的学习任务是很重的,背着沉甸甸的成绩压力,要想"平平淡淡迈一生",那是骗人,更别想"看破红尘"了。因此,空闲显得特别珍贵。有时候,女伴们也会"没治",像男生一样,公开评价对方。小阁楼是高二(A)班和高一(D)班的"联合国"女生总部,评价的范围就宽一些。程莹对男生的衡量标准特别苛刻,从来都只给最低分。

邓小如有些不平地说:"男生的罪行罄竹难书了?就像长满了疥疮!"

"你怕吗?他们传染不了你,男女有别!"

邓小如气也不是,恨也不是,只有羞赧。她有点儿惧怕茜茜公主。

岑菲儿劝程莹对男生宽容一些。程莹盯着岑菲儿,好像要看出岑菲儿和男生之间的秘密,说:"我们的好姐,怪不得男生对你那么钟情!"

岑菲儿恨声骂:"我真想擂你!"

程莹在男生中有个新的戏称,究竟是什么,谁也休想从她嘴里知道。马宁就因为那个戏称,惹怒了程莹。

马宁的长相不只六十分,可以说,一表人才,帅气,也潇洒,对女生很热情,且乐于相助,最大的缺陷当然是"乌鸦嘴"。班里的女生,对他有所信任的,恐怕只有邓小如了。

不知马宁是知识浅薄还是有意胡诌,他说程莹是男生的缪斯。程莹不稀罕他给的"女神"桂冠,报以痛骂。马宁和茜茜公主有一年的同班幸运史,程莹气恨多多,怒骂他的日子不少,有时嚷:"马土匪,我饶不了你!"甚至动了真格的。凡属女孩,毕竟心软,只是骂骂而已。再说,在程莹的心目中,马宁是那类有特色的男生,不是一般只能读书的芸芸众生,绝非普普通通的窝囊。所以,程莹对马宁的态度是很特殊的。马宁那悟性,也不知是曲解还是领悟,说程莹"温柔"。

"我撕你的嘴!"程莹真正发怒了。

马宁连忙认错,问程莹:"我该当何罪?"程莹忍俊不禁,止怒而笑。笑是悄悄的,偏偏被鬼精的马宁看见了。

她怒喝:"滚!"

马宁说:"这个罪判得不轻!"他不敢再待了,走了之后却给程莹送了一张友谊卡,仍然属于"酸葡萄系列"。

程莹给他一顿好骂，蛮解恨。过了好些日子，程莹发现那张友谊卡竟在自己的书包里。其时，气恨早已烟消云散了，随意看看，笑骂一声："贱崽！"扔在学过的课本里，直到现在还没有丢掉，那张脸皮厚的卡片称得上是幸运的了。

程莹并不知道，她这样做，使马宁对她产生了超凡的感情，而且很深。在那场洪水中，旧的女生宿舍倒塌了，为救最后一个出来的岑菲儿，程莹被横梁压住，断了腿。马宁闻讯赶来时，只见她的腿血淋淋的，那么要强的一个男孩，竟然放声哭了。马宁没"偷"到他爸的摩托车钥匙，情急之中乘坐人力三轮车，去追"120"，不停地喊："快！"车夫两腿蹬得发酸，见他哭，扭转车头便往回跑，使他错过了当面送程莹的机会。他打了车夫，也付了车费。

车夫莫名其妙，吼："城里的崽娃，霸道！"

回到家以后，马宁绝食，流泪，跺脚，那副悲痛的样子，简直不像十六岁的男孩。他妈妈吓得发怵，问他："鬼娃娃，你是不是中了邪？"他爸是开汽车修理小厂的"武夫"，"医治"儿子的"病"有绝招，抓上一个家伙就冲来了，仍然无可奈何。他一把抢了老爸手里的摩托车钥匙，骑上去，蹬燃火就飞走了。两夫妇反应过来，宝贝儿子已经踪影全无。

着魔的马宁骑着嘉陵125，在街上横冲直撞，包里有两百多元钱，生活一些日子不成问题。他像查户口似的，逐个医院地寻找，小城不见程莹，再到县城，眼里含着男孩子的珍贵泪水。没等他"普查"完毕，摩托车便被扣了——他爸的坐骑属于无车籍、偷漏税费的"光棍车"，自然是凶多吉少。他毫不留恋，快快地走出交管所，根本不回头去看一眼"死囚"嘉陵125，在县城里懒懒绕一圈，到了郊外的大堤上，失神地坐在一棵伞形的大树下，任日晒雨淋。

那里，是前一学期郊游时他和程莹待过的地方。当时，他赖在程莹跟前，胡诌茜茜公主的国籍问题，程莹羞怒，折下身边的一根苇秆，竖着眉儿骂："死不要脸！"在他头上猛敲："土匪！"他居然一路上保存着那根苇秆，要带回学校。程莹红着脸，几次用眼神警告他。最后，程莹从座位间挤过去，给他抢了，扔到了车外，骂一句："你最好去进集中营！"因为那根苇秆，赵小华和马宁轰轰烈烈打了一架，谁也制伏不了谁，直到程莹赶来了，他们才休战。程莹给两个王八蛋一顿好骂，好些日子，对谁都不理睬。

几天之后，马夫妇找到长堤的大树下，马宁已经不像个人样儿。小汽修厂老板把他载回家，再去交罚款取车。

马宁这次真算得上死去活来了。暑假里，他整整在床上躺了十多天才恢复元气。开学读书，他第一个到学校报到注册，在交费的窗口外，望穿秋水地等候。尔后，又到食堂，有的同学说当日的"马土匪"神经短路，并不知他的虔心执着——昔日女生的守望者，期待程莹活着，再现风采。马宁是自称男子汉的，天大的事都藏在心里，表面上仍是那个"烦"样儿，因此才有在开学典礼上被值周老师"捉拿"的序曲。

4

程莹插班读书以后，马宁仿佛变成了一个新的学生，够优秀了，不仅真正有了男子汉气魄，并且在纪律、学习、一言一行上，都少不了老师的称道。对他一直没有好感的马老先生说，这小子，没白学，思想进步了！观察细微的女生们发现马宁改变最多的，便是程莹骂他"该死"的地方，于是有了"程莹现象"的传闻。邓小如老老实实把这说法抖出来。程莹红了脸，火了，将妙玉按在床上，骑马儿似的，把邓小如折腾得又叫又嚷，没法儿，只得求饶。她松了手，跳下床。邓小如衣衫不整地坐起来，扯着撕开的拉链，眼泪都出来了。

"蛮婆子！"妙玉羞辱地骂。

我们的高二（A）班和岑菲儿、程莹所在的高一（D）班，处在教学楼的东西两个极端，似放在天平上的两枚砝码。因为高一（D）班有了程莹，马宁在走廊上的脚印重重叠叠，他常常出现在那个班的窗户外面。程莹佯装不知，心里暗暗骂他。后来她终于忍不住了，走到教室门口，对挺烦人的"马土匪"说："你再这样子，别后悔！"挨了骂的马宁心安理得，似乎得了最高奖赏。

程莹的确算不上是安分守己的女生，这些日子，她又在看流行小说，"坠入情网"了。她阅读这类老师防范和杜绝跨入中学生视线的书，不在教室里，也不在寝室内，而是选在校园的偏僻处。她不属于"偷渡者"，追求的是一种享受。看小说看腻了，蝴蝶蜻蜓也捉。程莹不似我们，她极容易沉入似书中又不似书中的世界。那个星期三的晚饭后，她就因为捉一只美丽的花蝴蝶，不慎栽向深泓的水里。幸好在落水的瞬间，她抱住了伸向河心的芙蓉树。水绿莹莹的，河底有树桩。她是娇小姐，玉洁的手臂无力，双脚吊在空间，牛仔裤被树丫挂住，她的身子往下坠。那时候的程莹，仿佛没了生命，想喊，咽喉却被什么堵住了。

树上的芙蓉花灿烂多姿。今日她不沉溺于"流行"，看的是世界名著，掉进水里的《简·爱》随着旋涡转着圈儿。在这生死关头，一双手伸过来了，是男孩子的，程莹不敢拒绝，让那个男孩抓住手臂将她拉上了岸。脱离险境以后程莹才看见是马宁，又含着羞恨，骂："戴笠！你老跟踪我？"

"不，你在喊……"

程莹知道自己没喊出来，马宁不救她，她真是死定了，一旦掉下去，即使不被树桩戳破肚子，也可能把衣裤扯破，或者暂时悬挂在树上，都没脸见人。她清楚马宁的心意，无非想借此机会和她待在一块儿，多说几句话，这不算苛求，也不过分。像岑菲儿一样，程莹懂得男生。

程莹不忍立刻赶马宁走。这时候，她才感到心跳得那么剧烈。

得到了程莹的特赦，马宁反倒有些拘谨了，一时说不出话来。

程莹在等着他。

"程莹，你的腿伤了的时候，我好心痛呵！"马宁说。

程莹有了嘲讽，笑笑："真的吗？"

"真的。我痛哭了。"

"我不信！"程莹转过脸去。马宁因为她"死去活来"，我们听说了，程莹也知道，她悄悄骂过马宁："烦！"邓小如由于说了"相思"的话，才被她按在铺上狼狈了一回。

"程莹，我……"

程莹扭过头来，看了马宁一眼，赶快转身跑了，丢下一句："大笨蛋，我感谢你！"

5

沈娟娟似一颗敲不开的核桃。在燕儿窝的群体里，她人在神游，和同学们保持着一段明显的距离，把自己的心和感情紧裹起来，大有老死不相往来的架势。邓小如忧虑地说："她这样不行呵，会憋出病来的。噢，患青春抑郁症吧，我想。"

"你想什么呀？"程莹含笑，略带嘲弄地问。她不高兴妙玉对沈娟娟的过分关心。

邓小如有些害臊，待在铺上不说话。她不笨，极敏感地悟出了程莹话中的含义。

杨雪看看同伴，把要说的话咽下去了。她比我们成熟得早，洞察力很强，早就说过沈娟娟心态不正常。由于她的父亲和哥哥就是生化厂的工人和技术员，沈厂长的判刑源于她哥哥的举报，因此，杨雪很少谈论沈娟娟，也不让同伴们说中伤沈娟娟的话，并且有意无意地保护官小姐。可是，沈娟娟根本就不接受杨雪的感情"施舍"，满脸的不屑，那神情似乎在说："你自爱一点儿！杨雪，你的脸皮就那么厚？"

杨雪很大度，且坦荡磊落，默默地承受着，对沈娟娟一如既往。同样是女孩，要吞下这样的鄙夷，太不容易了。程莹实在看不过眼，冲着杨雪说："眼镜，你就那么没志气？你怕什么？是恋她还是欠她的？"杨雪被程莹的诘问惹火了，给程莹顶撞回去。

"臭丫头！"程莹嚷。

我姐姐劝程莹："别像个气死狗儿，容忍是金。"

"糊涂姐儿，你白长得那么俏，老是容忍、宽容，我没有那么贱！"程莹发泄过后又感到后悔。

没有一个女孩会像程莹那么娇。在她极委屈的时候，曾在我姐姐怀里流泪，软弱得似乎没有了骨架。她轻轻地告诉岑菲儿，她心痛，腿也隐隐作痛，特别是深夜里，好像钢锯在锯她的骨头，锯她的心。"岑菲儿，我真有些怕，一到痛的时候我就想哭……"

听到程莹的痛苦，想哭的是我姐姐。

暂时从痛苦中走出来的程莹，白日里又恢复她的放纵不羁，刚刚奚落了岑菲儿，又半认真半戏谑地问："菲儿姐，别骗我，说！你在和男生早恋吗？"

夕阳的余晖落进小窗，将她们笼罩在神秘的光环里。岑菲儿浑身发热，心跳骤然加快。她避开程莹的眼睛，正色道："好好读书！能有读书的机会太不容易了，失去以后才知道它的珍贵！"我姐姐讲的都是真话，是内心真情实感的袒露。她还想告诉程莹，我们都还小。

程莹笑着说："正统的岑大小姐，领教了！"

此刻，小阁楼里只有程莹和岑菲儿两个人。她们没有留意，正在戏谑"早恋"的时候，沈娟娟突然出现在小桌前。岑菲儿有些尴尬。沈娟娟转过身去，背朝着两个同伴，不屑之意很明显。程莹不理睬沈娟娟，走过去，抓过小桌上的梳子，梳她那瀑布般的头发。

沈娟娟只好走了。

"俗不可耐！"程莹说。

程莹曾经当面讥讽沈娟娟是"凡夫俗女"。沈娟娟气得够呛，可程莹寸土不让："没委屈你吧，沈胖姐？"

平心而论，沈娟娟并不丑，是个俊妞儿，相比之下，她比我们长得更丰满一些，照程莹的话就是："吐鲁番的葡萄熟了。"这话很让沈娟娟忌讳。沈娟娟和班里的女生关系不好，似乎越来越生疏，男生也漠视她——"没人钟情的女孩只有自卑的选择。"这句话不是程莹所说，是邓小如不知从哪本杂志抄的，摊在桌上，老老实实地问杨雪："这话对不对？"

杨雪刚想嗔责她，程莹一嘴接过去："谁说不是呢！瞧我们这位！"沈娟娟就站在旁边，顿时变了脸色。

6

乔玉老师出任高二（A）班的班主任，是女生的幸福。在新年里，姐儿老师也有了太多的改变。首先，她征求我的意见，我卸任，让艾建担任班上的学习委员。程莹乔迁到高一（D）班去了，叫我代替茜茜公主，当文体委员，杨雪是班长，妙玉呢，"钦差大臣"。小阁楼里的另两位——程莹和岑菲儿，合二而一，是高一（D）班的"女帅"，名声在外的燕儿窝，只剩下一个沈娟娟乃"普通百姓"，无意之中又是对她的贬抑。

我和艾建齐升到"白领阶层"，是姐儿老师钦定的，并且仍同守毗邻的两张课桌，加上读高一时，我俩曾有误传"娶嫁"的胡言，这就出现了理不清的题外话。按照常规，从班干部的辐射面着想，乔玉老师是很有理由把我和艾建调开的，各自镇守一方——其他老师一定会这么做，可她偏不。

有的任课老师旁敲侧击地提醒女班主任，要她重新考虑我和艾建的座位问题，至少不能沿袭高一时的原状，她不吭声。如果再有异议，她便脸泛红晕，有些激动地轻声说："他们没影响谁，我相信自己的学生！"真不知是否是燕儿窝的我们同化了自己的老师。我、艾建、岑菲儿的一切，乔玉老师都了如指掌，也许确如有的学生所说，她真是我们共同的姐儿。

不久，班里的闲话便传到了高一（D）班，程莹听了，恼得差点儿骂"娘"。她把传闻告诉我，我直了眼。那些说法特坏，说我和艾建是班主任的钦配。

程莹笑着："像不像？"

我几乎气哭了。

她说："你怕什么呀？眼泪救不了自己！你和艾建长相厮守的日子长着呢。"程莹就这么半真半假地戏谑，竟瞎说我有葡萄成熟的趋势，想哭鼻子没心肠。捉弄之后，程莹充满了愤怒："还有说姐儿老师也钟情艾建呢，混不混？简直是王八羔子！"

我知道那个钟情是加了引号的，是有的同学嫉妒艾建，发出的杂音，不是指师生恋。

"岑小莺，我敢断定，这些话不是沈娟娟说的，我们犯不着冤枉肥姐了！"非常难得，程莹为沈娟娟说了一句公道话。

7

燕儿窝六分之五的女生班干部中，邓小如的官职最小。高一时她辞掉科代表的职务，到了高二，她又当上了，而她也最认真，最负责，简直可称鞠躬尽瘁。"死而后已"当然不能说，我们的妙玉大小姐正值青春年华，离死早着呢。她充满了青春魅力，比哪个女孩都楚楚动人。学生干部中，像邓小如这样的标准女公仆实属罕见，她的苦恼也就排着队来，常常把她气得眼睛湿漉漉的。

我和杨雪都挺可怜她，想劝劝她。可这话说得出口吗？劝她不负责任，还是叫她犯不着太认真？她听了以后，肯定会惊愕地瞪着眼，说："咋能这样呢？姐儿们，我不是那种人！"况且，我和杨雪也是拼着命辅佐乔玉老师呵！

马宁说得很绝："高二（A）班是四俏女治国（班主任也被划进圈儿了），都值得爱！"

杨雪拿出班长的威力，把他叫过来，严斥他，质问他："你这话是什么意思？想爱谁？敢不敢对乔老师说这句话？"

"敢！"他硬撑着，竭力辩解，"是敬爱！"

"对我们？"

"也爱，亲爱！"

马宁的冒险胡说，气怔了杨雪。女才子差点抓起教鞭抽他。想到杨雪是小阁楼的关键人物，马宁赶紧认错，并且自己提出罚扫教室三天，将功补过。想不到马宁自愿受罚，大开了同学们的眼界，联想有了——杨雪背后有个燕儿窝，是男孩和女孩永远敏感的话题。

在这特殊的三天里，男生倒还有恻隐之心，女生似乎专和马宁过不去，果皮废纸想扔就扔，并且扔得很艺术，很有风度，动作也很优美。值周老师听说三天之内，高二（A）班教室是浑小子马宁的"辖区"，防范极严，只要出现不洁之物，就用手指着，等待马宁亲自捡起来。马宁叫苦不迭，自知惹恼了"姑奶奶"们，没好果子吃，成天汗津津的，晕头转向。这还不说，科代表邓小如对他的作业要求也极严，老挑剔，不是说涂了黑疤，就是说格式不合要求，要不就指出：做错了题！补救的方式只有一个：重新做好。

马宁瞪圆了眼："错题也该你管？"

"该！"

"你是几品官？"

"科代表！"

"谁给你这么大的权力？"

"大伙儿。有意见，去找乔老师！"

马宁盯着妙玉，他算服了，收回本子，心想："实在没时间重做作业了，待会儿自己去交本子，大不了被老爷小姐婆婆阿姨们打个大红'×'。"可是摊开作业本一看，那一篇已经被扯掉了！邓小如把撕下的作业给他，并且指点给他看，错在哪儿——思路。

"思路乱套了！大小姐，请回！"如果不是害怕有损男子汉的形象，马宁真要对邓小如大吼大叫了。一向无所谓的他，不觉气红了眼。

马宁百思不得其解，实在想不通在哪儿得罪了全体女同胞，自认倒霉三日，两天不到，已经狼狈不堪。就算向女同胞投降吧，可人家并不接纳你这面白旗。再说，男子汉的脸面多少得要一点。想来想去，只有去求程大小姐了。

程莹忍不住笑，说："堂堂男子汉呗，就那么可怜？她们为啥不饶过你？"

马宁不吭声，她不敢对茜茜公主说明是怎么引起的，见程莹面含愠怒，并且扭头要走，他只好豁出去了，如实相告。

程莹骂他："活该！还要爱老师，去死吧！你说，求我做什么！"

马宁自知死定了，十分后悔，他不敢多说，又不愿离开，生怕从此失去了程莹的友情，他也想哭，就那么待着。

程莹心里特火：这马宁真是死有余辜，他不走，我走。谁知马宁偏不识庐山真面目，还要跟上去，喊着"程莹"。

"滚！"程莹发怒了。

8

马宁并不知道，他在女生中遭遇的四面楚歌，其实是程莹安排的。他瞎说"爱"，程莹很快就知道了，是一个女生向她告的密。程莹当时就气得瞪眼。那个女生猜不透茜茜公主，悄悄走开了。程莹立即来问杨雪：马宁那句话究竟是怎么说的？杨雪对程莹有些疑虑，讲了实情，说："还不是老毛病！"

程莹不觉一笑，竖着眉儿："别轻饶他！"杨雪的意见是，对男生也应该宽容一些，别让他们恨女生，在小阁楼辐射的两个班里，阴盛阳衰的气氛已经够浓了。可是，程莹不答应，坚持非过分不可。

程莹说："就那样，要矫枉过正！"

杨雪按照程莹的意思"改造"马宁，才两天，程莹就来了："算了吧,杨大姐,放过马宁!"

"不,有始有终,我可不怕男生恨!"

话中有话,程莹又恼了。

杨雪笑笑:"我也考验考验你。你放心,明天见!"

逼急了的程莹就差骂"道姐"难听的。

马宁得到女生们的特赦,明白是程莹救了他。他感激程莹。回到家,第一次认认真真地照镜子,审视自己的尊容,他喊:"马宁,你要是对不起程莹,你不算人!"他决心塑造自己真正的男子汉形象。

少女的俏和魅力,还有一颗朦胧诗一般的心,能够重新造就少年男子汉,不知算不算女孩儿的伟大?

艾建在女生心目中的评价很不错。女生悄悄给男生打分的时候,程莹亮出的分数最高,高得叫女孩们惊叫。

"哇,九十九分!你神经短路了吗?"

"你的脑壳才有电!忌恨了,是不是?"程莹骂,她说,班里的男生都不怎么样,唯有一个艾建,"我最喜欢的就是艾建这样的男孩!"过了整整一学期,女生们还记得程莹那句话。

艾建被钦定为班干部,被说成姐儿老师"钟情"的人,与程莹对艾建的评价有关。一点不错,艾建是女孩心中的标准,而他所欠缺的,是男子汉的阳刚之气。

艾建担任了班上的学习委员以后,身为科代表的邓小如和他的接触最多,妙玉也感到气,说:"艾建,你咋这么'母'?连我都不如,十足的女娃子!"此后,艾建才有了叱咤风云的形象。

邓小如的科代表级别,算不上正宗的干部,只能是任课教师的"上差",一项苦差事,上至传达老师们的旨意和安排,下至检查作业、收发本子。老师因故不能来上课时,当一回"君临天下"的替身老师。此刻最苦，稍不注意讲台下就嚷嚷，或者提出比尖端科学还尖端的问题，要你说说它的历史、现状和未来，叫你瞪眼出丑。更有甚者，待你羞红了俊脸儿，眼里的泪水盈满了，方知根本就没那回事，是胡诌的。比如问你某一外国作家的生平，哪儿去找？你精通了英语才明白是绕着圈儿骂你这小妞的。一旦课堂纪律不好，校长、主任、值周老师，谁来撞见都是你的责任。一学期至少有两三个丫头气得哭鼻子发誓不干，偏偏炒不了老师的鱿鱼。邓小如却当得非常的认真，极尽职，简直是执着地牺牲，而她牺牲得心甘情愿。

邓小如气恼艾建"母"，却决不容许别人说这句话，近乎用少女的名誉和青春来维护艾建的男子汉形象，因为艾建在她最艰难的时候挺身而出，救过她的驾，挽回了她的尊严。她把艾建认作她的哥哥，视为英雄。

9

记得邓小如刚上任，恰遇任课教师生病。事情很突然。她硬着头皮上讲台去布置几道作业题，已经满脸绯红了。正想回座位，班里最刁的一个男生起立了，要她讲解一条化学原理。邓小如从来没听说过这样的怪题，呆住了。那男生背了一句英语，邓小如听出来了，是骂她"风骚"，她咽喉发哽，倚着讲台，泪珠渐渐滚了出来。

我和杨雪气得咬牙，一时不知该怎么办，不少女生和一部分男生也愤然。小城高中里，妙玉是纯洁美好的化身，深得同学保护的。在这紧要关头，也是才上任的艾建，突然走上了讲台，对邓小如说："你下去，我来！"

邓小如跑回座位，伏在桌子上，无声地哭了。

艾建气宇非凡地拿起教鞭，有凭有据地证明那是一个捏造的假化学原理。然后，也用英语质问那个男生居心何在，斥责他不学无术，素质低下。课堂里响起一片掌声。

从高一到高二，艾建第一次展示了他的男子汉形象。过后，他又少不了"女孩"气质。

不多久，艾建在晚饭后独自上街，突然被人打了。打他的小流氓被抓进了公安局，审问之后，方才知道是班里那个刁蛮男生花钱请的打手。那男生是本城崽儿，在县城读书，虽然有严重的违法行为，但碍着特殊关系，破例容许在小城高中试读。发生了此事，老校长坚决将他"驱逐"，他只能进工读学校了。

那时，程莹还没回校插班读书。艾建被打，得到燕儿窝全体女生的关注，连沈娟娟也不例外，杨雪代表大伙儿给他送去了慰问品。当然，眼镜没忘记拉上我。

看望了艾建之后，我们这才发现，邓小如的手臂上紫了一团，也许身上还有被打伤的痕迹。后来才知道，假如不是她骑车回学校撞见，艾建不知会被打成什么样儿。当时。邓小如把自行车一扔就扑了上去，不要命地保护艾建，和小流氓打在一起，她忍住痛撕咬小流氓，为一个男孩把十六岁的生命都豁出去了，直到警车驶来。

邓小如是小阁楼的骄傲。程莹插班读书以后，知道了此事，笑着问艾建："你有几个好妹妹？"我和岑菲儿不得不骂她。

说真心话，艾建担任学生干部，的确有些不够格，全凭妙玉辅佐他。邓小如把什么都奉献了，常常累得发根儿都是汗。每逢这时，她便会情不自禁地说："哎，好个艾键，女孩似的！"说罢，脸上绽开了纯真无邪的笑，似一朵烂漫的桃花。

看着妙玉，我真有些羡慕，心里荡漾着说不出来的滋味。有许多事，我是能够帮助艾建的，也许比邓小如做得更好，而我总是羞赧，顾忌极多，远不如邓小如那么坦荡、自由。艾建也一样，只要和我在一起，就有了男孩的笨拙，羞羞答答。大概是因为邓小如太单纯，太坦诚，丝毫不去考虑男孩和女孩之间的事儿，为了班级工作，她能够在众目睽睽之下，非常坦率地和艾建说话，甚至拿过艾建手中的笔，写题画图，叫艾建看，询问艾建。因此艾建也很轻松，不像在我面前，有着无形的压力。

10

气极了的沈娟娟骂艾建："木头！"

艾建不在教室里，听不见，随她怎么骂都行。艾建也很大度，即使听见了也不理会，仿佛骂他的女生不复存在。他这种特殊的藐视叫有的女孩很羞恨，气得她们说不出话，想哭鼻子是最真实的感受。沈娟娟就是这样。秘密给男生打分的时候，女同胞们能够宽容艾建，实在很难得。

有个女生说，这是女孩的豁达，不似男生，他们自称男子汉，却心眼狭窄，容不下小丫头们。

程莹的见解独特，她说："傻妞儿们才自卑，干吗要乞求男生的青睐？他们算什么男子汉呀，小男娃一群！不过，艾建另当别论，女生给他打高分，绝对没有'情人梅'的成分。"

这些日子，沈娟娟一直对艾建不满，甚至粗野地从艾建手中抢回自己的作业本。艾建也特沉得住气，叫沈娟娟发泄都没有靶子。

昨天上午，艾建从邓小如交来的作业本里，又找出了"沈娟娟"。他站起来，也不出声，举着本子，好像拍卖师等待最后成交的一锤定音，谁都理解：这本作业必须重做，请自觉拿回去！好几个丫头都伸着白皙的脖子，注意看噩运是不是落在了自己头上。

马宁多事，掉头看清了名字，便要开口念。沈娟娟心中明白，她倏地冲过来，隔着我就去抢。她个儿比艾建矮，伸手抓住艾建的胳膊，硬扯下来。我被压在她胸脯下，特别狼狈，头发也被弄成了鸡窝。我没有生气，她却气哭了，因为，她只抢走了半边，撕破的另一半还在艾建手里。

"沈娟娟！"艾建这才有了声音。

沈娟娟扭头跑出教室，在墙角边捂住脸哭。还没到上课的时间，走廊上不少同学，很快就围成了一个严严实实的圈。我和艾建十分尴尬。

程莹打趣我："这回为艾建牺牲了！"事情本来已经过去了，经她这一招惹，我不觉既气又羞。

第九章

1

沈娟娟扯破的是英语作业本，那是最不好敷衍交差的。

英语教师是新调来的，模样儿姣好，小巧玲珑，挺年轻，而她极认真，对学生没有丝毫宽容。有的学生背地里叫她"小桥流水"，有的借用"辣妹子酒"的广告，称她"辣姐"，吃了苦头的学生干脆说她是"核导弹"。她教英语，不但要求用英语答问，说话准确无误，口齿清楚、流利，而且规定作业本整洁、规范，长期保存，期末作为考核依据之一。有个别学生屡次不能过关，被喊到办公桌前，由她英语、汉语交替着，音色甜润、娓娓动听地批评、教育，直到彻底醒悟为止，且要保证下次作业合格。

马宁吃过一回苦头。最初，他下定决心，和这位矮个子女老师磨，磨它个天长地久，以为"辣姐"腻了，会自行偃旗息鼓。他有意招惹英语老师气恼，看能不能逼得这位姐大发雷霆，拍桌子瞪眼，不再讲标准的英语和普通话，最好流露出女性的不文雅，或者骂一两句脏话。最后他说："小桥流水的涵养优秀，逼不出粗野来，唯一的办法是别进她的办公室，我算服了！"马宁没有辜负"辣姐"和程大小姐，后来的英语成绩名列前茅。

此刻，沈娟娟的英语作业本解体了，肯定是灾难，那厚厚的大半本作业，得原封不动、一丝不苟地抄在新本子上，老师批阅的日期、符号、等级评定都得补足，做到天衣无缝。

邓小如找到艾建，要艾建仿照英语教师的笔迹，她去买一个相同的英语作业本，拆成单页，恳求小阁楼的全体姐儿："劳驾，帮沈娟娟抄一抄。"

邓小如挺有"大"女孩的温存，边抄边对沈娟娟说："你别怨艾建，那是老师的要求。艾建对女生很好。"

沈娟娟盯着邓小如，要说的话没出来，待了一会儿，她才冲出一句："夫唱妇随！"

抄作业的女生都惊愕了。邓小如跳起来，脸绯红，骂沈娟娟："你怎么乱说？假如换成别人，会打你的耳光！你真昧良心！"

当时，岑菲儿和杨雪都不在寝室里，程莹破例没开口，她把笔一扔，抢了我手中的几页作业，连同她抄写的，揉成一团，放在邓小如和沈娟娟面前，拉上我就走了。

"龌龊！"她回头一句。

2

黄金星期六的早晨，本来是很美好的。因为沈娟娟的那句话，燕儿窝的群体都觉得被玷污了。程莹把我拉出校门，叫我和她去喝酒。我惊愕得心悸，说她"想寻死了"。这时候，我已经平静下来了，对沈娟娟的瞎骂有了许多宽恕。程莹说，她可不管沈娟娟是什么意思，自个儿就是受不了，坚持要进小酒店。

"我不去！"

这是磨炼感情的日子，由不得我拒绝，程莹挽住我，硬将我拽出去，在校外游荡了一天。她是大款，把我塞进出租车，"打的"去了三十公里外的仙鹤度假村。在那样的地方，我们双双出现，不仅游客，连保安、"侍姐"们也感到惊讶，我既羞臊又害怕，程莹的脸也泛红。她说，犯不着去管那些，自己是纯洁的，谁能把你怎么样？心魔才是魔。但我们不管如何壮胆和自律，总有误入"魔境"的感觉。过了许久，我才明白程莹当时的潇洒和无所谓是硬撑出来的，不禁想到了阿Q精神，不知不觉说出了口。程莹闻言发怒，把我整得好苦，追逐到芭蕉旁的假山边。她倚着怪石喘气，说："别闹了，要让人起了疑心，那就真危险了，谨防没脸见父母！"唬得我的心直跳。

程莹问我："岑小莺，你说，什么才是女孩的坦荡和纯真？"

我答不出，还在想发生在小阁楼里的事，想着同杨雪去城里的岑菲儿，也不知被扔在寝室里的邓小如和沈娟娟此刻怎样。再看眼前的程莹，一个关于人生真谛的问题突然涌上心头：中学生要怎样才有适应社会的生存能力？

过了一会儿，程莹说："坦荡真不容易。"

我理解程莹指的什么。上学期她醉过一次，醉得死去活来。虽然她身上有着与父母、老师不和谐的叛逆因子，有些不受约束，戏谑惯了，却极有分寸，是深得同学爱慕的女孩。

　　傍晚回校，程莹仍然坚持"打的"，并且叫出租车开到小园里。门卫虽然放行了，却看着我们摇头。程莹苦笑着："财政赤字了，又得向程老板索取。艰苦奋斗呗，再不好意思一回！"她还说"不悔"。

3

　　岑菲儿责骂我跟着程莹在外浪荡一整天，乱用程莹的钱，十七岁了，还不懂事。我知道姐姐的心思，她是害怕我被茜茜公主"带坏"了，也就是程莹讥讽的"小妈心态"。程莹曾经喊岑菲儿"小妈"。上学期醉酒，岑菲儿待她像亲妹妹，却又视她为"准坏女孩"。我和姐姐争执过。我说："程莹不坏，她比谁都好！"岑菲儿骂我："谁说她坏啦？程莹很难得，我真的佩服她，可她是大款的千金小姐，我们不敢攀比，学不得……"

　　在岑菲儿跟前，我不敢回嘴，不敢顶撞她，今儿也一样。在所有的女孩中，最难得的还是岑菲儿。她融长姐和人母身份为一体，负着沉甸甸的人生责任，她生命的驿站里不仅是自己，还有一个"不争气"的小妹，而她毕竟是妙龄少女，有她的追求和爱恨。岑菲儿气恨我和程莹浪荡，不知她听说早晨发生在小阁楼的事没有？姐姐内向，天大的打击都埋藏在心里，由于生存的压力和我这个强加在她身上的负荷，她变得少女老成了。也许可以说，六个女生群居的小阁楼，是她拼搏疲惫时的一块绿洲。程莹自夸，说她对岑菲儿的理解有创见性。杨雪不相信，我也不相信。邓小如和艾建接触频繁以后，程莹发觉了，少不了戏谑。同样的，瞒不过沈娟娟。

我最担心的是，岑菲儿遇事钻牛角，走极端。因为她远不如程莹坦荡，又缺少杨雪的大度。岑菲儿知道我转动的心轴，嗔怪地看我一眼，默默回到铺上，缝补脱了线缝的裤脚。小阁楼里，只有岑菲儿能够熟练地穿针走线，程莹说她是"贤妻良母"。上一次，程莹气恨体育教师不了解她有断腿的历史，一定要她和其他女生一样跳鞍马，她也不说明，硬撑着飞奔而去，还没跳就蹲下了——因为用力过猛，加之下装又绷得紧，不但内裤破了口儿，外裤也裂了缝，真怕没脸见江东父老。她一声不吭，红着脸逃回寝室，悄悄换了。体育教师责问她：为什么不遵守纪律私自离队？她没好气，说："抢险！"又冲撞体育教师："无知！"多亏乔玉老师及时赶来调解，才没酿成"大祸"。

脱下的裤子，她发誓不要了。岑菲儿却一针一线地补好，交给她。她好感动，穿了半天，然后亲手洗干净，洒上香水，送给岑菲儿，理由是："不敢再穿了，裤儿太小，穿着受压迫，特危险，如果再破，天下大乱！求菲儿姐帮个忙，收留它。"岑菲儿没法拒绝，但也买了新内裤和丝袜送给她。程莹很气，说岑菲儿瞧不起她。直到现在，我还在穿程莹破了一回的裤子，岑菲儿补得丝毫看不出破绽。岑菲儿此刻缝补的，是内心的不平静。

程莹脱了衣裳不睡，老在那儿放《老鼠爱大米》。放完再倒带，新的一轮又开始，没完没了。有的丫头已经睡下了，却没法合上眼，伸过头看她，希望茜茜公主有一点恻隐之心——明天有两科单元检测，总不能让女伴们惺忪着眼睛上考场，考出俏女孩的狼狈相来！正在铺上写笔记的杨雪说："程莹，你烦不烦？"

"特烦！"她说，总算把收录机关了，取出磁带，随手一扔，让它从小窗外的防护栏网眼里落下。窗外的明月分外皎洁，连圆盘中的阴影都一清二楚。她又把新的磁带放进袖珍收录机，再取出来，赐予它同样的命运——扔。程莹叹了一口气。

程莹气恼女伴之间的小肚鸡肠，特别恨沈娟娟龌龊，岑菲儿对感情的封锁也让她心里难受，像着了火似的。她说，她想不出拯救俏姐儿们的办法。

邓小如早就和沈娟娟争吵过了，那本英语作业最后也没有抄写完整，英语老师不仅骂哭了沈娟娟，也严厉批评邓小如失职。妙玉第一次对老师不够尊重，一句话不说，扭头出了教师办公室，回到小阁楼，把抄的英语作业从小窗口塞了出去。纸片随风飘悠，似展翅的白鹤。

临窗的那间铺，既是岑菲儿的，又是程莹的，睡上铺还是下铺，全凭程莹的心情，岑菲儿总是让着她。程莹爬下床的时候，邓小如就站在小桌前，谁都没有说话，刹那间好像陌生了。

女伴们根本没料到，邓小如会第二次去向乔玉老师辞职。她没有别的理由，只噙着眼泪，说自己不能当干部。

"那艾建怎么办呢？"

"艾建？"妙玉一惊，瞪着眼，心也跳了。待了一会儿，她才喃喃地说："这是我自己的事，干吗说他哦？"

班主任怔了怔，看着邓小如，她什么都明白了，怕邓小如误解得更深，赶紧把话说明："我是说，艾建没有助手，很难把工作做好。"

邓小如还没有完全平静下来："乔老师，有岑小莺，还有杨雪。"

乔玉老师叹口气，她知道挽留不住妙玉，只是心疼失去了一个最好的女生干部。她深知，自个儿挑选的男生不如一个小丫头，可是……她安抚了邓小如，让噙着眼泪的妙玉走了。

邓小如辞职以后，程莹气得跳，骂妙玉"俗气"。她对我说："冤枉邓小如了！"

我心里很难受，内疚，后悔，找不出合适的话对邓小如说。我还担心姐姐，岑菲儿几天没有笑容，一回寝室就在日记本上写，谁也别想看到她记的什么。程莹再也不会抢岑菲儿的日记本了，就那么看着我姐姐。杨雪不说一句话，显示着少女的威严和忧虑，还有一丝愤怒。

沈娟娟更孤立了。她也好像不认识任何一个同伴，总是低着头，直进直出。有一天，她终于哭了，哭得很伤心，连晚饭都没有去买。大家默默地看着她。外面一片风雨声。我姐姐撑着伞，踏着木楼梯出去了，端来了一碗热饭，放在她面前。

"岑菲儿……"一向冷冰冰的沈娟娟，突然热泪盈眶。

有的同学说，妙玉是"未开垦的处女地"。邓小如非常羞怒，却毫无办法。嘴长在别人身上，管不了，也不知含义，她从女孩儿的本身去想，越想越燥热。她待人极好，无论男生女生，都忘不了温柔坦诚的妙玉，真不知别人为什么要用这种极易被误解的话来贬她？

程莹说："你怕什么？骂，别饶他们！都怪你平时像只小绵羊！"

妙玉不知该骂谁，她也不会骂人。邓小如最怕吵架。她觉得，一旦参与，少女的文雅便化为乌有，最不好意思的还是自己。后来才知道，所谓"未开垦的处女地"，是指她开了小城高中的历史先河，一个没有棱角的女生，居然敢两次炒班主任的鱿鱼。

妙玉瞪眼："学生就不能辞职？干吗叫炒鱿鱼？谁是老板啊？"

杨雪阻止邓小如："别再多说了，脏兮兮的！"她说那些胡诌的同学不学无术。女才子深知，那是说妙玉不辞职，相关的男生女生都不好活。邓小如善解人意，偏偏有好事者不照顾妙玉的感情，仍然围绕辞职瞎说，说姣好的姐儿昙花一现，邓大小姐夭折。

"夭折你个×！"邓小如勃然大怒，破天荒骂了一句脏话。

嘲讽她的那个女生呆了，被骂得羞辱难堪，默默地走开。从此，没有人再招惹妙玉，邓小如自己也羞臊了好几天。那句出自她的脏话，男生们不褒不贬责，反而觉得给温情多姿的妙玉贴上了新的标签，倒显得更有当代女孩的特色。

妙玉再次辞职，让艾建难堪，仿佛证实了男孩和女孩之间的蒙眬。我忽然觉得略显高傲的艾建有些孤单。艾建的忍耐力强，作为他的同桌，不知因为什么，我对他特别体谅，生怕他因此感到委屈。艾建沉默寡言，压力很重。我几次想和他说话，可是，课堂上那么多眼睛，老师对我和他似乎也有了防范，常常注意我的神情。我是个温柔的少女，可逼急了也有超常的大胆，趁老师面向黑板写物理公式的时候，我迅速地写了一张字条，递给艾建。艾建有些尴尬，收下了字条。所有的眼光都投向了我们，直到老师发现课堂里有异常，盯着我，我低下了头。

公开向男生递字条的新闻传播得极快，全校都知道了。我虽然羞，但不惧怕。我明白，我不止一次向艾建递字条了，多半会演化为"越轨"。既然已经做了，后悔也无补，我相信我们纯洁的情谊。

邓小如辞职以后，有的女生说她急流勇退，很自觉。妙玉不说什么，又似有些失落。那些日子岑菲儿病了。邓小如对我姐姐体贴入微。

程莹终于追问字条的事了，我冤得跳。我说，坦荡得很，上面就写了一句：干吗逼得邓小如辞职？程莹不相信。我说去问艾建。她真去了。可是，艾建不给她看，说，早扯掉了。我永远说不清了。

4

程莹说沈娟娟像个女巫，烦死了！

沈娟娟有一次骂邓小如，让程莹很反感。程莹讨厌官小姐嘴里不干净，有义愤也有私心。有时候，茜茜公主也是挺"坏"的，一旦不高兴，对谁都不宽容，说了刺伤你的话，做了过头的事，她会慢慢懊悔、内疚，会想法补偿，当场却绝不会有让你活下去的心肠。程莹从不欠别人的，她很慷慨，绝不愿窝囊。这就是程大小姐特有的性格。

女伴们都知道，沈娟娟忌讳"胖"字。程莹不以为然，说沈娟娟杞人忧天："胖有什么？哭鼻子能哭瘦？她如果真能达到相扑运动员的级别，那就要出国了！"这话极损，谁都了解沈娟娟的姐姐是靠父亲的钱自费出国留学的，她父亲的钱离不开贪污受贿，早有同学奚落。程莹的这句话，把沈娟娟和她的那个姐姐连带讥讽了。不过，程莹还是很认真的，她说："沈娟娟也太低智商了，连自己的美丑都辨别不出来！她长得怪标准的，提前了一点成熟，可你瞧，挺美！偏要想瘦，干吗不绝食一年半载？假如将来成了'肥姐'，是难得的大明星！"这话传到沈娟娟耳里，官小姐真恨死了程莹。

沈娟娟胡乱骂了邓小如以后，程莹听从女伴的劝，暂时饶了官小姐，不和她一般见识。谁知那些日子有报纸整版炒作明星，程莹和同学争论"追星族"的时候，无意间又扯到了"肥姐"，沈娟娟倏地从座位上站起来，怒视程莹："你漂亮得很！"

程莹火了："你嫉妒？你以为你是谁？心多烂肺！忌讳特多：肥、胖、臃肿……"

沈娟娟气来脸煞白，瞪着眼睛。

程莹的兴致全无，也走了。她说自个儿极气，就差心肌梗死。事情本应该告个段落，不料邓小如又犯了茜茜公主的"忌"——她长跑回来，忙着洗澡，匆忙中拿错了香皂，用了之后才发觉是程莹洗脸的。程莹不怪罪妙玉，但她坚决不要了，真心真意地送给邓小如。她说："你肯定哪儿都洗过了，你要我在脸上抹，残酷不残酷？"她决意上街买新的。

程莹不但买了香皂、香水，而且买了一个小小的胖企鹅，很可爱的装饰品。她不怕"肥"，胖的小洋娃娃、小猪、小猴，只要精美、新潮，她都买，买了送人，除了沈娟娟，几个女伴都有她馈赠的小玩意儿。她说她还想送艾建呢，送一个小洋妞儿，到底忍了。

她上街时特别俏，穿着出众、脱俗，拎了个袖珍的高档女士包，破例没坐人力三轮车。在十字街口，两个散发商品推销广告的年轻女郎，见她高挑、漂亮，都把广告单往她手里送。她本想扔了，又随手塞进包里，边走边想："两个傻妞！"忍不住一笑。回到小阁楼一看，程莹既羞又气，骂那两个臭丫头，瞧，一张是推销丰乳的，一张是减肥瘦身的，两个极端。也许是心血来潮吧，她把丰乳的广告揉成团，扔出窗外，将减肥瘦身的，连同那个胖企鹅，一块儿给沈娟娟放在床上："我也送给你一个！"

沈娟娟进寝室看见，简直气傻了。她猜得出是程莹所为，却拿程莹没办法，气恨中将减肥广告撕成碎片，撒了一地，又找小刀戳胖企鹅，恨得牙痒痒。

程莹倚在床上，跷着修长的腿儿，很有耐心地看着沈娟娟，既大度又讽刺地含着笑。

沈娟娟费了很大的劲，才毁了那个可爱的小企鹅，手也被割了口子，流着血，抬起头，发现了程莹，当时她就想哭出来。

其实，沈娟娟戳小企鹅的时候，程莹很心疼。她绝非看重那十多元钱，而是痛惜沈娟娟残忍，好似毁了一条生命。

程莹尽管如此，仍然心地善良，不动声色地找出"邦迪"放在沈娟娟面前。

程莹是个很有个性的女孩。岑菲儿重进高一，很快便有了"校花"的称呼，她也当之无愧。程莹插班以后，自然是第二朵校花，与岑菲儿并列。她俩苗条、漂亮、婀娜多姿，楚楚动人，各有各的风采。她俩都比班里的同学大一岁，真正的"大姐大"，同坐一处，是一道特殊的风景线。叫老师们最头疼的是上课时，时有眼睛瞟向后面——想追求她俩的男生多着呢。岑菲儿了解他们，以大姐的姿态委婉地让"弟弟"们知道：这是不可能的，我不是你们的选择，只能是你们同窗的一个大女生，我比你们成熟，你们还不懂得一个少女，也不懂得自己。迫不得已，岑菲儿把艾建叫进高一（D）班教室，和他"约会"，以此消除涌向她的难堪。老班主任大为恼火，却又无可奈何。岑菲儿只此一次，规矩得让班主任称赞。班主任年纪大了，过分正统，不懂得今日的妙龄少女，难以知晓岑菲儿的苦心。

程莹是另一个类型的女孩，出格和越雷池的传闻老是伴着她，她明知冤屈，却无所谓。她有一句惊人的话："谁能改变我的性别？假惺惺地做人，没意思！"她骂男生无聊，骂他们："也不想想自己是什么猴腮模样？缺乏自知之明！你要追求就追呗，我不在乎，只要敢说，瞧我不骂死你！影响了学习，被老师和家长捉住了，自己负责！我早说过，程莹是有棱有角的女孩！"她的理由很简单："真实一点儿，活出个性来！"

程莹的戏称特别多，除了"茜茜公主"和"魅魅族"，另有一个绰号，是她的绝密，谁也不敢提及。高一（D）班的同学传闻她曾经捉弄过老师，大逆不道。她说："还不知道谁捉弄谁呢，谁被捉弄了都活该！"

5

原来，程莹插班的第二天便不交作业本，教数学的男老师与程大小姐原本就有"仇"，虽说不上"冤家对头"，但至少难以达到和谐的师生关系。由于是授新课，为了防患于未然，老师查作业特别认真，戴着眼镜，一个一个地对照点名册，连数三遍，好像在河滩里淘沙金，终于把新来的知名"元老"程莹找出来了。老夫子拍案而起："这还了得，反了!"昨天才坐在岑菲儿身边的程莹笑笑,说:"忘了!"非常洒脱地扔一个作业本给老师,那动作既轻盈又优美,蛮有风度。数学教师一看,瞪眼。明明是上学年的旧作业本,他偏要仔仔细细地翻找,最后找出了一句话:"老师,欠你的情欠你的意。"

老教师的眼睛直了,指着它诘问:"你这是什么?"

"真心话呗。"

老师给气得噎住了。老师批阅时发现作业本不够数,亲自追踪到教室里来,向程莹要,居然得到这么一句轻佻犯忌的话,真是岂有此理!不站教师办公室也得写检讨!

程莹瞟瞟老师,满脸不屑,心里说:"先生,你记错没有啊?高一的学生了,还流行这玩意儿!十七岁的俊女娃傻兮兮地站教师办公室,光那份羞臊就得要命!你忍心?头脑不清醒还是糊涂?我根本不买你的账!写检讨吗?没那份心情!我程莹可没有这类屈辱史!"

一个被学生称为"老传统"的男教师,一个新潮的漂亮女娃,他们这不是邂逅,而是历史性的碰撞,作业本上的那句话,伴着奚落和笑骂。老教师也够倔,为了一篇课后作业,韧性十足,待在妙龄少女跟前不走。程莹急了,终于从书包里找出了新作业本,翻开,送到老爷子的眼镜片下面。数学老师冒火,一把给夺了。瞧,不但有应该完成的作业,还有多余的一份。

"有吧,唐老师?"程莹揶揄说,"明天的作业我都给你做了!"

老师瞪她一眼:"荒唐!你敢断定我明天就布置这作业?"

"差不多吧。"程笑笑。

她把数学教师算得极准。老爷子掂来掂去,按照他上课的习惯和规律,只能布置这几道计算题和思考题,到底输给了不安分的学生。程莹的说法别致,她戏谑老教师留恋往昔,守旧,上课和布置作业年年如此，就像穿的老式服装一样，没有青春气息，"老土！"

岑菲儿是新生，不像茜茜公主是"元老"，觉得程莹过分，劝她不要太为难老师。

"我是真的忘记交作业本了，谁叫他催高利贷似的，烦死了！"程莹叫屈。她说，时代不同了，师生之间也该多一分理解，别还是那股馊味儿！再说，老爷子那大同小异的作业，老是重复，拉磨走圈儿似的，去年和今年的多半一个样，早就腻了。再说，程大小姐比别的女生聪敏，也精，挺超前，未卜先知，那些作业她早就懂了。叫再度演练，真有点儿扼杀少女的青春，残忍呗。

岑菲儿读不懂程莹，也不理解插班女生和数学老师之间的恩恩怨怨，她考进小城高中读书，犹如经历了一次炼狱，绝对不敢效仿程莹，除了珍惜得到的机遇，没有其他的选择。

程莹奚落我姐姐："等着吧，岑菲儿，他迟早会叫你哭鼻子！"

岑菲儿当然不会相信，看着程莹没说话。岑菲儿那双清泉般的有着长睫毛的眼睛，在小城高中的女生中，是最美的。程莹瞧着，狡黠地一笑。

6

程莹捉弄数学老师的事，曾经传到高二（A）班。那时的马宁在程莹面前试作"××表白"，对茜茜公主的心思还是一片朦胧，他故作惊讶地说："想不到程大小姐还欠老爷子的情和意呢，不知啥时偿还？"

杨雪正在课桌上写板报稿，题目是《男孩和女孩的纯真友谊》。她把笔一放，站起身，瞪马宁一眼："龌龊！这话是你说的？"

马宁老在女生面前碰壁，他讪讪地、臭美地一笑。见邓小如在专心致志地画刊头，他走过去："妙玉，这话该谁说？"

邓小如扭过身来，莫名其妙："嗯？说谁啊？"

杨雪把马宁攮走，她怕邓小如在男生面前说出犯傻的话来。

这会儿，妙玉真不知道马宁要说什么。

马宁当然是胡诌，并非存心嘲讽程莹，更不知自己的话蕴含着"师生恋"的秘密。那时候，马宁已经对茜茜公主产生了非常感情，只是无法亲近程莹，可望而不可即，多亏杨雪有头脑。守口如瓶的马宁盼望机遇，感情蒸蒸日上。他敬佩杨雪有头脑，也防范杨雪，生怕杨小姐泄漏了天机，使他从此和程莹绝缘，那他就真的死定了。至于邓小如，犯不着有危机感，妙玉天性痴傻，决不说别人，马宁断定邓小如没有悟出弦外之音，即使邓大小姐说出来了，他也会死不认账。

程莹始终不知这话头。胡诌"师生恋"的确太损，如果程莹听见了，绝不轻饶"乌鸦嘴"。我真替程莹抱屈。她老是那么洒脱，追求女孩子的坦荡，活得轻松，不相信太阳也有黑子，也青春不悔。这些日子，程莹的心情很舒畅，自己也会悄悄地笑，笑得很甜蜜。看过某部电影的同学说她"偷着乐"。她宽容了，没骂人。

由于程莹的影响，名声一向不佳的马宁，有了新的形象，离少年男子汉的标准不算远了。男生说，马宁向茜茜公主竖起了白旗，又一个男子汉被女生俘虏。女生则自豪，看出了自身的价值和魅力。程莹说过，优秀的女孩是男生的眼光培养出来的，定律有了延伸，可以说，合格的男生是女孩子的友情和聪慧改造出来的。只有杨雪心里明白，男孩也"贱"，马宁离了程莹不能"活"，除了这，就是"师生恋"话头的压力。在女中学生身上，"压力"光彩夺目了。

老师"压"出成绩，程莹创新，"压"出一个新马宁来。同学们说马宁对程莹是真的服服帖帖，对大姐杨雪的俯首则待考察。这话被杨雪听见了，幸好无灾难。程莹却被蒙在鼓里。

马宁有了优秀男孩的亮点：对程莹忠诚。他骂自己："笨蛋马宁，现在你明白了？要投降就得彻底！向女生竖起一面白旗，也是壮举！"

小城高中和都市里的某中学结成联谊学校以后，校园里居然有了"牵手"的传闻。这秘密是由邓小如带回来的。她对大姐大说，有根有据。

杨雪身为班长，为班里的男生头痛，因为班级工作忙，随口搪塞一句："还不是苏芮原唱的一首歌吗，有啥值得大惊小怪的？过时了！"

妙玉没看出杨雪的心情，有点着急，说："不是，是说我们班和高一（D）班的男生女生。"

"别说了，你管不了！"

杨雪不用点拨，一下子就猜出了指的什么。

妙玉似乎多虑了，她最怕同伴受到伤害，所以，一听到传闻就找杨雪。她把杨雪看得很神圣，虔心地认为：女生中，杨雪是主心骨。而她并不知道，不知不觉之中，自己也有了传闻。传闻中的她，俏名儿是"外事部经理"，她要是知道了，准会气傻。邓小如是小城高中女生的骄傲，也是唯一。她无论对男生还是对女生，都很坦诚，没有邪念。妙玉人缘好，不管什么事，她求谁都不会遭到拒绝。嫉妒她的同学当然有，俏名儿即是证明。这些，杨雪知道，我们都知道，只是不忍心告诉邓小如，让她知道了，是对她的伤害。

7

"牵手"的故事中，马宁属于燕儿窝女生群体的不保护对象。他也有自知之明，自信心挺足，要向女生投降就得有勇气，坦诚也是男子汉气魄。他居然去找程莹,想说点儿什么。

程莹见他硬着头皮在教室门外晃来晃去,故意不理睬他。马宁的耐性超群,下定决心不见就一直等。程莹着急,冒火,等教室里的同学离开了,几步走过去,骂他:"笨猪!"

马宁被程莹一骂,勇气减了不少,吞吞吐吐地说:"程莹,我想和你……"

程莹一怔,脸开始红,扭头要走。

马宁慌了神,连忙对程莹说,想和她说一句话。

看着马宁露出的笨拙,程莹把"马土匪"猜透了,立刻严肃起来:"你说吧!"

马宁哪还说得出话?他已经乱了方寸,喘气也不均匀了,看程莹的神态,就有一种预感:凶多吉少!而他很执着,非把压在心里的话说出来不可!反正自己是一片真诚,由程莹去判决吧!真要把他马宁撵出情谊的国界,也要给程莹留下男子汉的悲壮形象!想到这儿,马宁有了胆气,说:"我想和你,说说心里话,向你认错……"

程莹被马宁闹糊涂了,心轴儿极敏捷地转,没等马宁把话说完,便脱口一句:"蠢笨无比!"

马宁不笨也不傻,也许傻的是程莹。她把事情看得很严重,估计马宁要滔滔不绝。于是,她答应和马宁"约会"了,时间当然不是当天。对"马土匪"来说,那是天上掉下来的幸运。一向"乌鸦嘴"的马宁,在程莹的感召下,逐渐改邪归正,理解到了女孩的美好和自尊,而他没有想到,有"风流少女"俏名的程莹,和杨雪一样,有一种神圣不可侵犯的威严,他感悟出茜茜公主的另一面真实。当程莹的"蠢笨无比"落音以后,他觉得自己必死无疑了。

撵走了马宁,岑菲儿出现在面前。程莹舒了一口气。她侥幸地向岑菲儿笑笑，回到座位上，收起那本摊开的杂志——《知音》。刚才太疏忽了，居然把它落在了课桌上，她暗暗骂自己："程莹你真没长心！"

在老师的心里，那是"禁书"，怕的是青春时节的少女们忘记学习，去寻觅"知音"，溃了堤难以收拾。让岑菲儿知道她看这类杂志，没关系，说不准岑大小姐还热衷《分忧》《家庭》什么的呢——这是程莹猜测的。因为，在她的感觉里，岑菲儿是真正的熟葡萄。程莹讨厌的是其他女同学知道她读"禁书"，将这与"越雷池"画上等号。至于男生们知道了会怎么想，她懒得去过问，何苦要把自己逼得那么紧张！程莹很精辟地嘲讽：男生猎奇，想看，又不敢，如果看，被老师捉住了，绝对狼狈不堪，在同学们面前永远灰溜溜的。

8

我姐姐并没有注意程莹在读什么，她没兴趣。大姑的话正扰乱着她的心神，岑菲儿离开水中花茶庄时，头也没回，走得很坚决，也很难受，噙着热泪。想给亲亲的侄女儿送别，姑爹铁青着脸，大姑骂她："等着你们两姊妹去流浪！总有要饭的一天。到那时，在我面前哭，我也不要，随你去做什么！"我姐姐铁了心，被羞辱得过分，难以忍受。她恨姑爹和大姑，下定决心，即使是死，也不走回头路，走出茶馆的瞬间，她有一种凄凉的感觉，更有少女的悲壮。当时，茶馆里顾客满座，不要脸的茶客竟然说："岑小妹，何日相见？"姐姐理也不理，心里说："你去死！"

如今，大姑居然找到小城高中来了，门卫挡了她的"驾"。把守大门的刘老头古怪，看人奸善分明，认定茶馆老板娘俗气，别人能进她不能进——这叫规定！家有家规，校有校纪，岑菲儿是你们这号人随便见的？老头子也要保卫青春偶像。大姑气得直跳，骂门卫"狗眼"，连岑菲儿的亲姑也不认！她特别恨岑菲儿："才进中学几天，身价就这么高了！学校在选美？"幸好没被老门卫听见，要不然，准被撵。

大姑是来威逼我姐姐的。她警告岑菲儿，茶馆里正缺人，再不回去，姑爹不再留。"读书能当饭吃？当衣穿？衣食父母都没有了，两姊妹都想当'洋'学生，梦没做醒！"她说："待业的女孩子还央求到水中花茶庄做临时工呢，就你一个人俏？"当面骂我们姐妹要当女叫花子。岑菲儿哭了。她把讨厌的大姑撵走了。

那段时间，岑菲儿又像病了，有的女生认为她是坠入了"恋"的泥沼。邓小如背着我，悄悄地给姐姐配了药，岑菲儿气得差点儿擂她。

第十章

1

程莹真的赴约了。她并不把"约会"视为神秘，也不惧怕男生女生的眼睛。这有什么？无非就是男生和女生之间的交往，大惊小怪是吃错了药。羡慕吗？忌妒吗？有胆量你就去试试！只要后来不哭鼻子就是幸运。她坚持：男生和女生约会，不一定就是恋爱，真要那么认为的，不是顽固不化就是俗气，应该被开除出这个时代。自然啰，想到和男生约会，她也羞赧，也心跳，可她不怕。老师和家长把男女生的交往和友谊问题看得很严重，不是早恋也炒成了"早恋"，如果她程莹成了情人节的牺牲品，真该恨这些凡夫俗子。

程莹和男生约会是坦荡的，如果说丝毫没有危机感，那是骗人的。

危机感是马宁传染给她的。程莹真的没想到马宁会那样，叫她难为情，让女孩隐藏着的青春浪儿全涌动起来了。而她，对马宁只有好感，但绝不是马宁希望得到的。这时候的程莹忽然明白了，私自和男生约会，的确是件很危险的事，看来老师和家长确实有几分道理。

他们的约会就在程莹差点落水的校园一角。小河湾里，那丛小红花盛开得更鲜艳，蜻蜓成对。这是马宁选的地方，程莹一听就笑："你真的良心特坏！是想当导演，还是咒我再历险一次？"

马宁和程莹约会，就像他入迷的足球赛，正因为有程莹羞于启齿的相救过程，他才取得了决赛资格，有了其他男生忌妒的约会权。可惜他并不聪明，没有随着程莹的心轴转，还未将心迹吐露出来，就真诚地认错，说得详细一点儿，评价"师生恋"。程莹绯红的脸渐渐变白了，眼里闪着怅火。马宁没有察觉，继续真诚地向程莹倾诉内疚和后悔，无意间说到了程莹最忌讳的"风流少女"。

啪！茜茜公主给马宁一耳光，打得极响。

马宁懵了，他抬头，看着程莹，没有一句话，呆立。

程莹手中有一朵刚摘下的小红花，已经在那一耳光中碎了。她不看马宁，给马宁一个极俏丽的背影，走开了。

有女生告诉杨雪：程莹打了马宁的耳光。

杨雪皱眉，说："别多嘴多舌，做好自个儿的事，管好自己！"那个女生很委屈，觉得杨雪在怀疑她的行为不检点，对杨雪满肚子意见，而大大咧咧的杨雪却不知晓，要怄气也白怄。大姐大气量大，她虽然心细，却不会去注意别人的心眼儿。

2

邓小如辞职以后,最感到惋惜的是杨雪。她认为妙玉犯不着那样做,本是坦荡纯真的男女同学关系,你这一辞职,反倒让别人有了猜疑的"证据"。

邓小如处处避开艾建,被有的同学戏称为"女孩远离战争"。杨雪对这些俏皮话瞧不上眼,她倒觉得程莹很了不起,连她自己都没法做到。妙玉不过问"政事"以后,杨雪才知班长的担子十分沉重,大姐大不是轻松的称号。如今,她得亲自和艾建相处了,又须像邓小如一样。尽管她不像妙玉那样对待艾建,还是怕同学议论。艾建是个磁场,女生和他接近,便有苦恼。迫不得已,杨雪要我成为她和艾建之间的中转站。我也很为难。杨雪恼了,骂我。

杨雪身为一班之长,是全校公认的优秀女生,好干部。她很快从俗气中走出来了,召开班干部会议,进行非常细致的分工,看看艾建,问:"你记清楚了?"

艾建说:"你抄一份给我。"

杨雪点头,在私下,她却对我说:"岑小莺,你念,叫他自个儿抄。"她害怕艾建不放在心上。我没有那样做,而是用极娟秀的字体写好,交给艾建,说:"别忘了!"

艾建没吭声,表示默认。

沈娟娟目睹了,居然说:"岑小莺,你心疼艾建。"不知她为什么要那样说。很显然,不全是戏谑。

艾建老是忘记杨雪吩咐的事。他不完成分摊的工作,老师责难的是杨雪,同学找到大姐大,有意见、发脾气也落在"班姐"头上。杨雪特气,单独和艾建谈判,说是约会也好,相见也好,管不了那么多。

"艾建，我说的话算不算数？"

艾建顿了顿，要去看他带来的记录本——那是"女孩有约"，杨雪叫他拿来的。

杨雪问艾建：记还是没记？艾建说："没记，用不着记。"把大姐大气哭了。杨雪正要扭头走，艾建把我写给他的分工细则找出来了，那是用日记本彩纸写的。杨雪叫他铺开，一项一项地指着问他。艾建擦擦眼镜片，看得有点发怵：这么多？我抄记的时候，也没注意。原来，杨雪耍了个小心眼，让我代替邓小如，辅佐这位老实的大少爷。因为两个都是近视眼，指着纸片看的时候，我那娟秀细小的字让他们得把头挨近。

程莹到高二（A）班来找邓小如，一头撞见，戏弄地笑嚷："哟，焊接啊？"

杨雪条件反射般地立起身来，嗔怒说："茜茜公主，你瞎说什么？瞧我们这位大少爷，什么事都不做，气走了一个妙玉，又轮到我了！"

"轮到你了啊？艾建，说真心话，是不是？不然，我去告你的状！"

艾建经不住程莹的折腾，脸红了。

杨雪真的恼怒了，瞪着程莹，说："他是班委，只挂个名儿，你替我把真正的姐找来管管他。"

程莹故意捉弄杨雪，笑着说："是谁呀？我可不知。大姐大，想当红娘？"

杨雪骂："臭丫头！"直接点明："乔玉老师！"

程莹伸伸舌头，跑了。

3

小阁楼是俏女孩们的感情世界。

这天下午，沈娟娟哭了鼻子，她非常怨恨邓小如。

杨雪说："这就不公平了，干吗老让妙玉代大家受过？"

邓小如红着脸说："这件事怪我……"

吃了午饭以后，她从操场里走过，几个毕业班的男生喊："妙玉，快过来，送一样东西给你！"她不理。那几个男生又喊，邓小如回过头，见地上有一个鸟窝，立刻跑到他们跟前，见鸟窝里还有几只刚出生的雏鸟，伸着脖子哀叫，怪可怜的。她气恨，骂那几个男生，说他们残忍，弯下腰去，把鸟窝捧在手心，好像母亲疼惜婴儿。有个男生说，鸟窝是风吹来的，千里跋涉。邓小如知道他扯谎，正色说："没起风！"另一个男生打趣她："瞧这一家子！"她勃然大怒，一手抱着鸟窝，一手抓起一团湿泥，"啪"地扔去，打在嘴臭的男生脸上。她头也不回，走向八号宿舍的小荒园。因为是妙玉，男生都没有再为难她。

邓小如想在小园内给鸟儿们安个家，可惜无一棵可以寄托鸟窝的树。放在葡萄架上，又怕落下来，无端杀了鸟兄妹，那更残忍。放在菊花丛中吧，倒是个好宅居，细一想也不行。于是，她跑上木楼梯，暂且让鸟儿们在阁楼里待一待，打算抽课余时间上街买一个吊兰盆儿，让它们像春天的燕子，与当代的女中学生同居阁楼。

正在这时候，学生会的一个女生干部跑上楼来，叫她快去画黑板报刊头，说是有球赛。邓小如辞职以后，成了普通的"老百姓"，学生会的报刊和专栏常常找她去帮忙。妙玉不仅人长得标致，娟秀超群的字体和信手拈来的绘画也让她成为女生中的骄子。听说学生会的干部们正在向校领导推荐，恳切要求增选邓小如为新干事。由于女生干部催得急，邓小如匆匆忙忙，把鸟窝放在一张床上便出去了。

沈娟娟命运不佳，在教室里因为随手写一个全错的实验结果，让化学教师捉住，被训斥得垂头丧气，她暗暗骂："恶老太婆！"走进寝室，只见一片狼藉：一块西瓜皮扔在她床下的鞋里，小桌上放了切开的五块西瓜，像上供似的！那本是程莹的一番好心，她买了一个西瓜，抱进小阁楼，毫无私心地切开，也有沈娟娟的一份。由于忙着出去，她匆匆忙忙啃了一块，西瓜皮随手一扔，跑出去了，没想到惹恼了心情不快的沈娟娟。

看见小桌上西瓜的搁法，沈娟娟知道是什么意思，马上猜到出自程莹。她认为程莹在摆阔，以一个西瓜哗众取宠。有凉意的秋天了，还热衷这种廉价货，有什么意思！她扭过身躺在铺上，像往常一样，生闷气，却发觉压在毛茸茸的东西上，惊吓得跳起来，魂都散了。结果，桌上的西瓜被撞落一地，鸟儿们也死在了她的身子下面。

邓小如画完刊头，跑回小阁楼，面对几只死鸟儿，她哭了，第一次和同伴吵架……管理员杨洁上小阁楼来，通知马上做好准备，迎接学校的清洁大检查，却见这副模样，没哭的也被责骂哭了。

第一节晚自习，高二（A）班有三个学生缺勤，杨雪皱紧了眉头：程莹找上艾建，不知去了哪儿。邓小如在校园的围墙角下掩埋小鸟。她含着泪，给鸟儿们垒了一座小小的坟茔，压上一张字条："安息吧，可怜的同伴！"沈娟娟不上晚自习，躲在小阁楼里赌气。她越想越心酸，觉得朝夕相处的女同伴都瞧不起她！她呆坐着掉眼泪。

高二（A）班教室，突然少了一个男生和两个女生，同学们在心中画了一个很大的问号。

程莹归来，看见沈娟娟的模样，信口一句："想谁？"

沈娟娟站起来，鄙夷地扭转身去，屁股朝着茜茜公主。

含笑的程莹，心情被搅乱了，非常恼火。

4

小园里的月季花又开了，鲜艳，粉红。那是杨雪督促燕儿窝群体拔掉野草，细心呵护出来的。花好月圆，程莹一定要和妙玉共度一夜，挤在一间铺上。小阁楼的窗外，是一个柔美的世界。寝室内，女伴们已经进入了梦境。程莹和邓小如紧紧挨在一起，悄悄低语。茜茜公主要妙玉答应她：帮助岑菲儿。

邓小如瞌睡极了，睁不开眼，含含糊糊地应着。

"哎，邓大小姐，听清楚我的话没有？"程莹又在她耳边叮嘱了一遍。

"嗯？要我那样？恐怕不好！他是男生，怪不好意思的！假如被人误会，咋办呢？"

"没事。又不是叫你去嫁，怕谁说呀？你妙玉不是很纯洁么？别人不会瞎猜的。他挺有本事，你去问问他。"

"和男生商量？你干吗不去呢？"

"我能去还求你！好了，究竟啥原因，不能告诉你。"

杨雪翻过身，说话了："程莹，你心血来潮了，睡不着？别支使邓小如去干坏事！"

"难听死了！道姐，你胡说什么？放心！邓小如从来都是洁白无瑕的！"她警告杨雪："少安'窃听器'，别当'间谍'！"

"快睡！"杨雪小声呵斥。

"我睡不着。"

5

程莹真的难以入睡。打马宁的耳光，追问艾建，现在，又要邓小如去接近男生，她真不知自己是否像同学所说："疯了！"疯就疯吧，就当青春的濑汐好了。同是妙龄时光，我们这一代女孩应该不一样，应该有鲜明的时代特色。睡吧，程莹对自己说，别人要怎么想，怎么贬，凭他们的兴趣，只要自个儿活得真实，就不愧是燕儿窝的佼佼者。

程莹要想入睡也真难。邓小如酣然入梦，鼾声特别响。"妙玉，你就这么个味儿？像俏猪一样！"程莹摇邓小如，摇不醒，她悄声骂："你这么贪睡能保护自己呀？"想到明天有单元测验，乃老夫子的语文，再不睡怎么办？程莹急了，干脆钻进妙玉的怀里，紧闭着眼。这一招真灵，睡死了。第二天早晨，她俩盖在身上的被子滑落在地板上，阳光射进来。杨雪把邓小如揪醒，妙玉揉着眼睛，将紧贴胸脯的程莹拉起来……

"羞不羞？"沈娟娟说。

管不了那么多，洗脸，梳头，吃饭，冲向教室，幸好岑菲儿和我为她们准备了一切。

程莹最后一个离开小阁楼。再紧张，再紧迫，她也要把自个儿打扮好，少女的仪表特重要，美不能泯灭。跑出小阁楼了，她才发现梳子还在手里，见"女孩"就拉俘虏，随手递过去："姐儿，劳驾了！"

杨管理员拿着那把木梳，不觉摇头："懒女娃子！"

当天是小阁楼最不顺心的日子。管理员杨洁莫名其妙地做了一回"姐儿"，接下那把高档的木梳，回过头，见八号女生宿舍的门没关，有些动气，顺着木楼梯走上去，脑海里立刻涌出一个词："狗窝"！挨骂的当然是我这个失职的室长。杨管理员知道是程莹造成的，只好把门锁了。结果，临到打午饭时，谁都进不了寝室，女伴们急白了脸。程莹说，急也没有用，她把钥匙丢了。到哪儿去找？长长的一串，落进了女厕所的粪坑里。唯一的办法，是向杨管理员借用，那是仅存的一把。可是，谈何容易。杨雪去要，被严肃批评；我不顾脸皮再去，两手空空。这是学校的制度，不给！程莹咬咬牙，骂一声"老处女"，"不要了！走，到校门外的小食店！"

程莹请客，凉面、水饺辣得女生们伸舌头，满眼见泪，程莹说"痛快"，问女友们："盼不盼望第二次？"邓小如说："还有第二次呢，我快哭了！"我也一样，被花椒麻得好半天喘不过气来。

杨雪说："这就是进餐馆的惩罚！"

"这叫餐馆？"程莹忍不住笑，"教育部长级别的？"她说杨雪是"井底之蛙"。杨雪被嘲笑得很难堪，生了气。

满店的人都看着我们，岑菲儿提醒，大家这才走了。

那天杨管理员就是不给钥匙，她要彻底治一治小阁楼群体的懒散。殊不知，不出一个钟头，女伴们就进去了，横七竖八地倒在铺上嚷嚷："啊，累死了！"折腾了半天，重新躺下去，才倍感宿舍的亲切、舒适。

拿着寝室钥匙的杨管理员来检查女生宿舍。我们不在，她打不开锁。原来，程莹叫邓小如请来一个高三的男生，把旧锁撬掉，换上她买的新锁。事情严重了！我和杨雪都认了错，女管理员这才接过程莹递过去的钥匙。

"你们咋这样做？以后出了问题，自己负责！"

程莹说："别理她！她敢不管我们，不怕被解聘了？"说着，叹口气："自己要有独立意识呗！"

6

程莹那一巴掌,打出了马宁的名气。他暗自发誓:以新的男子汉形象出现在女生面前,让臭丫头们刮目相看!对程莹的喜欢是一张网,罩着他,越说远离程莹,越不可能,浑浑噩噩,莫名其妙地在小阁楼附近徘徊。傍晚时分,他把匆匆出小园的妙玉当成了程莹。

邓小如说:"你真把我吓死了!程莹在铺上呢,我给你喊!"

他怏怏地走了。妙玉还不知他们之间和那一耳光的事,望着马宁,不禁猜测:他一定中了邪,判断不出地球是不是还在旋转。

马宁的男子汉气魄是女孩给的,失去了程莹的友谊,就失去了自信。因为程莹,他暴露出了窝囊的弱点。在那些日子里,乔玉老师多次找他,推心置腹和他交谈,希望他不要像橡皮糖,没骨儿,在学习上必须有拼搏精神。他不说话。姐儿班主任气恼,叫他去把真正的男子气魄找回来,问他:"自立、自强的精神到哪儿去了?"

"在高一(D)班!"进教师办公室抱作业本的邓小如,瞧瞧马宁,忍不住插嘴。

班主任一怔,似有所悟。马宁盯着妙玉。

邓小如惹了祸。马宁来求她了。妙玉羞气得直逃,回头骂没治的"马土匪":"我说什么了,你这人怎么没脸皮?跟着女生撵,羞不羞啊?"

马宁说,自己凭的是真诚,要妙玉代他向程莹求个原谅。邓小如臊得跳,把手中的一大堆作业本塞给紧跟不舍的马宁,撒腿跑开,待在教室的墙角处喘气。

当天值日的是妙玉,抱着作业本进教室的却是叫任课老师反感的马宁。讲台上的老师厉声喝问:"这是什么意思?"

无独有偶,另一个知道底细的男生多嘴,迸出一句废话:"最新潮流!"

"站起来!"教鞭一挥,又一个"土匪"因马宁倒霉。

马宁是地道的小城崽儿,不住校,他爸的小汽修厂内有他的独立天地。在家里,他是个小爷,"俸禄"也不少,但得严格预算,首先打报告,否则,休想从老子那里把钱拿走。他有时想在男生中大款一回却囊中羞涩,因此骂他爸"葛朗台"。他爸要他讲清楚,这葛朗台究竟是什么意思,他不敢直说,只胡诌:代称有二,一是恐怖组织的头目;二是贫困国家中的乞丐集团首领,六亲不认的守财奴。"你骗鬼!"他爸没有轻饶他。他父母最怕的就是他长大当"乞丐",在学习上对他管得极严。小汽修厂老板有一绝招:永远说马宁的考试成绩不如别人(这也是实情),看见他就两个字:"读书!"父亲不懂中学课本,最简易的检测方法便是"拿点点来数"——真的六亲不认,只认卷子上的分数。他讽刺他爸是"老外"。瞪着眼的马老板,差点儿再一次武力"平叛",揍他。他妈絮絮叨叨,把他数落得死去活来,唯一的办法是逃离……

"你为什么不逃?"程莹笑着问他。

"逃到你这儿来了!"

"嘴臭!"程莹骂。

马宁记得程莹当时红了脸,还抓起桌上的尺子打他。那是男孩对女孩最甜蜜的回忆。

7

因为想着程莹,不满老爸的瞎"夹磨"和他妈没完没了的"改造",马宁非常严肃地向父母递交书面申请:住校!理由很充分:一、天天跑

"通学"耽误学习,不能再"走读";二、容易受某些不良风气的影响,不利于儿子成才。

马老板虽然读书不多,对市场经济却特懂,眼珠骨碌一转,口头批示:"不行!"第二天,马宁迟到了。程莹当天配合值周老师在教室检查卫生。程莹就那么看着他。下了课,他在走廊上碰见程莹,想给程莹解释。

程莹羞恼地嗔骂:"迟就迟了呗,与我有什么相干?"顶撞他:"去开你爸的小轿车来上学!"

小车都是别人来修的,他倒真要试一试,叫程莹看看他的胆量。

他爸挥舞着修车的大扳钳,撵得他落花流水。从此,凡是车,一律不准他动,给他一把卧室兼书房的钥匙,画定往返路线:校园—家中的小屋,害怕迟到就跑步上学:"上天成龙,落地成虫。学不好,腿劲练出来了,也是功夫!"他苦笑。他的铁哥们儿取笑他,说他为情所害。

"我高兴!"他怒吼。

他妈有时生气,叫他"爹"。他想:"中国的父母往往乱套,老爸被贬值了!"挨了程莹的耳光以后,他一回家就待在书房里,千呼万唤始出来。他妈看见了,说他"中邪"。他说:"这你别管!"不准老板娘进他的书房兼卧室,原因简单得很:"男女有别!"把他妈气得说不出话。

他爸吼:"擂他一顿!"他"砰"一声关了门,躺在床上,竭力排除外面的干扰。他确实要认真想一想了。

谁说男孩不重感情,孤独也需要勇气。

那天夜里下了雨。

次日又是天晴。马宁说,他最反感的是"女生间谍",毫不光明磊落。话说得痛快,没注意到走近身边的妙玉。

"你昧良心!"邓小如骂他,"如果不是程莹叫我接近你,谁想自寻苦恼！"

妙玉马上明白，这话说得很傻，一张俏脸儿滚烫，转身便走，似在逃。

马宁却不放过，一定要妙玉给他说实情，既然邓痴姐的话头出来了，那就像演绎《红楼梦》的渊源一样，一定要知道结局。

燕儿窝的女生中，邓小如与我同庚，年龄最小，当是"邓小妹"，但他绝对不敢喊，妙玉会因此发怒，即使尊称个"姐"，邓小如的脸色也让他不知所措。

邓小如被马宁逼急了，跺着脚嚷："没有实情，全是假话！程莹什么都没对我说，只告诉我：她最讨厌的男生就是你！"说完，撒腿跑掉了。怨马宁自找倒霉，他差点儿"逼"出了妙玉的眼泪。

自称男子汉的马宁，在女同胞的圈子里，"排行榜"与"优秀"之类，绝不可能落在他头上，只有一点还让大小姐们觉得可爱，那就是"傻气"！不过，公正地说，傻的不只是男生，邓小如傻不傻？

程莹不知邓小如和马宁"邂逅"。妙玉来找她了，给她说了实情。程莹不语，待了一会儿，说："你们的事告诉我做什么呢？"

邓小如很懊悔，想哭。她骂程莹"坏"："他还骂我'女生间谍'！"

程莹知道，因为马宁那个气死人的笔记本，她真有些责怪妙玉：干吗要说"程莹最讨厌你？"而她却装出一副事不关己的无所谓神态。邓小如从程莹脸上发现了破绽。当时，她在作业本中发现了那个笔记本，随手交给了程莹。这会儿才明白，那是马宁用的计，让她当了一次程—马驿道的信使。无端地被浑小子利用了，反而落个"女生间谍"的无辜罪名，真真儿的够气了！妙玉不肯无缘无故地被冤屈，她一定要从程莹手中讨回那个破笔记本，看看写了些啥宝贝，惹火了，邓小如也不是那么好欺负的。

可是，程莹说："扔了！乱七八糟，有什么看头！"她的脸有些泛红，根本骗不了妙玉。

"是情书！"邓小如脱口而出。

程莹惊了一跳。她没料到老实淳朴的妙玉会这样说，骂着"小妖精"，马上来追打。口头说"没有了"的笔记本，落在了小园门前，岑菲儿路过，随手拾起来，刚要翻开看，程莹回头发现了，转身来抢，却被另一只手抓去了，只有一半在岑菲儿手里。

"臭丫头，放下！"程莹怒喝。

见程莹出口不逊，那女生含笑的脸色变了，瞟了茜茜公主一眼，不屑地扔了，被风一吹，满地都是。程莹气极了。最后，还是邓小如一页一页地替程莹找回来，交给茜茜公主。程莹说不看也看了，留下没意思，几把撕碎，扔在果皮箱里——要想看，你们就看去，无非就是那么回事，犯不着保密！

我姐姐并没有看，把手中的那一半都给了程莹。程莹留下了，她得拿去找"马土匪"算账。想知道"情书"内容的女生多着呢，问邓小如。妙玉说："不是情书，只写了四个字！"当然没人相信。她说："不信拉倒！怎么那般好奇呢？别太复杂了，傻姐儿们。"

8

邓小如悄悄告诉我："归纳起来，肯定只有四个字——友情连锁！"

邓小如的语文成绩很好，她的作文写得漂亮极了，特别是她的记叙文，把女孩们的神韵、心态描写得惟妙惟肖，全是妙玉型的。程莹有一个绝妙的评语，说邓小如的作文，男生绝对不能阅读，避免坠入"情网"。

杨雪说:"那是程莹的思路。妙玉的文章纯情得很!"她问我:"岑小莺,你看过,说一句公正话,对不对?"

岑菲儿在一旁红了脸。邓小如的作文里,就写了我姐姐,她要给艾建看。

沈娟娟对邓小如的学习成绩不感兴趣——能写几篇好作文,不足为奇,不就是一个大舌头吗?贾宝玉早死了!有时,孤独的沈娟娟说话特别损。程莹说沈娟娟常贬邓小如,就因为妙玉长得亭亭玉立,太楚楚动人了,和沈娟娟的对比度十分强烈,姓沈的臭丫头有严重的危机感,被迫"自卫"。

岑菲儿说程莹:"你也特别损!"

"不损!敝小姐的大实话!"

沈娟娟也讲大实话。她说,邓小如的逻辑思维太差,如果今后考理科,肯定会狼狈不堪!

程莹骂沈娟娟:"算命仔!沈巫婆!"

沈娟娟羞怒,撕破情面不认昔日的同学,把程莹撵到走廊上。

程莹喘气,指着她说:"别惹恼了我,谨防我把你骑在地上,擂个够!"现在的程莹不敢,她的断腿还时有隐痛。初中时的她,的确有战斗的辉煌历史,用课桌的条凳当马鞍,骑在被她扳倒的男生身上,雨点般地擂,震惊了全校,直到现在谈起"野蛮族"程莹,有的老师还摇头。

程莹撕碎并且扔了马氏笔记本,终于有好事者抓去碎纸片,拼凑着看了,证实妙玉不是弱智,而是概括能力超群——千真万确,马宁写了厚厚一本,实实在在只有"名垂青史"的四个字。

"你最好去死,免得这么烦人!"程莹骂那个男生。

"死不了,程大小姐,报纸的最佳新闻,从人体基因研究,人的寿命为1200岁……"步马宁的后尘,现在的高一(D)班又有了新的"乌鸦嘴"。

"滚!"

无论怎样的男生,都不敢真正招惹新闻女孩儿程莹,不滚也得"滚"了。那男生所言,程莹听了哪能不恼?她下定决心,非找马宁算账不可。

马宁知道后,像掉了魂,男子汉气魄荡然无存。

程莹毫不怜悯地撕了笔记本,邓小如的怒责和警告,叫他的精神塌了。迫不得已,马宁求邓小如帮忙。妙玉羞,逼急了,嚷:"谁给你当特使!"邓小如是女生中特别让男生喜爱的,接近妙玉总是会触动男孩对女孩的那根弦,她的叫嚷更加激起马宁的电磁波。

那个粉碎的笔记本,是马宁的感情结晶。

在四口之家的马氏家庭里,马宁是"高级白领",他绝对不怕老爸老妈开除他,有钱的父母倒最怕儿子炒他们的鱿鱼——不读书。他姐跟了一个商海的年轻老板。因此,马宁是马家的唯一继承人,担负着重任。他爸他妈都只读到初中,并且没有毕业,他算侨居在半文盲的圈子里。他妈记账开发票常写错别字,辉煌历史也有,就是和他爸早恋,考试哭鼻子,拎着书包跟学校"拜拜"。

马宁承认,可怜天下父母心,他爸妈给了他优越的物质条件,又把他监视得极严,并要求他随时向母亲汇报:有无越轨之举?是否混混?他讥讽他妈"垂帘听政"。更有大胆的时候,有一次,他公开诘问:"妈,你说,谁读中学在早恋?坦率点儿!"

他爸妈揍了他。他常说爸妈干扰他的自由,影响他的学习和成长,还公开申明:儿子的日记,父母不准看!

"你那是珍宝?"母亲骂。

"隐私！"他说，并且选择恰当的机会向爸妈透露：隐私权受国家法律保护，也就是说……

他爸骂他："别跟老子耍花招！要想不好好读书，谈恋爱，没门儿！老子拿钱供养你算啥权？法律保不保护？"

他嘴上不说，心里觉得父母乃准文盲加法盲。为了保护自己的权利，他在卧室兼书房的门口写了几个大字："学习重地，闲人免进"。他爸妈还算宽容，不计较"闲人"的说法，手中有钥匙，照样进屋——监管儿子是父母的责任，监护人呗。谁知，没过多久，父母手中的钥匙不管用了——马宁效仿程莹，悄悄地把锁换了，并且坦言："爸，妈，我们不似你们当年了！"

当妈的居然有些脸红："当年咋啦？"

"多给我一点儿自由、自主、自立！"

这简直……反了！"反了"终归算了。

笔记本上密密麻麻的"程莹"，是在"密封"的屋子里写的，陪马宁走过了十七周岁的人生驿站。

女孩是一个无比瑰丽的梦境，痴情的男孩永远走不出去。因为程莹，马宁在感情上付出了很多。没有星星的晚上，偶尔雨打屋檐响，他爸妈欣慰地赞叹：这娃懂事了，没有声音，静静的，灯亮着，一定在学习……他们不知道自己的儿子在想程莹，在读一本没有翻开的书——单相思，笔记本上一次又一次出现那两个字。相思的男孩有了梦境，和折纸船的少女待在了一起，在那小小的纸船上，他们有了亲密朦胧的瞬间。第二天早晨，他上学迟到了，带着男孩甜蜜的回忆和幸福，仍趴在课桌上，继续阅读在梦境里翻开的书，笔记本到了邓小如手里，他才清醒：自己是在教室里！

马宁有自己的人生定位。在想着程莹的日子里，他在书案的墙壁上抄录了两句诗。

想了想，又添上这样两句话——

　　既然是男子汉，

　　除了拼搏，别无选择。

马宁有了动力，他的突然变化，让各科老师觉得惊讶，程莹也不知道，她重新塑造了一个男孩。

程莹毁弃了他的笔记本以后，马宁悄悄哭过，不巧被邓小如看见。

"哎哟，他多傻！"妙玉不知他为什么，第一印象是：缺乏男子汉形象。

"他最烦，最不中用！"程莹说。邓小如不解其意，好一会儿才反应过来。

9

双休日是难得的，小阁楼的女孩统一行动，集体睡了一个大懒觉，连岑菲儿也不例外。这是程莹的倡议。

她说："小姐们，别辜负妙龄时光，让老师们死去活来折腾五天，连性别都快改变了，放松一下吧！"

她阻止不了沈娟娟，昔日的官小姐一走了之，偏要冷落茜茜公主。

程莹虽然气，却拿沈娟娟没有办法，她最会欺负的是我姐姐："岑菲儿，你别又早早地起床，艾建回家了，我亲眼看见！拜托了，群居一回吧！我们有约在先，你的外衣长裤归我保管，我不睡够你休想起床！"她真厚着脸儿，守着我姐姐，脱一件，她伸手拿一件，直到岑菲儿火了，她才笑着说："行，你不敢脱了，我也不要了！"

岑菲儿坚持早起，是勤奋，要抓紧每一分钟的学习时间。程莹鼓动大家集体睡懒觉，是臭丫头心血来潮，要女伴们陪着她破例一回。因为她的兴致，不闹到半夜不能合眼。后来才知道，她那天把马宁截住了，要马宁掏句老实话：为什么要哭鼻子？"男孩哭，最没出息！男子汉气魄哪去了，我为你羞耻！"

马宁不能不说了，再不说就永远失去了机会。

"程莹，因为我想你……"

"你有没有脸皮？"

马宁还是那句话。程莹羞怒，要提起教室内的半桶水泼他，又于心不忍，她懂他的痴心。

"烦死了，你滚吧！"程莹无可奈何，只得骂。

马宁发怔。

"笨蛋！"程莹自己走了，留下一句。

笨蛋不笨，马宁一下子领悟了程莹。

邓小如说，程莹对马宁没有正式通牒，是拒绝背后的允许。允许什么？妙玉红着脸，答不出，说倡议睡懒觉是茜茜公主的掩饰。

杨雪悄声骂她："你也不纯！"

"你呢？"

"我？"杨雪和妙玉说不清，不想再说。

程莹是彻底享受，最末一个起床，在顶铺上伸懒腰，把邓小如吓了一跳。

妙玉小声嚷："瞧你！"顿了顿，才大着舌头把后面的话说出来："窗外有人，公园里！"

程莹因此嚷着叫校长买窗帘，不能把八号女生宿舍变成美女展厅。

太阳是灿烂的，顺从女孩们的心意。程莹笑骂岑菲儿："我的崽儿姐，你真行，什么时候把衣裳偷走了？哎，我穿的呢？"她嗔怪我姐姐"打家劫舍"，连她的一块儿抱走了。最后终于弄清楚，是她自己把衣服蹬到邓小如的枕头上了。

妙玉见她鸡飞狗跳的样子，连忙递衣服给她。她却嫌脏，说是昨天去打排球，只站着动动手也不停地流汗，哪儿都湿腻腻的。邓小如任劳任怨，爬下铺去，在屋角找到程莹的皮箱，打开，一样一样地寻找，一样一样地抛上铺，她又一样一样地扔下来，说妙玉"笨猪"。

杨雪说："你冷不冷？感冒了没人去给你买药！"

邓小如也急了，大声说："里面的东西我都扔给你了！还不对？我提箱子上来！"妙玉居然提着程莹的空皮箱往上铺爬。

"哎，旅行包！我换洗的衣裤在大包里！"程莹喊。

邓小如放下皮箱，又像搬运工似的扛起大旅行包，吃力地攀登。这时候，突然响起了敲门声。

"谁？不准进来！"程莹怒喝。

岑菲儿小声说："是乔老师！"

程莹无可奈何，恳求说："乔小姐，稍等一下，女孩有急事，理解万岁！"她也顾不得追求美了，胡乱抓一套衣裤穿上，示意岑菲儿解除警戒。开门，却是女管理员杨洁。程莹的脸拉长了，暗暗嗔怪我姐姐。

目睹乱糟糟的景色，杨管理员皱紧了眉头，斥责说："女孩子应该有点涵养！"

"谢谢！"程莹揶揄说，"老师亲临教诲，感激不尽！我们想把寝室彻底打扫一下，不知有没有错？"

女管理员盯着她一眼，往外走了，又回头叮嘱："不要太闹了，注意影响！"

程莹连忙撕了一页日历，喊："邓小如，给杨老师！"她的手轻盈地一扬，印着红色数字的薄纸片飘悠而下。妙玉也痴，居然拾起来，交给杨洁——寓意很明显：婆婆妈妈的杨小姐，请你瞧瞧，这是法定的双休日！干吗健忘？

女管理员特气。她忍住怒火走下木楼梯的时候，程莹笑着喊："杨小姐，你走好！"

"程莹，你有没有起码的规矩！"杨管理员终于呵斥了。

程莹坐在上铺，好像什么事都没有发生，潇洒地梳她的头。气走了女管理员以后，程莹实行全线驱逐了："小姐们，都请出去，我得彻底换！"

第十一章

1

原来，程莹在慌乱中裹上了妙玉脱下的脏衣裤，委屈了多时。此刻，她需将文胸、内裤……一丝不苟地换上，洒上香水。这个时候的程莹，极顾羞耻，哪怕在亲如姐妹的女伴面前。

睡懒觉的代价不小，拿衣物用品爬上爬下，女伴们也有脏衣物要清洗，一时间，所有脸盆、水池泡得满满的。不是大款的女伴们，不分彼此，拼命地搓洗。用来晾晒的铅丝挂满湿衣裤的时候，女孩们头也晕了，腰也疼了，一看时间，早已过了午饭的钟点，一个个饥肠辘辘，魂儿都饿出来了。

程莹掏出手绢，擦着额上的汗，笑着："小姐们，真的弱不禁风了！"听见围墙外有叫卖声，她要邓小如把她送上墙头。妙玉便痴傻地将头伸过去，让程莹的两腿骑着，慢慢往上顶，让茜茜公主双手扒在墙帽上。她们简直在冒险，杂技团似的。程莹居高临下，朝墙外嚷："卖糍粑的，快担进来，我们要买！对，绕过围墙，从校门口，悄悄进来……"话还没说完，邓小如"哎哟"一声，她便掉下来。幸好大家发觉她俩乱来，跑过去，"咚"的一声，程莹落在杨雪和我姐姐身上。岑菲儿在她的肚子下，被压出了眼泪。

程莹和邓小如既累又怕，脸儿白了，双双倒在野草丛里，仰面睡着，杨雪骂她们"不文雅"，也照样不起来。

那个卖糍粑的老头，居然听从俏女孩的吩咐，转弯抹角，躲过门卫的眼睛，把小食担子挑到校园深处来了，在有花香的树荫下，一碗又一碗地卖给燕儿窝的大小姐们，只缺沈娟娟。那当儿，女伴们忽略了这是在小城的最高学府内，正嬉笑打闹。

2

天公不作美。晌午过后，一场突如其来的雨，差点儿把俏小姐们淋成落汤鸡。为了抢救晒干的衣物，少女将秀气和文静全抛弃了，成立了临时的抢救队，从晾晒铝丝上收，抱在怀里跑，百米冲刺，大功告成，大家都倚在小阁楼上喘气，身上的青春气息被拌着雨水的汗味代替了。

程莹咬牙："真够倒霉！脱，洗澡。"

双休日，学校的洗澡室不开放，小阁楼再一次集体行动，下决心彻底潇洒一回，关了寝室门，个个都自备保温水瓶，开水不缺，冷水足够。现在，面临着的问题就是胆子壮不壮了。豁出去了！程莹最怕脏，她不回避同伴，第一个冲破禁区洗澡。顷刻间，洗澡水顺着木楼梯往外流，捎带着女孩的体香融入哗哗的雨柱里。五个妙龄少女，羞得抬不起头，什么都不敢看。

洗净了，舒畅了，换上从骤雨中抢回来的衣物，看着楼板上新堆的湿衣裤，真不知该哭还是笑。

"这叫命运！"程莹说，"蛮够意思吧？"她靠在床头上，跷着健美的腿，放开了袖珍收录机，淌出的不是歌星们流行的调儿，而是外国名曲，茜茜公主难得有雅兴。

在雨水声和交响曲中，小阁楼的门被敲响了。杨雪抽开门闩，沈娟娟出现在女伴面前：她浑身湿透，头发散披，衣服紧紧地贴裹在身上，少女的尴尬暴露无遗，狼狈不堪。

女伴们都看着她，小阁楼里静悄悄的。

"啊，你的命运并不佳，同样的落汤鸡！"程莹开口了，随手把一张干毛巾扔给她。口齿伶俐的程莹，没报沈娟娟不屑于她的仇，沈娟娟却把毛巾丢在楼板上，瞧也不瞧。

"捡起来！"程莹怒喝，她觉得自己被伤害了。

邓小如走过来，拾在手里，一声不响地给沈娟娟擦头上的水。

沈娟娟"哇"的一声哭了。

程莹瞧不起沈娟娟的眼泪。少女的泪水不能轻易流，她坚持这样认为。"男儿有泪不轻弹"，程莹特别反感这类说法。男儿怎么啦？比女孩都不如，窝囊的时候多着呢！

岑菲儿对沈娟娟十分同情，她悄悄劝程莹，对沈娟娟应该宽恕些。程莹说："你别被她同化了。她没事，要气要哭怨她自己！有什么呀，无非就是爸爸被判了刑，当不了贵族千金呗！一辈子依赖父母没出息！"

邓小如不小心插嘴："那你呢？"

程莹嚷："我怎么啦？假如我爸破了产，我照样这般活！说不准我会更自由，更胆壮，到那时也许你们会看到一个少女'老总'什么的，可我绝不会堕落！"

杨雪说话了："行，了不起，女强人！别忘了，明天要考物理！"

程莹拉下了脸。上学年，曾经有过一次物理测试，她因为"早恋"，看男生递来的纸条没认真听讲，错过了一个关键处，面对高难度的一道考题，一筹莫展，又不服气，居然在考卷的答题空白处写下了："老师，你出这样的怪题，有答案吗？"不仅惹恼了物理教师，还传为笑话。今儿，杨雪绝对没想要揭旧疤，而是提醒程莹，也告诫大家，双休日除了玩耍，还得认真复习功课，不料却激怒了茜茜公主。

"你干吗不以身作则，首先吊死在考场上？拿分数给你做一个大花圈！"她骂女才子。

杨雪气得说不出话来。

程莹就这么个样儿，如果你要怄她的气，就得做好早死的准备。

3

骤雨洗不尽校园的温馨，留下的多是女孩们的笑语和争执。接连几场的单元检测，把俏女孩们的灵魂考出窍了。小阁楼的群体成绩不赖。晚饭后，妙玉回寝室，神秘十足地告诉同伴："男生在给我们打分！"

程莹头也没抬，不屑地说："是吗？"

听了茜茜公主的语气，邓小如知道要碰壁，不出声了。

"给你打了多少？封顶没有？"程莹又问，奚落味更浓了。

妙玉发觉事情不妙，静静地编她的彩线网儿。

杨雪害怕因此造成女伴之间的不愉快，赶快嗔责说："好好看书，别管那些闲事！"

妙玉感到委屈，嘀咕说："人家好心告诉你们。如果让男生打个低分数，臊死了！"

沈娟娟撇嘴——没意思！她老是把自身的丰满美视为丢人，听到"低分数"就反感，对邓小如也恼恨了。

我不便开口，只能在一旁看一本散文集，那是岑菲儿扔在我床上的。

程莹不饶人，她嘲讽说："邓小如，你干吗那么关心男生的评价？杨雪一心要吊死在考分上，我们陪葬。你呢，想吊死在男生的打分上？死了多可惜！你不如代替岑小莺，给我们的菲儿姐做个出嫁的伴娘！"

"贼妞！"岑菲儿忍不住骂她。

骂声刚落，在上铺的程莹便把一叠明星海报撕碎扔了下来，打扫干净的寝室又一片狼藉。

今日的程莹，特别讨厌男生给女生打分之类，她还对上学年的"校花"评选耿耿于怀。她心里说，少女不是花瓶，可以让人从感情上玷辱。她扔下的那些明星，男的女的都有，全都摊上了"讨厌，不自尊，假惺惺的骂名"！

我算服了，又得替她收拾残局。

杨雪把我拾叠在一起的海报碎片翻了翻，也算是回敬程莹："你够残酷的！"

"敝小姐真实，不会假情假意！"

谁都被她堵住了嘴。

4

在成堆的女孩中，挑不出第二个程莹来。

她说："最有效的是逆向思维。"要岑菲儿和她打赌，老爷子叫她当班干部，迟早要后悔，终生不忘。我姐姐自然破译不了程莹的密码。实际上，老班主任不是后悔，而是担心。桃李满天下的老师还真有些怕程莹这类女孩儿，不过他想：时代再变，也不可能变得老师管不了学生。再说，程莹身边有个岑菲儿，暗暗地安上一个助手，应该高枕无忧了。

老班主任对岑菲儿非常信任。他觉得，有打工经历的岑菲儿，成熟、踏实，是半个老师。这话，不知程莹从哪儿知道了，也或许是猜到了，她奚落岑菲儿："崽儿姐，你可要当心哟，别被老爷子叮跑了！"

这回，岑菲儿特别认真，斥责了茜茜公主。

程莹尴尬地笑着，说："谁再和你说笑，谁要变哑！"

老班主任并不糊涂，他看中的就是两个女孩的文艺素质，至于体育嘛，有体育教师，离不了谱。程莹倒是清醒的，她最了解自己：程大小姐不服的，恰恰就是体育教师，他们算是正反两极拉在一起了。过去的一年，她和体育老师的矛盾不少。有个男生嘲笑她"风风火火闯九州"，高头大马的体育老师制服不了口齿伶俐的俏丫头。上一届，程莹闹着玩似的，自荐当了文体委员，这一届是老班主任指定，反正都一样，程莹的职务一宣布，体育老师就皱眉。程莹却对老师很友好，淡淡一笑，笑出了她的娇美。体育老师也在课堂上，破例给再次上任的程莹含笑点点头，心中却顿时有了警惕，他太怕这个浑身是刺的俏女生了。

体育老师的确不是杞人忧天，他和程莹的师生之战终于拉开了序幕。他刚严肃地宣布了上课十戒，就发现程莹缺课。他特别气恼，追问岑菲儿。岑菲儿红着脸不说话。另一个女生递上一张字条，写下了轻飘飘的两句话——

赵老师：

  因重大事件不能到操场上课，请理解。拜托了！

程莹

×月××日

  什么重大事件？简直胡来！体育教师当场发怒了。刚才，他吹哨子叫学生集合的时候，还看见程莹倚在教学楼的二楼栏杆上，似一个悠闲的贵族小姐，俯视操场，含着笑。这会儿却不见了人影。

  "岑菲儿，整理队形，练体操！"体育教师喊，把口哨扔给我姐姐，快步奔向教学楼。

  程莹在教室里，斜着身子靠在课桌上，轻轻吹着一朵小花，显得既优雅又有闲情。

  "程莹！为什么不去上体育课？算什么班干部！"

  面对体育教师的怒吼，程莹不惊不诧，静静地转过头来："我不是叫人给你带了字条吗，没看见？"

  "你究竟什么事？说！"

  "上面早写了！女孩子的事，你最好别多问。"

  "出去！非到操场不可！"

  程莹倏地站起来："你走！我自己会来！"

  十分钟以后，程莹出现了：在烈日下，她撑着一把精美的太阳伞，缓缓走向操场，步履轻盈。

  整个操场哗然。体育老师顿时气青了脸。

  程莹满脸不屑。

  体育老师抢了她的伞，她不服，说体育教师野蛮。

  老师岂有败在学生之下的？气极了的体育教师挥手打她。她抓住那只动武的手不放,张口便咬。茜茜公主终归是个弱少女,被大块头的老师抓在操场当中罚站。顶着火盆一般炙热的秋阳,她一声不吭,也不屈服,泪水静静地在脸颊上流淌……全操场的学生都对体育老师不满,没有一个认真上课。

岑菲儿走过去,拉上程莹就走,体育老师怒不可遏,冲了上来。

"走开!你还像个老师?"岑菲儿毕竟比一般的学生成熟,一旦震怒,威严得多。同学们从未见过这样的岑菲儿。事情最终闹到了班主任那里。

程莹柔弱地靠在岑菲儿身上,她只有一句话:体育老师必须归还她的人格尊严!

老班主任急了,要岑菲儿如实说出程莹不上体育课的原因是什么。

岑菲儿无奈,红着脸:"女孩的'例假',她又生病。"

"岑菲儿,我们走吧!"

程莹眼眶里的泪水快要包不住了。

岑菲儿扶着程莹走了。一回到小阁楼,程莹便倒在了铺上,整整躺了三天。

5

岑菲儿写过这样一篇日记:"因为年轻,我们渴望成熟……"程莹打趣她:"我们的姐,你够成熟了!"岑菲儿非常羞腆。现在,程莹不打闹,不嬉笑了,静静地睡在那儿。

杨雪站在她的床前,没有言语,仿佛在思索妙龄少女的人生与磨炼。作为大姐大的她,成熟多了。她第一个给程莹买了稀饭,也有可口的小菜,然而程莹不吃,摇头。"吃下去,别那么娇!"杨雪威严地喊。

她劝程莹身体要紧。一向大大咧咧的女才子，亲自给程莹喂到嘴里。

程莹哭了。

邓小如、沈娟娟和我，都轮番照管她。程莹不再拒绝昔日的官小姐了，有了可贵的宽容。岑菲儿几乎成了程莹的保姆兼仆人。程莹口口声声地喊"姐"。岑菲儿给她洗脸、梳头、换衣裤。程莹坚决不吃药，校医送来的药，一概扔，不准校医走近她，用被子捂住头，死也不露面。她说："死就死呗，走得无牵无挂。"

岑菲儿气哭了。全寝室的女伴都被程莹折腾得毫无心情，望着滑进小窗的如水月光，不能入眠。程莹又和我姐姐换了铺。岑菲儿坐在她的床沿上，脸上还有泪痕。她白嫩修长的脖子上戴着程莹的金项链，那是卧床的程莹强迫岑菲儿挂上去的。

月明如昼，小阁楼里静得让人心悸。

程莹开口了："菲儿姐，给你留个纪念，你会记得我。"

岑菲儿从脖子上取下项链，塞给程莹。"你傻！"我姐姐的眼里闪烁着含泪的怒火，骂程莹。"我不和你诀别！"岑菲儿说，如果她像程莹那样脆弱，她早就自尽了，不会在这里让程莹看到她的眼泪。

岑菲儿爬到新换的上铺，再也不理程莹，女伴们都知道她没有睡。程莹拿着项链，低声哭泣。

第二天早晨，小阁楼里不见岑菲儿的身影。我十分担心姐姐。不一会儿，艾建站在程莹的床前了。

程莹喊了一声："艾建！"她那极苍白的脸竟然有了两团淡淡的红晕，这是她躺在床上以来，第一次出现了笑容。

艾建很拘谨，仿佛在被迫完成一项使命。他有些羞赧，轻轻地说："程莹，药，你一定要吃，青春美好。"艾建没有多余的话，给了程莹一包药。

在艾建面前，程莹温顺得像个小女孩，依恋地望着走近她的男孩。她把金项链拿出来了："艾建，求你送给岑菲儿，这是她在水中花茶庄时，我就和她交换了的，她是我姐姐，不能断绝情义。"

艾建不知如何是好，程莹从薄被里伸出另一只手，抓紧艾建，塞上金项链。艾建的脸红了。他没法拒绝程莹，拿着金项链，立即告辞。

程莹说："艾建，请你帮助我……"

艾建等待她说下去，程莹说得很小声，艾建仔细倾听，点着头。我听不清他们的话，一颗心快跳到嗓子眼儿，当艾建走出小阁楼的时候，我张了张嘴，差点儿叫住他。艾建是被早起的岑菲儿拦住的。为了程莹，我姐姐豁出去了。从开学到现在，艾建从未踏上木楼梯。我姐姐生病的时候，旧阁楼里，也没出现过艾建的身影。他是个极自尊的男孩，绝不闯入女孩的禁地。今儿，他既违纪又破戒，是为了完成小阁楼群体的使命。艾建站在程莹床前的时候，岑菲儿就在小阁楼的木雕门外。艾建走出女生寝室和她相遇，把金项链给了她。

岑菲儿的脸绯红。

6

窗外的蓝天仿佛被重新装饰过了。程莹坐在小桌前，慢慢地梳理她飘柔的秀发。程莹瘦了，却显得更加妩媚动人。她的脸色依然苍白，但已经有了隐隐的红霞，是幸福感和荡漾的春心。

不死就是美好。程莹又笑了，笑得那么有魅力，那么灿烂。她说："岑菲儿，你把我骗了！"

我真猜不透姐姐。此刻，她心猿意马地折着纸船，程莹就盯着她手中的纸船在说话。她头也不抬，淡淡地反问："我啥时骗了你？"

"那一包药照样是校医开的，对不？我可说过，不吃学校的药！"

"那是艾建把药拿给你的，和我不同。谁叫你要吃？"岑菲儿仍不抬头。

程莹笑笑，说了一句莫名其妙的话："放心，我的姐。"

沈娟娟悄悄骂程莹"贱"。程莹沉醉在回忆里，听不见。她不停下手中的梳子，报复似的，好像要把三天的美追寻回来。"岑菲儿，你真不该把那些'马鞍'扔了，我下了决心要给校长提到办公室去的！"

岑菲儿总算抬起头来了，看看程莹，没说话。女伴们都知道，程莹所说的"马鞍"是指她在月经期间用过的卫生巾。听了此话，觉得这个美极了的俏姐儿，为了泄愤，什么事都敢做。

邓小如忍不住了，说："你可做得真绝！那多脏，怪不是味儿！"

"享受呗。洒上香水，校长不就好受了？我要让他看看是真是假，要他知道，老师应该怎样对待学生！"

程莹的确有过这样的念头。她真实的一面是异常倔强的。她要讨回公道，找回自己的少女尊严，就是要让校长亲眼看见，好好地感受：一个进入青春期的花季少女，是在怎样的情况下被罚站的——她气恨、愤怒，的确想到了死，恨自己不该在遭受了委屈之后，继续留下来。她后来明白了，艾建是岑菲儿的替身，她带着内疚和羞涩，暗暗感激为她做出牺牲的岑菲儿。

不能起床的三天里，老校长曾经亲自来看望过她。她咬咬牙，只说了一句话："我要上告法院！"老校长惊怔了，劝慰了她许多，向她保证：学校会公正严肃地处理这件事。

那位体育老师也曾出现在她跟前，并且拎来了一网兜水果。她扭过头去，理都未理。过后，她逼着岑菲儿把那一网兜水果扔进垃圾桶里。

乔玉老师坐在床沿的时候，她哽咽着，抱着昔日的班主任哭。

短短的三天,是同窗感情的试金石。来看望程莹的同学不少,各个班的都有。她有分寸:女生准许进小阁楼,男生一律挡驾,更不准马宁走近她的铺前。也不知是哪个男生,戏说这是"名人效应"。程莹不曾听见,即使知道了,也没心思说什么。当时的程莹,心灰意懒,一张脸煞白,就那么等死般地躺着。邓小如在我跟前偷偷地哭,我也止不住眼泪。

起床以后,有洁癖的程莹,觉得身上哪儿都脏,她要岑菲儿和她一起去学校的女浴室洗澡。开水房的姜老头也知道有个茜茜公主,破例让她们双双进去了。

洗浴的时候程莹伸了一个过瘾的懒腰,对岑菲儿说:"太舒服了!这个星期,受够了折磨!"

岑菲儿一怔,以为程莹扯了她上贼船,问她:"什么贼船?"她哧一笑:"'马鞍'!照样是船,没你的份儿?"

岑菲儿嫌她老是别出心裁地胡诌,揪她。程莹的细嫩玉体哪经得住这般不留情,她惊叫。开水房的姜老头害怕发生危险,吓得心惊肉跳。

7

程莹病好后,又睡上了上铺,守望着小阁楼的窗口。那是燕儿窝群体的心灵和眸子。离开一周的"贼船",和岑菲儿痛痛快快地洗个澡,心情轻松多了,她长长舒了一口气。

夜雨把天幕搓洗得蓝湛湛的,可惜太阳犹抱琵琶半遮面,迟迟不肯出来。程莹懒懒地扯着日历,一页一页地抛向窗外,让它们在晨风里自由自在地飞翔。拜拜,但愿不顺心的日子别落在别的女孩儿身上。

8

燕儿窝是一个特殊的所在,女孩儿们的美丽,总会引起男生的神往。在老师们的心目中,也许我们就是危险的"禁区",既需防范又得保护。

小阁楼鹤立鸡群,在全校的女生宿舍中别具一格,燕儿窝的群体每天都有新的故事在校园里流传。

岑菲儿的床柱上抄写了《少男少女诗选》中的四句诗——

当生命走到青春时节
真不想再往前走了
我们多么留恋
这份魅力和纯洁

程莹戏问过岑菲儿:"俏姐,你留恋谁呀!真的不想走了?"

岑菲儿说:"问你自己!"

程莹红了脸,再也不提这样的话头。女伴们都知程莹心中的秘密。此刻,程莹玉洁的腿就搭在那四句诗上。在床上躺够了,她说:"大小姐们,别像掉了魂似的!待在这窝里,快把人闷死了,走吧,浪迹天涯!"

邓小如低声嘀咕:"还不知谁掉了魂呢!"

妙玉的食量是小阁楼的女孩之冠,她说她饿得五脏六腑都移了位,引起了一场好笑。大家的心情倒轻松多了。

女伴们由着程莹,被她带着"浪荡"。先上小吃店,饿极了的俏少女们狼吞虎咽,自己都觉得有点不好意思。然后坐人力三轮车,鱼贯而行，与吃早餐时形成极大的反差。偏偏有个调皮的男孩嚷："哟，好臭美呵！"想骂来不及，只当没听见。

"去哪儿？"车夫问。

"大河边！"

我姐姐和程莹同车。杨雪和我坐的车在最后。邓小如和沈娟娟紧随她们。程莹的话音一落，妙玉便追问一句："去跳水呀！"

"对，集体！敢不敢？"程莹口齿伶俐，不饶邓小如。

在小城里，"跳水"和"上吊"一样，都是女性自尽的首选。她们无意间的斗嘴，吓坏了车夫，拉到目的地后，扭头便跑。据说一个有社会责任感的车夫想打报警电话，另一个车夫却猜测：漂亮妞们去洗澡，要不就是和男生约会。

真有那样的念头，程莹提议集体洗澡，把女伴们吓了一跳。

杨雪责骂她："你疯了？谁知道这是什么环境？什么都没有准备，就想下河，不要命了？你以为这是在寝室里？"

程莹有眼光，选择的地方极幽静，近处无人家，一大片树林，长长的河堤，清澈的流水，半晌不见一个人影，怪不得她想让燕儿窝的群体"开放"。她说，五天的学习生活，弦绷得太紧了，几乎憋出病来，连神经都似乎有点问题。"放松一下吧，可怜的小姐们！"说着，既然不能下河，就索性舒展身子仰面躺在有野花的草地上，遥对悠悠的白云。

"哎，程莹，睡在狗屎上没有？"

程莹赶紧跳起来，寻找了很久，骂邓小如"神经病"。再次倒下去，已经少了开初的情致。女伴们或坐或躺，说着只有少女们才能说、才能听的私情话。不一会儿，程莹站起来了。她说，总觉得隔层衣裳痒痒的，怀疑这草里有蛇或癞蛤蟆之类的，怕是"雷区"。这一来，谁都不敢躺了。于是，赶紧"逃"到浓荫庇护的河堤上，朝水面扔小石子。出手的石子沾着水花在远处消失，让人恍惚间回到了孩提时候。

程莹心旷神怡，说："可惜没带吃的，如果在这儿住一夜多舒坦！"

"当原始人？"杨雪早就想回学校了，她不忘双休日复习功课，随口顶撞乐而忘返的程莹。

"对呀，瞧，这儿不是母系社会吗？岑菲儿就是我们的部落酋长。"

"你怎么拉上我了？"岑菲儿嚷。

一直没心思说话的沈娟娟，这时插了一句，说，原始社会的部落酋长都是男的。程莹觉得十分扫兴，心里埋怨："真不该让这个胖姐来！"沈娟娟也很扫兴，跟着茜茜公主的解放之行，她就没好心情。她和程莹之间永远像隔着什么。

到了正午，燕儿窝的群体才发觉事情有点儿严重：今天饥饿总是钟情我们，只好返城，哪知，大伙儿迷了路。打哪里来的？从何处回去？离小城有多远？谁都不知道。抬头一看，除了树林，只有火辣辣的阳光，邓小如无意间冒出一句："这儿就像野猪林。"女孩们胡乱联想到"风风火火闯九州"的鲁智深、赤发鬼刘唐、蒙汗药……顿时有了恐惧。她们不敢再久待了，赶紧离开，一路上挨着个儿，似一条掐不断的线，小心翼翼地在树林里穿行。我忍不住想，等待我们的会是什么呢？

第十二章

1

燕儿窝的俏女孩都是城镇妞儿，没见过大河边成片的密林，因为《水浒》里"野猪林"的戏说，有着莫名其妙的害怕。烈日的正午，女孩们穿越野草和灌木丛生的林地，由于饥饿疲乏，少了许多嬉笑，默默地结伴而行。脚下的野草密集，连跳出一只小蛤蟆也把我们吓得惊呼躲逃，潇洒和风度全无，剩下的是少女的狼狈。

程莹说："我们会不会走出国境？"都知道她是嫌寂寞，信口胡诌，没人应声，却也有那样的错觉。

程莹真的不甘寂寞，她说：有些地方的姑娘，那才叫开放，盛夏里敢和男子在同一条河里洗澡。

谁知是真是假，杨雪知道她还在为没下河洗澡而惋惜，心儿痒痒的，顶撞说："想不想回去，泡出程莹的风姿？"

"你们敢？算了吧，要是真遇见了人，你们回去都吊死在阁楼里，我就成罪魁祸首了，还有心思活下去？"

岑菲儿嗔责她："别乌鸦嘴了！"

程莹笑。

满以为可以借此消除疲劳，顺利地走出去。可是，抬眼一看，再往前仍然是杂乱的密林。所有人都傻了。真不知钻到哪儿来了，回小城的大路，连影子都不见！树林外边又是水，芦苇丛生的小河，大堰潮吼声如雷，一道颤悠悠的木板桥闪现在视野里。进入了绝境？走吧，除了过桥，别无出路。女伴们心惊胆战，慢慢地挨着桥板移步，吓白了脸。

小桥的对面是竹林，遮天蔽日。程莹嚷："妈呀，我们误入原始密林了！小姐们，没法儿了，等着当原始野人的妞儿吧！"也管不了许多，她干脆坐在竹林下。大家同样无奈，坐的坐，倚的倚，一筹莫展。

就在这时候，竹林深处突然响起了竹节的爆裂声，接连不断。顷刻间，轰的一声，冒起浓烟大火，红了半个竹林。喊声，呼救声，奔跑声……响成一片。

"啊，火烧房子了！"

"快救火啊！"

女伴们闻声跳起来，双腿都软了。

一个小女孩奔了出来，扑向我们："大姐姐们，我家的房子烧燃了！"她拉着程莹的手。

用不着谁喊，大家跟着程莹，随小女孩奔到熊熊的大火前，加入了救火的人群里。乡里人也不管我们是不是娇妞儿，送来盛满水的桶、盆，挨次往前递上去泼火，也有人冲进去抢出家具衣物……燕儿窝的俏女孩们从没见过这样的场景,惊骇得心惊肉跳,累得喘不匀气。也不知过了多久,烈火被泼熄了,我们又脏又狼狈,满脸乌黑。在人们议论大火之际,程莹带着女友们走出竹林,下了小河,在水花飞溅的堰头下,和衣冲洗,总算圆了茜茜公主的梦。

当我们从水里起来的时候,救火的人们都惊愕地看着。乡里人做梦都没想到,一场大火竟烧出了六个奇特的少女,仿佛从大海的水宫里来。

"大姐姐……"

那个小女孩儿认出燕儿窝的群体,飞一般地跑过来了。

"快走!"程莹呼唤同伴。

2

小阁楼的女孩追求真实,是剪不断的情愫。那一天,我们自作聪明,非常狼狈,迷了路,穿过田野、村落,一路打听,总算步行回到小城。面对路人,女伴们个个难为情,俏也俏不起来,湿淋淋的衣裳裹住玉体,秀发滴着水,两只鞋似被打捞出海的沉船。路人看着我们起疑。犯不着责怪别人,我们自己最清楚——活似一群逃回国境的偷渡者。到达城郊,程莹破例,没提出坐车,而和大家硬着头皮,穿过大街小巷。多半是因为她的国库空虚了。

日上三竿出门,黄昏返校,我们一进女生宿舍就闩上门,把血红的夕阳关在小阁楼外。一声"哎哟",早晨还风姿秀逸的俏小姐们,纷纷倒在楼板上,湿了一大团。

"起来,要生病的!"杨雪喊。

以我姐姐和程莹为先,一个个又站起身,懒懒的,软软的,似抽去了骨头,散了架。程莹反应快,她是怕脏,马上醒悟,叫:"快脱湿衣裤,洗干净!"

不脱也得脱,脱了才知犯了历史性的错误——小阁楼里闹干旱,冷水热水全无。没办法,又咬着牙,穿上脏衣裤。热水没有希望了,冷水断不了。于是,盆儿、水瓶一起拿上,浩浩荡荡奔向水龙头。小阁楼里哪儿都盛了水,没洗就先打寒战。

"开始呀,小姐们,死不了!"程莹身先士卒,扒去脏衣裤,冷得钻心也不退缩,嚷着:"再不洗就没水了!"女伴们豁出去了!

电灯拉亮了,楼门紧关着,爱美之心人皆有之,再冷也得洗干净,不能留一点污迹。木楼梯上的污水哗哗往外奔流。小阁楼里堆了一大堆脏衣裤,女伴们脸儿发白,嘴唇变紫,草草地擦干身上的水珠,跳上床,钻进被窝时,牙齿还在咯咯咯地打战。实在受不了的,爬到同伴的铺上,双双抱在一起,借相互的体温度过难关。

不知过了多久,邓小如最先从床上起来,她饿得实在受不了了,"哇哇"地吐清水。她摸出自个儿的零花钱,趁晚上关校门之前,到生意冷落的小食店买了一袋冷馒头,算是特价,处理品。卖馒头的小伙子好生奇怪。她说老实话:"肚子饿了,买来当晚餐!"从此,小街上都知道,小城高中有个大食量的漂亮女孩。

妙玉边啃冷馒头边喝冷水,一边呼叫同伴:"快起来,吃晚饭!"民以食为天,却没人离开热被窝,有的刚刚缓过气,有的睡熟了。程莹从我姐姐的怀里伸出头来,悄声骂邓小如:"你是饿死鬼投胎的?别烦了,好不好?"

半夜了,邓小如的鼾声有节奏地响起来。没吃晚餐的一个个饥肠辘辘,爬下床,找食物。庆幸妙玉为大伙儿拎回了救命的冷馒头,开水就别奢望了。不愿喝冷水的,噎得说不出话来。可惜,女伴们没有妙玉的适应能力强。弱小姐难免肚子隐痛，轮流跑厕所，好在不严重，不医自愈。

燕儿窝的群体睡掉了一个早晨，星期天睁开眼的时候，程莹嚷："妈呀，十二点半了！"再看看，那是昨天晚上吃冷馒头的时间。名牌手表灌了水也会停。

睡得忘了时间，只觉头晕，腰疼，腿酸，有的肚子痛，救一场大火，留下了弱不禁风的千姿百态。

杨雪说："别管那么多了，饿了有邓小如的冷馒头！"再来一次"早餐"？程莹也不反对，好在岑菲儿打来了开水，也算救了丫头们的命。

洗脸，刷牙，梳头，眼睛一闭，又歪在床上，再一次集体白日睡大觉。下午，杨雪叫醒了大家。她说："再睡就生病了，睡死了。"

程莹绝不相信："那么严重？没见过有睡死的经典著作！"她倒也不睡了，上了街，又买回一袋便宜的食品，还有一瓶红葡萄酒，没等杨雪开口她就说："道姐，别大惊小怪，让姐儿们驱逐寒湿！"很破例，今日的程莹买东西寒碜了。她说："不好意思，经济危机！"

3

茜茜公主的红葡萄酒，让酒不沾唇的女伴们面若桃花，涌着青春的潮，邓小如骂"害人"。从小窗望出去，万家灯火初上。大伙儿在笑声中又睡了一个好觉，直到杨管理员使劲地擂门。

"岑小莺，你们还不起床，离上课只有十分钟了！"

不用说，我们迎来了一个紧张的战斗早晨。

小阁楼的小姐们集体饿了一顿早饭。星期一是紧张的，例行的大集合，升国旗。又是晴天，学校周围的养鸽户不少，鸽子在国歌声中，展翅翱翔。老校长照例要讲话，一声威严的咳嗽使全场肃静。他要求学生，努力学习，为国成才，要锻炼适应社会的能力和生存发展的本领。"记住：你们将面临的世界，充满挑战、机遇和竞争，适者生存，劣者淘汰，优者发展，这是社会的必然规律！"最后，仍然归纳到学习和成绩上来。

"这是校长的命根儿！"程莹在下面小声奚落。

今日的小阁楼居民，大概睡足了觉，个个青春袭人，增添了更多的魅力，叫男生们刮目相看。老校长连续咳嗽两声，也没转移青春偶像们身上的目光。我被看得有些难为情，不觉低下了头。在小城高中里，俏姐们总是特殊的风景。

大集合一解散，邓小如便往校门口的小卖部跑。她说快要把肠子饿断了。买了一个面包，顾不得少女的文雅，张口就啃，偏偏让一个男生看见了她的馋相，是艾建。

妙玉不好意思说："我们都没吃早饭……"她扭头走了。艾建却喊住了她。

艾建把三个面包递给妙玉。

邓小如的脸红了，心想："我不是猪肚，吃这么多……"男生给女孩买面包，本身就是挺羞人的事，艾建说："你再吃一个，这两个给她们。"

谁？妙玉望着艾建。她很快明白了，点点头，极快地走了。

艾建自己也买了一个面包。邓小如边走边想："艾建怎么也没吃早饭？"

艾建把那个面包悄悄放在了我的课桌隔板上，我碰到，吓了一跳，却没吭声。看艾建的眼光，我明白了，不好退还给他，羞赧地拿到一边去，偷偷地吃了。我也真的很饿。

杨雪吃的面包是自己买的,她也给沈娟娟带回了一个。
　　如果艾建不多买一个面包给邓小如,到了中午,她肯定会饿得翻肠倒肚。妙玉琢磨透了艾建的心思,把两个面包给岑菲儿和程莹送去,小声说:"快吃吧,艾建怕你们饿坏了!"
　　岑菲儿看着邓小如,希望从妙玉那明洁如水的眼睛里看出什么来。
　　程莹含笑着,问邓小如:"艾建真是那么说的?"
　　"我猜想……"妙玉很老实,不会说假话。
　　程莹不再说话,她出教室去了,在走廊上遇见马宁,心里突然有了火气。
　　"弱智!"她骂。
　　马宁莫名其妙,不知所措。

4

　　小阁楼里那一堆流水的脏衣服叫杨管理员十分生气。她说:"小姐们,自爱一点!"她这句话的分量太重了,特别是那个"小姐"。程莹顶撞她:"杨小姐,你换不换衣裤?"也是"小姐"!
　　女管理员气白了脸:"换了就应该不洗?你们整整耍了两天!"
　　"没耍!老虎把双休日吃了,现在还得赶作业呢。"
　　好哇,又暴露了"特懒"!大小姐们够意思了!女管理员不想再说,她真有点害怕跟疯魔一般的茜茜公主纠缠,只是心里想:"看你们有多浑,模样儿越漂亮的越不勤奋,懒得不可救药!"她要冤屈燕儿窝,女伴们也没办法。她最后一句:"岑小莺,马上要进行全校清洁大检查,出了问题,你负责!"
　　"杀不杀头啊?"程莹的话特别难听。可惜杨洁走了,没听见。即使听见了，她也不想和程莹比试谁更口齿伶俐。不是贬低她，她也不是程莹的对手。

女生寝室的卫生大检查，真如雨后春笋——特别的多，杨管理员像管家婆似的态度也令女生们心里不舒畅。

程莹一直在咒骂这位年轻的女管理员。程莹说得很绝："美与丑，是世界上的两大概念，不可兼容，她忌恨我，我可怜她，她真有点儿惨不忍睹，丑陋到位了！唉，谁叫她不慎重选择自己呢！"说得太过分了，杨洁再丑也不可能丑到难见众生，可程莹偏要说："世界上干吗只选美，不选丑？我敢说，如果选丑，丑女冠军非杨洁莫属！到那时，我程莹一定到电视台点歌，祝贺她的成功！"

杨雪实在听不下去了，责骂她说话太损。

"哎哟，忘记了，还有你这位杨洁的胞妹，她是冠军，亚军少不了你吧？"幸好杨雪很苗条，很俏美，有风度。要不然，准把女才子气傻。

杨洁和程莹，似乎属于天生的对头。女管理员对八号女生宿舍要求极严，与茜茜公主碰撞的次数不计其数，有时让人啼笑皆非。比如上学年，先是程莹塞得满鼓鼓的一包脏衣服被杨洁发觉，拉开拉链抓出来，扔了满寝室。由于旅行包数日密封，一敞开，难闻的气味就飘出来！

女管理员指着问："这是什么？"

"脏衣裤，换下来的，你连这点常识都没有？"

"洗了！"

"没时间，我又没穿着进教室！"

"懒！"

杨洁走了。程莹气得把一瓶香水全洒了，不仅寝室里浓香扑鼻，女伴们也香气馥郁，一进教室男生就喊"够味"，被上课的老师盯着，非常难堪。

接着是程莹洗那一堆脏衣裤，泡满了一水池，喊道：不准动我的。转身走开，尔后忘得一干二净。想洗衣物的女生去找杨洁：不能这么霸道！

"程莹！"女管理员喝叫。

茜茜公主优哉游哉地从女生寝室里出来，看着怒发冲冠的杨洁，心里说："怎么？你失恋了？报警？"

"你泡的衣服洗不洗？"

"要洗。我正在找《洗衣指南》呢！"她答得很爽快，又是戏弄。

"你给我下楼来！"

程莹不得不到水池边了，她看了一眼池里的花花绿绿，好像跟她无关，说了实话："真不会洗！"

"看好，我教你洗！"女管理员忍着怒火，大声说。当着水池边的其他女生，杨洁也真有耐心，似在教一个不懂事的女儿，放水，搅揉，冲洗，讲方法、原理……等她示范完毕，红着脸的程莹早已逃跑了。女管理员气得不行，只好替程莹洗完第一遍，到寝室来找我这个室长，找不着人，把杨雪和邓小如撵了出去。

"好羞人的事！杨辣姐！"程莹说。

女管理员和程莹的战争，很难有完全熄火的时候。原来的八号女生宿舍，屋檐角有窝蝙蝠，为了使女中学生不忘记它们，每天都要留下一小堆椭圆形的粪便。有一天，恰遇程莹一个人在寝室里。杨洁来检查，指着那一堆，问她是怎么回事。程莹在跷着腿看《红楼梦》，权当没有女管理员的存在。

"扫了！你听见没有？"

听没听见都是一回事，这会儿的程莹在大观园里。杨洁夺了她的书，叫她马上拿起扫帚。她抬起头，以迅雷不及掩耳之势，抢回书，又翻开了。

"程莹,你究竟扫不扫?"

程莹明白是怎么回事了,她说:"谁弄脏的谁负责!"

女管理员气急了,怒斥她:"是不是外人到女生寝室来弄脏的?你说!"

程莹把书一扔,指指屋檐口,要杨洁去向蝙蝠家族问罪,然后说:"你天天扣我们寝室的分,岑小莺就那么冤?"

那一次,差点儿闹成全校的典型。

5

晚上熄灯。女管理员扯下开关,她又去拉亮,并且叫杨洁去看看时钟,数一数长短针走的刻度:"时间没到!杨老师,你的表准不准?"说了,又补充:"我戴的瑞士名表,在被窝里,要不要我拿来对照?"女管理员被她气糊涂了。

杨洁走了,邓小如倒真的找出了程莹的手表,叫:"不是早停了!"

"别多嘴多舌的!把发条给我上好!"

两人矛盾多得说也说不完。那一堆脏衣裤的确应该及时洗干净。这一个星期的时间特别紧张,县教育局有关领导要来视察,必须大扫除,还有集体活动、球赛什么的,课程又紧,真有点应接不暇。我姐姐和杨雪提议:晚上抽时间洗,全体动手。

我们选择清洗的时间是晚自习以后,月光很美。程莹的兴致很浓,回到寝室以后,她还在找"老磁带",想放一放《月光下的凤尾竹》。

杨雪说:"快睡了!又想明天再饿一顿早饭?"

程莹笑笑。提起饿早饭,她便想到艾建为她和岑菲儿买的面包。

小阁楼的清洁大扫除，是一首绝妙的插曲。由于程莹几乎气歪了女管理员的鼻子，杨洁对我们的要求便极严，近乎苛刻：所有的灰尘污垢都得清洁干净，做到一尘不染，还小阁楼的本来面貌。

"小阁楼的本来面貌是什么呢，我们没见过呀！"老实的妙玉不服了。

"是三寸金莲！"

对程莹的话，大家笑不出来。沈娟娟说，女伴们谁没见过？就是满屋尘埃，荒芜着的那样子，那还用扫打？

程莹的嘲讽味儿特浓，说杨洁想追溯历史，要我们把古代那位小姐打扫出来：该杨小姐认为，曾拥有小阁楼的大家闺秀，一定和她一样，丑陋不堪，进不了靓女孩的行列。那样，她心里就平衡了。

因为女管理员误说一句话，经过挑漏眼儿，女伴们的情绪都不佳，只有杨雪和岑菲儿一如既往，很认真。程莹扔了扫帚，笑着对我姐姐说："岑菲儿，你想布置洞房啊？"

岑菲儿没好气："嫁你！"

"还不知谁是人家的'儿媳'呢！"

杨雪呵斥："快扫，话多了挺烦！"

"是，临时大总统！"程莹说，"杨大小姐希望天下的女孩个个变哑巴，心肠够狠毒的！"

女伴们只是口里有些怨言，做事却尽心尽力，包括程莹，她脱了外衣，把牛仔裤换成了短裤，活似个健美的女清洁工。小阁楼是六个当代女中学生的"窝"，谁不想让它整洁温馨呢？

6

那天的小阁楼大扫除，动员了男生来帮忙，是程莹别开蹊径，她说："得把小阁楼的外面冲洗干净，那是古代小姐的脸。"起初她说请艾建来，岑菲儿坚决反对。"行，你的私有！"她扭头对妙玉说："去叫马宁！"

邓小如不去，说："是你的事！"

"你去呀！"程莹有些烦恼，"就说我叫他，他敢不来！"

马宁真的来了，唯唯诺诺，完全由茜茜公主支使。他也的确有办法，到校门外的建筑工地，借来一根长水带子，接在水龙头上，对准小阁楼冲洗，洗出了古小姐闺楼的娇姿。收拾长水带子的时候，马宁一直在等程莹。

程莹却迟迟不露面，最后从小阁楼里出来了，悄声骂他："你不走盼什么？瓜娃子！"

到了晚上，睡上铺了，程莹才骂马宁——她的枕头被淋湿了，天大的灾难。

邓小如说："别怪人家了，我的席子还是湿的呢。"

程莹想骂妙玉，到底忍了。

第二周的集体朝会上，校长表扬了小阁楼的清洁大扫除。班里的男生说：军功章里有男同胞的一半。这当然犯忌，惹火了程大小姐，一个个没好果子吃。

经过彻底清扫，小阁楼的确还原了本来面貌，真似古代的大家闺秀，男生女生都忍不住多看几眼。殊不知，却有了令燕儿窝群体苦不堪言的后遗症——阁楼的下层空屋夜夜响个不停。因为刚来小阁楼就有蒲松龄先生、狐狸精、古代那位小姐上吊之类的胡诌，丫头们本来就胆小，夜深人静便疑神疑鬼，姐儿们又不敢起床上厕所了。程莹憋不住了，嚷了，拉上几个同伴助威。结果，一夜下来，谁都难以入睡。

第二天上课，一个个都睡眼惺忪，老师们生气，不时点拨一两句，虽不提名，却全班皆知。俏小姐们每天晚上究竟在做什么？杨管理员奉命来了，追根究底地查问，程莹一句话就把女管理员撵走了。她说："没什么，睡不着觉，请杨大小姐来体验体验。"

过了几日，才知道是鼠族所为，那吱吱吱的尖叫和磨牙声把人烦死了。程莹恨极了，使劲捅木楼板，大家跟着效仿，咚咚声不断。最初还管用，后来老鼠把几个俏丫头的行为摸透了，认为燕儿窝的群体黔驴技穷，干脆和我们闹着玩，你响它停，你停它尖叫、追逐，没完没了。程莹因为上课打哈欠，伸懒腰，老班主任忍无可忍，她也气恨难消，逼着我和杨雪去找女管理员，找校长，俏小姐们不能再冤，非治鼠患不可！杨雪很有心计，特别给校长说明：前些日子八号女生宿舍的女生上课精神不振，就是这个原因。

校长明白杨雪话里的含义，点点头，说："明天叫人把楼下空屋里的旧桌椅搬走，彻底治鼠。"

就在那天晚上，鼠族们大概预感到末日来临，也许在进行相互告别，或者举办狂欢节，闹得特别厉害。在万籁俱寂的夜里，一板之隔的脚下，地震似的天翻地覆，谁还能合上眼？女伴们经过一天的紧张学习，困得要死，烦得要命。真没想到十二生肖中的冠首，如此没涵养，罪责罄竹难书。恼极了的程莹，从楼下捡了一块砖头，使劲擂地板，累得气喘吁吁。

杨雪说："算了吧，你能把楼板敲穿，钻进去和它们拼命？"

程莹扔了砖头，把收录机的音量开足，那是老磁带，《新白娘子传奇》的主题歌："千年等一回，等一回啊——"

岑菲儿忍不住了:"别等了,再等就成精了!"

程莹"啪"一声关了收录机,骂了一句挺难听的话。

鼠族的悲伤或者狂欢进入了高潮。

邓小如想出了绝招,从她被盖有洞的地方掏出一小团儿棉花,塞进耳朵,听不见就心不烦,准备高枕无忧。谁知,不到十分钟,她就嚷耳朵里痒得不行,用拇指去掏,不仅没掏出来,反而捅进去了。她又怕,又痒,又难受,惨兮兮的。

程莹骂她:"真笨!"

杨雪也急了。

我想去找校医,岑菲儿说:"深夜了,人家会来?"

一直稳坐无声的沈娟娟,从床头的小盒里抽出一根挖耳勺给我姐姐。岑菲儿像个小妈似的,把妙玉的头侧放在怀里,十分细心地给她掏那团棉花,似在进行高难度的微雕。

这当儿,程莹突发奇想,问:"喂,姐儿们,谁是属鼠的?"

幸好都不属鼠。要不然,肯定被程莹奚落得逃出小阁楼。细细一算,除了岑菲儿,俏小姐们的属相都是鼠的邻居:猪。

程莹哭笑不得,说:"这属相太损,我们像吗?小姐们,有没有名副其实的?"杨雪盯着她,用眼神制止程莹再发挥下去,生怕茜茜公主牵扯到沈娟娟忌讳"胖"之类的话语,把昔日的官小姐气走了。

程莹偏偏不减兴致,话头一转:"要想清净,我们最好都属猫!"

我姐姐悄声骂她:"还在说傻话?让人知道了,会误贬成什么?笨死你了!"

多亏岑菲儿的耐心和细致,总算把邓小如耳朵里的隐患掏出来了,女伴们的困倦也到了极点,接二连三地打哈欠,先是妙玉倚着我姐姐,顷刻间响起了鼾声。接着是程莹和衣倒在了铺上,两条腿搭在床沿。杨雪怕她摔下去，费了九牛二虎之力把她扳正，脱去她脚上的袜子——那上面有脚丫味，杨雪最怕闻。

我是最后一个入睡的，伸手关了灯，只留下流进小阁楼的月华。鼠族也倦了，大家闺秀的阁楼里，只响着妙玉有节奏的呼噜声，悠然，婉转，似摇篮金曲。

7

燕儿窝群体狼狈了一回之后，才知小阁楼突然出现的猖獗鼠患，乃因"土匪"马宁。那天他遵照程莹的旨意，用长水带子冲洗小阁楼，发现屋檐下有两个鼠洞，便用水猛灌，把鼠辈淹得弃家而逃，他用砖头塞死老鼠的府邸，却不过问丧家之鼠逃到了哪里。

程莹骂他："马宁，你可够缺德！良心哪？"

马宁又是告罪："我真的不知道它们逃到你那里去了！"

程莹理解得很复杂："我那里？你去死得了！"

马宁却不愿"死"，他只想在程莹眼前将功赎罪，赖着不走，只要横眉竖眼的程莹不撵他，即使嗔骂，也是满足。

"怪不得人家骂你'土匪'，真贱！"程莹说。对马宁，她恨不起来，有怒也有一笑，"上课了，走吧！"

老校长不失信，果然雇工人打开小阁楼的底屋，搬出了旧桌椅，地面潮湿溜滑。校长警告：不准再在楼上倒水，谨防楼板和抬梁腐烂，坠下来！两次集体在寝室里洗澡，罪魁祸首是程莹。她只是笑笑，不相信八号女生宿舍有再倒塌的悲剧。

鼠患根除了，女伴们没有去评价马宁的功过是非，都知道，这有程莹的份儿。大家不能忘的，是最后一夜的折磨。第二天的晨曲是快节奏的，女孩们半惺忪着眼匆匆忙忙，尽力保持少女的美和气质。我姐姐最早起床，她给俏小姐们买回了早餐。岑菲儿不愿艾建再给女生们买面包。

奋战一早晨的女伴们，又遇上了大集合——程莹嘀咕："校长心血来潮。"

老校长登台讲话了。他说："时代发展了，更需要良好的社会风气，雷锋精神仍然是青年学生的座右铭……"

程莹忍不住悄悄笑，对岑菲儿说："瞧我们这位老祖宗校长，记性挺不错呢，还清清楚楚记得雷锋……"

岑菲儿怕她又惹是生非，小声说："又不是专让你一个人听，别多嘴！"

燕儿窝群体都为当天的突然大集合和校长的讲话感到惊异。这时候，只见台上出现了一个小女孩，拉着她的妈妈。那个中年农村妇女拿着一张大红纸，一手拎着一袋迟开的黄桷兰……女伴们还没回过神来，校长已经领着小女孩到台下来了。程莹最先反应过来，拉拉岑菲儿的衣裳："快走，我们上厕所……"

程莹没走脱，她拽着岑菲儿，刚刚出队列就被小女孩拉住了："大姐姐！"

茜茜公主和岑菲儿极不情愿地被请上台去了，她们十分羞涩。小女孩说，还有四个，她数过的。燕儿窝群体一个都没逃掉，全被叫上了主席台。全校学生鸦雀无声，一时间弄不清究竟发生了什么事。小阁楼的俏女孩是出了名的：出格！此刻，艾建已有些担心，他怕我们又闹出了什么事。直到老校长代替母女俩把感谢信念了，师生们才把六个女生冒险救火的事迹和突然大集合联系起来，怔了一下，遂响起雷鸣般的掌声……

小女孩和她妈妈出于真诚的感激，本是一番好意，程莹却戏谑为"查户口"，总算抓住了"逃犯"。

"狗嘴里吐不出象牙来！"杨雪骂她。

小阁楼在同学心中定了格，同学们很难把六个女生救火与雷锋精神放在同一个天平上，仿佛是剪辑错了镜头。

在那次救火的紧张场面里，程莹特别狼狈。她冲在最前面，对呼啸的烈火束手无策，在冲锋陷阵的乡民中显得碍手碍脚，不少泼来的水都落在她的头上，她从脑门儿到腿都水淋淋的，可她没有逃开。人们最佩服的，是她的勇气。在熊熊的烈火面前，小阁楼的六个女孩成了亮丽的风景。火场中的男女老少对我们的印象特别深，他们判断得出：敢于扑向大火的，竟是城里的女娃。小女孩有眼力，认出了程莹和岑菲儿，也就认出了其余的四个。

原来，一个星期前，小女孩和她妈妈到中学校门口卖白花桃，程莹挽着岑菲儿，在小筐前挑来挑去，总不如意。她说："丑八怪似的，既小又难看！"

那位大嫂说，是院子里的桃树结的，没人管理，也没打农药。

小女孩眼巴巴地望着程莹和岑菲儿，说："姐姐，买吧！妈妈卖了去抓药……"程莹什么也不说了，称了一大包，匆匆进校门。她说："我的眼睛都湿了！"扭头看岑菲儿，也一样。到现在女伴们才知道，买白花桃特别挑剔的茜茜公主，当初为什么倒一堆丑小桃子在小桌上，同伴们不吃，她骂着难听的话，按床铺分摊，扔在席子、毯子上……

程莹说，小女孩的那一声"姐姐"，那双乞求的眼睛，她一辈子都忘不了。救了火临走的时候，她把衣兜里的一百元钱塞给了小女孩。小女孩的妈妈是寡妇，丈夫的灵堂刚刚拆去，面对全体师生，说着感激的话，咽喉哽咽。小女孩哭了。我们的眼眶湿了，抬不起头来。

8

小城高中有一份校报，兼任编辑和记者的同学来采访我们了，问当日的情景，问感受，问扑向烈火时心里想些什么，问得女伴们张口结舌。最后重点采访程莹，她非常干脆："什么都没想，肚子饿得要命！"

那个高三的男生不相信，老想挖出一点英雄行为的动机，刨根问底，不甘心地一问再问。程莹火了："你烦不烦？我说在前头：别瞎编！我们可没那么伟大，没想过掌声响起来。"

很不友好地把那个男生撵走了之后，程莹说："脸皮多厚！在漂亮女生面前赖着，讨厌！"

不知为什么，我姐姐"扑哧"笑了。程莹嚷："岑菲儿，你别幸灾乐祸！"

迷路，救火，鼠患，采访，总算告一段落，觉得怪累的。"真该补偿补偿睡眠了！"程莹说，到这会儿才深深地体会到，没事的时候睡一个懒觉，是女孩的最佳享受，特别是在美好的早晨。

"懒虫！"杨雪说。

"哟，一采访你就成品德高尚的英雄啦？"程莹带着刺儿，杨雪不再理她。她说："最真实的感觉就是想睡觉。"哈欠一打，她侧身就往我姐姐床上倒，岑菲儿正在铺上，被压得叫了起来。

岑菲儿生气了："程莹，你再乱来，我不饶你！"

"行，看谁求饶！"她就势双手伸进我姐姐的内衣里，拼命地挠腋窝，挠得我姐姐在床上打滚，叫唤，喘气，求她。程莹这才放了手。

过了两天，我姐姐的枕头下出现了一张同心卡，写着："岑菲儿，我爱你。程莹。"岑菲儿给她撕了。撕了有第二张，第三张，直到岑菲儿原谅了她。程莹这才说："岑菲儿，你的心眼儿太小了！"

第十三章

1

杨雪提议，小阁楼里应该"约法三章"：一、按时睡觉，按时起床，生活有规律，保持旺盛的学习精力；二、每个女孩都要抓紧时间复习功课，争取最好成绩；三、长期保持最佳环境，不能有"鸡窝"的嫌疑；四、纯洁点儿，别让人觉得燕儿窝的女孩脏兮兮的。最后，杨雪不怕程莹奚落她是女管理员的"胞妹"，加上第五条：按时关灯，免得杨洁替我们在校长面前受过，认为小阁楼里的女生不遵守纪律。

"道观！"程莹嚷，嘲讽杨雪要把小阁楼变成道教的庙子，女伴们都当道姑去。但她不反对杨雪的"清规戒律"，去商场买了一个机械闹钟，放在小阁楼里，对杨雪说："这就准时了吧？"

杨雪自知体验过被程莹顶撞的滋味,无话可说。

自从救火以后,程莹便闹经济危机,新的零花钱是她打电话向家里要的:"爸,妈,你们再不送钱来,女儿就要当乞丐了!"就这么一句,程老板娘赶紧叫人把钱送到学校,生怕委屈了宝贝千金。程莹有了钱,立刻想到燕儿窝的"福利事业",光临钟表店去了,也算是对杨雪的支持。

女伴们都相信程莹的时间公正论。程莹说,她买的闹钟是第一流的,走时绝对准确,铁面无私。可是,一个星期至少有一天集体起床迟了,忙得七窍生烟,方能恰恰赶在上课铃前到教室。杨雪细心观察,终于发现了破绽:一旦程莹确实要享受一下睡懒觉的滋味,便悄悄拨改闹铃。

杨雪骂她。她说:"不是提倡自尊、自立、自强吗?你干吗不长脑筋呢?"

杨雪被搪塞得哑口无言,拿程莹没办法。不过,绝大多数时间闹钟是很准确的。怎能不感谢我们的茜茜公主呢!

2

这些日子,秋雨绵绵,下得心情都没了,挺烦。小阁楼的夜里,雨水顺着屋檐流,淅淅沥沥,芭蕉叶儿响。属于燕儿窝的小园,在小城高中是另一个天地,春有杨柳,冬有蜡梅,小阁楼的芭蕉特别茂盛,总让人想起芭蕉叶下有傣族姑娘。曾经荒芜的小花坛内有棵葡萄树,葡萄串儿悄悄地成熟,也许还未成熟就被馋鬼们偷食了,留给女孩们的只是残存的青藤和挺立的葡萄架。倒是颇贱的胭脂花灿烂盛开,姹紫嫣红,仿佛野生的。有酸葡萄就有狐狸。这似乎是顺理成章的事,当是"蒲松龄故园"戏谑的依据。小园有一道小圆拱门,门额上的眉匾被马宁用水带子洗出了本来面目,字迹很清晰:幽园。别人看着老是想:这一来,小园里的一切都似乎成了精,包括我们六个极俏丽的女孩,或者就因为我们,小园才成精。

雨是下腻了,似乎哭鼻子,我们总希望她露出笑,羞涩的也好。明月是有的,可惜并不皎洁,羞羞答答。那是女伴们期盼了几夜的结果。程莹还骂出了女孩不该骂的话,不小心带出了"娘",总算是顺心如意了,月亮那么圆,略显苍白,不时有云朵遮住,应该说一声"久违了"。可是,程莹觉得没意思。她心里不舒畅。那是马宁引起的。

邓小如和她在一起的时候,马宁走了过来。她们并未发觉。

妙玉说:"要考化学了,有种类型的题,我很难掌握。"

程莹说:"你怕什么呢,考就考呗,被考的是老师。"可是,邓小如一直忧心忡忡。

程莹问她:"究竟是什么题,那么严重?"妙玉如实说了。

"没事,也许我同样有不会做的题呢。"程莹随意说说,目的是安慰痴小姐。

"我帮你!"马宁突然插嘴。

两个女孩一惊。

"你帮谁呀?"程莹嘲弄地问,心里骂他:"你肚里瞎想的什么,骗不了我!"

马宁被问住了,张口结舌。

邓小如却听出了程莹话里的另一种含义,红着脸走了。

马宁却真要实践自己的诺言。他不帮妙玉——有茜茜公主的那句话和眼神,他不敢帮助邓小如,而是帮助程莹。那是马宁瞎折腾,笨蛋。

程莹考试的时候,他在高一(D)班的教室外走来走去。程莹扭头看见,真想骂:"马土匪,讨厌死!"因为监考老师居高临下,有着探长一般的眼睛,她只好免了,埋下头去闷声做题。也怪程莹心地不够纯净,别人并未注意到马宁,她却偏偏看见了。

这马宁确实够烦人的,他以为程莹在等待,趁监考老师转头的一瞬间,极快地将做好的答案揉成小纸团,"呼"地抛进窗口,那条弧线还未终止,他就明白事态失控,心里不觉"哎呀"一声。幸好还有备用的一个,又以迅雷不及掩耳之势掷出。监考老师的目光射过来了,他极有风度地大摇大摆一走了之。

两个纸团都不幸落在了程莹邻近的女生桌上。程莹佯装不知,暗暗恨骂马宁:"你真要烦死!"这一来,苦了那个本分的女生,她刚刚捡起了第一个,第二个纸团又紧步后尘而来,被监考老师拾在了手里……背黑锅的女生差点儿被收走了试卷,得了好一番严厉的指责,老师还要降低她考试成绩的等级,也许还难过班主任那一关。

程莹心里火辣辣的。那个遭冤屈的女生不知道是怎么回事,可她知道,也有同学看见。程莹既羞臊,又内疚,恨不得冲出教室去堵住马宁,发动一场暴风雨似的讨伐。可是,马宁却觉得没什么,只承认射靶不准,更别奢望世界射击冠军了。

程莹把马宁骂得够惨。骂了之后,心里仍不痛快。

真可惜了那轮久违的月亮。马宁并不知试题的详细内容。一番瞎折腾,影响了程莹考试时的临场发挥。那两道题,经过认真思考,她是完全有把握做好的。让马宁一搅,谁知道是什么结果?真是白白的害人!

"我饶不了你!"她骂,"马土匪"。

3

还是那样的月亮,那样的夜。

八号女生宿舍里，杨雪坐在床上看书。电灯吊得高，亮度不够，像空中的星星，她把书凑得很近，如程莹嘲笑的一样，需要再叠一个镜片。今夜她看得不专心，不知是因为岑菲儿没有回宿舍，还是因为在听茜茜公主和邓小如说话？沈娟娟也在看书，看市面上正畅销的"浪书"。

程莹嘲讽她："想与那位一样？发疯还是荡女？"

沈娟娟羞怒难堪，反唇相讥："你早荡进去了？荡过几回？"最终，昔日的官小姐被程莹骂得回不了神，扔掉书，不一会儿又捡在了手里。

杨雪不知道是什么样的畅销书，要是知道，她肯定给沈娟娟撕了，扔了，连残骸都不让老师和同学看见，"道姐"就"道姐"，她大姐大就是这么个味儿，敢作敢为，保卫纯洁。这是小阁楼的约法三章，有言在先，算不上残酷，是保护沈娟娟。程莹也没看见过这类书，可她懂，是从报纸上的炒作中知道的，有关娱乐圈的剪报她不缺。

邓小如曾经老老实实地责问她："这玩意晓得多了，还能纯洁呀？"

程莹瞪眼："纯洁不纯洁，全在你自己！"把妙玉顶得一语不发。

我相信，沈娟娟入迷的那本书，迟早会被杨雪缴获，进入"虎门销烟"的行列。

今夜只有我心神不宁，显得傻，因为我知道姐姐的行踪。我倚在木雕门上，仿佛在看难得的夜景。程莹咕哝一句："《荷塘月色》……"居然轻轻地哼那首歌。我真怕她又闹出"唯恐天下不乱"的事。

小园内，那棵大垂柳，说不上苗条，很粗壮，照现代的标准，应是需要减肥的首选对象。柳枝茂密，似飘逸的秀发，在夜中轻轻摆动，遮住了岑菲儿和艾建的大半个身子。姐姐穿的是牛仔裤，她的身材总是那么靓丽，标准的少女型，腰细，腿修长，无论着什么装，都比其他的女孩婀娜动人。她遮住了艾建，我看不见他们的脸，只有如水的月光。

"艾建，你是不是给县教育局局长写过信？"

"写了。"

"给局长写的?"

"嗯,程莹要我帮助她……"

……

"哎,岑小莺!你在那儿看谁呀?"邓小如开口了。

"看艾……"程莹笑笑。

我一惊,脸"唰"地红了,赶紧回到寝室里来,站在小桌前,心怦怦跳。我害怕她看见岑菲儿和艾建。燕儿窝的女孩,谁都不痴,不傻,都是敏感的。

不一会儿,我姐姐回来了,她的脸宛若桃花。岑菲儿悄悄地看我,眼里含着嗔怪。我埋下头去,不出声。我明白,姐姐已经知道了我在"盯梢"。

夜已经很深了,马上就到熄灯的时间,月亮终于皎洁起来。岑菲儿坐在铺上,手臂枕着头,陷入了沉思。寝室内不再有声音,女伴们好像已经知道发生在小园外的事,又似乎谁都不知晓。程莹偷偷瞧我姐姐一眼,狡黠地一笑,然后把袖珍收录机打开了,声音不大,却非常清晰,是一女歌星的成名曲。

我皱眉,喊:"关了!"

程莹说我"特坏"。

"啪"的一声,杨雪却把灯关了——到了法定的熄灯时间,她铁面无私。

"哎,我还没理床铺,道姐!"程莹嚷。

电灯的开关就在杨雪的床头上。她不同情程莹,程莹拿她没办法,只是嘀咕:"杨霸道,我还得下床去厕所呢,黑咕隆咚的,想把我摔死? 良心真是坏!谨防有一天,我把开关线扯了,谁都别想开灯!我打手电筒……"程莹真的急了，收录机没收拾，被盖没理，外衣长裤没脱，脸没洗，脚汗腻腻的……不管怎样，杨雪就是不放行，也不吭声。

程莹恼了，把收录机胡乱塞到包里，斜睡在被盖上，把一双脚使劲往少了两根竖挡条的床头伸过去，搁在杨雪脑门上，一股脚丫味和汗气直冲杨雪鼻孔。杨雪也火了，使劲拉开她的脚，捡起枕头，睡另一头去，也把脚伸过来，和她对峙。程莹自知不是杨雪的对手，把脚收回去，脱下味儿挺浓的丝袜，借着小窗的月光看准目标，给杨雪甩到脸上，杨雪呼地扔了。这一出手，不知明儿程莹到哪里去寻。趁这机会，程莹跳过床去，双腿骑在杨雪躺着的身子上，以极快的动作把灯拉亮了，并且说："你要再关，今晚我就把开关线扯断，要亮要灭由它自己选择！"

杨雪不去关灯了。因为，她看见岑菲儿在摸索着洗脚。对待我姐姐，杨雪从来就格外的宽谅。程莹因此骂过杨雪，说"道姐"恋上了岑菲儿。

"我恋谁你管不着！我就这样，你有意见自己保留得了！"

程莹拿杨雪没有办法。

燕儿窝的女孩，要按正常的熄灯时间全部入睡，不是一件容易的事。今晚也一样，邓小如响起了均匀的鼾声，老说梦话的沈娟娟又开始了，我还睁着眼睛。失眠中我想起来了，艾建说的程莹要他帮助，指的是那次茜茜公主因为"例假"，被体育教师严重体罚，半死不活地躺在床上，艾建奉岑菲儿之命来看她，是她恳求艾建的。艾建也对女孩守信。由那句话，我想到了姐姐，想到艾建，想到程莹和我自己……少女的心不是一把易开的锁。

4

岑菲儿和艾建在柳树下，有如水的月亮，但他们并不是在追求风花雪月。

这几天，中学校园里传出了小道消息。妙玉的人缘极好，知道以后，悄悄给岑菲儿说了：那位严重体罚程莹的体育教师，得到全县内部通报和降级留用的处分，并且从下学期开始，作为临聘教师，以观后效，如果再有体罚学生的事件发生，便予以解聘或辞退，意味着有可能被撵出教师队伍。这回他栽在所教的学生手里了。

程莹从"死亡线"上潇洒走一回以后，县教育局局长也接到了学生的控告信，详细、悲愤、有条有理地诉说了程莹被严重摧残的经过，要求公正处理，并且指出：如果少女的人身权利得不到保护，将按照国家有关法律向法院起诉。事情够严重了！县教育局局长马上带人到小城高中进行调查，校长如实汇报。程莹面对校长和局长，伤心地哭了。她说，这是她十七岁以来，受到的最大的伤害和侮辱，如果不是女伴和同学，她早已自尽了！领导们不愿与学生走上法庭，更担心这件事被新闻媒体曝光，立即下达了对那位体育教师的处理决定。不少教师倒抽了一口冷气，觉得如今的中学生太不可思议了！他们估计程莹写不出那样有分量的长信，肯定是代笔，但一时猜不出是哪位学生有如此的头脑和能耐。岑菲儿知道是谁，她便去找艾建了，为了保密，这才有了校园一角的"幽会"。

5

这些日子，沈娟娟说她最冤，别人救火成为英雄，她救火却把自己的臭名声救出来了。

"神经病！"程莹一听火气就来了。她骂沈娟娟："想上电视还是想拍广告？盼着吧，把你炒焦，炒臭！假惺惺的，怨什么！谁稀罕被请上台去，就那么一阵掌声，现在想起来，还觉得不是滋味，挺臊！早知那样，我才不去救火呢！那天你不也上了台？还嫌没风光够？讥讽我干什么！"

沈娟娟被呛得瞪着眼睛，当场就来了热泪。昔日的官小姐也有了横劲儿，冲着茜茜公主，一连串地诘问："我什么时候说的是你？你以为你是谁？自封英雄！英雄那词儿再贬值也贬不到这种程度吧？不知羞耻！"

"沈臭丫！"

程莹领略到了沈娟娟的厉害，气得发誓不饶"胖姐"。

杨雪说："算了吧，沈娟娟已经哭了几场！"

程莹不相信。岑菲儿也这么说，告诉她：为有那么一次表扬，有的同学把她爸的贪污受贿和救火行径联系起来，连掌声都变了味儿！沈娟娟真不知该恨谁。程莹媚眉一竖，恨声骂："俗不可耐！"她不再气恼沈娟娟了，多少有了一种宽容，甚至有了一个一百八十度的大转弯，风风火火，闹着玩一般，决心帮助这个可怜妞儿。而她的帮助法，别出心裁。要不然，她就不是茜茜公主了。

程莹把邓小如攀上，劳驾妙玉："你去叫男生，最好找别班的，要他们给沈娟娟送友谊卡，上档次的，那些下里巴人的东西别送给燕儿窝的女生！祝语要恰当，别越轨，瞎写的，集体讨伐！"

邓小如迟疑："这合适吗？去向男生要友谊卡怪羞臊的，让人说得挺脏！"

"去呗，又不是你要！怕人说'相思'，对不？你说清楚呀，给沈娟娟！"

邓小如还是不去。她说，如果不是送给程莹，恐怕那些男生不愿送。

程莹盯着妙玉，仿佛要看出痴女孩的秘密。然后，诡谲地笑笑："你就叫他们给你呗，给沈娟娟的是捎带，不给拉倒！"

邓小如的脸绯红，跺脚："我不是那个意思，你别冤枉人！"

"那你就说是程莹的意思，他们肯定给！"

"我办不了！"邓小如边说边走。

"你非办不可！说我开口要的！"

6

妙玉拗不过程莹，果真去做了，也不知道她说的是谁要，反正她的人缘好。几天之内，沈娟娟收到了很多友谊卡、留念卡之类的精美纸片，祝福的话多半是从流行歌曲、报刊的花边絮语抄来的，少数摘抄的外国名诗。至于有无越轨的词句，谁知道呢。

程莹看着，涌起一种开心的满足，狡黠地含笑。她心里想：沈娟娟不赖，也许还挺麻烦，没有越雷池的词语，是骗人的，说不准还有"想你"之类的废话呢。"沈大小姐，你在劫难逃了！"她认为，自己最了解男生的心态。总之，像《红楼梦》里的贾宝玉所说，女孩是水，晶莹，纯美，男的都是浊物——艾建除外。这是程莹的观点，不过，如果真有喜欢的呢？沈娟娟的美是成熟的美。程莹心里最清楚，傻瓜男生们多半是把妙玉的青睐看作幸运，还能不照办？错过这个村没有第二个店了，巴结妙玉还怕没机会呢。"邓小如叫他们去上吊跳电视塔，他们干不干？"程莹有些嫉妒地在心里想。

沈娟娟却吓坏了,既惊又气。燕儿窝的女孩谁都没有,她怎么会收到那么多?沈娟娟突然意识到,自己受了捉弄!再一看程莹的神情,她当时就明白了,抓起那几大叠卡片便往门外扔,像天女散花,卡片在风中,飘飘悠悠,满小园栖息。

邓小如脸都白了。她害怕把事情闹大,更担心老师和偶尔进园的女生看见那些招惹是非的纸片,只好跑下木楼梯,一张一张地捡。不是双休日,容不得妙玉像拾蘑菇似的在花丛中和草棚里寻找。她急了,也火了,冲着小阁楼里的茜茜公主喊:"程莹,下来捡!"

这一来,沈娟娟什么都知道了。程莹在心里骂邓小如:"你笨得没治!"她就是不下楼。

杨雪看不过去,把我和岑菲儿叫去了,也没忘记拉上不情愿的沈娟娟。五个女孩儿折腾了好一阵子,鞋被草窝里的露水浸得湿漉漉的,总算把那些被抛弃的友谊卡捡回来了,一并交给沈娟娟,要杀要剐由她自己去处理,女伴们绝不干预。

把这一切办好,重新回到寝室的时候,程莹已经漫不经心地将那本"浪书"撕成单页,给沈娟娟堆在床上。

沈娟娟看着,简直气傻了。

程莹帮助沈娟娟,帮出了女伴之间的冤仇。

沈娟娟的眼睛湿了,把那些友谊卡、留念卡和支离破碎的"浪书",趁无月亮的夜里,在小园里焚烧了。邓小如说,她想到了黛玉焚稿。程莹瞪她一眼,邓小如想了想,又说:"纸船明烛对天烧……"这话犯忌,不仅有损沈娟娟,自己和程莹也似乎有些不洁。这是老实的妙玉没想到的。

7

这一整天，程莹都没有在寝室里说话。第二天晚饭后，她在校园门外碰见岑菲儿和艾建往小城的一条小街走去，岑菲儿拎着一网兜水果。程莹本想悄悄地回避，但她不是其他的女孩，竟然又大胆地迎上去，站在岑菲儿面前，看着艾建。

艾建避开了她。

程莹没说话，倒是岑菲儿先开口了，告诉程莹：她陪艾建到体育教师家里去。

还没说完，程莹立刻抢过话头："我的事，用不着你们，我去！"

"我把小船划向月亮，让生活和理解结成伴侣……"这是我姐姐写的日记，也许是她在某本书上摘抄的诗，被程莹偷偷看了。岑菲儿的日记，程莹总有偷看的机会，我姐姐嗔怒，但不管她。偷偷也是公开，就在岑菲儿眼皮底下，程莹甜甜的一声"菲儿姐，我看看……"而她并不过分，只偷看那么一点儿，并且守口如瓶。茜茜公主是理解岑菲儿的。如果说有不理解的时候，多半是因为心情不舒畅。

那位体育教师受到严厉的处分，程莹已经知道了，是老校长告知她的。她并没有说感谢的话，而是深深地舒了一口气，眼里盈上了泪水。程莹要感激的是艾建，真诚地感激一个男孩对她的帮助。她由此对艾建产生了一种说不清的朦胧感情，就像墙脚下迸出的绿芽，从萌动到爆发出很强的生命力，预示着春天的烂漫。那是趋向于成熟的少女的春天。程莹的生命也是这样的奇迹。走出由病体、伤害和自尽念头组成的死亡线，恢复了真实的她。她没有忘记岑菲儿，她为岑菲儿付出了很多，并不企求岑菲儿给予回报。龌龊、残忍、极端自私的事，她做不到，即使吞下苦涩，也有当代少女的大度和坦荡，光明磊落，冰清玉洁。在内心深处，岑菲儿是她的姐，胜似亲生。不然，她也不会为救岑菲儿，被画梁压断左腿。虽然她当时并没有想这些，但那是感情的必然。程莹对同伴常有奚落和嘲弄，可她老为别人着想，这不是程莹的高尚，是她的性格和恻隐之心使然。

程莹没有感谢校长，她认为应该这样，犯不着感恩戴德。老校长说话没有失言，她钦佩。正因为老校长的许诺和相助，她才放弃了用法律保护自己。还有，老校长当时来看望她，老人对弱少女的真切关怀和同情，眼里的痛苦和焦虑，深深地把她打动了。她因此再也硬不起心肠控告那位让她切齿痛恨的体育老师，而改为请艾建替她写信。求艾建，是她的极端软弱，她当时多么想在艾建跟前哭一场呵！而她竭力控制了自己。

程莹没想到那位体育老师会得到如此重的处分，刹那间产生了同情和内疚，而仔细一想，她就忍不住骂了："活该！"

在校门外遇见岑菲儿和艾建，当她知道他们要去体育老师家里的时候，顿时变了脸色。这是程莹第一次对这位有好感的男孩产生了恨意。她真没想到艾建竟是龌龊的，竟然背着她去向那位体育教师"投诚"，甚至"出卖"她！热泪在眼眶里打转，她什么也不想说了，只想离开他们，可她又舍不得走。转念间，她把对艾建揪心的怨恨分散给岑菲儿，她猜得出，艾建对她的"背叛"，根子在岑菲儿身上。那一瞬间，她甚至冒出一个挺毒的念头：割断岑菲儿和艾建的情谊——自己理直气壮地迎上去，她很自信能够把岑菲儿撵走……但她马上就感到悔愧，歉疚地看他们一眼，垂下头快快地离开了。

"程莹！"这回是艾建先开口喊她。

程莹的脚步挪不动了。岑菲儿走来把她拉了过去。

岑菲儿说体育老师的家庭很不圆满，父母先后病逝，妻子没有工作，长年患病，生活困难。艾建也说他们只是去那个小烧烤摊，对那个患心脏病的师母表示一点儿同情。

程莹没说话。她总觉得，这样去表示同情，再真诚也显得有些虚假，何苦呢。这时候，她已经没有了对艾建和岑菲儿的怨恨，剩下的是自责，暗暗嗔怪岑菲儿："蠢姐！"她抬起头来，露出苦涩的笑。她的脸有些发白，刚才突然退去的红润还没有完全恢复。

"艾建，我代替你和岑菲儿同去，行不？"程莹说，又有几分嘲弄。

艾建对程莹点点头。

程莹并没有和岑菲儿去那个卖烧烤牛肉串的小摊。只走了一段，她忽然说："岑菲儿，我们这样去，合适吗？"

我姐姐只想把这件事了结了，既然心情已经被打乱，再多想下去也没意思。可是程莹坚持说："真的不行！想想吧，我的姐！"

岑菲儿不说话，只管埋头往丁字街口走。

程莹一把拉住她："别去了，傻姐！"她拽着我姐姐回头去找艾建。哪里还有人影？当然只得回学校了。程莹的理由很充分："离开晚自习的时间那么短，要是时间耽搁久了，被班主任擒获，那份思想改造难堪不难堪？你和我都是准大姑娘了，被一个老头贬，是什么心情？人生有几怕，我最怕待在糟老头面前，连感觉都不知到哪儿去找！"

岑菲儿心想："我俩怕迟到，把艾建拉在一块就不怕迟到了？"她没把这话说出来，程莹听到的是另一句："班主任是老头，可不糟，一表人才，很正直！"

"你干吗不让他天天待在你跟前？"

岑菲儿发怒了："你不怕烂舌头？"

程莹知道我姐姐心情不快，不再多话，回到小阁楼，看着岑菲儿把一网兜苹果扔在床上，便一同去了教室。晚自习下来，程莹嚷："大小姐们，吃苹果！艾建送的，不吃后悔一万年！"

除了程莹和我姐姐，大家都觉得很意外。我悄悄看岑菲儿，程莹也在看。她忽然改口："别客气，是岑菲儿和艾建送的，意义非常！"

邓小如开口了："为什么啊？"

"别听她胡说八道！"岑菲儿从程莹跟前抢过网兜，一人两个苹果，刚好十二个，分完。程莹被岑菲儿呛声，并不恼，一边吃，一边看着岑菲儿笑。

我姐姐真想擂程莹，因为她唯恐天下不乱。

8

星期五的晚饭后，不上晚自习，程莹一定要岑菲儿和她去丁字街口烤牛肉串的小摊。她说，和艾建有约，不能违背，非去不可。如今，去那位体育教师家里的计划，已经由程莹一个人主宰了。岑菲儿由着好胜的程莹，一路陪着她，心里总怀疑茜茜公主在搞鬼。

当天夜里的程莹，特别吝啬，仍然买十二个苹果，只是稍大一点儿。她拉着岑菲儿在小摊上吃牛肉串，付了钱。她一直在看那个患心脏病的师母，忽然动了恻隐之心，又去买了一袋雀巢奶粉，塞在装苹果的网兜里，送给女摊主。

"哎，你们……"师母不知为什么，有点手足无措。

"你收下，我们来看望你！"程莹把"你"说得很重，"我们都是赵老师的学生，艾建是我俩的同学，他也看望你！我就叫程莹，你知道吧？赵老师一定给你说过，他肯定恨我。"

师母发怔地看着程莹，又看看岑菲儿，好像要永远记住这两个漂亮的女孩。

岑菲儿喊了一声"赵师母"。

"你问问赵老师,他是怎样虐待女学生的,我差点儿死去了。好了,不说了,我已经原谅了他。你们会好起来的。下学期,我们一定不让他走,留住他。"后面的两句话,是程莹看着那双泪眼说出来的,是发自内心的真情。

程莹拉着岑菲儿走了,师母喊:"小妹,你们走好!"呆呆地望着她们的背影。

岑菲儿说:"我快哭了。"

程莹没说话,用手绢擦眼泪。

路灯亮了,散发着淡黄色的光,照着她俩,显出影影绰绰的身姿,朦胧的美。

9

小阁楼里多故事。星期六,女伴们有了空余时间,学着茜茜公主,享受一下她津津乐道的双休日的美好,多睡一会儿。突然,两声爆炸声惊醒了大家,差点儿吓掉魂,坐在床上发呆,过了许久,心还在怦怦直跳。

邓小如抱歉地笑笑:"真不好意思,我把两个'洋茄子'吹破了!"

被吓得最厉害的程莹说:"真没治,还吹小孩玩的气球!"

"朋友送的。"挨了骂的妙玉不恼,抓出好几个放在小桌上。十七岁的青春女孩,谁还稀罕那玩意儿?邓小如说,她那个朋友是初中一年级的同学玉娟,谁都认识,学习成绩差,老师被她气出毛病,后来转到另一个边镇中学去混日子,书读不下去了,出去闯社会,如今变成女老板。"想不到,她做生意还挺有能耐。"

程莹对那个混混女生当然有印象，她说："那女妖最会坑人！对不对？"

邓小如不平了："谁说的？"

"我说的！咋？错了？"

程莹跳下床来，抓住那几只气球，给邓小如扔到门外去了。

"哎，程莹！你干什么？"妙玉叫。

"烦！"

这时候，大家才发觉程莹连外衣都没穿。

沈娟娟嘀咕："自爱一点儿！"

"这你管不着！"她本想再睡一会儿，既然被打搅了，也就没了兴致，睡意全无。

这个星期六，难得的是小阁楼的全体居民都没有回家，也是大家起床最早的一次，月牙还静静地挂在天上。

程莹一大早洗头，把开水用得一干二净，大伙想喝水也只能干瞪眼。但大伙儿也不怨她，怨她不但无效，反而破坏了友谊，伤感情，谁都知道茜茜公主就这么个性格。她把开水全部兑在冷水盆中之后，放了五元钱在空保温水瓶上，说一句："劳驾，姐儿们，有奉献精神的请上街打开水！"

这种事照例是邓小如去做，跑了大半条街。别人害怕背个"奉献"的话柄，日后被程莹戏谑，她不怕。"为同伴做事，要讥笑，短舌头！"她说。这一点，程莹也顾忌三分；再说，程莹奚落人有标准，更有分寸，对妙玉她不忍心。

程莹对装扮自己从来都是很认真的，兢兢业业，一丝不苟，颇具现代女孩的时髦和耐心。她最反感少女们的"灰姑娘"形象，说脏兮兮的，活着还有多大的意思？看着就心烦！她盼望的是，男孩们爱慕的少女群体都美。

沈娟娟顶撞她:"盼望'土匪'爱慕你!"

她气极了,把沈娟娟骂得想跳河。沈娟娟说话刻薄,嘴儿也利,在程莹的奚落和责骂之下,也只能自愧不如,不逃便捂耳朵。

程莹洗头洗脸和沐浴,历来都使用奢侈品牌,只要电视广告有的,她这儿都有。邓小如曾经说:"看见程莹,我就想到了荧屏里的模特儿。"岑菲儿不准她说第二遍,别冤屈了程莹。程莹丝毫不吝啬,不小气,谁使用她的奢侈品都不反对,但有一条,一旦发觉被别的女孩"玷污"过了,便作为公用,自己去买新的。女伴们都知道她的忌讳和洁癖,所以,大家都小心翼翼,害怕用错了。

沈娟娟在这方面特别认真,泾渭分明,放香皂、牙膏之类的与程莹的保持着足够的距离,并且说:"以免中毒。"

程莹知道了,气得骂沈娟娟:"我才怕被你毒化了呢,你迟早要进戒毒所!"那时小城里正在放《红处方》,沈娟娟气得跳脚。最后,杨雪站出来,以大姐大的气魄平息了新的战争。沈娟娟由于父亲坐牢与杨雪的哥哥举报有关,对杨雪一直抱有成见,直到现在还恨杨雪。

程莹对我和姐姐不同,好像岑菲儿比燕儿窝的其他女孩都干净,偏要和岑菲儿共用洗浴用品。岑菲儿要洁身自好,她就气恼,索性把岑菲儿的廉价品扔了,糟蹋了,逼得岑菲儿屈服。

梳洗完毕,程莹把岑菲儿一直小心保存的金项链找出来了,戴在我姐姐洁白修长的脖子上。顷刻间,岑菲儿成了有现代气派的大家闺秀,好像她原本就是小阁楼的主人。佩戴这样贵重的装饰品,岑菲儿不习惯,有些羞臊,同伴们也非常惊愕,猜测着我姐姐。只有我知道,它是程莹的,是茜茜公主迫使岑菲儿以廉价的项链和她交换的。"感情比什么都重要,我们是生死姐妹!"程莹说。一看见它,我和姐姐就想到了大洪水中的悲壮故事，想到了程莹那只断过的少女腿。可是，女伴们不知道呵！看沈娟娟的眼神，似乎纯金项链便是服务员不洁的曾经，佩戴它，成了岑菲儿背的黑锅，是我姐姐的耻辱。

程莹戴上了岑菲儿那串廉价的仿金项链，照照镜子，对我姐姐说："走吧，我们上街去！"她拉上岑菲儿走了，好像被扔在小阁楼的，包括我这个妹妹，都是俗女孩。

"小心点，别被抢了！"杨雪叮嘱。她的话提醒了我，让我心惊。岑菲儿戴着金项链逛城，确实有些危险，无奈她们已经出了雕花门，木楼梯上传来程莹回头骂杨雪的声音："眼镜，别咒人！"

10

本是一个难得的圆满星期六，燕儿窝的女孩们却突然各奔西东。程莹拉走岑菲儿以后，邓小如到她妈妈住的小镇去了。沈娟娟自觉没趣，去挤回家的公共汽车。小阁楼里，只剩下我和杨雪。岑菲儿与我是无家可归的，原本就是寄人篱下的双飞燕。杨雪却是有家不回，她也不愿回到只有男性的家，她说："怪不自由的。"

杨雪和程莹住在小阁楼里，都是追求自由，但含义不同。程莹的自由是无拘无束，活得真实、潇洒。茜茜公主有爱女如命的大款父母，在经济上毫无压力，但财政支出常常失控，她曾为此着急，也反思，但绝不后悔，没钱就向父母索取，理由不愁找不到。程莹有一条信念非常可贵：花钱得讲究纯正，不乱来，为女伴，为同学，她舍得，还有少女的侠气。

杨雪不回家是为了有更多的时间读书，不仅要预习和复习所学的课程，还要补英语。她的英语原来比较差，属于让老师皱眉头的成绩。她下定决心追上去,双休日就在小阁楼里背单词,练习句子。

程莹曾经被杨雪没完没了背单词惹烦了,从床上跳起来:"你要不要人家活下去?"杨雪还没说出话来,程莹已经踩虚了脚,差点儿凌空而落。全寝室的女生都吓白了脸。幸亏杨雪眼疾手快,一把抓住程莹,她俩像杂技演员似的,双双悬吊在床沿上,好一场惊险。后果则真有点儿难为情,程莹把裤子挂破了,她喝令女伴们都别过脸去,换下来扔了,偏偏扔得很不明智,就那么从小窗口的防护栏塞出去。她倒是不管别人捡了会说些什么,反正人高高地在小阁楼上,听不见。

杨雪的内衣也撕了一条口子,她很不好意思地脱了,不像程莹,她不敢扔,是我姐姐替她补好的。可惜,难以做到天衣无缝,破裂的痕迹恰恰在胸脯处,穿着总有些碍眼。

之后,杨雪补习英语便改在校园偏僻处,两腿被蚊虫叮咬出许多小红点。程莹有些内疚地戏谑:"杨大小姐,你真要下嫁英语啊?"

杨雪不理她,她偏要和杨雪对练英语。真想不到,程莹说英语那么准确、流利。英语老师说:杨雪的英语成绩拔尖,是勤奋换来的,程莹的英语出众,是悟性。后来才明白,程莹主动辅助杨雪练习英语,不是心血来潮,而是对女才子有些愧意。看得出程莹的心眼儿并不坏。

程莹是个难解之谜。她自从插班读高一以后,有意无意地把我和姐姐分开了,似乎在同化岑菲儿,有时令我担忧,怕姐姐成为"程莹第二"。我怨岑菲儿到了学校就开始变了,没有了主见,但我不敢明说,害怕相依为命的姐姐骂我。

邓小如嗔责我:"岑小莺,你真没良心,冤屈了程莹又冤屈你姐!"在妙玉的心目中,程莹是一块难得的碧玉,她佩服程莹。再一想,邓小如说得也对,无论是家庭、性格和气质,岑菲儿和程莹都是两类少女,我姐姐是感恩,觉得欠程莹太多。

第十四章

1

　　岑菲儿也爱看书，但不像杨雪。她枕头下放的，多半是小说、散文、新潮诗之类，全是程莹买的。程莹说，岑菲儿看书有风度，不像"道姐"，也不是沈娟娟无选择地乱七八糟一肚皮。她把杨雪和沈娟娟都得罪了，沈娟娟气得更惨。我受杨雪的影响，也看杨雪的书。

　　程莹问我："杨雪去上吊，你陪葬？"说这类俏皮话，我绝不是她的对手，只能不吭声，她便夺了我手中的哲学著作，随手扔掉，塞来一本她新买的书。

　　"哎，你做什么？"杨雪捡起被扔掉的书，有些冒火。

　　程莹说，她就是不喜欢岑小莺步"道姐"的后尘，一个个女孩都变得老气横秋的，这小阁楼就该是道姑庵了。

　　杨雪因此对程莹颇有微词，但她从不说程莹的坏话。杨雪对我说："岑小莺，你和岑菲儿要加紧学习，听说学校要设奖学金了。你们争取得到那笔奖金，少一些生存的压力……"杨雪说得很真诚，也很实在。原来，她早就为我们姐妹担心了，我觉得她不愧是大姐大，比同伴少女老成得多。

　　"你们两姊妹不能和程莹相比。她……"

　　杨雪的话还没说完，程莹已经回来了，她嚷："我怎么啦？杨雪，在背后造什么谣？"

　　岑菲儿跟在后面，不出声。

　　杨雪说："我问你，拉岑菲儿到哪里去了？"

　　"哟，这也违反你的'道规'？告诉你吧，和岑菲儿去照相，羡慕吗？"

　　"谁羡慕你！"杨雪从她的枕头下扯出一双脏丝袜："这是谁的？拿去洗了！"

　　杨雪说，她昨天就闻到臭味儿，今天才发现。

　　程莹"扑哧"一笑："委屈你了，大姐大！你干吗不帮我洗了？我正要找换洗的新袜子呢。"

　　"你想得美！懒虫！"

　　三天之后，程莹把照片取回来了，笑着："我和岑菲儿恋恋不舍。"

　　我姐姐不觉红了脸。

　　杨雪骂她说话不知羞耻。

　　程莹说："岑菲儿没改变性别。这话有错？我们姐妹间的事你懂吗？"她把那张艺术照放在小桌上，决意要让女伴们看一看，要羡慕，要嫉妒，随她们的便。

杨雪的开水盅也在小桌上，她害怕浸湿了照片，叫程莹把照片收拾好。程莹不理。杨雪顺手给她搁到铺上去，大姐大也真是的，根本就不瞧一眼。

程莹过来，拾起照片，说杨雪是原始人。第二天，她买回一个精美的相框，装上那张艺术照，挂在小阁楼最显眼的地方。寝室里的人，除非闭上眼睛才会看不见。

2

没想到，程莹和岑菲儿遇到了真正的"道姑"——女管理员杨洁。

"这是谁的照片？"

程莹又在精心梳理她的秀发，掉过头来，不屑地瞧瞧女管理员，心里说："小姐，你这是痴呆还是有眼无珠？照片上的漂亮女孩明明在这儿嘛。装傻？瞧，岑菲儿来了！你对照着看一看！是不是最漂亮的一位？"

"谁的？"杨洁又问一遍。

程莹继续梳她的头，干脆不理睬女管理员。

岑菲儿提着保温瓶进屋了，站在女管理员身后。她明白是那个相框里的双人合照出了问题，默默地等待着。

女管理员倏地转过身："岑菲儿，取下来！"

岑菲儿不动，有些倔强地站着。杨洁唯独对她那么粗暴，我姐姐感到委屈。

"戴着项链，还照得那么出格，像什么？"

岑菲儿的脸开始发烫，有些手足无措，她真不知该怎么办——摘下相框，之后程莹肯定会奚落她，骂她，而且她自己也认为，挂在女生寝室里并不越轨。但不摘,女管理员就那么逼视着她。

程莹极快地扔下梳子,拿着闹钟过来了,送到女管理员的眼皮下:"阿姨,再过两分钟就上课了!对不起,得关寝室门!"

这简直是对"管家"的嘲弄,下逐客令。女管理员气青了脸,伸手摘下相框,就近扔在沈娟娟的铺上,转身出去了。

程莹捡起来,照样挂上去,小声骂:"丑姐心态!"

岑菲儿急着去教室。

程莹说:"慌什么?迟到了由杨道婆负责!"

那幅相片照得很有艺术性,两位荡漾着青春气息的妙龄少女,明眸皓齿,肌肤红润,佩戴着脱俗的项链,她们微微地笑着,沉浸在美好的憧憬中,程莹的头倚在岑菲儿肩上,十分动人。

杨管理员生气,就因为她们双双戴项链,又照得那么出格。学校有规定:女中学生不准佩戴耳环、项链,不准描眉、涂唇膏。程莹反唇相讥,说:"我们的老师还不遵守哩!"她说,乔玉小姐在校外时,就画过眉,涂过红嘴唇,学生没意见,觉得她挺美,叹息她上课就卸妆。她还说,杨洁也曾经那么着,本小姐亲眼所见,还特意上前打招呼,看她感不感到尴尬。和乔玉老师相比较,那杨道姐逊色多了。

程莹就这样,要贬谁就得贬够。

"戴着项链照一次相就犯多大的罪啦?在学校里我们没有戴。井底之蛙,少见多怪!"

邓小如却有高见:"相片上永远都戴着呗,谁都取不下来!"

程莹一笑:"没患少女痴呆症。"她说妙玉鬼精,一语道破了天机。

那个相框就那么一直挂着。过了好些日子,乔玉老师进小阁楼来找杨雪,无意间看见了,淡淡一笑。岑菲儿垂下了头。程莹佯装不知。乔玉老师把相框拿在手里,说:"瞧,灰尘这么厚,玻璃也有了污垢。现在怎么就不爱惜了？"她用手绢把它揩干净，递给程莹。

程莹的脸泛起红晕。从此，她把那个相框放进皮箱，又用底片加洗了一张，交给岑菲儿。

程莹和岑菲儿的合影艺术照，仿佛有一股灵气，挂在小阁楼的日子里，沈娟娟受到的压抑特别重。她老是那么自卑，总觉得程莹拉上长相最美的岑菲儿，在贬低她，在做美丑的强烈对比，她恨不得砸了它，可她不忍心伤害岑菲儿。岑菲儿人美心也好，从来没有贬低过她，是无辜的。沈娟娟处处避开和岑菲儿待在一起，害怕出现形象上的反差。她认为，无论哪个女孩在岑菲儿面前，都会降低自己的美和魅力。而她却又期盼和岑菲儿亲近，像程莹得到的那样，情同姐妹，但她也知道不可能。因此，她对程莹怀着忌恨，对岑菲儿也不满。在小阁楼里，虽然同为少女，沈娟娟却感到孤单，似离群的雁。

妙玉说："你怎么能这样呢？多傻啊！"邓小如不能理解沈娟娟，也不去考虑沈娟娟会想些什么，只觉得同伴们之间应该亲密无间，这才叫纯洁。对那个挂着的相框，她帮忙擦了好几次灰尘，因为沈娟娟呛声，说她想讨好程莹和岑菲儿，这才罢了手，但总感到很遗憾。

3

难得的一个火烧天，晚霞瑰丽无比。小城的顶上金光灿烂，校园里的男生女生都罩着绰约的光环，妞儿们的脸泛着红晕，似乎集体青春焕发。小阁楼内一片玫瑰色，朦朦胧胧，俏小姐们好似成了神话里的仙女，邓小如显得更痴更俏丽了。

为了不辜负神奇的夜晚，妙玉也会心血来潮，爬到上铺去，毛手毛脚地摆弄程莹的袖珍收录机。她翻弄了好一会儿，才找到那盘老磁带，有《月光下的凤尾竹》，放进去，刚刚唱了两句，就听见她叫"糟了"。

"快关收录机！"杨雪喊。

磁带缠在磁头上了。邓小如打开仓门，从岑菲儿那里要去缝衣针，趴在程莹的铺上，借着窗口的霞光，非常细心地挑着、理着。杨雪问她是怎么回事，她只摆手，就那么专心致志，聚精会神。耐不住性子的，看她那样，准会急出病来。

妙玉说："这是程莹最喜欢的磁带，可不能给她毁了！"

那盘缠在磁头上的磁带，真把邓小如害苦了。为了寻找乱麻一般的脉络，白皙的脖子都伸疼了，她嘴里嘀咕："程莹的尖端科学！"

"那是你使用不来！"杨雪说。

这话有点儿伤妙玉。她爸购买的商品房离学校只有两条街，她爸和她妈闹离婚的时候，我和她去过她家，还在途中遇见了那个第三者罗萍。我记得，那屋里大小收录机都有，邓小如使用的时候非常地熟练。现在，那屋里的主妇已经是罗萍了，邓小如读书的费用都由她爸负担，罗萍按期送到学校，邓小如不愿见她的面，都由我转交。罗萍曾经说要把小收录机送给妙玉。她在寝室外等回音。邓小如一口拒绝。她说，她像妈妈一样，按照法院的裁决，该拿多少拿多少，其余的一概不要，人得有志气。

极俏丽的妙玉不笨，真正的心灵手巧，今儿是她一时粗心，把程莹的收录机"坑"了。伴随程莹读书的袖珍收录机，就像程莹本人一样，颇有不羁的性格，不易驾驭。女管理员曾经因为那个收录机和茜茜公主大动干戈。邓小如去摆弄程莹的宝贝疙瘩，自然会莫名其妙地吃苦头了。

那是妙玉的心血来潮，想在淡淡的月光下，净化一下心灵世界。她说，耳朵里老响着流行歌曲，"情"呀"爱"的，不然就是"想你"，

"想我",腻透了,欣赏几首老歌也算是返璞归真,谁知竟被一盘磁带折腾了半个钟头。大功告成,她就势仰躺在程莹的床上。唉,总算解脱了,可腿蜷得很痛,又麻,痒痒的。

这时候,那轮明月已经完全出来了,如水的月光代替了瑰丽的火烧云。邓小如好一会儿才从程莹的床上坐起来,她在杨雪耳边说,谁沾上程莹谁"遭殃"。

杨雪没好气:"谁叫你去招惹她?怨自个儿!"

4

今夜的大姐大过得也不轻松。

乔玉老师要她拟一个班级管理的小结,在全校的学生干部会议上发言。她写了又扯,扯了又写,一个笔记本快被糟蹋光了,刚刚有个头绪,让邓小如一打搅,又乱成一锅粥。也是因为心里烦乱,才闹到一筹莫展的地步。

沈娟娟抬头,瞧瞧二位"才女",留下一丝鄙夷的神色,对两个笨姐的狼狈,她并非嘲笑,只是心里不高兴。沈娟娟又在看小说,仍是很流行的。对程莹,她历来有偏见,根本看不起"开放"的茜茜公主。由人及物,连《月光下的凤尾竹》也厌烦了,听不成活该!那臭丫头不在寝室里,不知到哪儿浪荡去了,眼不见心不烦!沈娟娟扔了小说,抽身而去。

杨雪把书捡起来,看看,又想给她撕了。

直到关校门的时间,沈娟娟才出现在小阁楼里,嘴里有股酒气,杨雪还闻到了烟味儿。

"沈娟娟,你去哪儿了?"杨雪问,语气非常严厉。沈娟娟的这一形象，惊傻了女伴们。

"你管不着！"

不知怎的，杨雪竟打了沈娟娟。大姐大虽然似个"道姐"，却从未这样粗暴地对待同伴，打了沈娟娟以后，连她自己也怔住了。

沈娟娟哭了，伏在床上，嘤嘤地抽泣。

这是我们进入小城中学以来，最难忘的一夜。

第二天早晨，程莹回来了。她半认真半戏谑地说，昨晚想回家，偏偏坐错了车，差点儿被人贩子拐卖了。不过，总算有了适应社会生存的能力锻炼，过了把瘾。"岑菲儿，你说对不？"

我姐姐没出声。

"别相信她！"杨雪说。

岑菲儿的作文早有这样的句子："女孩不长大多好。长大了，忧愁总比快乐多……"语文教师批阅的时候，轻轻摇头，画上了一个鲜红的大问号。

在那些日子里，邓小如接受了一项特殊的任务：协助艾建尽快把校刊的稿子处理好，包括部分插图。画画是妙玉的特长，她一听就感到很为难："干吗帮艾建啊？"对艾建，她没有顾忌，也愿意，无论在哪个男生面前，她都透明得像一块水晶。但一想到岑菲儿和艾建的友谊，就觉得这事让她去做，太强人所难了。如今的邓小如，也长了心眼，多了岔肠儿。

给邓小如任务的，是学校的共青团总支书。毕业班的那个女孩，颇有现代少女的气质，落落大方，她见出了名好说话的妙玉也有这般的难色，淡淡一笑，说："你去吧，艾建怎么你啦？"

邓小如红着脸，连忙说："不是因为艾建。噢，也没什么。"

"那就去吧。别封建，少些俗气。"

邓小如无话可说了。她站在那里很着急，最后想道：找一个女伴和她同去，增加保险系数，她好面对岑菲儿。妙玉首先想到了杨雪。杨雪是班长，大姐大，岑菲儿打工的时候，夜晚攻读和复习初三的功课，绝大部分资料都是杨雪协助艾建摘抄的。可她又想：杨雪后来为什么要离开艾建，换成了岑小莺？她想出一个逃避的方法——解铃还须系铃人，去找茜茜公主，又摇头。找程莹？"不行不行，肯定要弄糟糕！"最后，邓小如来找岑菲儿，央求我姐姐和她同在艾建跟前。

岑菲儿盯着邓小如，好像要看出妙玉的鬼心眼儿，过了片刻，说："你去吧，对艾建你又不是很陌生。"

岑菲儿的话出口，邓小如的脸居然有了红晕。她更不愿单独去了，一定要拉上岑菲儿。

"我不去！"岑菲儿说。

"那我去找程莹！"

"你去找，把她喊去！"岑菲儿突然气恼了。她独自去做她的事，不理睬妙玉。

邓小如因为急得没法儿，才那样说。妙玉是吓唬我姐姐，激我姐姐，见岑菲儿这样，她可怜兮兮的，说自个儿也不去了。岑菲儿看看妙玉，想到艾建的难处，便点头答应了。

邓小如好像卸下了千斤重负，说："岑菲儿，你总算开恩了！"

5

在学生会办公室的那间小屋里，一个男孩和两个俏女孩待在里面，很引人注目，邓小如不愿单独去，是很聪明的，妙玉痴，并不傻。

程莹路过，从窗口看见，笑了笑。

邓小如喊:"程莹,劳驾,替我们买三个雪糕!"

"天这么凉了,还要雪糕,不怕心里结冰?"程莹骂她。

邓小如跑出来了。程莹嗔怪说:"我是你们的奴仆?你自个儿去买,雪糕钱我出!"她掏出钱,放在妙玉手里,扬长而去。

程莹最可贵的,是深明大义,无论别人说什么,她都不在乎,她有她待人接物的特殊标准,这是小城高中内的"程氏定理"。

邓小如和岑菲儿陪同艾建待在学生会办公室的时候,杨雪要去参加一场女篮友谊赛。杨雪是学校球队的主力队员,她矫健、敏捷,扣篮动作优美,似糅合着舞姿。她冲锋陷阵的时候,所有的观众都被她征服了,对方的啦啦队也会糊涂,为她喝彩,美中不足的是,她戴副眼镜,却也是出奇的美。

经过学生会办公室的程莹,忽然对杨雪说:"今儿,我给你当啦啦队!"

杨雪对这种呐喊助阵的形式并不注重,反应一直很冷淡,她是少女运动员,在校内校外都是另一种风采的青春偶像,而她并不喜欢那类崇拜明星似的喝彩,老那么吼,还喊着"杨雪、杨雪",真让人心烦。她爸年纪不算小,居然是个球迷,一旦有足球赛事,想方设法看现场直播,谈论起来,眉飞色舞,津津乐道,堪称铁杆球迷。杨雪对这样的"迷""追",不屑一顾,冷静地评价:盲目崇拜"球星",自视"伟大",简直是疯子。她爸听见,眼睛都直了。父女俩的"鸿沟"也在这方面凸显出来,可算是憾事。不过,杨雪绝不伤害同伴的感情,对程莹的心血来潮,只是淡淡地一笑。

程莹说:"我给你拉一群姐儿来!"

"没多大意思,何苦呢。"

"别老气横秋的,杨大小姐。你等着吧。"

这次是同县城里的一中比赛,对方的牌子和气势首先压倒了小城高中的女将们,虽说是友谊第一,关注胜败得失的紧张心情依然存在,小城高中的老师们都给"女篮"打气,但女孩们的信心总是不足。

　　程莹带着她的少女啦啦队来了。真想不到,她有那么大的本事,短短的半个钟头,就拉来了二十多个女生,高一的、高二的,还有高三毕业班的,光凭那样的阵容和气魄就叫对方吃惊了。程莹的声音既尖又甜,有着很吸引人的魄力。比赛如火如荼的时候,她领头,带动那帮姐妹儿,为小城高中的女篮队员呐喊助威,不停地喊"加油",叫着"杨雪",一次又一次地鼓掌,对方简直被她们闹懵了。胜败是明摆着的,却打成了平局。一中的骄子"女篮",失误得很不甘心,小城高中的女生啦啦队也在全县出了名。同时,大家都知道了有个叫杨雪的女篮球队员,是"风采眼镜"。

　　过后,杨雪埋怨她。程莹笑着:"没事,闹着玩。瞧,你有没有出名的滋味?"

　　杨雪骂她害人。

　　"除了这一次,以后我还没时间给你当球迷呢!"

6

　　茜茜公主打电话向妈妈要钱,开口的数目不少:六百元。守着保险柜的程老板娘吃了一惊,问她:"给你三百元的零花钱,刚刚才一个星期,又要那么多做啥?"

　　"急用!"

　　她妈不答应给钱,她撒娇地说理由:"妈!你要相信自己的女儿,我绝对没做坏事、丑事!这钱你非给不可!"电话那头还在考虑。"你不管女儿也行。妈,再见!"

"喂,喂!程莹,你说话呀!妈妈在听!"程莹却不说了,一声"拜拜"把她妈吓坏了。程莹是程家的独生女,父母的掌上明珠。她妈在电话里喊,要程莹别瞎想,"你把原因说一说,妈依你!"

"我不想说了,就是急用!如果不是生病,我亲自回家拿!"程莹给她妈下了最后通牒——请母亲给女儿送来!

"喂,程莹!听见妈妈的话没有?你的病重不重啊?"

"离住医院不远了!"话没说完,程莹马上挂了电话。因为,她突然想起话费不多了。

程莹说得过分严重。她确实有点头痛,那是洗澡洗出来的,绝对不至于住院,只因为娇气,让人觉得怪可怜的,近日的少女啦啦队总裁,绝不是为了那点头痛要钱。球赛时,程莹英姿飒爽,此时她真病了,如有的同学所说,病西施一个,她却很不喜欢这样的话。她说,西施是绝世美女,但传说中那双脚实在不敢恭维,长年累月缠裹着,古代又没"夜巴黎"之类的香水,那脚丫味谁受得了?

她问杨雪:"是不是这样?"女才子不理她。

杨雪心里明白。她曾经骂过程莹:"上了体育课汗津津的,咋不脱袜子洗脚?原封不动地伸到我的枕头上来,臭脚丫难闻死了!"瞧,程大小姐还在记仇。

那是因为程莹受不了体育课的高强度训练,累得不想动弹,浑身仿佛散了架,一倒在床上就起不来,直呻吟,好像死过了一回,有洁癖的茜茜公主并不是那么脏、懒。现在,受了严重处分的体育教师对腿有旧伤的程莹小心翼翼,生怕得罪了她,一再问她能不能参加集合排队,要不训练就免了。她反而逞能,不小心被石头一硌,立刻"哎哟"一声,挺娇嫩的,脸都白了,更摆脱不掉"病西施"的说法了。

她妈要是知道女儿成了"病西施",还能不急出病来?

程莹为杨雪组织少女啦啦队,她觉得自己没白忙活。

打了沈娟娟以后,杨雪一直很后悔,为昔日的官小姐担忧。

沈娟娟记大姐大的仇。她俩在楼梯上相遇,沈娟娟往往侧过身子,不屑于看。一天早晨,杨雪在食堂窗口买饭,沈娟娟拿着饭盒来了,竟然扭头往回走,第二次来,迟了,干脆饿了一顿。

杨雪十分难受,说:"我真不该打沈娟娟!她恨我……"

想不到,杨雪的感情十字架也背得很重。杨雪的哥哥是生化厂的技术员,在反腐败的大事上坚持正义,举报了沈娟娟的爸,父子俩也因此双双下岗。为这事,家里有过争论,杨雪坚决支持哥哥。后来,沈娟娟的爸被查属实,撤职,关押,判刑。杨雪的父亲和哥哥重新回了厂。杨雪本不想涉入家庭的事,一心一意读书,却由不得自己。沈娟娟是她的同班同学,又在同一个寝室,同为燕儿窝的成员,千丝万缕,感情的纽带不应该割断。现在,朝夕相处的同伴成为仇人,好遗憾的事啊!

在内心里,杨雪同情沈娟娟,觉得落在沈娟娟头上的打击太重了。沈娟娟是没有罪的,却要承受父亲带给她的冷落和嘲讽。同学们不知不觉地伤害着她的心。有时候,程莹戏谑沈娟娟,杨雪想阻止却又开不了口。程莹多数时间是善意的,那是程莹的性格,既然已经戏谑出来了,阻挡又有什么用?反而会多伤害一个同伴。杨雪只能暗暗着急,希望女伴们能善待沈娟娟。可是,自己却破例打了昔日的官小姐。

这几天,杨雪一直在反省自己,皱着眉头。程莹笑话她:"道姐,你不怕未老先衰?谨防英年早逝哟!"她不想骂程莹,只在心里埋怨茜茜公主,而她又觉得程莹没有错,是自己有了负罪感,那晚的事沉重地压在她的心上。沈娟娟那么晚才回寝室,酒,肯定是喝了,还有股淡淡的烟味,是个极不好的预兆。一个十七岁的少女,出去好端端的,回来却是那般形象，那是在小城的夜里呵！昔日的官小姐遇上了什么，出了什么问题？杨雪简直是怕，数日里心情都不能平静。这一切，沈娟娟肯定不会告诉她，对她只有怨和恨。

杨雪想过，找一个女伴去掏沈娟娟的真心话。她马上又打消了这个念头。假如把事情弄得更糟，在全校传出脏话，沈娟娟还活不活下去？杨雪恨自己了。

程莹不理解杨雪，觉得杨雪这几天怪怪的，她打趣杨雪："娶一个多愁善感的你。"

"娶你！"

杨雪的话音刚落，程莹那爱女心切的妈妈就亲自送钱来了，六百元，不少茜茜公主一分一文，并且一再询问女儿的病情。

程莹的话半真半假："不死就是幸福！"把她妈吓得六神无主，刨根究底地问怎么回事。

她不敢再戏谑了，随口说："因为'特殊训练'。"

"就你一个人？"

"是呀！"

"谁叫你这么训练的？你就随便让人欺负？"

"我自个儿欺负自己。妈，别草木皆兵了！"

程老板娘无奈，不再追查。

7

秋天是浪漫的，是应该系上红纱巾的时候。那一场球赛之后，程莹突然成了小阁楼群体中的"大款"。

邓小如笑着对她说："你腰缠万贯了！"

程莹骂妙玉："够傻！六百元就腰缠万贯了？井底之蛙！"她有条有理地剖析：说青春少女"腰缠万贯"是极大的贬损，让人联想到"富婆"之类的词儿，怪无聊的。所谓"腰缠万贯"，专指那些大腹便便、腰围斗粗的俗男人，要给亭亭玉立的少女栽上，连感情都被玷污了。"邓小如，你追求腰缠万贯不？恐怕你想哭！我们的痴姐，告诉你吧，我为了还感情债！"

邓小如被程莹说糊涂了，掘根儿问："你欠谁的感情债啊？那种债还得了吗？"

"我没欠谁的！别问了，好不好？"

妙玉当然不会再追问了，她觉得程莹神秘不可揣测。而她同样很执着，认真想一想，对程莹放不放心，那是另一回事儿。"感情债"不是口香糖，不可以随便嚼的。

程莹不知邓小如的心意，要是她知道，准会骂妙玉："心地不纯，好事都变成了坏事，悲哀。"

她说："那六百元钱我是不敢动用的。实话给你说吧，我快成乞丐了！不好意思再'勒索'家里，明天向我们的乔玉小姐无息贷款吧！"

妙玉说她快被"程大款"吓傻了。

"你本来就傻，对这些你懂不起！"在邓小如面前，程莹说话不管轻重，因为妙玉淳朴、忠厚。她再问邓小如："和艾建在一块儿，满足了吧？"

邓小如叫起来了："别瞎说，那是学生会的安排，岑菲儿还在那里呢。"

程莹笑笑，没心思再说了。她再次告诫邓小如：要遵守诺言。妙玉一想到对程莹的那份许诺，脸就绯红。她尽管纯真、老实，还是很敏感的，很快就悟出自己做了极傻的事：怎么能代替程莹去主动接近马宁呢，还要和马宁去做一连串的事？如果像有的同学所说，马宁喜欢程莹，她这一代替，成什么了？要是马宁把那份感情转移到她身上，那该怎么办？程莹真是害死人！自己也傻出了格！她几次想反悔，又下定决心，想到岑菲儿，即使不情愿，也得硬着头皮做出牺牲，就当是上祭台的祭女吧。再说，她和程莹拉过勾，说出的话是收不回来的。"一言既出，驷马难追！"程莹这样说，她也点过头。

现在的邓小如，真正体会到了什么是进退两难。在学生会的小小办公室里，她总觉得自己有些碍手碍脚。那个高三的女生总算来了，以团总支书的身份再次"劳驾"邓小如，请她为学校的黑板报画几幅插图。她给艾建和岑菲儿打过招呼，如释重负地离开了。那个高三的女生看看岑菲儿，在途中问邓小如：那是谁？邓小如告诉她，她恍然大悟地"哦"了一声，理解地笑笑。

邓小如的插图别具风格，线条优美、洒脱，围观的同学忍不住议论，有的特意绕过去看她的脸，想看看"少女画家"是谁。她非常尴尬，匆匆结束，往小阁楼逃去了。

后来，学校传出一种说法：小城高中成了女性的世界，小阁楼包揽了所有的名誉：插图、校刊、球星、啦啦队，头儿是团支书。至于艾建，应该是被女生同化了。

"没意思！"程莹骂，"讨厌，烦！"

8

程莹和马宁坐在小城外的河边上。那是正午后，学校上课之前。

太阳是少见的温柔，河水清清，长堤外面，茂密的芦苇好像是特意给他们设的屏障。这儿很清静，是少男少女谈心的好地方。

马宁没有住校，是男生中的"短跑冠军"——他不在学校的食堂买饭吃，每天来回两趟，奔跑于学校与小汽修厂之间，速度飞快，叫女生们咋舌。与他一并"跑通学"的还有几个男生，都是地道的小城崽儿。他们离校时间不一，早晨和午后到校却整齐划一，基本上都踏着上课预备铃的前奏，迫不及待，常在校门口形成横队。因此，被有的同学称作"鬼子进村"。老师们知道此话之后，予以禁止，学校也采取了一条防范措施：响预备铃之前五分钟关校门，治住了这群踩着预备铃上课的男子汉。

马宁是最早"改邪归正"的。每次，他至少提前十分钟到校。这不能不说是程莹的功劳。她曾经半嗔半笑地对马宁说："你如果再'鬼子进村'，再迟到，去自尽，谁也别见谁！"

马宁自我解嘲，安慰自己："程莹这话白说了，只要留心，天天相见！"同在一层楼上课，程莹进出教室必经过高二（A）班窗外，何时不在他的视线之内！而马宁知道，程莹的话是另一个意思，表示他得到程莹的友情长效绿卡。因此，他在卧室兼书房贴上了这样的"名言警句"："不当鬼子兵，她的友情属于你！天天早起一个钟头，看书，早到校——牢记！"

马宁还真能持之以恒，可惜也会违反程莹的警告，这才有马宁的新镜头——在学校食堂的窗口抢购馒头，他爸的嘉陵125也有被偷骑的可能。小汽修厂的老板火了，不准儿子沾摩托车的边。儿子明不骑暗骑。逼急了，马宁的回答叫老子佩服："时间就是成绩！"他妈问他："学校上课的时间是不是提早了？"他说"没有"，但得遵守"校规"，他当然不敢说是程莹的"闺规"。对马宁骑摩托车当然有过"下不为例"的警告，由于只有警告没有处罚，权衡之下，他以不违背程莹的"法纪"为重，今天就是迫不得已的例子。

程莹早就认出了那辆嘉陵125，连车牌号都熟悉，她心里说："好个懒鬼，又来迟了！"

马宁来得不迟，进校门的时候，提前了十一分钟，可惜他没有办法让程莹看到手上的表。

门卫老头差点儿不放行，大声说："你再骑摩托车，我扣你的车！"他肚里嘀咕："你搞错没有哦？谁是交警？谨防越权！"门卫嘴上回答："遵守'规定'是生命之首！"倔老头对这傻小子倒有了几分喜爱。

放学前，程莹主动向马宁走来，马宁虔诚地等着，心跳得莫名其妙。

"中午别回家，在学校吃饭，用车搭我！"程莹悄声命令，用眼神告诫他不准多话。他点头，呆望程莹俏丽的背影。最末一节课的铃声响了，跑来的女生被他一挡，后面的，差点儿接二连三撞在一起，骂他"神经病"。

在程大小姐跟前，马宁是最守约的，他抢先买到午饭，快速倒下肚，把摩托车推出来，在校门外傻等。程莹心里骂他"笨猪"，从远处走过去的时候，趁没有其他同学，大声说："校门口！"别人听见，不知程莹对谁说话，马宁自然心领神会，规规矩矩去耐心等候。

程莹吃饭、刷牙、洗脸，淡淡地洒了香水。到达之时，马宁已经被路人看得十分难堪了。程莹从马宁身后，迅速坐上摩托车，低声吩咐："快走！"

马宁早就做好了一切准备，"呼"地踩燃火，红色坐骑便奔驰而去。他启动得太猛，程莹往后一仰，情急之中，扑向前，把马宁的腰抱住了。马宁怦然心动，骑车分了神。程莹一坐稳便松开了手。马宁在大街上缓缓前行。程莹有些火，嗔骂他是不是图享受？这话骂得太真实，揭穿了马宁的鬼心眼，她自己也不觉红了脸。

"快点儿!"程莹怒喝。

马宁又走了另一个极端,吩咐程莹"坐稳",便快速如飞。程莹被迎面吹来的风噎得骂不出来,秀发飘逸,她不得不借马宁的身子作屏障,把头倚在马宁背上。出了小城,路不平坦了,程莹害怕摔下来,只好双手拽住马宁。到了目的地,一下车,程莹就横眉竖眼,骂马宁:"这下你满足了?"

马宁笑笑。程莹气得要打他。他说,他情愿被程莹打,翘首以盼。

"你怎么不去死?"程莹嚷。她的脸让风吹得发白,好一会儿,红晕才渐渐显现出来。

特殊的相约,时间是短暂的,马宁希望世界上所有的钟表都停下来。风吹过河面,在他们身后掀起绿色的波浪,也不时掀开程莹的衣襟,程莹有些羞涩地用手按住。马宁此时心神不宁,程莹的双手似乎还留在他的腰上,激起男孩对女孩的特殊感情,他不知程莹要他到这儿来做什么,心是那般怦怦地跳,又含着初涉禁域的神秘感和胆怯。

程莹也心跳加速,也羞涩,而她是坦荡的。她终于使自己镇定了,说:"马宁,你别瞎想,我叫你到这儿来,是要你替我帮助岑菲儿!"

马宁没话了,他被程莹拉回了现实,开始冷静下来,听候程莹的吩咐。

"我这里有六百元钱,你揣好。我问你:你自己有多少?"

马宁说:"零元。"

"丢人!你爸也算个大款!向他要两百元!加起来八百元,利用双休日去锻炼适应社会的能力,为岑菲儿赚钱。她和岑小莺要读书,要生存。"

马宁挠头皮了。程莹给了她两大难题:一、向他爸要钱,他那准文盲的老爸是个葛朗台,谨防要被一顿好打;二、赚钱,那是尖端科学,他实在想不出题解，厚着脸皮，求程莹指点迷津。

程莹骂他："真没用，亏你还自称男子汉。你炒股嘛，到国外去当倒爷呗！"

马宁知道程莹揶揄他，却从中受到了启发，满怀信心地说："我俩一起去？"

程莹说："你异想天开，贼坏！我才不和你去丢人现眼呢！是邓小如……"

不知为什么，马宁的心又怦然一动。他看着程莹。

"就她！妙玉代替我，你可别欺负她。要不，我找你算账！"

出口之后，程莹又觉得不该说这样的话。马宁还在等待她的什么，她说："走吧，别迟到了！我们成了大目标，不值得！"

马宁在心里冲撞了许多日子的话，不能向程莹说出来，只好懒懒地站起来。

程莹说："我不搭你的车了！再像刚才那样让你穿过大街小巷，我没脸见同学了！"

程莹坚持掏钱坐三轮车，由于河岸上没有交通工具，迫不得已，才让马宁搭到小城的街口。回去的路上，程莹坚决不靠近他，马宁也骑得缓慢了。他老想着心事。

第十五章

1

邓小如没想到昔日的官小姐会生病，而且病得那么厉害。她走进寝室的时候，看见沈娟娟躺在床上，一张脸通红，嘴唇起了裂口，轻轻地呻吟。

"沈娟娟，你咋了？"她伸手一摸，沈娟娟浑身犹如火团。午饭过后，小阁楼里，没有其他女伴，她撒腿便往门外跑。

在木楼上，邓小如遇上了匆忙进寝室的女才子。她被沈娟娟的病情吓软了手脚，特别紧张，见了杨雪，好一会儿才把官小姐病重的话说出来。

杨雪点点头，大姐大早已知道沈娟娟突然患病。

这些日子，杨雪带着少女的歉疚，注意着沈娟娟，生怕昔日的官小姐误入歧途，她凭预感，判定沈娟娟有一种危险的趋向，是什么，她猜不出。沈娟娟对她的恨加深了，当然不可能告诉她。她怀着对沈娟娟的怜悯和忧心，希望在成长的道路上，做到一个大姐大应该做的，并不希望沈娟娟理解，更不祈求得到回报。然而，少男少女之间的恩怨并非像杨雪想象的那么简单。

吃过午饭，她到寝室去拿忘在床上的钢笔，发现沈娟娟睡在铺上呻吟，马上询问："沈娟娟，你病了吗？"

沈娟娟侧过身子，不屑地"哼"一声，把脸转向床角。她忍受了，跑向食堂，给沈娟娟买来可口的饭菜，端上去的时候，沈娟娟却伸手打掉，她的裤子被弄得一塌糊涂。就在递饭过去的刹那间，杨雪触碰到沈娟娟滚烫的皮肤，知道沈娟娟在发高烧。她赶紧把裤子换了，给沈娟娟倒一碗开水，放在床前的方凳上，说："等一会儿你自己喝，我去给你找校医。"沈娟娟又伸手来推。

"那是开水，烫死你！"杨雪怒喝了。

"我不要你可怜！你不看我的笑话就够了！"沈娟娟喘息着，迸出的却是这句话。

杨雪气湿了眼睛，在小阁楼里站了一会儿，仍然跑下木楼梯，直奔学校医务室。可是，门锁着，她这才匆忙再回小阁楼。

"邓小如，帮我把沈娟娟送到医院去！"杨雪恳求妙玉了。

谁知，沈娟娟坚决不去，好像杨雪在想尽办法坑害她。杨雪真的气怔了。

邓小如悄悄对杨雪说："找校医。"

杨雪摇头："她不在。"

"我看见她了，刚过去。"

杨雪点头，邓小如去了，过了一会儿回来，有些为难："廖医生说，叫她过去。"

杨雪跑进了医务室："廖医生，请你上一趟八号女生寝室，求你了！"

女校医见杨雪满眼泪水，呆住了。她是认识这位优秀学生干部的，知道事情紧急，跟着杨雪急急忙忙地登上了木楼梯。

沈娟娟患的是重感冒，必须打针。可是，沈娟娟拒绝打针、吃药，因为校医是杨雪请来的。

廖医生十分气恼，叫杨雪和邓小如："把她按好！"

采取强制手段，校医完成了注射的使命，杨雪却痛白了脸——她的手臂被沈娟娟咬破了，滴着鲜血。沈娟娟咬她的时候，注射的针正刺入肌肉，她害怕松开手，沈娟娟乱挣扎，扭断针头，那是要命的事，就那么任沈娟娟的牙齿咬进了肉里，强忍住没叫出声来。廖医生抽出针管以后，她坚持不住扑在了床铺上。

邓小如吓呆了，沈娟娟自己也怔了。

廖医生把沈娟娟骂了个够，叫邓小如把杨雪带进医务室，心疼地给杨雪包扎。

女伴们都很气恨，不想正眼瞧沈娟娟，倒是杨雪仍然把药分好，让岑菲儿给她吃。沈娟娟偷看杨雪，眼里有了愧意。

程莹佯装不知，她戏谑杨雪："眼镜，你这手怎么啦？被狗咬的？打不打狂犬疫苗啊？"

沈娟娟终于哭了。

这已经是在夜里。杨雪没有回答程莹的话，她坐在床上，斜望着小窗外的星空。借着灯光，程莹看见了大姐大的眼里泪光晶亮。

程莹恨恨的。她恨忘恩负义的沈娟娟："臭丫头，你的心真够狠，居然对大家的公仆下毒口!"

2

程莹一直别出心裁地叫杨雪"公仆",注解是"勤杂工"。这绝不是贬低杨雪,而是很有见地的"尊称"。

杨雪自从当了高二(A)班的班长,便有"大姐大"的戏说。杨雪是全校公认的优秀学生干部,程莹突发奇想,说:"对于杨大小姐来说,这'优秀'是'傻姐'的代名词,男生女生钦佩的女才子,当班长都快当傻了,如果一直当下去,保证患少女痴呆症。"

岑菲儿嗔责程莹:"杨雪的刻薄话你也要说,不嫌缺德?"

"我不是说她的刻薄话,是可怜她!想着杨雪那么傻,为着大姐大的桂冠去牺牲,我的鼻子发酸!"

杨雪说:"为同学们做点事,没什么。只要大家理解。"

"行了行了,杨雪真伟大!瞧你手臂上的伤,够理解哦!"程莹总为杨雪叫屈。

邓小如拉拉程莹,要茜茜公主别再说下去,害怕又气哭了沈娟娟。程莹也不想多费口舌了,就说:"谁再议论杨雪,变猪!"

真的,杨雪为那个大姐大的美称付出太多,她的的确确称得上是尽心尽职、任劳任怨。程莹奚落她"鞠躬尽瘁,死而后已"。

邓小如说:"还早着呢,杨雪才十七岁!"

也不知妙玉是不是在戏谑,程莹送给她一个字:"蠢!"

在高二(A)班,杨雪还有"乔玉妹"的称呼,她也确实做了乔玉老师所做的事。别以为高二的男生不打架,他们照样打,有时还很悲壮,希望打出价值来。虽然次数少,却是轰轰烈烈。就有那么一回,两个自称男子汉的笨蛋,为了一展雄风,说白了,本是鸡毛蒜皮的事,竟然大动干戈,双方都怕在同学面前丢脸,发扬敢死队精神,打得惊天动地。许多女生害怕了。乔玉老师不在,杨雪挺身而出。她冲进两个男生之间,怒喝:"都给我停下!谁想继续打下去,冲我来!"这一喝,居然把两个"土匪"镇住了,看看她,两个"土匪"知趣地休战,灰溜溜地走了。过后,男生们还称赞二位有刚有柔,尊重女同胞,是货真价实的男子汉。燕儿窝对他们的评价却不妙,程莹骂他们:"蠢材!"

在班干部中,杨雪是最忙的。学校团总支和学生会缺人手,首先想到的就是高二(A)班的名女大姐大,杨雪从来没推辞过。这次编选校刊的稿子和插图,那位高三的女生又来恳求杨雪,杨雪这才推荐艾建和邓小如,并带出了岑菲儿。每个星期,燕儿窝的群体都有故事在校园里流传,免不了有男生女生炒。"炒就炒吧,随他们的心!"杨雪总是这样说。

沈娟娟这次生病,真苦了杨雪。昔日的官小姐痊愈以后,大姐大的手臂上还缠着纱布。这时候的邓小如,深感自责,后悔早辞职,不能为杨雪分忧解愁。

邓小如对岑菲儿说:"杨洁老师上学年被咬了,杨雪又被咬了,她们姐妹多巧呵!"岑菲儿骂她多嘴多舌。邓小如不吭声了,过了一会儿,又说:"和男生去做那事儿,想着就心跳,怪羞臊的,真像要去死一回。"

岑菲儿惊讶得发怵,说:"做什么事呀?"

"好事。"

我姐姐被妙玉说糊涂了。

邓小如看着岑菲儿,忍下了许多话,叹口气。

星期六早晨,妙玉第一个起床,梳洗时特别用心,她因为父母离婚一气之下剪去的长发,又长起来了,秀美飘逸,她梳了又梳,好像要去做一次生死抉择。

程莹蛮有心思睡懒觉。农历十月,俗称小阳春,气温转暖,程莹从床上坐起来,穿得特别少。杨雪昨天傍晚回妈妈那儿去了,要不然,又要责怪茜茜公主不拘小节。程莹嫌邓小如拖延时间,催促说:"你要出嫁呀?快点儿吧!别让人家等急了!"

"你去,他等你!"妙玉第一次发脾气。

"他不等我,有约在先。"程莹狡黠地笑笑,又要钻进被窝。

岑菲儿早起来了,正在穿衣裳。她跳下床,伸出一只玉臂拉了程莹的薄被盖:"你还睡,太阳晒'脸'了!"

"晒你的屁股!"

程莹的被盖早就滑落一半在床沿边,好像岑菲儿床铺的"门帘",经岑菲儿一拉,全掉下来了。程莹就那么不够文雅地袒露在铺上。

她险些翻脸。岑菲儿从楼板上捡起被盖,拍尽灰尘,递给程莹。可她偏不要,索性站在床上,像一株玉树似的,有条不紊地穿衣裤。岑菲儿把那床被盖丢在自己铺上,程莹根本不去过问。后来,还是岑菲儿折叠好,给她送上去。

岑菲儿小心地问程莹:"你究竟叫邓小如去做什么事?别害了她!"

"我的小妈!别东猜西疑啦!好事坏事,问你自个儿!"程莹说完便走了。岑菲儿被扔在原地,仿佛被敲了闷棍。

沈娟娟怪怪的,她不嫌热和闷,用被盖捂住头,不想听女伴们的声音。

3

马宁和邓小如约定,星期六早晨,校门口等。"不见不散!"这话是马宁说的,邓小如骂他"弱智"。他马上改口:"见了不散!"还没去就气得妙玉差点儿向程莹"毁约"。邓小如是个死心眼儿,为了不失信,这才答应,是死是活,全然不知。

马宁的脸皮也并非那么厚,他是害怕失去程莹的"绿卡",硬着头皮承诺的。在他心里,邓小如只是个没长脑筋的俏妞儿,可以揉面团似地"欺负"。不过见面以后,他还是有些怯懦,心里没有底——全校皆知的妙玉,毕竟是个十七岁的女孩,在感情上,他自然而然有了和漂亮女生在一起的不自然。反正是组合错了,咬着牙硬撑呗。

程莹大款,慷慨地甩出六百元,要他拿两百元出来,合伙"下海",为岑菲儿赚钱。他将是八百元的"总经理"了,有四分之一的"股份"。程莹不在乎六百元,要他找那个四分之一,千真万确是逼男子汉上吊!向谁索取那一笔钱?除非龌龊,偷他爸的,那太缺德,不能尝试!程莹一旦知道了,只有一句话:"请滚,马土匪!"哭都来不及!向他爸要?没有"财政预算",痴心妄想!不揍你就算父子深情了,至少得骂你个狗血淋头。他在心里嚷:"我的姑奶奶,程大小姐,你真叫我死定了!"

马宁两天苦着脸,第三天他突然开窍:程大小姐,你瞧我的!他豁出去了,演习了好久,走到喜欢用拳头和儿子讲话的老爸面前,说:"爸,我给你打工,如何?"

"给我打工?还'如何'!"老爸瞧瞧他,说,"好你个兔崽崽!行啊,功课做好了?你就来!挣你穿衣吃饭的钱!"

什么?马宁吓了一跳,心里咒骂他爸是"严贡生",不吭声地悄悄溜了。他的话却提醒了他爸:一旦他在家闲散,就会传来呼唤:"马宁,没事过来！"光凭那份油垢便叫他退避三舍。这一来，逼得他一回家就钻进小屋里，看书，练题，头脑疲惫。他终于逃出来，在楼梯上吼。

他老妈说："你毛病不正，疯了？"

他爸厉声喊："你过来！"

他去了，像只牛犊，梗着脖子。

"我问你，读书好，还是当打工仔好？"

别无选择，他当然只能回答："读书好！"

"那你为啥不安心读书，想给老子打工？"老爸呵斥。

"我要零花钱！一分钱没有，老是无产阶级！"他也吼。

他爸的第一感觉就是：这小子反了！不过，随手扔五十元在地上。

"不够！我理发，买袜子，在学校吃饭，还有……"

又扔出二十元钱，老爸今天慷慨，给他"财政预算"之外的"开销"。马宁不敢恋战，捡在手里赶紧跑了。他害怕马老板反悔。如果他爸醒悟过来，"收归国有"，他就只有干瞪眼了。

他妈私下里骂他："你就那么穷啦，我不是拿过零花钱给你吗？"

"我说的是现在。"他说，趁势又向他妈要了五十元钱，钻进小屋里"决算"，加在一起一共一百二十元。还有八十元呢？他冥思苦想。最后，一咬牙，去打工！

马宁和一个来修车的中年老板私下谈判：利用晚上到他的沙石站装沙石，按车辆给工钱。那老板笑着："你小子不好好读书，也想挣钱？好，只要你敢来，我加倍给！"

"你不能告诉我爸妈！"

那老板常来小汽修厂，和马宁挺熟，就这么一言为定了。马宁给父母打个招呼：这个星期，回家很迟，在学校补课。他放了学，把书包拎到小阁楼前，让程莹给他提进寝室去，便直奔城郊河滩的沙石站。只一天晚上，就躺在沙石堆上了，累得再也爬不起来。头顶是蒙着面纱的月亮，真有卧薪尝胆的滋味。他闭眼想睡。中年老板把他拍醒："回家去吧，这碗饭不是你吃的，给你四十元，算是支援。"他说不够。那老板又按马宁的要求凑足八十元，说："以后来修车，你小子别多嘴！"他知道那老板常想占他爸的便宜。随他吧，只要过了程莹那一关，便是幸运。

这一天，岑菲儿发现程莹的洗衣盆里泡了一件男孩的衬衫，她瞧瞧程莹。

"岑菲儿，我是代人受过。猜疑了？"程莹笑笑，迅速地搓洗，趁没人，晾在了男生的晒衣铝丝上。岑菲儿无意间发现，晒干以后，是马宁收走的。

程莹替马宁洗一件汗水泡透的衬衫，是对马宁的最大补偿，那是他铲沙石的功绩，程莹笑着骂："我替你硝牛皮！"无论程莹骂什么，他心里都很甜蜜。

4

星期六早晨，依照约定，马宁在校门口等妙玉，虽然腰酸腿疼，想着程莹为他洗了衣衫，心里却充满了温馨。为了这一友情，他敢为程莹壮烈牺牲，就算这话出格了，心语总是真实的。

马宁老联想到电视剧的镜头，想入非非。

邓小如和马宁，被程莹阴差阳错地串在了一起。

晴朗的早晨，小城漫着淡淡的雾，叫卖声不时从深巷里传来，使睡醒的城池显得缥缈、空灵。邓小如从小阁楼里出来的时候，马宁已经等急了，小声说："你怎么这个时候才来！裹脚啊？"

"你少管！谁叫你那么早就在这儿等，让人好看！"在众目之下，邓小如早已有了羞赧，悄声骂他。

马宁也感到燥热。邓小如毕竟不是程莹，他叫妙玉："上！快点儿！"邓小如坐在他身后，保持着明显的界线。马宁说，你离得太远了，不好骑，摩托车跑快了，也危险。他叫邓小如往前移。妙玉红着脸，挪了挪身子。"再往前，靠紧我。"

"停车，我下去！"邓小如嚷。

马宁不敢吭声，只好小心翼翼地驾驶，速度绝不敢快。他边骑边叫邓小如"坐稳"，他知道妙玉不可能像程莹，害怕时会抱住他的腰。对邓小如，他不敢提这样的话，手握住哪儿，由妙玉自己决定。

邓小如怕见人，把头埋到最低，既不靠近马宁，也不伸出手扶住摩托车。马宁发觉了，急得心里快跳出猴来。

"快骑吧，绕城边走！"妙玉喊。

不是吹，邓小如骑车的技术极好，她敢双手放了自行车龙头，疾驰如飞地把男生甩在后面，有的女生吓得浑身冒汗，更不敢和她玩命。摩托车她已敢骑，且是无师自通，别人一指点就冒险奔上了路。不过，她绝不轻易去莽撞。在同学们心中，妙玉永远是一个不越轨的女孩。搭摩托车，绝对欺负不了邓小如，她比哪个女生都更自信，更胆大，这该是妙玉的"特异功能"了。可惜马宁不知晓，搭着邓小如，担心害怕的是他自己，似乎身后的这位，不是妙龄少女，而是一枚随时会爆炸的炸弹，他小心又小心。马宁边骑边想，邓小如代替不了程莹，程莹嘴利、甜，却很胆小，把他搂着，他们是摩托车上的一个整体。可这妙玉，特封建，也许叫作感情防卫。

"啊！马宁，你骑到哪儿来了？"邓小如突然惊叫。马宁如梦惊醒。顿时，他吓出了冷汗——怪他心不在焉，比较着程莹和邓小如，把车骑到汽车长队之间来了！他好不容易才从险境中骑出来，在围城路的一座桥头刹了车。

邓小如的额头冒出大颗大颗的汗，是吓的，没等车停稳就跳下来，大声呵斥："马宁，你骑过摩托车没有？下来！让我骑！"

"你骑？"马宁似乎看见了海市蜃楼。

"我骑回去，随你到哪儿！要撞车是你的自由！"妙玉很气，好像悟出了马宁的鬼心眼，把马宁骂得发怵。

马宁知道事情麻烦了，只有向邓小如求饶。今天，他要搭着邓小如去县城炒股。至于怎么个"炒"法，他一窍不通，无非从程莹骂他的话里受到启发。说当"倒爷"，去国外，那当然是废话，炒股倒可以试一试，此行算是首次"下海"，他无论如何也得搭上妙玉，这是程莹的"圣旨"。还有，邓小如很聪慧，可以弥补他的不足，是个好伙伴，有漂亮女孩做伴，那是男孩的最大满足。可他没有料到，淳朴的邓大小姐，居然也长着刺儿。看来，所谓男子汉精神，在俏女孩面前都是纸糊的灯笼，挂满屋檐也白搭。

邓小如原谅了马宁，心想，为了岑菲儿，就屈辱一回吧，再羞再臊也跟马宁去。但她坚决不答应在小城里吃早饭，逼着马宁骑到县城，选择一个卫生而安静的小食店，坐下来充饥。在那儿没人认识他们，别人要怎么想，怎么猜，随他去。

马宁边吃边偷偷看邓小如。妙玉是那么俏丽，那么动人，有着脱俗的美。同窗那么久，马宁第一次看清了邓小如。那一瞬间，他的心里竟然产生了男孩子的青春萌动。

邓小如饿坏了，吃得有损少女的文雅。她没发觉马宁的神情，只注意到邻桌的两个青年在指点她，顿觉尴尬，有了反感和愠怒。刚一放碗，邓小如立刻对马宁说："我们走！"

这时候的妙玉，和马宁居然没有了界线。她在躲避两个眼光有邪气的青年。

县城里熙熙攘攘，马宁搭着邓小如，向人流中驶去。这儿的一切都是陌生的，此刻的妙玉像城里的女孩一样，贴紧了骑士，在她的身后，留下了无限的魅力。

她的脸上，泛起两团红晕。

5

只有程莹才想得出来，说是"卓别林的星期六"。

邓小如和马宁走了以后，她忽然有了失落感，心里空荡荡的，仿佛什么被掏去了。她约岑菲儿："走吧，我们也成伴儿，逛街去！"

岑菲儿不愿在城里闲逛，觉得没意思。其实，程莹也一样，只是心里有些不是滋味，才叫我姐姐和她一道去消磨时间。小城的大街小巷，她是看腻了，唯一的一个公园——翠湖，也布满了她的脚印。在堂堂的小城"高等学府"里，程莹是最爱出校门的女生，小城里的不少人都认得这位漂亮的大小姐。岑菲儿不去，程莹只好单枪匹马出了校门，她是被心情逼上了大街的。

今日的程莹，算是靠"无息贷款"过日子。她果真大胆地向乔玉老师借了两百元，借钱的理由说得很坦率："乔姐，多一分理解。大款的程莹快成乞丐了！"昔日的班主任笑笑，说："注意生活节俭呵，'大款'！"

一个人在街上漫游，实在是无聊。程莹头一热，便上了开往县城的公共汽车。她想跟随邓小如和马宁的足迹。但她并没有看见那两位，也没有那份心思"盯梢"，程莹到了省内外著名的古刹禅院——大佛寺。

禅院大门口站了不少人,惊喜声、笑声、叹息声,此起彼伏。原来,不少游人在摸"福"。程莹一出现,便成了特殊的景点,看她的人比看摸"福"的还多。

这摸"福"有个规矩,须站在庙门口,闭上眼睛,虔诚地走向三十米外的古庙屏风墙,伸出的手摸到墙上的大"福"字就算有"福分",摸到"福"字下的"田"更妙。可惜,大多数人得到的都是失望。

程莹觉得这怪有意思的。她也站在庙门口,闭上眼往前走,在中途却碰到了一个人身上。睁开眼一看,是个外国男子。程莹有些难为情,不过,没生气,含笑说:"你们也热衷这个?"

"体会中国的古老风情。"

想不到那个外国人的汉语还说得挺不错,他友好地让程莹先摸。程莹退回原处,径直走去,果然摸准了"福"字下的"田"。她从侧面走去,结果一样。顿时响起了欢呼声。

一个老太婆说:"小姑娘,你好福气呵!"

"闹着玩!"程莹说。她想了想,又狡黠地说:"你半眯着眼睛,无论从哪儿去,都会摸准!"真不知她刚才是闭着眼还是半睁着眼。她也不去想别人怎么看待她,把五元钱扔进售票窗口,拿上门票就进庙去了。

寺庙里,烛火闪烁,香烟袅袅。游古庙的,像程莹这样的单身少女几乎没有。她的标致俏丽,别具一格的新潮装束,特别引人注目,她的神情多少会让人想到"为情所伤",而她的青春气息又丝毫不像。她居然也下拜菩萨,却不虔诚,还带着戏谑的笑。在罗汉堂,程莹和其他人一样,按年龄的大小数罗汉。第一次,数到十七尊,是双手摊开,内有一个小孩儿的罗汉。她红了脸,悄悄走开了。再从新的起点数第二次,是一尊一手托书、一手捧净瓶的善面罗汉。她笑了,笑得很甜,心情也很愉快，竟然走到千手观音坐像前，看一个和尚念经，伸手翻神桌上的另一本经书。和尚从她手里拿走经书，一声"阿弥陀佛"，说她"有善根"，指点她到山门内的左厅里去"请"木刻版经书。此时，周围已经围了许多游客，他们对这个时髦出众的俏女孩颇觉新奇。

程莹并不尴尬，笑笑，洒脱地出了罗汉堂。在观音殿外的小院里，她径直走到"为失学儿童捐赠"的桌前，看了看，掏出仅有的一张百元钞票，递上去，居士要她签上姓名、地址，她竟然这样写："小城高中高一（D）班茜茜公主"。居士与围观的游人都惊愕地看她，真不知这位少女属于哪国人，是谁家的公主。她倒一走了之。

程莹真的在游客购物处"请"了一本《金刚经》，因为她突然想到一部电影中的情节——主人公达摩祖师为《金刚经》拼斗，一时心血来潮就买了。她还请了观音十像——一打明信片。走出大佛寺，她才意识到自己是女中学生，绝不能把这些放在小阁楼里。程莹的决定是果断的，顺手把经书塞给一个老头子，只留下明信片，埋着头，匆匆往前走了。

"谁？哦！这个女孩子，你这是什么意思？"

程莹听声音，啊，好耳熟！她不敢回头，极快地离开。上了正待启程的公交车，从车窗玻璃里她看清楚了："我的妈啊！"原来，拿着经书发怔的老头，是小城高中的老师。

程莹的心怦怦直跳。

6

邓小如很晚才回到小阁楼，披着满天星斗。早躺在床上的程莹说她："这会儿才回来，'凯旋在子夜'？"

因为那个"子夜",妙玉的脸蓦地红了。她疲惫不堪地吞食冷"夜餐",叹气说:"什么结果都没有,上了人生第一课……"

程莹说:"你们真笨,不是去炒股吗?怎么连影儿都不见?"

邓小如盯着程莹,一时间没闹清程莹这话的意思。程莹自知说漏了嘴,不再出声。

妙玉是有些委屈的。她的确去了股票市场。她伴随马宁逛了一趟县城,像亲兄妹似的,把少女的羞腆尝试够了,做程莹的"替身",就算"钦差大臣"吧,自觉经历了世界上的第一难堪。

真正笨的是马宁。他仿佛在"风风火火闯九州",搭着俏丽出众的邓小如,心满意足,有点儿不知天高地厚,吃了早点以后,凭着骑车的技术不臭,在人流中冒险驾驶,第一战绩便是闯了红灯,等他明白惹祸以后,已经被交警发现了。

邓小如说:"糟了!咋办?"

"逃!"他趁红绿灯正转换的那一瞬间,开足马力,夺路狂奔,值勤的交警由于被横穿街口的人流阻隔,没看清他的车牌号,只给下一站打了电话:把一辆男孩搭女孩的红色嘉陵125摩托车扣住,此车严重违章!

邓小如告诉马宁:"交警在打电话!"

他喊:"坐好,搂紧我!"妙玉虽然羞,但不得不照吩咐做了。也只有在这个时候,马宁才敢喊出这样的话,邓小如终于被他欺负了。

马宁如惊弓之鸟,从横街冲了进去,两旁的人纷纷躲闪,用责骂声为他们送行。最后,马宁把车骑进了没有出口的死巷,差点儿冲进垃圾转运站的垃圾库房。躲过"疯车"的环卫工人没好气,问他们:"想进去,那就快!我好锁门!"

他俩遭到呛声不敢回嘴,还得厚着脸皮问路。马宁跨在摩托车上不敢开口，多亏妙玉去面对倔老头。看着这样清纯可爱的少女含着笑，再大的气也消了。老人的指点特别详细，反而把他们说糊涂了，掉回头，一出小巷就走错路，钻进了拥挤不通的菜市场，根本骑不动，两人双双下车，在人海里慢慢移动，摩托车成了累赘。

绕到股票市场的时候，邓小如的内衣已经被汗湿透了，脸也绯红，不知是累的还是羞的。

马宁叫邓小如看住摩托车，他去股票交易厅绕了一圈，待回到妙玉跟前，他已经傻眼了。在家里，他雄心勃勃，把炒股的美景全想遍了，到这儿，连一二三四五都不知晓，真是"老虎吃天，无从下口"。他问别人：怎么个炒法？对方瞧瞧他们，不想回答，心里暗笑他"土包子"。

"妙玉，咋办？"

邓小如也感到茫然。

马宁叫邓小如："你去试试！"

"我不去。"

马宁不甘心，又四下张望，想找出炒股的门道来。

邓小如突然叫起来："马宁，钱！"

马宁迅速按揣钱的衣兜，按住了一只手。好险！八百元差点儿不翼而飞。好一阵子，马宁的心还在跳。

那个扒手行窃落空，恼恨邓小如，走过来，恶狠狠地说："臭婆娘，你想死了！"

邓小如长到十七岁，从没受过这样的侮辱，俊脸儿由红变白。纯善的靓女孩也有勃然大怒的时候，就在那一瞬间，"啪"！扒手重重地挨了一耳光。周围的人惊怔了，扒手也被打蒙了。待那扒手反应过来，摸出了水果刀……

"邓小如！"马宁急奔而上，一把拉走妙玉。

街上刚好响起巡警的摩托车喇叭声。

有人喊:"抓小偷……"

跟着那扒手狼狈逃走的,还有他的两个同伙。

邓小如和马宁被人们围住了。大家议论纷纷,有说他们是兄妹的,有说他们是恋人的。

"我们是高中同学!"邓小如一羞气,便把身份暴露了。

"啧啧,中学生也来炒股!瞧那女孩,多漂亮,想不到够厉害的!"

"新潮流呗!"

"……"

马宁搭上妙玉跑了。邓小如说:"那会儿,真快把我吓死了!"

"你够英雄了,邓大哥!"这马宁,居然冒出这个词儿。

邓小如骂马宁欺负她,快哭出来。

马宁再三请罪。

邓小如也不想再多说,她害怕出车祸,假如两个人伤在一起,其他的且不说,那名声多难听,比死了还冤。

这一切,妙玉没有告诉程莹。她想,就让它永远留在少女的记忆里吧。

7

邓小如一肚子气。她第一次躺着不想动,在床上脱袜子。被汗水浸湿的脏袜子不小心落在沈娟娟的脸盆里。沈娟娟恼得顺手把脸盆推翻,至少有两个女孩的鞋遭到噩运。邓小如赶忙从上铺下来,已经迟了。星期一,她得趿着冰凉的拖鞋进教室了,那可是违反校规的。幸好我姐姐有一双旧鞋。

程莹拎着水淋淋的新鞋，骂沈娟娟："胖嫂，牛肉没吃着，在鼓上报仇！"

邓小如觉得过意不去，责备程莹："骂人家'胖嫂'，太过分了！"

程莹看看邓小如脚上的旧鞋，说："你最好连鞋都借不到，光着脚！'胖嫂'就表示结过婚啦？想得那么复杂！"

邓小如真想捂住耳朵。

因为沈娟娟推倒半盆洗脸水，我还真吃了苦头。管理员杨洁发现以后，把我叫去，责问我这室长是不是摆样子的。她指着再次被淋湿的木楼板横梁，责问：究竟是怎么回事？校长和老师的话还管不管用？

我知道她指的是"下不为例"，那是对燕儿窝群体在楼板上乱倒水的警告，而我不能把沈娟娟说出去。如果那样，女伴们会认为是我"出卖"了沈娟娟，我只能沉默。

"脸盆底脱了，保温水瓶爆炸了！"程莹大声说。她就这么大胆，明知女管理员不会相信，照样说。她说，要气是杨小姐自己的事，怨不了别人。

杨洁被惹火了，责骂她。她毫不理睬，过后又骂："烦死了！谁怕你的家长制呐！"

"程莹，你这一说，我们都成小媳妇了！贬了自己。"杨雪随口一句。

程莹嗔怪杨雪和杨洁"官官相卫"，把杨雪气得不想和程莹说话，她骂："好话都被你扭出了脏味儿！"程莹说，她还不想和杨雪多说呢，这是个档次问题，又刺伤了大姐大。

程莹的心思在邓小如身上。她去"审问"马宁：和邓小如流浪一整天，究竟是什么原因？

马宁见程莹来兴师问罪，心里嘀咕："像你这么多疑，人人身上都得安窃听器。"他说:"就那么回事,不相信去问邓小如。"

"我问你!"

程莹一旦有了火气,马宁便知凶多吉少,赶忙说:"车烂了。"

"就那么简单?"她骂了马宁。

当然不是那么简单。还是邓小如坦诚,主动把详细情形告诉程莹,程莹听得直瞪眼。她做梦都没想到,邓小如和马宁会遇上那么倒霉的事。

妙玉说,因为马宁的嘉陵125成了"通缉犯",他们下午六点多钟才敢经过红绿灯出县城。

"你们在县城里待了一天?"

邓小如点点头。

程莹不想再问,爬上铺去了,抓起书,没看上一页就扔了:"谁的破铜烂铁!成天瞧这个,烦不烦?"中午,杨雪要看哲学书,把床铺翻得像遭了劫难,鸡窝一般,最后才发现,书在小阁楼外的墙脚下,没有办法捡回来。她估计是程莹干的好事,却拿程莹无可奈何。

8

非常可惜,程莹没有从妙玉口中听到全部实情。邓小如怕程莹小肚鸡肠,只好不说。回想当天,她在翠湖公园里待了很久。马宁再一次去了股票交易大厅,回来的时候,拎了一袋饼干。他怕邓小如饿着了。

妙玉坚持不接受马宁的关心。她说:"真要把你那袋饼干吞下去,眼睛都会噎直!"后来,他们在小食店吃了素面和馒头,真正的艰苦朴素。

重新回到公园门口,两个人坐在水池的桥石上,倚着栏杆消磨时间，估摸着交警下班了，才飞一般地逃出县城。

谁知，出师不利，刚刚走了一半的路程，摩托车的链子突然断了，要不是马宁刹车快，他们准会双双摔在公路上，不死也成重伤。马宁把车停下，坐在路边的石头上发愣。

邓小如说："我们走吧。"

他说，走不了。邓小如叫他把车推去修，他说没法修。眼看星星已经出来了，马宁一咬牙，叫妙玉坐上车，他发燃火，一路推着步行。星空下的邓小如，活像北方的小媳妇，骑着小毛驴，一摇一摆的，行进在古道上。

不知过了多久，妙玉有了恻隐之心，对马宁说："我们换一换，你上来坐，我推……"

马宁好感动，邓小如在他心目中的形象一下子就升华了。邓小如推着车最多走了一公里，马宁却觉得走过了整个青春季节。后来，油尽了，熄了火，他推着，邓小如帮他扶着，好像在鞭策一匹耍赖的瘟牛。待把妙玉送到校门口，双双都筋疲力尽。

阴差阳错，邓小如和马宁去了一趟县城，总有异样的感觉，回校几天了，心里还不能平静，似乎在少女的内心深处，窝着一堆雏兔，不时地蠕动。妙玉有点儿害怕，她感悟到了，程莹真是害人。

邓小如守口如瓶，她对谁都不说逛县城的细节，别的同学更不知道她的内心。程莹是系铃人，她凭少女的敏感，猜到邓小如和马宁之间的异样，不觉有些后悔。

程莹遇见了艾建。她不是有意去找他，而是那么巧，艾建急匆匆从图书室出来的时候，手里拿着《简·爱》，差点儿撞在一个女孩的怀里。他吃惊地抬起头来，竟是程莹。

"程莹，你……"

低头想着心事的程莹也是刚刚收住脚。她的脸宛如灿烂的桃花。她向艾建笑笑，十分动人，又有着苦涩。程莹早就读过《简·爱》了。看到艾建，她忽然想到了书中的主人公。

这是学校的老房子，他们处在通道的拐弯处，程莹不让开，艾建不能从她身边挤过去。他觉得程莹有话要说。艾建最怕被女生"俘虏"。

程莹知道艾建的心理，她不能为难他，很坦荡地转身走了。因为，还有两个同学等着他们让道呢。

"因为友情因为留恋，一句温馨的话，像淡蓝色的小伞……"

岑菲儿坐在铺上静悄悄地写着。我姐姐老是写日记，在小阁楼里偷偷地写。外面飘来馥郁的香气。那是小园里的一株金桂，在吐露迟放的芬芳。程莹早就把头俯在床沿上，瞧着岑菲儿，狡黠地含着笑。她趁我姐姐入神的时候，轻轻地溜下铺，我提醒岑菲儿的话还来不及出口，日记本已经到了她手里。

"程莹，马上还过来！"我姐姐发怒了。

"我偏要看看，岑菲儿写了多少秘密……"说着，她真的翻开了日记本。

岑菲儿的脸绯红，扑过去，把程莹按在床上，硬将日记本抢了回去。程莹非常狼狈，头发像鸡窝，胸前的纽扣也被扯掉了一个。她捂着衣襟，骂岑菲儿"野蛮"。

杨雪说："怨你自己，老是惹火烧身！"

第十六章

1

这些天,马宁心神不宁。他越来越担心那八百元的命运。上个星期六,邓小如陪着他潇洒走了一回县城,吃够了酸甜苦辣,真对不住老实纯情的妙玉。摩托车好像有意为难他们,他说"没法修",那是骗邓小如,也只有妙玉才会相信,才会和他轮流推车。其实,他不敢对邓小如说真话。当时,他身无分文,是真正的穷光蛋。钱去了哪儿?他没法告诉邓小如,也没有向邓小如透露出半句——他把妙玉送进翠湖公园以后,第二次去了股票市场,不想遇上了同街的"黑马"。那小子是早两届毕业的高中生,常跑县城,今天说混进了"白领",明天又说炒了总经理的鱿鱼。马宁曾经嘲讽他"做了阿Q没有?",差点儿挨他的揍。在股市大厅碰见时,那小子居然西装革履,自称"黑马",说是炒股发了大财。马宁相信了他的话,愿意与他合伙,把八百元给了他,等待分红。钱一出手马宁就开始后悔,碍着面子才没去抢回来。回到学校以后,马宁更加不放心,连上课都走神,物理老师的教鞭好几次指向他。他莫名其妙地站起来。

"你坐下!要干什么?"

老先生呵斥之后,他还在发蒙。教室里一阵笑声。物理老师气恼地责问他:上课心不在焉,在瞎想什么?他冒出一句"黑马"来。"什么意思?草原?"他说"牛市"。这一来,底细全抖出来了。治学严谨的老师没轻饶他,也叹息。有的同学因此称马宁为"名牌股民"。

因为一整天不在家,并且盗骑嘉陵125,还弄得摩托车缺"胳膊"断"腿"地扔在那儿,不知是老爸还是老妈,撬开锁进了他的小屋,贴在墙上的"情侣格言"被查处,撕了。他家自然进入"严打"时期,老爸给了他一巴掌。痛是一回事,脸上黑了一大团,那是修车的油腻。他就蹲在那儿,用香皂、肥皂,轮番攻关,交替擦洗。最后,他妈也火了,拿起一把竹条。对十七岁的男孩,还使用这种"刑罚",显然落后了半个世纪,气盛的老爸一声怒吼,把他攮进了小屋。

老爸决意教训他,不准他出屋:"给老子通宵看书!"

老妈心疼儿子,要给被"禁闭"的马宁端一碗饭去。一进屋,大吃一惊,连忙奔向窗口,往外一看,魂都吓掉了——马宁沿着窗外的落水管滑到了底楼的窗台上……

马宁要去找"黑马"讨钱。外面,灯火如潮。

2

阳光出奇的灿烂。鸽哨声声。天穹是少见的蓝,飘着洁白的云朵。教师宿舍里,断断续续传来:"……风中有朵雨做的云……"

"天是不会下雨的。"我想。

岑菲儿请了半天假,回小镇去了。她走的时候,没让我知道。一想到她突然中途离校缺课,我就感到害怕。姐姐是个很有责任心的女孩,这似乎是一个预兆,我害怕姐妹俩提前离开小阁楼,不知今后的归宿。

程莹来了,她笑我:"老远就看见你那样儿,好像掉了魂似的!"

真不想听她那类话,她不会理解我的心情。我恳求地问她:"我姐姐走,给你说过没有?"

"嫁了!"

我想哭,骂她。

程莹认真了,也摇头。她轻轻叹口气,说:"你问艾建吧,他肯定知道。"

我不好意思去问艾建,岑菲儿不一定给艾建说。她已经知道艾建要和杨雪去县上参加中学生的知识竞赛,单凭这一点,岑菲儿就不会当着杨雪的面去接近艾建,更不会像程莹,满校园去找。姐姐的心理和性情我知道。正因为这样,我才特别担忧。岑菲儿的突然离开,使我牵肠挂肚。

艾建和杨雪明天早晨去县上,乘坐首班车,必须一路,校长和乔玉老师要他们做好准备。

艾建有了牵挂,他几次想对我说话,却欲言又止,因此遭到程莹的戏谑。她既戏谑我,又戏谑艾建,然后,把火引到杨雪身上。

"杨雪大姐,今晚会不会失眠啊?"程莹老是惹事,出口就没正经话,硬要挑一个疤痕出来。

杨雪骂她,千真万确的惹是生非。

她说:"道姐,你冤枉一个好人,不觉得残忍么?我可是真心诚意地祝福你们!明晚我们找个彩电,看县电视台的现场转播!"

杨雪知道程莹的话会造成什么后果,她真正火了,使劲蹬程莹一脚。程莹被蹬痛了,翻身跳起来,揭了杨雪的被盖,要擂杨雪。

"哎,你们!"邓小如叫起来了。

因为已经到了熄灯时间,小阁楼里不但灯火辉煌,而且特别热闹,也怨我未关门,杨管理员突然闯了进来。她皱着眉,斥责:"看你们像什么?快睡!"

挨骂的是我。

程莹说:"岑小莺,你够狠的,让我们出丑!以后遇上羞臊事儿,别求我!"

杨雪没说什么,她迅速钻进被窝,也许在心里嗔责我失职,夜里不关门是女生寝室的一大忌,八号女生宿舍的室长是白当了,比白当还气人。

沈娟娟什么都没说,无动于衷地看着寝室里发生的一切,似乎女伴们与她毫无关系。自从那夜狼狈迟归以后,她越发变了,更加冷漠,对什么都无所谓,好像真的"看破了红尘",怪怪的,程莹讥讽她像女巫。沈娟娟被激怒了,不饶程莹,跳起来,极恨地扑过去,似乎要找程莹拼命。沈娟娟哪里是程莹的对手!我在寝室里看着她们,惊骇得不知该喊谁。当时,只见程莹甩开沈娟娟的手,顺势端起岑菲儿的瓷盆,从沈娟娟头上倾倒下去,泡在盆里的内裤搭在沈娟娟脸上,被沈娟娟扯下来,用牙齿咬着撕破了。沈娟娟哭,程莹气,杨雪责怪我像个盲人。

如果岑菲儿知道,也会骂我。可妙玉说:"别人打架,是自己不自觉，怨不了岑小莺！"邓小如因此还惹恼了程莹。

这一夜，沈娟娟没有声音，多了一些平静。邓小如也不想说话。她觉得吵吵嚷嚷的，有着四分五裂的前奏，看着都没心肠。程莹因此说妙玉："道姐二世。"

因为目睹了程莹和杨雪的不文雅，且又听闻宿舍里大动干戈，杨管理员批评我，说我工作不负责任。如果不愿意担任室长就及早提出来，免得让一个女生寝室乌烟瘴气的。杨洁是在气头上说的话，批评过了头，我忍了。邓小如在一旁，感到不平，她张了几次嘴，没把话说出来。

程莹嗔责我："岑小莺，你傻了！干吗不立刻向她辞职，炒她的鱿鱼？我们都不当那倒霉的室长，看她去找谁？除非她自个儿兼任，不出三天，我就把她气跑！"

我没搭理程莹，我的心在姐姐身上。

3

小城中学要举行文娱节目会演，选拔优秀节目去参加县上的中学生艺术节，校长和主任把希望寄托在高二（A）班和高一（D）班，认为我和程莹是文体干部中的佼佼者。程莹说校长和主任"吃错了药"。"今非昔比！"

我没有程莹的"叛逆因子"，无论如何，我都得完成任务，不能让乔玉老师为难，不能辜负她。迫不得已，我去请教茜茜公主。

"跳双人舞呗，能够跳芭蕾更好，绝对鹤立鸡群，稳拿冠军！"她说。

我害怕程莹又要捣鬼，看着她。她倒是很认真，没有戏谑。

"谁来跳呀？"

"你呗！"

"我？"

"对呀！你俩一起上台，不是绝妙的一对吗？"

我俩？啊，她又扯上了艾建！我终于明白了程莹的捉弄，脸开始发烫。

程莹就那么笑，笑出了眼泪。我的眼泪是被她气出来的，羞怒得要揎她。她不逃，拉住我的手，一本正经地说："真的，你去找艾建，请他想想办法。对你，他一定不会拒绝。"

我放过了程莹，她的话总是半真半假，我没理由全怪她。她提醒了我，我决意去找艾建。可是，没走到艾建跟前又动摇了。去和艾建说这种事，行吗？也似乎没有机会：上课时间开不了口，下课以后找艾建难为情。再者，总怀疑程莹是在戏弄我，怕上她的当。我优柔寡断，犹豫了很久，直到艾建要和杨雪同去县上了，才鼓起勇气，在校园的偏僻处拦住他——是我厚着脸皮，凭少女的机敏，故作潇洒地等他走到身边。他转过身来时，才发觉是我。我的心怦怦跳着，把要说的话说了。

"找男生和你们跳舞不好，找女生吧。"他说跳四人舞，我发愁凑不够合适的人选。他说："你，杨雪，邓小如……"

我也想过，只有三个能入选的女生。

"找沈娟娟。她能跳，你给她一个机会。"

我没说话了，不是反对艾建的想法，我是惊讶，想不到艾建胸有成竹，对女生了如指掌。女生常说，男生都是马大哈，粗心大意。原来这话不对，至少不全对。

艾建看着我，说："我是这样想的。要不，去问你姐姐……"

我没回答他的话，一张脸绯红，迅速地扭身走了。

艾建被扔在原地，莫名其妙。

我想把选拔女生跳舞的事告诉岑菲儿，又打消了这个念头，我害怕岑菲儿知道我找艾建，骂我。

程莹主动问我：想出结果没有？当时，我并不知道，鬼精的程莹已经知道了我和艾建的交谈，只告诉她：跳四人舞，由四个燕儿窝的女生上场。

"不行，必须喊艾建参加。舞曲我给你们选好了：《你究竟有几个好妹妹》。"

"要不要脸？"我感到被欺侮了，噙着眼泪嚷。程莹没料到我会这样，她被唬住了，快快地回到铺上，顺手捡起一枝开败的花，把花瓣拍得纷纷飘落。

邓小如偏偏不知趣，一定要问我：谁决定的？是不是乔玉老师选的人？

"艾建！"我心头正气，脱口而出。

她"哦"了一声，知道就这么定下了，便找杨雪通知沈娟娟。当我明白说漏了嘴，已经不可挽回。我也懒得去阻挡过分热心的邓小如。封口是枉然的，听见的不只妙玉一个女孩，由她们去说吧，就是艾建，我怕谁？逼急了，我也很倔。

岑菲儿知道以后，真的骂了我。

我想顶撞她，说她心眼狭窄，但是到底没把话说出来。

4

杨雪和艾建参加全县中学生知识竞赛，县电视台转播了。可惜，我不知道。燕儿窝的女孩中，程莹是目睹了的。她说"特过瘾"，看了个够。在小阁楼里，她津津乐道地评论，说小城中学的两位种子选手都是眼镜，好酷，除了艾建和杨雪，其他的都光着眼眶，没有学者的风度。

邓小如忍俊不禁："凭眼镜取胜啊？"

"没治！"程莹骂妙玉"没有民族自豪感"，"杨雪取胜了是燕儿窝的骄傲！艾建嘛，让人挺感动的……"

程莹自知说话失误，马上住了嘴，哪知沈娟娟已经挑出了刺儿。

程莹不理她，只管去理自己的床铺。她在小窗进来的风口上，揭开高级线毯，把来不及洗的脏袜、凋谢的花瓣、废纸片……只要是让她厌弃的，一样一样地扔掉，然后用牛仔裤拍打灰尘，最后连牛仔裤也腾空而下。

我姐姐还没回来，床上落了些什么，由它。女伴们都知道程莹，起身让开。只有沈娟娟坐在床沿上不走，仿佛是最后一个匈奴人在坚守自己的家园。她在下铺，随风飘落的东西都栖息在她身上，头发挂着废纸片。

"程蛮子！"沈娟娟终于跳起来了，怒吼。她捡起程莹的高档牛仔裤和脏袜子，径直朝寝室外走。

"沈臭丫，你给我放下！"

可惜，沈娟娟根本不怕程莹，头也不回。程莹在上铺的床上，不可能凌空跳下来，她拿沈娟娟没法。

沈娟娟也不是善茬，她这一拿出去，敢给程莹丢进河里，或者抱进校长办公室，要不然就扔在操场上。那样一来，谁的感情都被伤害了。

杨雪和岑菲儿不在寝室里，我这个只能算作"妹妹"的室长便是临时的"大姐大"了。我及时反应过来，抢在沈娟娟前面，给程莹夺回来了。

沈娟娟气得哽咽，极恨地看着我，认为我伙同程莹欺负她。

我也气。我的脸通红，忍不住喊："这样有什么意思！大家还要在一起生活一年多，又不是马上就分手！"说完，我把头转向一边，用手绢捂住脸，害怕自己哭出来。因为，我想到了自己和姐姐，说不定我们很快就要离开小阁楼了。生活不容许我们姐妹再待在小城高中的课堂里，这是命运。我已经对小阁楼，对朝夕相处的同伴，有了深深的惜别感。

一霎时，寝室里寂静无声，沈娟娟退回来，倚在小桌上。程莹不管她的床铺了，坐着，陷入了沉思。邓小如看着我，慢慢地拍打岑菲儿床上的尘屑，拍着拍着，她的眼眶也湿了。

我再也忍不住，跑出寝室，在校园偏僻的树林里，悄悄流了眼泪。从初一到高二我还没有哭过，本想瞒住同伴，擦干眼泪转过身来，却见程莹站在跟前。她的眼圈也是红的。

"我们同生死，共患难。"程莹说，"如果不是你们姐妹，我不会留在这儿……你们要走，我还有什么心思！"

我知道程莹为我们做了牺牲，她付出得太多。她的话再一次引出我的泪水，她也哭了。我们忘记了这是在校园里，双双抱着，一块儿低声啜泣……这是一个秘密，它悄悄长了翅膀，泄密的是我自己。

岑菲儿回来了，她坐在重新整理过的床上，沉静无语。我没有询问姐姐，女伴们也没出声，都无声地伴着她。经过一次决裂的冲突，女孩们似乎都提早成熟了。

5

　　那天夜里,艾建和杨雪也返回了学校。杨雪一进寝室,就感到气氛异常。她没说什么,梳洗后,静静地上了自己的床铺。

　　因为气恼沈娟娟,程莹发泄扔牛仔裤的时候,把电灯的开关线扯断了,到了晚上,小阁楼里一片漆黑。程莹自己掏钱,亲自去买了蜡烛,红色的,六支,她全部点燃,有了裂痕的小阁楼,再一次闪烁着盈盈的烛光。女伴们都没有入睡,在床铺上或坐或倚,没有话语,直到慢慢垂下了眼帘。

　　红蜡烛明亮着,爆出一朵朵烛花,小窗外响起滴滴答答的夜雨。这时候,我听见了姐姐的一声叹息。

6

　　程莹是独自离开寝室去看48频道的现场转播的。晚自习的时候,高一(D)班的老班主任巡视课堂,发现岑菲儿和程莹都不见了。程莹的书包和桌上的课本全在,文具盒压了一张字条——

老先生:
　　请假一节课,"天下兴亡,匹夫有责",谢谢合作,理解万岁。

程莹
7点33分零6秒

　　这张出格的请假条,看见的同学早笑过了,乃天下奇文。班主任拿在手里,简直气怔了。真是岂有此理,天下竟有这等学生!"老师"都舍不得称呼一声。"老先生"！我是账房先生还是客栈伙计？真真儿的反了！"不辞而别"的茜茜公主一归来，老班主任就截住她，厉声质问："哪去了？"

"看电视，专题节目。"

那份毫不惧怕的神态把老班主任激怒了。其实，程莹一见班主任就悄悄伸了一下舌头。她真的不怕，镇静地瞧瞧老先生，淡淡一笑，好奇似的，确实想看看桃李满天下的老师怎样发落她。

"程莹，今天你得给我说清楚！你的'天下兴亡，匹夫有责'是什么意思？看电视就那么重要？还要'万岁'，并且'谢谢合作'！下海？经商？谁和谁合作？嗯？"

在一连串的诘问面前，程莹反而无丝毫的紧张了，她居然又是莞尔一笑："老师和学生呗！老师，你健忘？您老不是说过教育要改革，要建立平等的师生关系吗？那就是理解万岁！我尊敬你，这才谢谢你呗！"

老班主任教了数届高中毕业班，做梦都没想到会遇上这般口齿伶俐的女生。师道尊严不能不要，他极为严厉地问程莹："你先回答我，旷课去看电视，是什么行为？"

"犯了天条，对不？"

老班主任被顶撞得一怔。

"可是，老师，你错了！假条，我给你写了，请假的时间刚刚一节课，没超出零点一秒。我是标准时间，看电视也没白看，关心集体！"

老班主任不想再和程莹"对簿公堂"了，无可奈何地说："不说了，到座位上去，看书！"

程莹嚷："该回寝室了！你还把我留在这儿，三更半夜的受惩罚？"

老先生被程莹折腾得昏头了，这才发觉快到熄灯时间了，说"快去睡，快去睡！"程莹刚刚走了两步，他又问："岑菲儿呢？"

程莹满腹情绪:"你可没把她交给我!"顿了顿,又说:"先生,她给你请过假!"

"她只耽搁半天!"

"半天是12小时,还没到钟点!"

老班主任知道程莹和他抬杠,说也无益,果断地把程莹撵进了女生寝室。程莹对他的评价中不溜儿,说老先生是"计划经济思维"。

程莹也够大胆的,竟然到女管理员屋里去看电视。她破门而入,十分豁达自如,笑笑说:"杨老师你好!没法儿,当一回全寝室的使者!"说罢,拿过遥控器就调过了频道。杨洁还没回过神来,荧屏上已经出现了全县中学生知识竞赛的转播镜头。

"瞧,杨雪,艾建!两个眼镜,酷!"

女管理员屋里还有一个小女孩,一个老妈妈。那个小女孩很快就偎依在程莹跟前了,亲昵地叫程莹"姐姐"。程莹不时和老妈妈说话,既亲热又甜美。女管理员一时弄不清程莹是怎么回事,由于忙着要查看女生寝室,匆匆出去了,等她回来,程莹已经不见踪影。她一下子明白程莹在"逃学"。然而,自己的女儿和老妈妈都在称赞程莹,她把想讲的话忍下去了,只在心里说:"这个害群之马……"

7

我错怪了岑菲儿,她突然回小镇去,为的是我们姐妹的生存和读书。岑菲儿是自尊心极强的女孩,不到迫不得已,绝不会想到去求老师。自从在小学阶段有了"儿媳"之说,我姐姐就极少登艾南老师的家门,对艾建也尽量回避,多的是羞涩。她和艾建比友谊更深的感情,也是在那时不知不觉播下的。我理解姐姐,也懂艾建。岑菲儿极有志气,也很执着，艾南老师几次提出要资助我们姐妹读书，她都拒绝了。

我曾经小心地对岑菲儿说："姐，就当借艾老师的钱吧，我们有了工作，再还给她。"

岑菲儿的脸色变了，骂了我。姐姐的岔肠儿多，她顾忌"儿媳"的说法，现在就用艾南老师的钱，人家会瞎说些什么？她反感我说"借""还"之类的话。岑菲儿背着感情重负，有过一次离校出走，走进茶馆当服务员的经历，在艾建和杨雪的帮助下，经过奋斗重新走进校园，命运却又逼迫我们，姐妹俩双双面临失学。不知岑菲儿下了多大的决心，才踏上去艾南老师家的路。一想到虚岁十八的姐姐，我的眼睛就湿了。

岑菲儿是乘坐小公交去的。她站在小镇的街口处，好像游子归乡，有了陌生感。

从镇口到中心小学校，成排的泡桐树走过了馥郁的季节。古老的小镇仍是那么温馨。真想不到，她会在这样的日子里，怀着这样的心情，走向昔日的老师家。她眼里悄悄地盈满了泪水。岑菲儿不坐人力三轮车，她永远不敢和程莹攀比，得一步一步，走过小街人的眼光。在幽深空灵的巷子里踽踽独行，她的脸一直红着，猜想：人们知道了她要去的地方。

我姐姐走进小学校园，在石榴树下站了好一会儿，没有勇气登上楼梯，只有心跳、燥热。满树的石榴花火红，她藏在花丛中，望着向往而又害怕进的住宅。住宅的门虚掩着，两扇窗上贴的吹塑纸窗花还在，仿佛是对心中女孩的怀念。窗花是我姐姐小学毕业时剪的。那时的她还不懂事，更说不上成熟，一对窗花给艾南老师和师母留下了纯真的思念。

门拉开了。岑菲儿看见了慈父般的班主任。她却像逃似的匆匆掉头走了。

"岑菲儿……"

没有回音。艾南老师以为是产生的错觉,不觉叹口气。

岑菲儿去了另一位老师的住处。贺萍老师不在宿舍里,她不好意思在校园里寻找。贺萍老师把岑菲儿视作妹妹,我姐姐手中有她的寝室钥匙。她打开门进去了,掩上门,一头倒在床上,像塌了一般。那是她和姐儿班主任曾经同铺共眠的床,留着青春气息。贺萍老师没有结婚。在这样的床上,岑菲儿仿佛躺在了亲人的怀抱里,想到人生的渺茫,泪水不觉流出来了,湿了枕巾。

贺萍老师下班回寝室,骤见床上躺着一个少女,不觉一惊,走上去,却是昔日的学生,一把拉起来:"岑菲儿,你怎么啦?"

"贺老师,我……"岑菲儿哭了,在姐儿老师怀里抽泣。

"岑菲儿,你别哭,我已经知道了!"

岑菲儿告诉姐姐似的班主任,她没有别的办法了,只有离开学校,再去当打工妹。姑爹的茶馆不能去了,已经另有人,到其他地方又怕……贺萍老师心中早已明白,她紧紧搂住岑菲儿,好像这一松手,最美最纯洁的学生就会变成另一个女孩,她自己的眼里也浸上了热泪。

"我要让岑小莺读书,我们两姊妹要生活,我不得不走那条路……贺老师,我来向你告别。只要你以后还能记起我——"

"岑菲儿,你别说了!"贺萍老师也哭了。

我姐姐没按时返回小城高中,是贺萍老师把她留下了。夜里,她们睡在床上,贴在一块儿,相互能听见心跳。贺萍老师苦劝岑菲儿,要她好好读书,告诉她:艾建早已来过了,求昔日的班主任帮他挽留。贺萍老师正在恋爱期间,哪能不懂男孩?而她是老师,虽然学生早已毕业离校了,她也不能把"早恋"两个字说出来,只悄悄问岑菲儿:"你和艾建……"

岑菲儿没有说话,好一会儿才叹气:"我没办法……"

那天夜里,我姐姐终于在半朦胧的睡态里吐露了内心的真话。

贺萍老师微微一惊,抱住岑菲儿。她的睡意没有了。望着窗外的月光,感到肩上的担子太重了。岑菲儿和艾建都还年少,做老师的应该帮助他们,引导他们,但愿他们能顺利地经历住花季里的考验。夜,很深了,贺萍老师在思索中和岑菲儿脸挨脸地进入了梦乡。

月明如昼,照着女教师寝室里的两个女子,也照着等待岑菲儿的小阁楼。

8

杨雪和艾建在县城里结伴走了一回,载誉而归,一夜之间大姐大便成了风采女孩。球场上的明星,有一半是程莹的少女啦啦队"炒"出来的;电视赛场上的佼佼者,是艾建衬托出来的。程莹说杨雪最走运,好事都被眼镜小姐捡去了。"可别乐极生悲哟!"她说杨雪。

邓小如听见,厚道地说:"程莹,别心肠歹毒,咒杨雪。"

"我哪里歹毒了?咒杨雪什么?"

程莹听了就是气,她确是有口无心。妙玉却善解人意,她得讲真话,说程莹忌恨杨雪。

程莹瞪着邓小如,骂:"邓痴姐,你有病?"

妙玉被程莹顶撞得说不出话,剩下的只有羞怒和委屈。邓小如倒没什么,无声无息地睡了。她有着少女真正的温情和大度,要欺负也很容易,欺负了她以后,稍有恻隐之心的都会感到内疚,觉得于心不忍。程莹压根儿就不会想到"欺负"这个词,你要认为这是欺负,那是自个儿心眼狭窄,自讨没趣。

茜茜公主崇尚的是少女的坦荡。她是这样理解的：中学生今后面临的是充满挑战和竞争的社会——这话是校长和老师们说的，报刊上的词句也多，绝不是我程莹的新发明，要具备适应社会的生存能力，连一点坦荡胸怀都没有，不如像小阁楼的原主人——那位古代小姐，趁早去吊死！女伴们称这是"程氏定理"，平心而论，觉得程莹还有几分说服力。我们最怕的，就是她偏要说那位古代的大家闺秀是吊死在小阁楼的。一想起这话，便忍不住心悸，特别是在夜间，少不了恐惧感。夜里怕得不敢起床的邓小如，曾经埋怨她"害人不浅"。

她说："大小姐，你健忘，这话最早是谁想出来的？"

吃了哑巴亏的邓小如走了，去了高三的女生寝室。近来的妙玉，和毕业班的几个女生难舍难分。程莹嘲笑她"生死恋"，气极了的邓小如嚷："她们不是男生！"

男生女生都一样，程莹想到了就说，不说心里憋不住，她也说杨雪："大姐大，你成明星了，谨防爱你没商量！"

杨雪嗔怒："离了这些，不能说别的？你的档次就那么低？"

"哦，你高尚了？我说的是实话，等着吧。"

杨雪做梦都没想到，自己竟然被程莹不幸言中，果真有"爱你没商量"的信寄来了，校内校外的都有，"内详"的不少。杨雪不是怕，而是反感。她根本不予理睬，让它们寂寞地待在传达室的邮袋里，一封又一封的"杨雪收"，成了爆炸性新闻。

我姐姐为她担忧，劝她去取回来。杨雪说："想取你去取，我没那份心思！"

岑菲儿很窘。

程莹为我姐姐鸣不平了，骂杨雪不领情。

"告诉你吧，杨大小姐！已经少了两封。如果被无聊的男生偷看了，你肯定脏兮兮的！"程莹说她数过，不知是真是假。杨雪被唬住了，犹豫不决。

邓小如知道应该怎么做了，她赶紧去传达室把那些信替杨雪取回来，厚厚的一沓。

程莹笑着，打趣地说："妙玉小姐，你真虔诚，叫杨雪转给你。"

"俗！"杨雪从邓小如手中把信夺过去，撕得非常狠，没一点儿少女的温柔。

程莹叫起来了，她仍含着笑。"杨雪，你看，还有男孩的照片呢！他们都死在了你的手下。如果是我，才不那么傻，寄信给一个杀人不眨眼的魔女。"

"疯子！"沈娟娟看不惯程莹，在床铺上，把新买的小说书一丢，冷不防冒出一句。

程莹听见了，还没骂出来，杨雪又把一捧碎纸片撒了。

邓小如从高三女生寝室回来迟了，正在吃饭，碗里落了不少。她嚷："干啥嘛，这种事犯不着大家分享！"

岑菲儿小声制止："别多说了！"

一霎时，小阁楼里没了声音，轮到我生气："各自把床铺打扫干净，下午又要清洁大检查！"

我从未在寝室里发脾气，这是被她们逼的。我是个上下受气的室长，像这般一塌糊涂，肯定挨杨管理员的骂。这次大检查有学校领导一道，如果再被画一个零分，小阁楼的女生就真正的声名狼藉了。

自己酿下的苦果自己品尝，女伴们再一次兵荒马乱地打扫卫生。苦的是我姐姐，撒的碎纸片，差不多都落在了她的床铺上，我去帮她捡。邓小如没忘记帮岑菲儿，程莹也挤了进来，她边喊边戏谑："瞧，都到这儿来了，真正被钟情的还是我们的岑菲儿！"

岑菲儿羞恨得扎实地揪了她一下。

程莹惊叫。妙玉"唬"地跳起来,说:"我以为岑菲儿床上有蛇呢,吓得我直跳。"

程莹笑。我姐姐气。

就在这节骨眼上,上课的铃声响了。不用说,燕儿窝全体迟到,好端端的全勤被啃掉一个缺,谁都觉得遗憾。

9

在爸爸和哥哥下岗的日子里,为了读书,杨雪每晚去打黑工,在城郊的那个家具厂当临时女漆工,白天照样上课,几乎累垮了,可她没有趴下,以顽强的毅力支撑着,仍然保持着佼佼者优异的学习成绩。老师和同学知道以后,都说她是创造奇迹的女孩。沈娟娟的父亲被捕判刑以后,杨雪的爸爸和哥哥回到了起死回生的工厂,也解救了杨雪。这是少有的一段少女历史,杨雪不会忘记。她十分珍惜来之不易的学习时光,投入她的全部身心。杨雪并非程莹所说的"冷美人",她同样是多情的少女,面临涌向她的同龄人感情,同样会怦然心动,同样羞腆脸红。而她能正确对待,紧紧地守护着内心的堤堰,不被冲开缺口。她给自己订下了远大的奋斗目标,得自立自强,一步步走向那个光辉的顶点。她没有工夫沉溺在男孩和女孩的感情世界里,只有傻男孩和傻女孩才会把时间花费在海市蜃楼似的早恋中。她真的没有时间呵,也不应该。岑菲儿说过:"我们还小,不能拿青春赌明天,不能犯青春时节的美丽错误。"岑菲儿做不到,但杨雪能做到,她是岑菲儿的警语实践者。

杨雪理解岑菲儿,也理解她和艾建之间的感情。而她并不责怪岑菲儿,只有淡淡的忧心。许多同学不甚了解杨雪。其实,她是女生中最成熟的一个。程莹奚落她"道姐"，应该说，不全是贬义。杨雪不犯傻，她随时告诫自己：记住，等到我们这一代，走出学校，面对机遇和挑战，劣者淘汰，适者生存，优者发展！

程莹听了杨雪的名言警句，摇头，说："杨大小姐，我可没有你那样高瞻远瞩！行了吧，佩服你，我害怕忧虑死了，没人为我哭泣！"

邓小如也挺赞成杨雪的观点。很可惜，她说出的话惹恼了程莹。

程莹贬她："你说没有杨雪的思想境界就是鼠目寸光，那你能看多远？你是小鸡还是凤凰？挺傻的痴姐一个！连自己的生活坐标都不明白，还要鹦鹉学舌！信不信，我伟大个样儿给你看一看！"她这话，不仅叫邓小如难堪，也让杨雪很恼火。

女伴们过后才知道，程莹是气恨马宁。邓小如是因为伴着马宁去了一趟县城，方才受到"城门失火，殃及池鱼"的不公正待遇。

我知道，杨雪和程莹一样，对我和岑菲儿很同情，了解我们姐妹的处境，也想帮助我们，却无能为力——大姐大不敢和程莹相比。程莹是"大款"，父母完全按照她的"财政预算"支付，杨雪稍不注意就会遭遇经济危机，而她也不赞成程莹式的"怜悯"，倒希望我和岑菲儿自立自强，靠自己的勇气和力量去战胜困难，似她的曾经，也是一种很好的生存锻炼。她当时没有给我们姐妹讲过，也没有在同伴中间提起，她担心我和岑菲儿吃不了那样的苦，害怕我们把身体累垮了。在她的心目中，我姐姐是极美的娇小姐，有些弱不禁风。她只说过一句："大伙儿能不能够组织起来，勤工俭学，为岑菲儿……"

没等杨雪说完，程莹便没好气地接过了话头："打工，对不？我们伟大的道姐，你办不办培训班啊？"

杨雪气得不想再说话。程莹说她缺乏时代感，出馊主意。

茜茜公主也不想和大姐大说更多的话。她心里有事是沉不住气的。

在操场上，程莹又把艾建拦住了，要艾建告诉马宁：程大小姐不会轻饶了"马土匪"！

艾建天性是高傲的，不愿受人支使，对程莹也一样，他说："你不会自己去找他？"

程莹似乎误解了艾建的话，有些脸红，带着淡淡的怨恨，轻声说："艾建，我是求你……"

没等艾建把程莹的话转达给马宁，马宁已经做出了惊天动地的事：和校外的无赖打架，闹得全城皆知。

第十七章

1

这是在小城的小街上,许多同学都目睹了马宁的敢死队精神,把路过的女生吓得捂住脸。有的说,马宁就那么冲上去,命似乎都不想要了,准备壮烈牺牲。

和马宁打架的就是"黑马"。"马"对"马",棋逢对手,打得轰轰烈烈,最后服输的,居然是"黑马"。

马宁抹着嘴角的血,责令"黑马"当天兑现八百元,一分不能少!再一次警告"黑马""这是几位同学的,非给不可!要不然,全班同学找你算账,擂你!"

"黑马"咬咬牙,恼恨地答应了。

这已经是马宁第三次找"黑马"索还被骗的钱了，逼急了才拼死和"黑马"搏斗。

马宁把八百元钱交给"黑马"以后，马上意识到做了傻事，他越想越觉得事情不妙，骂自己"笨蛋"。那钱可不是白捡来的，是程莹和他凑的，为的是帮助岑菲儿，如果被"黑马"吞了，他最怕程莹气恨，不饶他。程莹成了他的遥控板。那晚上，他爸妈气恼他星期六在外"混"了一天，摩托车也差点儿陪葬，关他的"禁闭"——只能在小屋里读书，不准外出，房门也被反锁了。他翻窗从二楼溜下去，差点儿摔断胳膊。在小巷里找到"黑马"，"黑马"耍赖，说他不记得了。马宁一听，头"轰"的一声炸了，不让"黑马"回家。"黑马"被他缠烦了，缠怕了，承认有那么回事儿，却说钱被压在了股票里，拿不回来，叫他耐心等待，"发了"大家分红。马宁不想分红了，只想要回那八百元钱。第二次是下午放学以后，"黑马"干脆一句话："买到手的股票大跌，赔了！"这一次，"黑马"彻底服了他，当场数钱，说："你小子厉害，英雄！"还要留住他："交个朋友，喝酒！"

"喝个鬼！"马宁撒腿跑了。

打架打出了名声。

程莹知道以后，恨得咬牙，骂他："我白相信你了，你走吧！"

马宁害怕程莹"驱逐"他，赖在程莹面前不走，一定要赔罪。程莹气得白了脸，抢回自己的六百元钱，转身就走了。邓小如走过来撞见这一幕。马宁可怜兮兮的，要妙玉帮他。

邓小如说："这种事儿我帮不了你！"

马宁好像专捡邓小如欺负，把两百元钱放在妙玉手里，一定要邓小如做出牺牲："拜托了，我不会忘记你。"

"哎，你……"邓小如无奈，像捧着毒品包。"马宁——"她喊。

马宁却如释重负，已经跑掉了。

邓小如这会儿有了真实的感受，和男生太接近了，自讨苦吃！而在内心里，她并不拒绝马宁的恳求。

沈娟娟看见了马宁和邓小如的情景，露出一副不屑的神态，独自走开了，认为男孩和女孩都逃不脱"俗气"二字。她绝对瞧不起马宁这类男生，也瞧不起缺乏阳刚之气的艾建。她对谁都瞧不起，包括她自己。程莹曾经说沈娟娟是胖女孩心态，患了"青春自私症"。茜茜公主是一句戏谑，女伴们谁都笑不出来，都感觉到了那句话的分量，心里沉甸甸的。

程莹也不是那么轻松，她掩饰地打开袖珍收录机，没放流行歌曲，而是《命运交响曲》，让小阁楼里凝聚着让人难以承受的气氛。杨雪爬过床去，伸手给她关了。程莹无所谓，任凭脱了衣要睡的大姐大在她胸前挤来挤去，一声不吭，小女孩似的，把一朵菊花扯碎，显得有些残忍。

这种严重的话语，程莹是当着沈娟娟的面说的，昔日的官小姐却无半点反应，既非大度也不是无动于衷，而是鄙夷，好像寝室里的女孩，除她之外，都不足挂齿，全是肤浅的俗物。程莹早就看出了沈娟娟的心态，只是不想再招惹这位苗条不起来的"胖姐"。她背地里骂沈娟娟"灵魂出窍"，当面也敢骂。

那朵惨毁的菊花是程莹在校园里摘的。偌大一座校园，报捷似的，有了第一朵盛开的秋菊，乳白色，那么温情，那么可爱。程莹走过时看见，不觉赞美地"哇"了一声，手一伸就摘了，菊花到手才想到了违反校规，"不准攀摘花草"的警示牌赫然在目。既然已经摘了，就等着学校"传讯"吧，没什么，下次谨记就是了。现在，她有点儿怕学校罚款，她的钱是留着为同伴奉献的。首开的一朵菊花就这么不明不白屈死在俏女孩手中，花瓣散落在小阁楼里，落在岑菲儿的床铺上。

如果是邓小如无意间摘了学校的第一朵花，她多半会主动去认错。程莹不会，她没有那种境界，并且觉得，那样太缺乏时代感。错了，她承认，但不愿可怜兮兮做检讨之类。她贬斥老师们的那种方式是"陈旧教育"，是"迂腐"，不理解当今的少男少女，是"老头子老太婆传统"。自己明理，能敢作敢为，才有少女的大丈夫气概，犯不着婆婆妈妈地"洗脑"，烦死了！"响鼓不用重槌"呗。

谁都没去告发程莹，老师和校长也不知道有一朵鲜花为程莹献身了。看见程莹摘花的，是别班的两个男生。身为男子汉，如果因这种事去告发女生，那是令人不齿的，肯定会声名狼藉。男生就有这样的"正义感"。况且是人见人爱的程大小姐，谁会说她呢。

沈娟娟目睹了程莹的"残忍"，她更不会把程莹供出去，她觉得没意思。沈娟娟在校园里是孤独的，她本来是个颇吸引男生女生的漂亮女孩，却由于背上了"胖"的心理负担，有了少女不该有的自卑，恨自己不如燕儿窝的其他同伴苗条，加上程莹有意无意的戏谑，陷入了"胖姐"的心理误区，极害怕体态的成熟，买文胸也要选择比实际需要更小的，狠心挤压，造成青春的冤屈。文胸的秘密不幸被茜茜公主发觉了，程莹在小阁楼里毫无顾忌地嚷："沈娟娟，你就不觉得难受吗？太压迫你的那两位了！不怕它们造反？"杨雪代替沈娟娟嗔责了茜茜公主。

2

沈娟娟陷入孤寂，除了"胖"的危机感，更主要的是自我封闭，作茧儿似的，一丝一缕、一层一层地把友谊与自身隔离，把她的美好从同伴和男生心目中逐渐收回去。妙玉说她快变成蛹了。沈娟娟正悄悄地走向另一个她不该涉入的天地。

缺乏友情的沈大小姐,很反感男生和女生之间的交往,对此非常冷漠。程莹绝不相信沈娟娟有圣女的成分,说她连"道姐"的起码资格都不具备,纯粹是假惺惺。

我姐姐责备程莹:"别太损了,沈娟娟心里难受!"

"怨她自己!她呀,像个心态不正常的老处女!"

岑菲儿不准程莹再贬低沈娟娟。小阁楼里的女孩,能够理解沈娟娟的,恐怕首数我姐姐了。程莹半嗔半奚落地说岑菲儿"熟透了",可能与此有关吧。

程莹骂过沈娟娟"间谍"。沈娟娟确有一双侦探似的眼睛,也许燕儿窝女孩们的事她全知道,只是表面显得很冷漠。因为这一点,程莹对她特别不满,称她龌龊、心眼儿坏。程莹给岑菲儿说了心里话:"让人随时都感到处在沈臭丫的监视之下,好像被她瞧穿了!"而沈娟娟,什么样的内心话都不吐露,深不可测。程莹气恨地骂她:"老巫婆,魔女!"

真的,程莹不是杞人忧天。她对艾建的复杂友情,和马宁的恩恩怨怨,包括马宁把她从水中救起来,沈娟娟似乎都知道。这对程莹来说简直是一种潜在的威胁。

沈娟娟的智商不低,对同伴好像有特殊的洞察力。今天见到邓小如和马宁在一起,大概又悟出了什么,心里竟有一种说不出的感觉,不知她是不是在为妙玉惋惜。反正,邓小如是被冤屈了。

沈娟娟不想多看待在一块儿的两个同窗,她转身出了校门。或许正因为马宁和邓小如,沈娟娟再次走向了那条幽深的小巷。

杨雪看见了沈娟娟,她没有理由不准同伴在晚饭后离开校园,只是心在猛然间惊悸地一跳,迸出一个危险的信号。

马宁恳求代劳的两百元钱，成了邓小如的心病。她真不知道应当怎样处理，马宁糊涂，也让她犯傻。这钱真的不该由邓小如去交给程莹，而马宁那个蠢小子请求她全权决定，好像内当家似的。一想到那个"内"字，妙玉就禁不住羞臊。曾有个男生说程莹是他的"内——"，"人"字还没出口便被程莹抓起教鞭"呼呼"地抽，好几个男生都被慑服了。妙玉不知马宁的思想里有没有那种"内"的成分，反正自己觉得冤。答应了马宁的恳求后，邓小如方才明白做了傻事。妙玉不笨，比哪个女孩都聪慧。她知道，如果这钱由她给程莹，肯定会弄巧成拙，程莹不但不要，还会生疑。唉，真不好意思说出口，既冤又臊。她想，干脆给岑菲儿！马上又觉得不对。是呀，她凭什么全权处理？妙玉本来是很单纯的女孩，遇上这种事她不得不想复杂了。迫不得已，她又去找马宁，要"马土匪"自己去办，她可代替不了。她害怕背黑锅。

偏偏马宁那么"木"。他正在男生堆儿里，高谈阔论地争执世界杯的赛事，明明是邓小如的眼神在召唤他，却发怔似的回眸，引来不少同学的猜测。

高一（D）班的几个男生正在评论当今的歌手和明星，两个追星的女生也参与了。想不到男生中也有"死党"，辩论起来引经据典，滔滔不绝，那两个女生寡不敌众，搬来程莹去舌战群儒。程莹几句话便把追星族们搪塞哑了。

"没意思！"她说，"能唱几首歌有什么了不起，如果我想唱，不比他们差！顶礼膜拜没出息！"

程莹这一竿子横扫过去，男生女生通通被贬低了，脸上都有愠色，却没法对程莹不逊。班里的同学都知道茜茜公主的脾气，有个男生本想讥讽程莹"恬不知耻，自封明星"，再一想，程莹唱歌的确不亚于明星，便把话忍下去了。另一个男生却发难："请问程大小姐，你如此反感明星，为何天天放流行歌曲？"

程莹柳叶眉一竖，鄙夷地说："我的收录机放什么歌，你怎么知道的？偷听的吗？不知廉耻！算了吧，我饶了你！祝你考试时别再喊'死定了'！"

那个学习成绩极不如意的同学，当场面红耳赤，悻悻地看程莹一眼，避开了。

一场课题外的讨论不欢而散。男生女生断定程莹是真正的"追星族"，没想到她这样对待同学。尔后，有的男生悄悄说她是"悍妇"，立刻遭到众多男生的反对。程莹虽然常常树敌，但她毕竟是很美好的。在高一（D）班，她和岑菲儿是谁也无法超越的青春偶像。当然，只怪糊涂虫不理解程莹心里的气恼。

3

杨雪不愧是女生中的大姐大，她没有白替昔日的官小姐担心。

沈娟娟走出校门以后，小城里的灯陆陆续续亮了，拉开了夜景的序幕。小巷幽深，只在尽头有一盏浅黄的路灯，好像一只竹筒。那一个静夜，她就走进了带有神秘感的竹筒，今晚算是第三次了。天上没有月亮，也没有星星，蒙上的是一块无垠的黑绒布，增加了深巷的阴森恐怖。她吓得发颤，却没有退回灯火辉煌的大街，硬着头皮往前去。在小巷的深处，有一处吸引沈娟娟的住宅，好像童话里的大森林魔屋。曾记得，她首次带着酒气和烟味回到小阁楼时，被杨雪打了，她嘤嘤地哭了半夜。她伤心，恨杨雪，也恨燕儿窝的同伴们，她的心在痛，过后也就不在乎了。她咬咬牙："我就这样，走自己的路！"大姐大的那一巴掌，并没有把沈娟娟从小巷里打出来，反而让她更死心了。

沈娟娟豁出去了。

那天夜里，她是醉了，被半骗半拽去的。第二次是自愿——好像有一根无形的线儿牵着她的心，让她连上课都想着那样的情景。老师气恼沈娟娟懒散、不听讲、责备、批评，对她都不起作用，真像杨雪所说，沈娟娟已经丧失了自己。乔玉老师找过她两次，把一颗心捧给她。她哭了，只吐出一个字："我……"便死死地咬住了嘴唇，再也不说话，像一尊失去灵魂的少女雕像，坐着发怔，脸发白。班主任感到害怕，心被揪紧了，安慰她，开导她，深切地盼着她。正当乔玉老师在灯下托着腮，苦苦思考怎样敲开少女"核桃"时，她又走进了那条神秘的小巷。

沈娟娟回想着那天夜里，仿佛是缘分的安排，她与那个叫霞姐的女子偶然相遇了。沈娟娟的爸爸当副局长和厂长的时候，那女子常来沈家，厂里曾传出沈厂长的风流韵事，沈娟娟的妈妈因此非常忌恨，害怕那个霞姐。而霞姐对沈娟娟却特别好，沈娟娟对她也很有好感。偶然相遇，沈娟娟仿佛见了亲人，竟在霞姐的再三劝导下，喝下了那一杯红葡萄酒。那高高的玻璃杯，红殷殷的，好像是一口深井。长到十七岁，酒不沾唇的沈娟娟栽进去了，浑身酥软，没一点儿力气，头发晕，屋子在旋转，不到三十岁的霞姐双唇血红，在笑着，恍恍惚惚的，在蒙眬的眼里变成了叠影……醉了的沈娟娟被霞姐搂着，坐上了三轮车，进了这条幽深的小巷，在那套弥漫着高级香水味的住宅里，霞姐脱了外衫，沈娟娟不好意思看，垂下了头。因为醉酒，她觉得胸脯憋得慌，浑身发热，可她紧紧捂住衣襟，不让霞姐解她的纽扣。过后，霞姐要她抽支烟，沈娟娟连连摇头。她真有些怕，怕这个妖艳的女子。可是，沈娟娟经不住霞姐的相劝和引诱。在昏沉沉的醉态中，由霞姐把香烟塞进嘴里，吸了几口。她不知香烟究竟是什么味儿，只觉得全身似乎解体了，不知是因为舒坦还是为魔力所惑，她进入了缥缥缈缈的幻景中，被霞姐抱在了怀里，喘不过气……

　　第二次去，沈娟娟又喝了酒，同样醉了。她闻到烟味，居然想吸，好像有瘾。霞姐又给她了，叫她放心抽，她再一次沉溺在不分幻觉与现实的状态之中，酥软得不能起来，睡在了霞姐身边。渐渐地，她陷入了晕眩状态，屋里的灯灭了，她觉得自己在渐渐往下坠落。这时候，身子似乎再次解体。她突然惊骇得想吼，却晕了过去。当她醒来的时候，天已经亮了。睡在她身边的，仍然是霞姐，可她总觉得体内有种异样的感觉。沈娟娟是敏感的，她猛然意识到：自己失去了少女最宝贵的东西，在这样的星期六晚上，她把守护十七年的童贞失去了！她清醒了，瞪着怒眼，充满仇恨地扑向霞姐，要与那个女人拼命。霞姐拉住她，骂她，说她"疯了"，一再对她说，这屋里只有她俩："你失去什么了？自己往脸上抹脏，不想活了是不是？"

　　沈娟娟心里明白，她不敢对谁说，少女的那块晴空被人突然遮蔽了，只有哭，恨，心灰意懒，对什么都满不在乎。今夜，沈娟娟又到霞姐屋里去，等待她的，将是什么？

4

　　邓小如有自己的心事。她的心事是马宁给的。那两百元钱叫她好为难，心里一向不装事的妙玉开始冥思苦想了。她确实得思考出一个既能帮助岑菲儿又不让程莹猜疑的良策。到这时候，邓小如终于悟出了一个道理：女孩承诺了男孩，最不自由！同学们都公认妙玉是幸运儿，是乐天族，哪知她还有这等难题呢。

　　邓小如似乎和小城中学的每一个同学都有缘分。她迷恋毕业班的女生宿舍，一个星期五的晚上，居然在那儿住了一夜，尔后便有了"仙气"。程莹说她贼大胆,问她"脱胎换骨"没有,"妙玉小姐,要不要我为你打长途电话,问一问张果老或者吕洞宾缺不缺个伴侣?"说得太过头了,把邓小如气得接不上话。

其实,邓小如的"仙气"无非就是学会了走"碟碟仙"。那并不是新玩意儿,前些年早已流行过了。几个高三的女生不知从哪儿发掘出来,躲过老师,关上门,在寝室里实践,试试它的灵验程度:放上一个碟子或小瓷盘,分好刻度,每个刻度代表一个想要祈求答案的问题,然后根据自己的性别、年龄和心愿占卜,让硬币在碟子里移动,找归宿。这把戏是心诚则灵。开始,邓小如觉得高深莫测,像玄学似的,在一旁静静地看,用心领悟。渐渐的,她觉得太简单了,只不过是一种意念的游戏,可她相信它的灵验。像男生说的,女孩都傻,都执着,被捉弄的往往是痴小姐们。

"妙玉,你来试试!"那个成熟的高三女生,刚刚祈求了和男同学的"情链",有些羞臊,想要邓小如去求同样的事儿。

邓小如绯红着脸,发誓说她没有那回事儿。她们不相信,说妙玉在保密,要她坦诚地面对女伴,邓小如只好逃回小阁楼。

在自己的寝室里,邓小如偷偷地走起"碟碟仙"来,她不求考试成绩,更不求男女生之间的友谊,而是选择数字:一次又一次地"走",一圈一个数,简直到了如痴如醉的程度。她全身心地投入,没注意到程莹早已站在她的身后。她确定了最后一个数——8,高兴地自语:"酷极了!"

程莹"扑哧"一声笑起来。

邓小如既尴尬又羞臊,连忙藏碟子。

程莹戏弄地说:"得了吧,数字我全记住了,不知是哪位男同学的生命密码呢!"

邓小如骂程莹："嘴里没好话！"她决不把那些数字的秘密告诉程莹。程莹也不想追问邓小如。她说，为了看妙玉小姐的傻气，腰都站疼了，多没意思！

按照"走仙"的结果，填好十组数字以后，邓小如怀着忐忑不安的心情，悄悄到体彩售票处，虔诚地买回彩票，藏在枕头下的笔记本里，心"咚咚"地跳了好一会儿。这一切，她都是独来独往，偷偷地做的，所以神情和心态平白流露出不少神秘感。程莹早就注意到她了，说："妙玉小姐像中了邪，八成被丘比特的箭射中了！"邓小如不说什么，仿佛要做个匣子把自己藏起来，不轻易启齿，默默地看书、做作业，心却平静不下来。

等待开奖的那几天，邓小如心神不宁，好像是面临判决的囚犯，觉得时间特别的长。当天晚上，电视要直播摇奖实况，她没地方看电视，也走不了——晚自习下来，得帮助杨雪整理班级干部的总结材料。因此，她急得像热锅上的蚂蚁。没法儿，她去求别班一个走读的男生，叫他看现场直播，把体育彩票的中奖号替她抄一份。那男生答应了，心里却禁不住想："马宁炒股，邓小如玩体彩，绝了！"

等待消息的那天晚上，程莹嘲笑她："邓小如，你究竟在想谁啊？"

她悄声骂："想你！"

5

岑菲儿十分同情沈娟娟，沈娟娟的突然变化触动着她的心。她说："沈娟娟像死过一回，怪可怜的。"她想去问沈娟娟究竟遇到了什么事。同伴之间应该坦诚一些，也好相互有个照应，有难处大家分担。因为沈娟娟对谁都冷冷的，脸上没有一丝笑意，岑菲儿有些迟疑，询问的事由杨雪抢先去做了。

沈娟娟爆发了少见的小姐脾气,把杨雪骂得够惨。发泄过后,她趴在铺上哭了,哭得非常伤心。看着她,女伴们的眼圈都有些发红。

沈娟娟病了,再一次发了高烧,浑身火团似的,脸通红。可她坚决不让同伴们帮助她,也不找校医,自个儿精神恍惚地去医院看了病,回到小阁楼以后,她一头倒在床上,把脸朝向床角,不吃也不喝。

大家看着她,毫无办法。程莹的小姐脾气也来了,嚷骂她:"沈娟娟,你等我给你买花圈!"

程莹的话,嚷得女伴们心里酸酸的。

杨雪把乔玉老师请来了。班主任站在床前,语重心长地问她:"究竟为什么?"沈娟娟不动,也没有声音。

乔玉老师见药还没有动过,倒了一杯开水,说:"起来,沈娟娟!把药吃了,有什么给我讲。"

沈娟娟侧过身来了。原来,她刚才在无声地哭。面对姐姐一般的班主任,她勉强装出笑脸,笑得惨兮兮的,脸上还有泪水。"乔老师,我没事,有些头痛,一会儿就好了。"

乔玉老师想说什么,又咽下去了,亲自给沈娟娟喂了药。那一刻,沈娟娟抓住班主任的手,想吐露的话却哽在了咽喉里。

岑菲儿背过身去,偷偷地擦泪。

我们的心情都很沉重。

那天晚上,偏偏满天星斗闪烁,好像少女们的眼睛。

6

那位替妙玉抄中奖号码的男生,和小城高中的其他男孩一样,对邓小如绝对忠诚,第二天早晨就把结果送来了。他说,他可是冒着老爷子"格杀勿论"的危险,扔下书本,拿着遥控器不松手才看了那个频道的。谁知,邓小如却很沮丧,说:"你没记错?"那男生发誓,说对妙玉忠心耿耿。邓小如垂着眼帘,撵人家走,那男生莫名其妙,不知何处冒犯了她。

"你走吧,没什么。我谢你。"妙玉说。

傻小子只好怏怏地离开,心想:十个漂亮女孩九个高深莫测,不知怎样才能得到妙玉的青睐?

邓小如再一次走"碟碟仙",重新确定十组数字,不让任何人知道,重新买了体育彩票。这一次,她不显山不露水的,等到开奖的晚上,恰好是周末。她趁没有别的同学在教室里,大胆地对马宁说:"今晚我到你家去看电视!"

马宁吓了一跳,有点儿气喘,说:"你去我家?和我一路?"

"是!"邓小如咬咬牙,果断地,浑身燥热,面如赤绸一般。

马宁既惊又喜,心律失常,但想到"粗人"老爸,又挺犯愁。时间不容许他瞻前顾后,他豁出去了。在小城里,许多人都看见,马宁已经是第二次和这个极标致的女孩一路了,那眼光叫邓小如不由得垂下了头。

马宁不从他爸的汽修厂正门进去,而是绕道进侧门,一看见他妈,立刻比画手势,递眼神——这可是 21 世纪的大事,妈,你得好好配合!

他妈心里明白,眉开眼笑,欢喜得有点儿神经错乱。妙玉的一声"伯母",更叫她像醉了酒似的,晕头转向。当晚的厂长夫人对儿子百依百顺,马宁说邓小如要看电视,她马上准备好糖果开水,那是特意挑选的双喜奶糖、情人梅、双双瓜子,全是"对子"。邓小如明白老板娘的心意，十分难为情，暗暗怪罪马宁："王八蛋！"掩上了房门，大彩电面前，就他们两人。邓小如叫他拿笔和纸来，马宁瞎想："还要写字据画押？"

马宁不敢违背邓小如的吩咐，极顺从地去了。在饭厅里，他妈问他："耍得怎样？"他瞪他妈一眼，一句话差点没骂出来："井底之蛙！"等他准备好"画押"的"文房四宝"，邓小如已经调到直播体彩摇奖的频道了。

"快记下来！"邓小如喊，她真怕马宁磨磨蹭蹭。

"土匪"马宁莫名其妙地望着妙玉。

"快点儿记，中奖的号码！"

马宁这才明白自己的使命。他边记心里边嘀咕："她要这做什么？噢，想中奖！"他祝愿邓小如中五百万元。因为心不在焉，记错了一个数字。邓小如骂他。他赶紧纠正，马宁的记录错误给邓小如留下一个心病，她一直怀疑上次那个男生抄错了中奖号码。这一来，后悔得心都悸了，她真的以为一定有奖没去领，也许是大奖。遗憾的是她把头期的体彩撕了。不过不撕也过期了。

"中没有？几等奖？"

邓小如什么都没说，要马宁送她回学校。

马宁知道邓小如这次被"洗白了"，没多说，抓上两包糖给妙玉塞在衣兜里，邓小如把"情人梅"和"双喜"掏出来，放在茶几上，默默地站着。马宁偷偷推出他爸的嘉陵125，叫邓小如坐上去，出了门，两人像被撵的兔子，一路狂奔。此时，大街小巷已经人烟稀少。邓小如在他身后，静静地倚着，乌黑柔美的头发飞起来，飘逸洒脱。

在校门外的路灯处下车时，邓小如的眼眶里已经有了泪水。马宁心里很难受，真有不忍离开妙玉的意思。

"你别哭，中奖不是那么容易的事，算了吧。"大大咧咧的马宁，居然懂得温存地体贴女生了，说得很动感情，就差那份胆量把手绢给邓小如抹眼泪了。他身上也没手绢。

"那是你要资助岑菲儿的钱，买体彩花去四十元了！"邓小如跺脚，快要哭出来。

马宁一怔，随即坦诚地说："没事，我们去找回来！"

"我们？"邓小如惊了一下，这两个突如其来的字在她心里冲撞着。妙玉没有去多想，只是抬起头来，望望马宁。灯光下，明洁的眸子晶亮。

7

程莹是个没收拾的女孩，她的东西总是随意扔，连秘密也一样。不知她是自己写的，还是摘抄的，用极有特色的钢笔字写在纸片上："如果失去友情，恐怕一生也不会轻松……"就那样扔在床上。

杨雪看见，拾起来，塞给她："你拿去珍藏好，啥事都不拘小节！"

"杨大小姐，你冤屈人不觉得心愧？别把我污得那么脏！这也犯'道观'的清规？"

杨雪不再和程莹多说。论嘴利，她不是程莹的对手，再说，也没那份心情。她找艾建去了。程莹知道杨雪去哪儿了，戏谑地笑称："一日不见，如三秋兮！"程莹对《诗经》还挺钟情，曾说我姐姐："窈窕淑女，君子好逑。"岑菲儿知道她的性格，大可不必理睬，由她说去。大姐大也一样，权当没听见。

岑菲儿在水中花茶庄当服务员的时候，杨雪和艾建为她查资料，每周都有可能双双待在学校的图书室里，从未去顾忌合不合适，也少有女孩的羞赧，现在全有了，并且越来越重。艾建也回避她。乔玉老师要她和艾建共同完成一件棘手的工作：对全班同学的学习状况和学习态度做一次分析。在班主任跟前，杨雪迟疑了，最后只得咬着牙答应。她打算一个人做，仔细一想，又觉得太"封建"，像程莹讥笑的一样，是前世纪的心态，未老先衰。还有，离开艾建，她单独做不了。于是，女才子横下心，仍然去找艾建。

谁知，艾建却不理解杨雪的心迹，要杨雪自个儿做："找岑小莺帮你。"他连内容和要求都没看，埋头写他的作业。

杨雪真够气的，她气恼艾建的那份高傲，破天荒抽走了他手中的笔，说："你别老想着女孩都给你当奴仆！"

艾建怔住了，看着杨雪。杨雪什么都没再说，拿着表格走了，艾建连究竟做什么都不知道。

杨雪独自站在教室外，眼睛湿了好一会儿。后来，是我主动帮杨雪做的。奴仆就奴仆，心甘情愿。

程莹说这是"季风气候"。她要说，谁也挡不了，由她去吧。也许，除了程莹，我是第二个坦荡的女孩，只是我绝无程莹的开放。

用不着忌讳，即使别人知道了，我也这么说：真的，我袒护艾建，总是为他说话，不许同伴责难他。想说我什么，不在乎。程莹揶揄我，说我为艾建"死心踏地"。我既不气恼也不嗔怒，坦然对待，倒是出现了奇迹，从此再也没谁说我和艾建的闲话。

艾建知道伤害了杨雪，就那么怔怔地坐着，望着杨雪的背影。程莹突然进了高二（A）班的教室，走到艾建跟前，极其坦率地说："艾建，岑菲儿找你！"没等艾建回答，她头也不回地翩然而去。

程莹穿着高档的流行秋装，配上她那婀娜多姿的身材，昙花一现般晃过，吸引了所有的目光。

艾建怔了一下，跟随程莹去了。

程莹并未留在走廊里,而是轻盈地下了教学楼的楼梯。艾建不知岑菲儿在哪儿,只得追着程莹的倩影。站在楼外的花径上,程莹晃了一下,不见了。艾建左顾右盼,转过身来,见我姐姐站在他面前。

艾建猜不透岑菲儿,不知我姐姐那眼睛有过热泪,他一时说不出话来,只喊了一声:"岑菲儿!"

我姐姐埋头不语。

8

程莹是有意把艾建引来和岑菲儿相见的。她和岑菲儿争吵过,双双都泪水涟涟,只可惜艾建与教室里的男生女生一样,看见了程莹出众的美,却没注意到她的眼睛。

岑菲儿的脑海里一直萦绕着"31"这个日期,这就意味着我们姐妹只有一个星期的住校时间了,过了这一天便无钱交住校的一切费用,只有离开小阁楼。我姐姐在床沿上坐了很久,多的是惜别和留恋之情。自从岑菲儿考入高一以后,我所有的交费手续都由她去办理,我成了什么都不用操心的幸运妹儿,只需刻苦学习,像邓小如所说"无忧无虑,心宽体胖"。幸好我没有胖起来,要不然又会像沈娟娟,被程莹奚落得连少女的灵气都没有了。

这一点,程莹有理论根据,说是遗传基因,断定:"岑小莺永远苗条俊俏,亭亭玉立。"

邓小如问她:"谁的遗传基因?"

她信口开河:"岑菲儿!"闹得我和姐姐都很窘,岑菲儿被她叫作"小妈",与这有关。说我"无忧无虑"是言过其实,我并非没有想到姐姐的难处,经济的困窘时时揪着我和岑菲儿的心,只是我没有料到,无处栖身的威胁来得那么快——姐姐在水中花茶庄打工的积蓄用完了，生存成了问题，更别说留在小城中学继续读书了。程莹知道岑菲儿已经到了钱财绝尽的时候，只不过，她没有在我和岑菲儿面前吐露半个字，从她密令妙玉去和马宁赚钱，到与岑菲儿吵嘴，我都被蒙在鼓里。

　　面临绝境的岑菲儿没在女伴跟前流露半点情绪，连我也不知道。她悄悄哭了一回，独自到姑爹的水中花茶庄去了。为了姐妹俩的生存，为了让我读书，她决意屈辱自己，再去当服务员。上一次，姑妈到学校来，是央求我姐姐。这回，是我姐姐求他们。姑爹知道岑菲儿是"烈女"，不到山穷水尽的时候，决不会再回水中花。他板起面孔，要我姐姐答应他的条件：既是服务员就要"服务"，还要为茶客唱歌，不能像以前一样，把他"晾起"，看着钱飞了。此时的水中花茶庄已经不同两个月前，名声也更难听，小城里已有传言：那个顶替岑菲儿的漂亮妞儿，是一边卖笑，一边卖身。岑菲儿心里是明白的，迫不得已才去求亲亲的姑爹姑妈，盼望他们能看在亲侄女的份上，体谅她，保护她，没想到姑爹竟是这样的态度！她横下了一条心，诘问姑爹："你还要侄女做什么？"

　　姑爹有些怕岑菲儿："只唱唱歌，由客人点，工资比原来增加三分之一。当然，如果你愿意……"

　　岑菲儿看着六亲不认的姑爹，那是少女不可侵犯的眼光。姑爹不敢再说下去。"你想把我变成她，我死在你们面前！"我姐姐几乎怒吼了。

　　那个不自尊也是误上贼船的妖艳女子，听了这话，既羞又气，满心切齿的恨。岑菲儿离开茶馆的时候，她朝我姐姐的背影暗暗吐口水，心里说："呸！只要你来了，还想清白出去？做梦！"

　　岑菲儿答应了姑爹，有了口头许诺。回学校的路上，她一直噙着眼泪。她是想：为了妹妹，暂且在姑爹茶馆待几个月，然后再跳出来，只要洁身自好。她还对亲姑妈存着幻想,希望姑妈有良心,不至于让姑爹毁了她。如果他们真要毁她,她会以死相拼,甚至留下一具清白的少女尸体也在所不惜。而她舍不得我这个孤苦的妹妹。

9

我察觉出岑菲儿的神情有些异样,心里想:"姐姐太苦了,担负了她不该担负的艰难……"我怨自己只顾做个好学生,一心放在学习上,对姐姐的关心体谅太少了,很长时间根本没过问姐妹俩的生活和学习费用的来源,好像世界上的姐姐天生就该牺牲自己来供养妹妹。生存的危机一直由姐姐独自承担,我居然心安理得。如今见岑菲儿突然间憔悴了,我才深深地自责。

程莹好像看透了,有意在那儿反复播放孟庭苇的歌:

你究竟有几个好妹妹?
为何每个妹妹都那么憔悴?
……

杨雪也悟出了程莹的意思,皱着眉喊:"把收录机关了!"再是"妹妹"和"憔悴",就给程莹扔了。

程莹却不怕杨雪的最后通牒。她说:"这叫心情的共鸣!我们的大姐大,你越来越正统了!竟然不懂人之常情,可惜!"

杨雪没办法骂她,想骂也免了。

那天夜里,小窗外有风雨声。又见岑菲儿坐在床沿上发怔,我走过去,把一个雪梨放在她手里,体贴地说:"姐,你太操心了,吃吧!"她没有说话，看了我一眼。我们姐妹是女生中最节俭的，从来不吃零食。姐姐不是嗔责我破例花费了钱，而是埋怨我不该当着同伴们这么做——因为突然得到妹妹的关心，她的眼睛已经湿了，她一定想到了她和我今后各自西东的情景，一个雪梨成了为她饯行的"离别酒"。

女伴们都看着我们。

岑菲儿把雪梨分成两半，让我与她分吃。

"姐妹不能分梨！"程莹突然说，似戏谑又极认真。

我怔住了，不知程莹为什么这么说。岑菲儿的脸变白了，泪水不禁夺眶而出。我突然意识到发生了什么事，心猛地一震。

程莹把雪梨抢去，用小刀切成六块。她说："大家尝尝，不能让岑菲儿一人包揽了。有福同享，有难同当！"也给了沈娟娟一份。她说得很轻松，而那有些伤感的声音却暴露了秘密。

我明白了，姐姐一定有事瞒着我。那天晚上，我一刻都不离开岑菲儿，待在她铺上不走，和她睡在一块，姐姐也没有过分拒绝。这是岑菲儿进入小城高中以来，我第一次和她同床相依。我和姐姐紧紧相抱，好像是要度过在小阁楼的最后一夜。

"死女子，放开手，我气都喘不过来了！"

"姐姐，你遇到了什么事？"

"没事！别东猜西疑的。你好好读书，将来有个好工作。你紧张什么，姐姐又不是去死。"

我小声地哭了，说："死活都和姐姐在一块。"岑菲儿恨铁不成钢地骂了我。夜深人静，我们的悄悄话无疑被女伴们听见了。第二天早晨，大家都默默无语，小阁楼的气氛让人感到压抑。而一向对同伴冷漠的沈娟娟，突然伏在床上哭了，肩头不停地抽动。

大家看着她，没有半句话，似在默哀。

第十八章

1

就在第二天，很出人意料，程莹和岑菲儿吵架了。

程莹和岑菲儿的内战，发生在校园的隐蔽处，棚架下的青藤还没落叶。她们选择的战场极佳，认认真真吵了一架。

岑菲儿已经做好了最坏的打算，把眼里噙着的泪水咽进了肚里，显得很平静，略显苍白的脸上有两团浅浅的红晕。面对老师和同学，含着淡淡的笑，笑得很动人，也揪人的心。她好像即将赴刑的少女，剩下的只是破釜沉舟的决心。

岑菲儿避开班里的同学，避开燕儿窝的女伴，悄悄进了总务室，情真意切地恳求总务主任："王老师，岑小莺的费用我迟几日交来，你别赶她走,她离开了学校没有家。"

姓王的总务主任取下了老花眼镜,看着我姐姐,惊讶地说:"你就叫岑菲儿?昨天你不是刚托一个女生交来六百元吗?瞧瞧,交款的收据底联在这里。"总务主任翻出了收据本子,让我姐姐看,那上面明明白白写着"岑菲儿"和"岑小莺"。岑菲儿无声地读出来了。总务主任奇怪地盯着我姐姐,似乎从中看出了破绽。

在台阶下,岑菲儿看到对面走来的程莹,什么都明白了!我姐姐说:"程莹,你不该这样,我们姐妹读书不能靠你救济,我会供养岑小莺。我不能读书,是我的命不好。"

程莹一句话不说,拉上岑菲儿就走,把我姐姐拉到没有同学和老师的地方,松了手,说:"岑臭丫,糊涂姐,我要和你痛痛快快吵一架!"

她骂岑菲儿:"你模样儿出众,智商平平!命算什么,重多少千克?你不读书谁读?你去当服务员,把自个儿闹得既脏又臭,女伴们白钟情你一场了!"

岑菲儿此时才懂得程莹,她被程莹的话惊得一颗心直跳,垂下头好一会儿才说:"算我向你借的。"

"借?如果要你还,这样的'债'你能还吗?感情债用什么还?"

是啊,还得了吗?我姐姐还欠程莹一条好生生的腿啊!现在的程莹,虽说出落得比原来更美了,可她的左腿永远留下了伤痛,外表看不见,却不能做大的运动,且时有疼痛。这事儿,程莹没说,岑菲儿不会忘,总觉得我们姐妹欠程莹太多,不能再让程莹瞒着家里资助我们读书。岑菲儿坚持"借",写借条。程莹认为岑菲儿瞧不起她,鄙夷她,她气白了脸,一句一个"臭丫头",毫不留情,把我姐姐骂得够惨。然后,红着眼圈把艾建"骗"去,程莹一走了之,倚着一棵大树,无声地流泪。

程莹是侧过身子站着的,一树秋天才怒放的花遮住了她的倩影。艾建和岑菲儿看不见她,她却能听见他们的声音。

在艾建面前,我姐姐突然显得那么软弱,仿佛委屈无助的小妹儿见了大哥哥。艾建的"岑菲儿"一喊出口,她便忍不住哭出了声。

艾建不知所措,站着发呆。

"你快走吧,别人看见会说……"岑菲儿用手绢捂住哭声,催艾建。

程莹却从另一边走出去了。她擦干泪水,走得非常坦然。

2

乔玉老师不可能全知男生女生的心迹。她又把沈娟娟找去了,在她的寝室里,亲自给自己的学生倒一杯白开水,以亲姐似的深情,开导劝慰沈娟娟,盼望师生的心意相通。沈娟娟感动得落泪,心扉却关得更紧。她不愿把自己袒露给班主任,希望她在姐儿老师的心中,永远是个守护着十七岁纯真的少女。她的心在哭泣,对深情的班主任只有一句话:"乔老师,我不会忘记你!"班主任这样善待她,她觉得比打她骂她还难受。她为班主任叹息,惋惜乔玉老师看错了学生。沈娟娟已经把自己从少男少女之中划出去了。如果杨雪把一切说出来,等待她的,只有一个字:死!

杨雪只字不吐,为她保密,而她并不相信大姐大。沈娟娟觉得,她把什么都失去了,青春时节的那块明净的天空已经被涂污了,剩下的只有悔恨、失望和伤心。前途和美好已经不属于她,至于友情,也早已远离她这个囚犯的女儿,生活对她来说已经无所谓。她明白,自己说不上看破红尘,只恨不该来到这个美好的世界,她活得多没意思,多累呵!自从那天晚上不慎走进那条没有路灯的小巷以后,沈娟娟的人生便发生了急剧的变化。她把自己封闭得越来越紧，与外界隔绝，谁也休想与她进行心灵的对话。她更沉默了，连刻薄话也悄然消失，在老师眼里，她更听话，更守纪律，只是懒懒的，犹如一个没有灵魂的美丽躯壳。乔玉老师为她焦虑、忧心，询问过燕儿窝的同伴，谁也读不懂昔日的官小姐。

程莹说："胖姐怪怪的，早恋了吧？"

班主任看着程莹，问："沈娟娟和谁早恋？"

程莹伸伸舌头，笑笑："她和自个儿。"

乔玉老师走了，几乎咬破嘴唇的杨雪追上一步，又退回来，靠在床上一言不发。大姐大也变了，脸色有些苍白。

程莹说自己差点儿惹祸，如果班主任真要她为沈娟娟找一个早恋的男生出来，她可苦了，迫不得已，只能说……她把话头一转："哦，对了，恋着大姐大，瞧，你们都神魂颠倒，恋得死去活来！对不，杨大小姐？"

"闭上你的嘴！"杨雪发怒了，从床上跳下来，骂程莹，怒斥茜茜公主幸灾乐祸。

程莹哑了，过后才对杨雪说："霸姐，我可讲的大实话！"

沈娟娟知道乔玉老师想了解她，女伴们想破译她，而在她的心境里，这一切似乎都与她无关，除了机械地上课和做作业，她便待在寝室里，独自发呆。过了两日，她居然买回了一叠友谊卡和两个信封。那天夜里，她流着泪，等女伴们都睡沉以后，点上一支蜡烛——也是红的，写着一封长长的信，泪水滴在信笺上，湿了好几处……

那一叠还未写上字的友谊卡被程莹无意间发现了，奚落说："胖姐送给谁呀？像安排遗嘱似的，买这么多！"

杨雪骂了茜茜公主，干吗平白无故地咒沈娟娟死？岑菲儿和邓小如也皱眉头。程莹拉杨雪去看，揭开沈娟娟与她毗邻的席子，却什么也没有。程莹发誓，她的眼睛是标准的五点二，寻找换下的袜子时，亲眼看见的，还能有错？多半是沈臭丫心眼儿窄，锁进了柜子。

杨雪没说什么，心里突然间有了悸怕。

程莹预言：现在看来，我们这个少女部落迟早会误入迷途，成为燕儿窝的悲哀。女伴们听惯了程莹的出格话，也没在意，仍是我行我素地生活学习。太阳走了便是月亮，小窗永远与茜茜公主相伴，公园外便道上的人也偶尔目睹她的俏丽，惊叹校园内有如此美的少女。

3

如今虽说是素质教育，老师们对学生的考试并未因此有多大的改变，只换个名儿，叫"检测"，由分数变为等级，再由等级回到分数。女伴们为那个名次拼着命，照程莹的话来说则是：考差了的乃为"劣等民族"，如果沾上个"不合格"，只有被驱逐出国境了，比偷渡者高贵不了多少。每逢检测，小阁楼里就到了"不夜城"的时候——不知哪个丫头故意把电灯的开关线拉断，灯一旦关上了，宿舍就陷入永远的黑暗。此刻便是程莹展示绝技的时候，她要妙玉做她的"人梯"。她骑在邓小如肩头上，耍杂技似的，叫妙玉慢慢站起来。妙玉扶着墙壁，双腿打战，程莹用不导电的发夹将开关顶上去，然后两人双双落在床上……程莹是只管开不管关的，那盏灯只有永远亮着，直到杨管理员请电工来换开关线。久而久之，杨洁掌握了规律，终于在检测前夕捉住了程莹和邓小如，见她们正在险叠"人梯"。女管理员待在小阁楼里，不敢声张，怕得差点儿窒息，暗暗祈求："小心小心，别发生危险。"不料，程莹刚把开关顶上去，邓小如便看见了女管理员，"哎呀"一声，程莹一动，两个女孩落了下来。女管理员眼睛都吓黑了，幸好没摔在楼板上，只可惜杨雪遭了殃——床橡子被压断一根。大姐大挺难受地睡了好几个晚上，木工才来修理好。

挨批评的自然又是我，杨雪也不能幸免。罪魁祸首程莹却安然无恙——无论女管理员"传讯"多少次，她都置之不理，久了，腻了，"审讯"也就免了。邓小如是"胁从"，也饶了。责任落在我和杨雪身上。女管理员威胁说如果再发生类似事件，交校长处理！

"交国务院处理更好！"程莹奚落。她说："那会儿，我的魂都掉了，差点儿英勇就义，还要秋后算账，就那么残酷？"

"怨你自己！"杨雪没好气。

"错了，杨大小姐，我是为你们！叫妙玉说句公道话：我是不是吊死在分数等级上的人？"

谁都没有再说了。如果要讲以分数为命的女孩，岑菲儿也在其列。她深知读书的机会来之不易，留校的时间也不长了，因此特别珍惜也过分看重考试成绩。程莹确是真正的洒脱，对待考试成绩，并不十分在意，"懂不懂自个儿明白，何必要划个高低贵贱！分数是老师们的命。如果你们不相信，去问乔玉小姐！"

邓小如不服气了。她说乔玉老师特别好，不能贬低姐儿老师。

"谁在贬低她呀，痴姐！我是说，乔小姐才能告诉你真话。"

用不着女伴们争执，从此以后，学校的检测次数严格控制，这是校长当众宣布的。小道消息很快传出来了：原来是程莹和邓小如的人梯精神促使校长做出决定的，程邓二位侠女是先驱了。程莹却说杨管理员不光明磊落，悄悄告了"御状"。

不过，因祸得福，也是一件值得庆贺的事。茜茜公主决定高兴一次，买来一大包便宜糖果，要女伴们双休日聚会，全体不回家，包括灵魂脱窍的沈娟娟。谁知，邓小如第一个就请程莹"包涵"，她要走，不能参加。程莹极气，说妙玉嫌她的糖果低级。她说："如果不是闹财政赤字，我决不买这等下里巴人的东西，可它是正经商品，吃了不会中毒！"

茜茜公主也会闹财政赤字？我姐姐心里最清楚，太为难程莹了。

邓小如急了，连忙申明："没那样的意思，因为，双休日我要去县城，我们要……"她结结巴巴，把什么都暴露了。

程莹把那包糖果扔在屋角里，再也不去管它。

燕儿窝群体聚会告吹了，那包糖果没人打开过，因为那是程莹气恼时扔下的，谁也不愿背个"馋猫"的名儿。后来，被检查寝室的女管理员拎出来，已是稀糊糊的一摊，小阁楼差点儿成了学校进行"珍惜劳动成果，艰苦奋斗"教育的典型反例。

4

程莹没有猜错，和邓小如去县城的，果真是马宁。她们到县城去做临时的"倒爷"，推销"梦之宝"化妆品，抽10%的成。这是马宁出的馊主意。

"这不坑害人吗？"妙玉担心问。

"给商场做临时打工仔呗，绝不会错！"马宁胸有成竹。

为了补偿邓小如买体育彩票丢掉的四十元钱，更为了清除妙玉心里的不平衡，马宁恳请来修车的熟人"找门路"，经过几番周折，便走进了这样的"倒爷"行列，他们只能算临时"户口"，所以须先付90%的货款，也就是说，全买下来！

马宁一咬牙，掏出钱：买！留下20元，140元全部给了商场。邓小如迟疑，悄悄拉马宁的衣衫，提醒说："卖不掉咋办？"马宁不吭声，扛在肩上，其余的由邓小如提着，两人一块儿走上了人流如潮的繁华大街。

"你们在开商店呀？"一个中年妇女问。

马宁这才明白事情的严重性，到手的货物简直成了定时炸弹。他们除了上课做作业，根本就不像经营处理品的"小倒爷"，对行情一窍不通，不少逛商店的人都看着他们，觉得好笑。

马宁傻了眼，邓小如待在马宁身边，在四周猜疑的目光中非常尴尬，心里一片空白，不知所措。还是那个中年妇女一番好心，告诉他们：在城里，这种处理品很难销售，不如到近郊的镇上去卖。算是豁出去了，马宁听从指点，带着邓小如坐公共汽车，奔往十五公里外的小镇。

小镇正值逢场，熙熙攘攘。马宁和邓小如"骗"不过别人，无论被扔在哪儿，都是中学生，绝无商人形象。他们把商品连纸箱放在街边的干净处，等候买主。人们好奇地围上去，看的不是商品，而是他俩。邓小如十分难为情，埋着头。

不远处，已有人在吆喝同类商品了，生意也红火，有的人买到手，拿过来问他们：卖多少钱？邓小如不好开口，马宁如实地说出价钱。围观者又进行反复比较，证实是同样的商品以后，试探地挑选，买便宜货。买主刚刚涌上来，不远处传来一声大喝，"别买伪劣商品！"他们摊前的人又迟疑地走开了。邓小如小声说："我们挪个地方吧！"

马宁心里冒火，也无处可挪了，他说："真没人要，扔！"

直到别人推销完了，街上的人剩下稀稀拉拉的几个，马宁这才想起："邓小如，我记得商场有商品销售介绍，你看见没有？"

"哎，在这儿呢！"

马宁瞧瞧邓小如从小挎包里掏出的"通行证",随手扔在商品箱上。没意思了!

邓小如看着他。

马宁忽然坦荡了,他心疼地问邓小如:"你饿了不?"

邓小如点点头。她的汗都饿出来了。看,手表已经指到了下午两点。

"吃饭!"马宁喊。

他们吃的不是饭,是面条、饺子。马宁见邓小如爱吃水饺,又叫来一份。邓小如害怕马宁饿着了,把水饺往马宁碗里夹。

"妈妈,你看,他们多相好!"一个女孩指着他们说。

邓小如羞得不敢抬头。马宁也燥热。

"喂,谁的东西?卖不卖?"

街边有人喊,已经是第二声了。马宁这才听见,跑出去:"卖!"

邓小如也站起来了。她脸上的红晕未褪。这时候,妙玉看见同校的两个女生,手拉手走过来,她连忙背过身去。

5

小园里的野菊花怒放了,姹紫嫣红,水灵灵的,成为小阁楼少女们的写照。旧阁楼被开辟为八号女生宿舍以前,小园是荒芜的,这些菊花几乎沦为野花了,如今竟然妩媚动人,都说是因为沾了我们的灵气。其实,那是妙玉的功劳。

女伴们在小阁楼定居以后,戏说这儿有狐狸精之类,邓小如却不声不响地请来一群女生,也有男生。这些来自各个班级的"妙玉追随者",伴着邓小如把花坛里的杂草拔了个一干二净。学校的领导本想表扬,号召全校学生以此为榜样，仔细一分析，又觉得万万不可，害怕引起道不清的副作用，作为权宜之计，只有委屈邓小如的"追星族"了。倒是这些受到青睐的菊花，没有辜负妙玉和她的崇拜者。

那日在小镇糊里糊涂地"下海"，邓小如回避的两个女生，就是她的追随者，她们肯定看清了马宁，不知发觉妙玉没有。邓小如那妩媚动人的标准身材，两个女生不可能认不出来，反正在众多人的心里，邓小如和马宁的关系已经定型，担忧和不担忧都一样。妙玉倒是很坦荡，由别人去说吧，没什么大不了的。

邓小如挺不值，伴随马宁当"倒爷"，小城里渐渐有了他们的秘闻。妙玉眼圈都气红了，却没有办法，她难以去嗔怒别人，就怨自个儿吧。

马宁对胡诌的男生发怒了。他是害怕妙玉受到伤害，又怕激怒了程莹。邓小如却悄悄地劝他："让他们说吧，没什么。"

邓小如和马宁都忘不了他们共同度过的那一夜，真正地阴差阳错。

他们彻底傻了一回。本想帮助我们姐妹，潇潇洒洒做一回"倒爷"，结果写下了少男少女的出格经历。当时，马宁枉为男子汉，面对一大堆卖不出去的处理品，问妙玉怎么办。

"我们挨家挨户去卖。"邓小如说。

"你不怕羞？"

"走吧。"

邓小如哪能不羞？心直跳呢。真像程莹说的，就当死一回吧。既然被逼上了梁山，就彻彻底底，陪着男生去丢人现眼呗。从开始到结束，妙玉一直脸若红霞，羞羞答答，更增添了她的娇柔可爱，她那甜甜的话语，又很动情。别人买他们的处理商品，多半因为这个楚楚动人的妙玉。

马宁有了邓小如在身边，胆儿壮了，又有了馊主意：先闯学校。学生熟悉老师,老师教育学生要锻炼生存和适应社会的能力,学生实践,先赚老师的钱。他领着邓小如,跨进中小学校,凡能进的都进了,居然卖了绝大部分。艾南老师和贺萍老师也买了他们的"梦之宝"系列。马宁不顾妙玉的眼神反对,卖的正品高价。出门之后,邓小如骂了"马土匪"。

剩下的商品,马宁和邓小如逛大街,串门,厚着脸皮卖,这比赚老师们的钱难多了。马宁狠了心,对那些"刁民",价格要够,绝不客气,不买拉倒!有的购买者特别挑剔,一个男子问:"你那个伴儿那么漂亮,使用的是不是这些化妆品?"马宁不去辨别这是询问还是嘲讽,竟然不申明邓小如只是同学,却很火地回答:"是!"心里骂:"你瞎了眼,她化过妆?"像你们这些丑八怪,用化妆品把脸当成墙壁涂也改变不了丑的基因!

"积玉商品"卖完了,走在街上,邓小如差点啐他。完成了自揽的天大难题,马宁本想喊一声"万岁",此时此刻,他只能虔诚地向邓小如赔罪,一再表明心迹:那会儿他只求卖掉商品,绝无欺辱妙玉的意思。

邓小如不理睬马宁,也没有话,似一幅男孩读不懂的风景画。马宁有些心神不定了。他越来越感觉到,自己一接近邓小如心就不能平静了。

邓小如不敢离开马宁,她没有独闯陌生之地的勇气和能力。这时候,暮色已经降下了,把他们罩在街头外的旷野里。

当晚,马宁和邓小如没有回到小城,而是在金黄的草垛里度过了难忘的一夜,演绎了十七岁的传奇。

马宁的馊主意够绝,由于有个妙玉,总算幸运,把那堆"死定了"的商品卖了个一干二净,不仅赚回了买体彩失去的四十元钱,还多赚了一百元，心满意足。邓小如却因此付出了很多。

6

离开小镇的时候，马宁和邓小如面临无车回城的绝境。他们听信当地人的指点，搭上一辆廉价的三轮车，想走捷径，像一对兄妹似的，挤在小小的车里，在碎石道上摇晃。"客车"总算摇到了大河的渡口上——终点站！请下车，付钱！

简直傻了眼，又不是跳水，被拉到这儿？"我们要去小城！""对，过了渡口，再坐车。"没法儿，只好掏钱。两人双双站在大河岸边，夜风呼呼，河水奔流，木船早已封渡，怪凄凉的。

夜幕完全垂下来了，四周黑得伸手不见五指，只有对岸闪烁着几盏灯光，渡口的树林那边，不时传来犬吠。大堤上，秋虫的鸣叫骤起，伴着窸窸窣窣的声音。

邓小如十分害怕，马宁也心跳加速。算是保护妹妹吧，他说："别怕，有我！"本来，他已经束手无策了，由于邓小如的害怕，他的男子汉精神涌上来，只有一个念头：保护妙玉！

就在这时，哗哗地下起了雨，仿佛凭空撒下的网。马宁在情急之中，发现不远处有一个偌大的草垛，他拉着邓小如往那里奔去。邓小如却挣脱了他的手，自个儿朝前跑，不料踩塌了松软的堤埂边缘，栽了下去。马宁伸手去拉，拉不起来，邓小如的身子还在随着沙石往下落，他一急，伸出双手，把邓小如拽住，拼命拖上岸。

雨，下得更大了。

马宁不顾邓小如的羞臊，硬拉着邓小如送往草垛前。邓小如因惊吓，浑身都软了，任凭马宁半拖半拉地拽着跑，一路喘着气。如果再跑慢一点，他们的全身就要被淋湿了。那个大草垛被扯去不少稻草，留下了一个大洞。马宁叫邓小如"快进去"，顺手一推，妙玉便倒进草垛中。可是，邓小如极怕，担心里面有蛇什么的。马宁给她壮胆，摸索着爬进去，不小心滑倒在邓小如身上。马宁自己也吓了一跳。妙玉骂他，他赶紧抓住压紧的草头爬出来，待在草垛的洞口，像个忠实的卫士。

　　风雨中的秋夜冰凉寒冷，草垛的腹内虽然空气不算清爽舒畅，却是一个温暖的窝，是无处栖身的人的临时港湾。经过惊骇的邓小如，并不嗔怪马宁，她知道是马宁不小心，并非坏心眼。她和马宁是同班同学，男女的界线应该是很分明的，而夜雨竟然将他们荒唐地塞在一个野外的草垛里。十七岁的花季，青春正旺，待在咫尺之间，生出说不尽的尴尬。妙玉怎么也睡不着，充盈着羞腆和自卫心理。她非常疲倦，可即使合上了眼也不能真正进入梦乡。那是少女本能的戒备、虔心的守护。草垛外依然是淅沥的雨声，深夜的风呼啸而过。邓小如的心不能平静了。这时候待在草垛的洞口是寒冷的，马宁已经淋得浑身湿透了。

　　"马宁——"邓小如轻声喊。

　　马宁没有声音。

　　马宁不能再待在外面了，洞里有着极强的吸引力。他轻轻地把湿透的外衣脱了，拧去雨水，拿在手里，一股冷风吹来，他打了个寒战，雨点又落在衬衣上，他赶紧往洞里去，不得不靠近邓小如。妙玉想让开，可惜草垛的洞窝只有那么大。马宁还在微微地颤抖。

　　这时候，妙玉想交换位置，自己到洞口去，但她到底没动，这样的深夜，在这样的草垛里，男孩和女孩在一起，谁也睡不着。时间过得很慢，东方天际的那一抹红霞来得太迟了。

　　这一切，妙玉守口如瓶，即使再痴，邓小如也不会告诉第二个人，她要把它深深地藏在少女的密码箱里，而心里却有着后悔。

来之不易的三百元钱，马宁不敢再交给程莹，仍然请邓小如代劳。他说，这本身就是共有的。邓小如瞟了马宁一眼，没说什么，钱放在她身上。邓小如也多了个心眼。她没给程莹，直接送给岑菲儿，我姐姐坚决不要，邓小如气得跳："岑菲儿，管你要不要，我给你了！"

岑菲儿没料到妙玉会那么大的脾气。

程莹恰好走来，嘲弄地说："岑菲儿，如果你不领情，就太对不住痴姐了！"

邓小如终于哭了。

岑菲儿拿着钱不知所措。

程莹居然代替岑菲儿写了一张借条，落款是"程莹"。

邓小如给她撕成了碎片，扔了回去。

程莹拉走岑菲儿，迎面撞上马宁，马宁是听见邓小如哭，慌忙赶来的，被程莹骂得狼狈不堪。程莹从岑菲儿手里抢过钱，扔给他："拿走！"

马宁想说什么，刚喊"程莹"，程莹马上呵斥他："滚！"

程莹拉上岑菲儿，扬长而去。

7

马宁记得，程莹曾经对他说过："命运有时像个调皮的女孩，她给了你希望，却又悄悄地带走……"他想，程莹说的是一首诗，现在的程莹就是那个掌握命运的女孩子。他木讷地待在原处，那三百元在告诉他，他永远失去了和程莹的友谊！马宁的眼眶居然湿了。他想，帮助岑菲儿和岑小莺是程莹的吩咐，无论如何都得把事情做好。再说，对我姐姐，马宁的内心深处有着很深的同窗感情，即使程莹不说，他也要捧出同情和真诚。现在被这么一搅和，真为难了纯真的妙玉！此时的马宁，打心眼里感到邓小如是个最值得敬重的女孩。她忍辱负重，绝不怨天尤人，不但外表有超群的美，心灵也那么脱俗，似一块透明的水晶，无半点杂质。这一次，邓小如跟着他去锻炼适应社会的能力，实践他的馊主意，真被害苦了。和邓小如出去一趟，也让懵懵懂懂的他懂得了，纯真的友谊，净化着他十七岁的少年人生。

那三百元是他的真诚，是一个女孩做出的牺牲，无论如何，都得送给岑菲儿。想来想去，马宁只有去求邓小如。

妙玉不能拒绝马宁。凭她的善良和执着，也不可能不管这件事，可她多么难呵，也害怕马宁再和她单独在一起。在同学们的心目中，他们之间的感情已经不是纯粹的同窗之谊了。

邓小如到底把钱接过去了，埋怨说："还男子汉呢，真没用！"

邓小如比马宁强多了，她没有劝谁，悄悄地拿那三百元替岑菲儿和我预交了下半学期的费用。直到乔玉老师把收据给我，我们才知道。因为是妙玉所为，我姐姐没说什么，开了一张借条，叫我给马宁。

马宁把借条撕了。

8

没等程莹抹净因为邓小如和马宁气出的泪水，期中考试降临了，小阁楼的俏姐儿们有些措手不及。杨管理员吸取上次断了开关线的教训，将电灯的开关从杨雪的床头移到寝室外去了，由她亲自掌握电灯的开与关，不差一分钟，女伴们休想再"开夜车"。这一来，没有机会废寝忘食，休想在长明灯下准备迎考了。但只要程莹心血来潮，不管开关在哪，都拦不住她。

考试的前一天晚上，程莹脱了外衣和长裤，倚坐在床头上，好像有无限的遐想。灯熄了，她还坐在那儿。

杨雪总是以大姐大的姿态出现，叮咛说："程莹，快睡吧，明天好好考！"

"睡不着，不想睡！"

杨雪又说了一遍。

程莹火了，蹬开被盖，外衣也不披，呼呼地爬下床，推开寝室门，开亮了灯。

女伴们都知道程莹的脾气，没去关。即使关了，她也会去开。还有一个原因，天气已经转凉，外面的世界已经披上一层薄霜，除了程莹，没有第二个人会那么不怕冷地跑出门去。谁要和程莹拗着性儿，非患重感冒不可！等到女管理员发觉小阁楼没熄灯，已经是第二日凌晨了。她生气地追问："谁干的？"

"我！"程莹挺身而出，"女伴们要看书，要上厕所！"她说完，头也不回地去了教室。

程莹是带着情绪进考场的。非常值得庆幸，这场似乎突然袭击的期中考试里，燕儿窝的女孩几乎拿走了各科的桂冠，如果不是艾建抢去两项，男生们几乎被我们"剃了光头"。除了沈娟娟，她考得特别差，有的试卷，好些题连笔都没动，她懒懒地坐在那儿，监考老师当堂指责她，她毫无反应。

"瞧，伟大了，丢尽了大家的脸！"程莹忍不住奚落。

杨雪想阻止，奈何茜茜公主的话已经出口。沈娟娟仿佛被猛击了，脸白得像一张纸。

9

我姐姐被程莹和邓小如代交的九百元钱折腾得心神不宁,她自卑、自责,又有些怕,更因为那笔钱的三分之一属于马宁。岑菲儿想的是,我和她都是无父母管的少女,是弱势群体,但无论如何都不应该用男生的钱。姐姐总是那么成熟,考虑得过多。

妙玉善解人意,她知岑菲儿的心,说:"男孩也挺好的。我敢保证,马宁没有坏心眼儿!"

岑菲儿不明白谜底。她想得没有妙玉那么简单,除了艾建,她对男生总存着戒心。

邓小如常说,男孩是太阳,女孩是月亮。在她的心中,马宁这颗太阳很灿烂。她要岑菲儿完完全全地相信马宁。

岑菲儿那清泉一般的眼睛注视着妙玉,似乎要看出痴姐心底的秘密。

真正懂了的是杨雪。大姐大的戏称没有白喊,她早就理解我和岑菲儿——同学们的捐助,对我们姐妹来说是沉重的感情压力,会让我们感到自卑,这种心理迟早会将我和岑菲儿撵出小城高中的。她没有钱资助我们,也不打算那么做,她一直在思索:如何把我们姐妹从旧的观念里拉出来。她也深深地感谢程莹,感谢邓小如和马宁,但她觉得,我们姐妹后面的路,不能再那样走。杨雪的话不多,也不追求时髦,思想却挺前卫。她认为,现在的少男少女如果硬要森严壁垒地划界线,那是老师和家长无济于事的一厢情愿,她虽然不和男生早恋,却不反对交往。她说,得看具体情况。杨雪以大姐大的心态,给岑菲儿和艾建的情谊投赞成票。她觉得,解除我们姐妹的困境,艾建有责任。男孩和女孩的友情,应该建立在奋发向上的基础上,不然有什么资格去谈论?杨雪是燕儿窝的骄子,她虽然一样有超越友谊的少女感情,但她不沉溺在风花雪月之中,而有着更多的理智。程莹深知杨雪,才赋以她"道姐"的桂冠。

杨雪去找艾建了。没有约会的心态,而是女孩和男孩的"谈判",有道义上的"公事公办",也有少女的感情袒露。

"艾建,你和岑菲儿真的有友情吗?"

艾建一惊,看着大姐大。杨雪的脸红了。夕阳下,女才子特别标致、俊俏。燕儿窝的女孩中,她除了美和动人,更多了"帅",是男孩似的洒脱气质。她明洁的眸子注视着艾建,等待他回答。

艾建点点头,显得有点狼狈。

杨雪毕竟是涉世未深的少女,懂得的也来自书本,她读过"黑匣子丛书"之一的《女人的秘密》,那是一个美国人写的,也不知所讲的是否正确,她是以心来体验艾建和岑菲儿之间的感情,完成自己的使命。她如实地给艾建讲了我和岑菲儿的处境,讲了由程莹引发的捐赠风波。大姐大无意中向艾建"出卖"了程莹、邓小如和马宁。

第十九章

1

艾建不再顾及男孩和女孩之间的界线，一再询问杨雪，要杨雪替他想办法。他极怕我们姐妹离开小城高中。他说，岑菲儿没有把这件事告诉他，他找过他爸，他爸答应给我们姐妹出读书的钱。

杨雪心里说，艾建是个重友情却没有用的男孩。她告诉艾建，不能把希望寄托在父辈身上。"你爸真以为这样能解决问题吗？如果我是岑菲儿，同样受不了！得靠自己，独立，自强！"

艾建没辙了。杨雪要艾建和岑菲儿一道，利用双休日去打工。"叫上岑小莺，我也陪你们，去不去？"杨雪承诺：打工的地方由她去找，反正艾建是个没能耐的书呆子，只能由她做主。在大姐大面前，艾建百分百地服从。他要杨雪跟岑菲儿说。

"你自己去,我代替不了你!"

杨雪急匆匆地离开了。

程莹遇见杨雪,不觉一笑,说:"杨大小姐,你好伟大!"

"你少胡说八道!"

2

校园里降下了第一场雪。小阁楼的瓦面上铺了一层白色,淡淡的,小园里弥漫着浓雾,好像舞台上的干冰,八号女生宿舍真有处于仙境的感觉。园内的菊花经历了首次风霜。

此时,女伴们没有心思说"狐"说"妖",小阁楼里究竟有什么,由它自个儿去承认。从今天的第一节课开始,各科教师公布学生的考试成绩,评讲试卷,对莘莘学子进行灵魂的审问,不知又有几个丫头会哭鼻子。

像社会上的许多事情一样,永远没有真正的秘密,考试结果已经陆续传出来了:燕儿窝的群体总是那么出格,既不缺佼佼者,又有倒数第一。大家心里明白,好个沈娟娟,在考试的时候,就已经把监考老师气得"七窍生烟",一位老先生骂她"不可救药"。她瞪着眼,满是泪花。她走上讲台,把未写的试卷放在那位监考老师面前,扭头出了教室——罢考!

想着同是一个宿舍的沈娟娟,我们的心里压着石块。这一个星期,她每天晚上都出了学校,不到关校门的时候不回来,程莹说她成了幽灵。她对谁都回避,女伴们掏她的心思,个个碰壁。程莹和她吵过、骂过,结果只获得了眼泪。见她那样哭,女伴们的心都软了。杨雪也拿她束手无策。恰恰这时候，乔玉老师到县教育局参加培训去了，几周内不能回校。给校长说吗？那是"告密"。女伴们只有"监视"着她，等待奇迹的出现。

每一科成绩的公布和评讲，像钢针一般刺在同伴们的心上。在老师和同学的眼光中，似乎我们都很自私，各人自扫门前雪，抛弃了同甘共苦的沈娟娟。沈娟娟的极差成绩，成了燕儿窝的集体羞耻。

程莹气恼了，要痛骂沈娟娟，杨雪阻止了她。我姐姐为沈娟娟流下了泪水。无论哪位老师公开考试成绩，女伴们都陪着沈娟娟垂下了头。几节课下来，沈娟娟的眼睛又红又肿，她一直在无声地哭泣。

轮到最后一科了，半张白卷子！那是沈娟娟中途退出考试的记录。任课的老师是全县最出色的，教学成绩历来遥遥领先，奖品证书一大堆，她任教以来，从没见过这样的答卷，也从未遇到竟敢罢考的学生——监考老师告了她的状！

"沈娟娟，你上来！"女教师怒喝。

沈娟娟不动，捂着脸，全班同学都看着她。老师气得发抖，把沈娟娟拉上讲台，叫沈娟娟拿着答卷，面对全班同学。沈娟娟用卷子遮住煞白的脸，眼泪静静地流。

我们看见沈娟娟浑身颤抖，心里好难受呵！眼里都噙了泪水。突然，沈娟娟几下将答卷撕了，扔在地上，转身往外跑，在教室门口，她倒了下去。

"沈娟娟晕了！"

杨雪喊，她第一次失去班长的稳重，刚想奔去拉，沈娟娟却扶着门边站了起来，回头望了一眼教室，跨出门，摇摇晃晃地跑了。

霎时间，教室里凝固了。

我反应过来，拉艾建一起，不顾课堂纪律，冲出教室。艾建随我去追沈娟娟。杨雪、邓小如、马宁也出了教室。

课堂乱成了一锅粥。

女老师猛敲教鞭:"回来!"她眼里也有泪花,不知如何是好。

我们一迟疑,沈娟娟已不见了影儿。

3

小阁楼里没有了沈娟娟的踪影,没有了她那冷漠的神情,女伴们这才觉得,心里少了宝贵的东西,只剩空荡荡的挂牵。到这时候,留在记忆里的沈娟娟,丝毫不让人讨厌。燕儿窝,俏少女群体,失去了趋于丰满有成熟感的沈娟娟,月亮不圆了,显得单调、冷清。几天里,女伴们都没有笑声。开在小阁楼前的那几朵小红花也开始凋谢了,留着寒霜摧残的痕迹。花姿本来是很美的,美得有自己的特色,开着的时候,女伴们觉得它平常,没注意珍爱,当它经不住风霜的打击,青春突然逝去时,才非常痛惜,留恋。

我姐姐的眼里老闪着泪花。她说:"沈娟娟会回来的。回来的时候,不知变成什么样儿了!"

邓小如不让岑菲儿说下去,她害怕。她一说,大伙儿就觉得对不住沈娟娟。

程莹的脸又一次发白了。她的眼眶是湿的。她坚持说,不要骗自己,沈娟娟永远离开了小阁楼,沈娟娟没有什么可留恋的了。

"她会回来!"岑菲儿嚷。这是入校以来,我姐姐破天荒地大声说话。

程莹不再有回音,她在沈娟娟的床头放上了一朵花,是她亲手剪的,纯白色的花。沈娟娟住宿的东西,全部都留在床上,大家看见,悲痛禁不住袭上了心头。

杨雪骂了程莹，几步过去把白花拿开，却抱着它失声痛哭了。大姐大有了诀别的预感。女伴们心里都罩上了阴影。

高二（A）班爆炸了。那位女老师的压力很大，几次上课都看着那个空座位发怔。校长已经想尽办法，一边不让事情往更大范围传播，一边派人四处寻找沈娟娟。

小阁楼的女孩寻找沈娟娟是自发的，几乎走遍了小城的每个角落，但不敢单独行动，女孩们结伴在边远城区频频出没，引来了各种眼光和议论。我们出校的时间也是晚饭之后，此时必有两个男孩相伴——艾建和马宁，他们是五个少女的胆。我们曾经在黑森森的晚上两次穿越那条小巷，都失望而归。寻找无望，女伴们毫无精神，倒在床上不想动，开灯，关灯，任凭管理员的兴致，小阁楼里好像空无一人。杨洁走进来，摇摇头，又静静地退出去，踏上了木楼梯，才忍不住回头喊："快熄灯了！"提醒"懒"女孩洗脸、洗脚。

校长亲自到小阁楼来了，不准我们再集体夜出，要我们好好读书，说寻找沈娟娟，学校与家长配合，沈娟娟很快就会回来。

程莹说校长骗人。

4

也许是为了转移悔痛的心情，杨雪把双休日打工的事办好了。艾建听从大姐大的吩咐，要找岑菲儿商量。可艾建要我做他们之间的"信使"，在课堂上，他悄悄地求我，被同学们看见。我红着脸告诉他："你给我姐姐说吧！"

讲课的老师瞪我一眼，教鞭指着，要我起立，回答极难的问题。艾建怕我难堪，悄悄地提示，在众多的眼光中，造成了新的误解。

艾建总算鼓起勇气，主动去找岑菲儿了。中午放学，他们走出校园，下午上课差点儿迟到。班里的一个女生说，她看见岑菲儿和艾建在约会，我说："你别胡诌！"

程莹说，就那么个样儿，她相信。

我也相信。相伴十七年，哪有不知姐姐的？有过流浪史和打工生涯的岑菲儿，已经不同于纯粹的高一女生了。我曾想过，真正的痴姐、傻姐，应该是我那唯一的姐姐岑菲儿。

伴随姐姐和艾建一块儿打工的日子，似一串风铃，在花季里悄悄地响着，清脆，悠远，留下如诉的回音。

杨雪是我们这个奇怪打工队的"头儿"。她也真有本事，很快就联系好了一家做儿童皮鞋的生产作坊。那是她一个朋友的父亲开的，因为独生女儿的关系，计件的小活都留给了我们，先做的活是给鞋帮前端穿有花纹的皮筋，看似极其简单，做起来却不容易，函数定律、外语历史和李白杜甫的诗文妙法都帮不了忙，姐儿们一个个成了笨猪。那个早已退学的十八岁女孩是小作坊的半个经理，也是"监工"，破天荒的，她亲自教我们。杨雪一经指点即会，我和岑菲儿也悟得极快，唯有艾建挠头，大概男孩子的同义词就是笨蛋。女"监工"说艾建："哎呀，你怎么啦？这也学不会！哦，这样——"她把着艾建的手教。艾建的脸涨得通红，直想缩手。岑菲儿也看着她，倒叫那个成熟、开通的女孩不好意思起来。

杨雪说："紫萍，让岑菲儿教他吧！"

女"监工"明白了，悄悄打听我们这个"外来妹"团体的秘密。不知杨雪是怎样给她讲的，反正她知道了我们之间的关系，也允许我们把活儿拿回小阁楼，按时交付成品。艾建因此成了领货和送货的全权代表。开始,由杨雪领着他,一两回之后,女才子便极自觉地回避,让艾建独来独往。不料,女"监工"偏要打趣。在这方面,艾建远不如女孩,他给我姐姐说了。从此,岑菲儿便独自利用午饭后的时间,去拿货送货。

打工的活儿拿回学校以后,小阁楼便成了"加工厂"。邓小如见了说:"哇,下海哦?"

程莹则胡诌是艾建的"妹儿公司",问杨雪:"谁是业务经理?"

杨雪说:"别酸葡萄了,帮忙吧!"

程莹戏谑大姐大打同伴的如意算盘,像葛朗台,铜臭味浓。杨雪瞪她一眼。程莹虽然嘴里没好话,由于是为岑菲儿和我挣读书的钱,帮忙倒很热心,并且拉上邓小如,没完没了地做,连上课铃响了也不放手。杨雪着急了,嚷:"放下,去上课!"程莹说:"我不去,情愿让你剥削个够!"

杨雪给她抢了,把她撵出寝室,正色说:"你别再动这些鞋帮!要不,我擂你!"

程莹哪能不"动"?上完课,她照样做,不停息地赶工。做了之后,她躺在床上,嚷腰酸,喊手痛,说"妹儿公司"把她害惨了。杨雪气得骂她"没治"。岑菲儿悄悄对她说:"你就别做了吧!"

"我能不做?于心不忍!"她伸出手给我姐姐看,果然几个指头已经红肿了。

真正吃苦的是邓小如,双手的指尖磨破了,仍然不声不响地忙碌。程莹看见,说妙玉是"贤妻良母",妙玉羞恼得扔了鞋帮。

岑菲儿去拾回来,细心地擦上面的灰尘。

"地下加工"的事终于被杨洁发现了。仍然是茜茜公主引起的——女管理员要她转告我,午后去参加全校的室长会议,她一直没说。开会的时候，女管理员在校长面前颇觉丢脸，散会后亲自赶到小阁楼斥责。她反而说："杨小姐，有这事啊？我怎么没印象呢？"杨管理员气怔了，说她患了健忘症。她说，青出于蓝，是被老师的"痴呆症"传染的。真够大胆！杨洁懒得和程莹比试谁的嘴利，她被小阁楼里的车间状态惊呆了，追问是怎么回事。

杨雪只好如实相告。我和岑菲儿低下了头。

女管理看着我们姐妹，很感慨，欲言又止，她转身离开小阁楼的时候，程莹竟抓起床上的一叠鞋帮，追上去："请杨老师体验体验，帮帮忙？"

杨洁瞅程莹一眼，居然收下了。后来才知，那十只鞋帮，真把女管理员害苦了，幸好程莹放了一只半成品在里面。要不然，堂堂的"管教阿姨"肯定毫无办法。程莹对此狡黠地一笑。

5

程莹对女管理员的捉弄，改变了岑菲儿和我的命运。杨洁把燕儿窝集体打工的事和我们姐妹的情况向校长汇报了，也给在外学习的乔玉老师打了电话。程莹反感她"告密"，骂她"间谍"。邓小如纠正，说是"女人有约"。谁约谁？她俩争论。杨雪说"无聊"，被茜茜公主戏谑为"杨氏姐妹圈"。程莹的嘴是不肯轻易饶人的。由于沈娟娟出走的疼痛还留在心中，女伴们寡言少语，话说过头伤感情。没多久，学校的奖学金名额公布了：岑菲儿、杨雪、邓小如、程莹和我都是幸运者，艾建摘得男生中的桂冠。全校十五个班级中，高二（A）和高一（D）班是获奖学金人数最多的，女生为佼佼者，被戏称为"超女"，艾建则为"候补"。

程莹恼恨，骂胡诌的小子"嘴臭"，说他是羡慕妒忌小阁楼的女生，卑鄙心理，不要脸皮！

邓小如说："管他呢，靠学习成绩得来的，我们又没在考试时作弊！"

只有杨雪头脑冷静，她估计学校突然将奖学金改为一学期分两次发放，肯定考虑了我和岑菲儿的处境。无疑，艾建把那笔钱给了岑菲儿，程莹、杨雪、邓小如都把奖学金作为我们姐妹预交的学杂费，前前后后算起来，我和岑菲儿下学期读书该交的费用也就差不多了，不足部分，艾建说，由他爸付——艾南老师已经给小城高中的校长讲过了。

岑菲儿红着脸，悄声嗔怪艾建。

女管理员来小阁楼宣布了"圣旨"：禁止课余时间去打工，只能一心一意地学习。从此，燕儿窝结束了"地下加工厂"的历史。程莹在背后奚落，说杨小姐想当世界的"第一大悲哀"。

打工还是在进行，悄悄地，只限于双休日，艾建和岑菲儿带着我，仍去那家生产童鞋的小作坊，杨雪也偶尔到场。

岑菲儿执着地要靠自己的力量求生存和读书，奋斗不息。我自然会选择追随姐姐的志向，把命运掌握在自己的手中。

我跟着姐姐，双休日由艾建陪同去打工，小阁楼里冷清多了。程莹老是埋怨，说我们姐妹想当"富翁"，把青春和灵魂塞进了钱眼里。"何苦那么贪婪！"她也阻挡艾建，嗔责，追问。艾建只有躲避她的能耐。时间一久，岑菲儿不好意思再去那个小作坊了，她害怕女工们的眼光。同时，她心里早就不满那个女"监工"——老是没话找话说。艾建也不愿去了，现在，他回避所有的女孩。程莹说，这叫改邪归正。

杨雪火了，诘问她：什么是邪？什么是正？有何标准？

程莹不理睬，走了，留下一个高深莫测的问题。

日升日落,我和岑菲儿全身心地投入学习,双休日的小阁楼仍然缺乏生气。女伴们这才明白,因为少了沈娟娟,不管她是好是坏,一旦不存在,大家心里总觉得空荡荡的。她毕竟是燕儿窝群体中的一员,朝夕相处,竟然走得那么揪心。这是抹不掉的伤痕。

6

就是这时候,奇迹出现了。

穿不过那段无瑕的时光,沈娟娟没有去浪迹天涯,她突然站在了校园里。她的再次出现,在老师和同学的心中画了一个大问号,又像那么平常。突然出现,使她显得珍贵,仿佛她是来自异国的流浪女。校长代替乔玉老师,找她谈话,女管理员也没有忘记她,少不了责备。

沈娟娟似乎没有看见校长,也忘记了"女生总管",谁喊都不去。

她没回小阁楼,径直走进了课堂,竟然没带书包,就那般冷漠地坐在座位上,几分高傲,几分颓丧。真是"冤家路窄",又是那位女老师在上课。也许是沈娟娟看见了她,才中途进去的。女老师看着她,有了宽容和歉疚,破例地抽她回答问题,可一连喊了两声"沈娟娟",她都充耳不闻,仿佛讲台上是个陌生人。理不理睬是她的自由。

任教十年,女老师从未受过如此的冷落,且是这样的女生!她气青了脸,强忍着升腾的怒火,再一次喊:"沈娟娟。"

沈娟娟起立了,给老师敬了一个礼,有些留恋地走出了教室,头也不回。她那样子好像在诀别,我们只想流泪。

下课以后,沈娟娟出现艾建面前,她的眼圈是红的。她说,她感谢艾建没有鄙弃她,请艾建代她向全班的男生问好。

艾建被突如其来的相遇惊怔了,一时没说出话来。沈娟娟把友谊卡放在他手里了，他才吐出三个字："沈娟娟！"

沈娟娟向他点点头。这时候的沈娟娟，盈上热泪的眼睛是那么动人，那么的美。

友谊卡上只有一句话："勿忘我！"艾建还没看，已经被突然冒出来的程莹抢去了。程莹想撕，又手下留情，扔了。

岑菲儿走过来，把友谊卡拾在手里，交给艾建，再面对沈娟娟。

"菲儿姐……"相处以来，沈娟娟从来没有这样喊过岑菲儿，她差点儿扑进我姐姐怀里，抽泣不已。程莹想撕掉友谊卡的那一瞬间，沈娟娟简直要晕眩，那将是撕她的心。

岑菲儿也止不住流泪。

哭泣中的沈娟娟，有了少女的真实感。

整个下午，沈娟娟都待在小阁楼里，校长来，女管理员来，她都闭门不见。傍晚时分，沈娟娟出了一次校门，很快回来了，买了糖果和六支红蜡烛，晚自习下来，她已经把糖果摆上，六支红蜡烛燃烧着，滴着蜡泪。沈娟娟是哭过的，而面对同伴，她却含着笑。谁也吃不下去，看着沈娟娟，泪水不知不觉地涌上了眼眶。

有些内疚的程莹想让女伴们笑一笑，她自己却办不到，哽咽地说了一句："沈娟娟，我们再也不分开了！"

沈娟娟看着她，热泪夺眶而出，深情地说："程莹，谢谢你！"

程莹把收录机拿出来，放了一支祝福的歌，在歌声中，小阁楼里竟有了哭声。

回想起来，女伴们都很后悔，在那个难分难舍的夜里，没有一个女孩和沈娟娟同睡。天明的时候，大伙儿起床，早已不见她的身影！

沈娟娟匆匆来，匆匆去，给燕儿窝的同伴们留下深深的悔痛和怀念。岑菲儿埋怨艾建："沈娟娟向你告别了，你怎么没听出来？"嗔责艾建没把沈娟娟的话早点儿告诉她。

艾建把沈娟娟的"勿忘我"交给岑菲儿,我姐姐说:"你留着吧,她给你的。"这一来艾建就更要交出来。岑菲儿收下了。

沈娟娟是打电话向校长告别的,请老校长转告没有归来的班主任,她不忘乔玉老师,希望姐儿老师忘掉她……校长放下话筒便往小阁楼跑。他看见的,是小桌上的蜡烛泪和八号女生宿舍里含泪的五双眼睛!老校长叹息了,懊悔不已。

我们已经悟出了沈娟娟的诀别,可是迟了!只在心里祈求,希望她再回来,再过两天便是她的十七岁生日,女伴们会为她祝福,她会得到更多的补偿。

程莹又害了一次病,睡了大半天,女伴走了以后,她从床上坐起来,洗脸,对着小圆镜梳她的飘逸秀发,若有所思地望着镜子中的面庞,暗暗地骂:"像个病西施,又病又傻!"她回到床沿,拿出日记本,写下了她的心语。然后,漫不经心地,一页一页地翻看日记本,自审十七岁少女的脚印。当她拿开枕头放日记本的时候,突然发现了一张友谊卡,啊!

程莹,永别了!你关心我,体谅我,瞧不起我。我不怨恨你,只希望你能够记住和你同寝室的"胖姐"!

沈娟娟

程莹把那张友谊卡看了又看,突然一阵惊悸。

"沈臭丫,你……"她喊。

程莹不相信沈娟娟会去死,还存着侥幸和希望,暗暗骂:"沈娟娟。哪儿浪荡去了?你要是骗了我,今后相见,绝不饶你!"细细一想昔日的官小妇，心更揪紧了。她扔下友谊卡，"唿"地揭开沈娟娟的绒毯和棉垫，不知怎么的，她亲手剪的那朵白花竟在床上。她抓出来扔掉，发怔。想着沈娟娟，她居然有些惧怕。程莹想喊，小阁楼里外没有人影儿。她爬上顶铺，翻开岑菲儿的床头，也找到了沈娟娟的友谊卡，几张铺的席子下面都有……一概的诀别！

"沈娟娟，糊涂胖姐！"

程莹哭着骂，跺着脚，飞一般地跑出小阁楼，穿过操场，登上教学楼。

"岑菲儿，快出来！"她喊，又奔向高二（Ａ）班，呼唤杨雪、邓小如和我。

正在上课的教室开始乱了，讲课的老师抢先走出教室，我们紧跟，只见程莹背靠着走廊的栏杆，脸上毫无血色。

"沈娟娟死了！"

大滴大滴的泪水，从程莹的眼眶里滚出来。

这时候，沈娟娟的尸体静静地躺在县城外的河滩上，人们围着死去的十七岁的少女，惊叹，惋惜，猜测，议论。沈娟娟是淹死以后，被河水冲到下游的。围观者发现，这个少女生前很美，脖子上有一串项链，她穿着新的秋装、牛仔裤、半高跟鞋，把略显丰腴的身材衬托得非常美，她的胸前别着小城高中的校徽。

7

沈娟娟像谜一样，告别美好青春的时候，在小城人的眼里留下了她的真实。十七年前，她出生在乡间的小院，随着妈妈农转非，在县城里度过了她的童年时代。她的小学是在县城读的，可没有考上重点中学，爸爸兼管的生化厂在小城，女随母去小城，有了与燕儿窝女伴为伍的机缘。父亲成了罪犯以后,妈妈把希望都放在了女儿身上,而她并不知道,沈娟娟已经把生命给予了城外的小河。那条小河日夜流淌,注入浩瀚的长江。

有人认出了沈娟娟,悟出了她以生命写下的告诫,却不知她昨天晚上一夜没睡。苍穹上的蛾眉月,难得的皎洁,伴着即将离去的少女。沈娟娟的那套衣裤和鞋子是新买的,项链也是,她几乎用光了后半学期该交的食宿费。她原先穿的那一套,扔进了绕城的河里,没留下一丝一线,日记本也随波逐流。

沈娟娟是洗了澡的,不是进浴室,而是在清澈的河水中。护城河水,终年清泓,静静地流淌,诉说着少男少女的故事。夏日里,她曾经和县城里的女友,穿着游泳衣,在阳光下击起美丽的浪花,荡漾起满河的嬉笑声。女友们都说她长得美,早熟。她羞臊,追打。在夜的明月下,她把买好的新衣裤放在灌木丛里,和衣跳进了深泓的水中,她真的不想再起来。可是,她不愿穿着旧衣裳,永远躺在不知何处的沙滩上。她要把自己洗干净,让流水冲去昔日的羞辱。

沈娟娟游到较浅的地方,站在河底的沙石上。河水冰凉清澈,她咬着牙,如水的月光轻轻地在她的胴体上抚摸。当她爬上岸的时候,嘴唇冻紫了,浑身哆嗦,心也在颤抖。月光下,十七岁了,沈娟娟第一次注意自己的身体。啊,竟是这么的柔美动人,已经趋向成熟,她不觉泛起深深的留恋。那一瞬间,她有了动摇,可她很快穿好了衣裤,把昔日旧的衣裳和日记本抛进河里。然后,姗姗地走进小城。

在万家灯火里,重新走进城廊的沈娟娟,用身上仅有的十元钱给妈妈买了水果,拖着疲乏的步履,拾级而上,到了她熟悉的门前。刚要按门铃,她的手缩回来了,只将一封诀别信塞进防盗门缝,水果放在门外,含着眼泪,无声地说:"妈妈,女儿走了!你好好保重,等姐姐回来照顾你！"她咬咬嘴唇，果断地下了楼梯。如果再停留一分钟，沈娟娟就走不动了，她已经听到了妈妈的咳嗽声……

沈娟娟漠然地在县城里走着。故城的一切，都好像在离她很遥远的另一个世界。灯火中，她美极了，也很孤单。

县城的灯潮渐渐退了，沈娟娟走近一处还未粉刷的高楼群，守工地的老头似在打瞌睡，她轻盈地飘进去了，似月中的仙子。沈娟娟轻轻地踏着刚安好的楼梯板，一步一步地攀登。到楼顶了，县城的全景落进眼帘。深夜入寒，雾气开始降临，给古城披了轻纱。沈娟娟坐在面临大街的地方，摸出了下午才买的眉笔和唇膏。进入青春时节的伊始，她第一次淡淡地描了妆，随手又将化妆品扔了。再梳好头，又把梳子和小镜也扔了。别好校徽以后，就那么静静地坐着，坐着……这时候的沈娟娟，像一尊雕像，她没有思想，也没有眼泪。

月儿一直伴着她，没有告别。东方天际的红霞出现了。沈娟娟站起来，那般的亭亭玉立，楚楚动人。晨曦中，她走下了楼梯，又到河畔去了，静静地坐在开着野花的河堤上。

这天刚好是沈娟娟的十七岁生日，太阳升起的时候，恰恰是她从娘胎出来的时候，她对这个美好的世界太留恋了！她摘下了河堤上的野花。野花是那么的美，那么有生命力。她拿着那朵野花，发怔地望着远处。

突然，一个小孩子出现在她的视野里，朝她走来，越走越近，她刚想回避，那个小男孩不慎落进了深泓的河水中。沈娟娟一怔，什么都没想，跳进了水里，拼命营救男孩……那个男孩被推上了岸，救他的沈娟娟却再也没有起来。人们不知道这个少女临死前曾经救了一个孩子。

其实，那一瞬间，沈娟娟不想离开这个美好的世界了，她要和女伴们一块儿继续学习，成长，努力奋斗。可惜她已经筋疲力尽，只能被激流冲走。

8

沈娟娟给同窗女伴们留下了揪心的后悔,我们抱头痛哭。和同伴们朝夕相处一年多,沈娟娟突然走了,交在我们手里的,只是一张薄薄的卡片,两句浸透泪水的心语,这就是她十七岁的生命,一个俏少女的美好青春!她曾经抄录过一首诗,是这样的句子:"当生命走到青春时节,真不想往前走了。我们是多么留恋,这份魅力和纯洁……"她当时的笑脸像刚开的荷花,我们记得清清楚楚!她为什么会没有一点儿留恋,就那么无牵无挂地走了?

"沈娟娟,你傻,为什么那样傻呵!"杨雪哭着,擂自己的头。她说,是她害了沈娟娟,追悔莫及啊!

程莹哭得两眼又红又肿,呆坐着。她恨自己,恨沈娟娟不珍惜生命。她哭着说:"沈娟娟,你小肚鸡肠,心眼儿狭窄,容不下一句'胖姐'的戏谑,你不知道自己出众的美呵……"程莹后悔,悲痛,她那张脸更苍白了。

邓小如抽泣着,整理沈娟娟的床铺。她找到了一个精美的小盒子,手颤抖着,轻轻地揭开,是一张燕儿窝全体女生的合影,那是刚来时照的,照片已经开始发黄了,沈娟娟还珍藏着。妙玉捧在胸前,"哇"的一声又哭了出来。女伴们还在沈娟娟的床铺里,找到一本舒婷主编的《少男少女诗选》,那是岑菲儿借给她阅读的。那本书是贺萍老师读大学时买的,岑菲儿在日记里抄录了其中的诗句,小阁楼的几个女伴都看过那本书,记得其中的句子。岑菲儿借书给沈娟娟,是没有把她划出女友的圈儿。书还在,人却离去了!

我和姐姐相互依偎着，满脸泪痕，岑菲儿哭得发晕。沈娟娟留给她妈妈的，是一张十七岁的相片和一束剪下来的头发，没有只言片语，信封是湿的，浸湿它的不是河水，而是泪水。那束头发是她自己剪下的，刚刚来到十七岁生日的早晨，她把一切还给了生养她的可怜的母亲！永别的沈娟娟，却给岑菲儿留下了一封长信，那是她的遗书。

岑菲儿，我在临走之际，叫你一声姐姐！从此以后，我们再也不能相见了！在小阁楼里，你是最了解最尊重我的。我是罪犯的女儿，被人瞧不起，我没有你们漂亮，你没有鄙弃我……我知道你的家庭条件也不好，父母离异，你当过被人另眼相看的服务员，经过艰苦努力才重新走进高中校园，人生之路刚刚有了亮点，你和岑小莺又面临着失学的困扰。我想帮助你们却拿不出钱，也害怕玷污你们姐妹，同伴们也不会相信我。我已经变成坏女孩了！我好痛苦，好失望呵！我曾想过，重新开始。可是，不能够啊！我也知道，青春美好，应该留恋，可我……岑菲儿，你一定要为我保密，不要告诉同学和老师，也不要给我的妈妈讲，让死去的我有个好名声。希望你能去看望我的妈妈，就当我还留在这个世界上。岑菲儿，姐姐！我唯一求你的就是这件事，希望你不要伤害一个死去的妹妹！如果真有下辈子，我们再做姐妹，我一定会自尊纯洁，珍惜青春……

菲儿姐姐，你和岑小莺一定能渡过难关的，岑小莺应该是我的姐姐，她比我年长十三天。希望你不要在中学时代就失去青春，要保持花季的美好。

……

菲儿姐姐，代我问候乔玉老师，问候艾建，问候燕儿窝的全体女友！永别了，姐姐！

你新认的妹妹沈娟娟

×月××日

岑菲儿死死地捂着信，谁想看都不给，只把信中的照片放在小桌上。女伴们不忍面对沈娟娟的遗容，十七岁的沈娟娟含着笑，笑容的背后却是泪水。

岑菲儿坐在铺上，背靠着小窗，眼含热泪，不停地写着。女伴们见她的神情有些恍惚，都很担心。杨雪再三追问，她回答说："我给沈娟娟写回信……"

杨雪吓得发怔，爬过床去，一定要看沈娟娟留下的信，岑菲儿不给，她抢，我姐姐打了她。杨雪更怕了，她害怕岑菲儿疯了。

程莹说："这事不好！岑小莺，你姐姐会不会跟着沈娟娟去？快想办法！"

我惊骇得直哭，一颗心悬到了嗓子眼儿。

9

又是星期五，傍晚时候，岑菲儿突然不见了。我急得哭，去找艾建。我是暗中答应了他的：守好姐姐。艾建带上我便往城里跑。程莹追来了。跟在她后面的，是杨雪。邓小如拉上马宁，叫马宁回家去开来一辆刚修好的奥拓车，追上我们。

"上车！"马宁喊。

杨雪说："上去吧，上去吧，再不能单独在城里夜行了。"程莹补充："再损失一个，都得去上吊了！"邓小如埋怨她尽说不吉利的话。

小车被挤得要爆裂。

一路上,程莹闭口不语。

到底是汽修厂熏陶出来的,马宁开车的技术还算好,既快又熟练,就差撞上交警。如果那样,人车都百分之百被扣。

找遍了小城的大街小巷,哪有岑菲儿的影子?女伴们都快哭了,艾建的喉咙也有些哽咽。他说,到城外去找。

程莹总算开了口,喊:"上大堤!"

岑菲儿果真在长长的沙堤上。当夜没有月亮,天河被搓洗得很洁净。大堤上,两只烛,三炷香,还燃着纸钱。岑菲儿跪在沙石旁,面对川流不息的河水,焚烧她给沈娟娟的回信。河边林子里的鸟,不时发出惊叫。

程莹跑在最前面:"我的傻姐!你看谁来了?"她把我姐姐拉起来,扳过身,正对着艾建和女伴。那封回信和燃烧后的纸钱,在河边飘飘悠悠地飞着,跳着……

守旧的岑菲儿,满脸都是泪水。

沈娟娟的遗书,姐姐让我看了,可她要我先发誓:不能违背沈娟娟的遗愿。不知岑菲儿给艾建看过没有。沈娟娟的死,给我们留下一个警示。女伴们为了不忘记她,给她补过生日,程莹买了红蜡烛,仍是六支,一齐点燃,璀璨的烛光越来越亮,化作满天星斗。在烛光中,我们都突然间成熟了。

小城高中的洋槐花又开了,如雪如潮,迎来袒露心扉的馥郁季节。几场夏雨,校园里的小河涨水了,熙熙攘攘的浪花里飘着花瓣。经过期末考试,我们又该踏上新的生命之旅了。在新的学年里,我们将告别小阁楼,住进新修的女生宿舍。岑菲儿和艾建,邓小如和马宁都相约:到大学继续同窗。为了岑菲儿和我能继续读书,艾建情愿陪着我和姐姐在寒暑假打工。杨雪对我说：我们也相约——无论被命运抛在哪儿，都要自尊、自立、自强，体现当代少女的风采！

程莹笑笑，她笑得极美，也极坦荡。她说，在小城高中里，也许自个儿有许多应该反省的地方，已经过去了，重新开始吧。从此以后，她将到"贵族学校"读书去了，说赶时髦也行，反正是她爸出钱。再说，她也不得不离开同伴们，而她真心祝愿女友们，也祝愿两个笨蛋男生。"也许我会有许多的改变，不过，请你们相信，我永远是一个真真实实的程莹。"

如今，小城高中成了省内的明星中学，校舍重新修建了，增设了初中部。昔日的小阁楼，成为师生的回忆。春华秋实，校园里出现了一个新的姐儿教师，像乔玉一样，那么的青春袭人。她是岑小莺。

回到乔玉老师身边的岑小莺，常常想到杨雪、邓小如、程莹和姐姐岑菲儿，还有艾建和马宁，大伙儿志在四方，大学毕业以后，在各地工作和生活。姐姐去了出生的那片故土，那儿有黄河的涛声。她寻找过邬蓉蓉。邬蓉蓉远嫁了，已很难回乡。

岑小莺没有忘记沈娟娟。她常常想，青春无限美好，我们应该好好地珍惜和守望。